サロメの断頭台

夕木春央

講談社

目次

イラストレーション　ミヤザキコウヘイ
ブックデザイン　アルビレオ

サロメの断頭台

Salome's Guillotine

一目でいゝ、あたしを見てくれさへしたら、きつといとしう思うてくれたらうに。だのに、あたしは、このあたしはお前を見てしまつたのだよ、ヨカナーン、さうして、あたしはお前を恋してしまつたのだ。

オスカー・ワイルド
——サロメ

序章

深江龍紅《ふかえりゆうこう》の暮らすバラックは中野町《なかのまち》の外れにある。

ひとが住んでいるとは思われない、木箱のような二階建のバラックで、三方を荒地に囲まれ、うら淋《さび》しい道を挟んだ向かいは雑木林である。深江がここに住んでいることは殆《ほとん》ど知られていない。時折彼が彫刻を彫る音が響くので、辺りでは、バラックを誰かの作業場のように思っているひとが大概であった。


二月十八日。警察署から棲家《すみか》に帰って来た深江は、一人薬缶《やかん》に白湯《さゆ》を沸かし、躰《からだ》を温めてから、台所を片付けもせず自殺の支度《したく》を始めた。

彼は今日、義妹の深江時子《ときこ》の捜索願を出しに行ったのである。

巡査はまともに取り合わなかった。六年前から、誰にも見つからずこのバラックにひっそりと暮らしていた、血の繋《つな》がらない妹がつい三日前にどこかに行ってしまった――、巡査は深江の言うこと全《すべ》てに疑念を示した。

時子が比肩するもののないほどに美しかったことや、行方を眩《くら》ました時の彼女が洋服を着ていたことなど、彼の話が仔細《しさい》になってゆくにつれ、巡査は深江の狂気が証拠立てられていくような顔をした。ともあれ、彼が尤《もっと》もらしく証言を書き取ってみせたので、深江は時子のために出来ることを全てやりおおせたと思った。

彼は物置から縄を探し、鋸《のこぎり》で二間ほどの長さに切った。それを丸めると、彫刻室と呼ぶ、一階の八坪あまりの部屋に向かった。

彫刻室は作品で埋まっている。深江は絵画や彫刻、あるいは衣服などあらゆる造形芸術を手がけ、自作の殆どをこのバラックに死蔵していた。以前は、絵を描くにも彫刻を彫るにもこの部屋を使っていたが、作品が増えるにつれ倉庫になった。

一歩踏み入れれば、そこから先は不揃《ふぞろ》いに並び立つ木彫、石膏像《せっこうぞう》、大小のキャンバス、銅版画、竹細工、織物《おりもの》などが邪魔をしている。深江はそれらを押《お》し除《の》け、部屋の隅《すみ》に向けて放り投げ、中央に空き地を広げていった。ただでさえ雑然としていた作品の群れは、瓦礫《がれき》の山になってゆく。

深江は、オスカー・ワイルドの『サロメ』を題材に描いた連作の一枚を見つけた時、ほんの少し手を止めて絵を眺《なが》めた。王女サロメを描いたもので、モデルは時子である。しかし、やはり他《ほか》の作品と一緒くたに、瓦礫に投げ込んでしまった。

自殺は、彼が作品を創《つく》り出《だ》す時と同じ芸術的な直感に基づいていた。制作中の絵の上から人物一人を消して構図が崩れた時、もう一人を消して均衡を図ることと同様であった。

十分に場所をつくって、彼は椅子《いす》の上に立ち、窓の外を一目眺めた。

天井の梁《はり》に縄を括《くく》る時の深江は慎重であった。巡査と話をして、自身の暮らしぶりは狂気を育《はぐく》むのにうってつけだと目されていることを知ったからである。彼はせめて結び目を綺麗《きれい》に仕上げた。その死が錯乱の果ての仕業でないことを保証する署名だった。

彼は縄の輪に首を通すと、絵筆や鑿《のみ》を振るう時と同じ無心さで椅子を蹴《け》った。

深江の遺体は二日後に通行人によって発見された。彼が葬られたのち、バラックは封鎖された。警察は深江が捜索願を出した時子のことを気に留めず、彼女が見つかることもなかった。

彫刻室は締め切られ、放置された。

捨て置かれた深江の作品が顧みられ、彼の死の理由が読み解かれるまでには数ヵ月の時間が必要だった。それは、ある盗作事件に、ある贋作《がんさく》事件、いくつもの雑多な事件が起こり、果てに戯曲『サロメ』に擬《なぞら》えた連続殺人が発生してからである。

1　ロデウィック氏の来朝

一

五月二十日の朝は晴れ渡っていた。

コルネリス・ファン・ロデウィック氏の乗る船は、午前九時に横浜港《よこはまこう》に入港する。氏は一時間ほど前に妻と一緒に甲板に出て、伝え聞いていた通りにそこから富士山《ふじさん》が眺められることを確かめた。

悠長な旅券審査と税関を抜け、横浜の波止場で案内のものと落ち合ったのは昼過ぎであった。鉄道で東京のホテルへと向かった。

「ロデウィック様、手紙をお預かりしております」

ホテルの受付の、タキシードを着た日本人は十数通の手紙を恭しく捧《ささ》げた。ロデウィック氏は面白くなさそうにそれを受け取った。近頃は、世界のどこに行っても手紙が追いかけて来る。

ロデウィック氏はオランダ貴族の出身である。ロデウィック家は十六世紀からの伝統のある家系で、先代はフィリップ・ファン・ロデウィック伯爵という。氏は次男で爵位を継ぐことはなく、ヨンクヘールという肩書きを付される立場にある。

ただし、本人に教えられない限り、彼の物腰から出自を察することは出来なかったし、ロデウィック氏が自らそれを問題にすることもなかった。それは氏の嗜《たしな》みである以前に、今となっては、彼の家柄《いえがら》などはあまりに些細《ささい》なことだったのである。

氏は成人してから、前世紀の末頃より財政状態の悪化しつつあった家を出て、商売をしようとアメリカに渡った。

数年をかけて株式投資で元手をつくると、ロデウィック氏は鉄鋼会社の経営に関わることになった。それが当たって、彼は億万長者に押し上げられた。

これは誰もがアメリカ風の成功だと思ったし、ロデウィック氏も異論はなかった。五年前にアメリカ人の慈善家の女性と結婚して以来、氏の貴族的な性質はますますアメリカナイズされた。

会社はもはやロデウィック氏が手を離していても勝手な廻転《かいてん》を続けるようになっていた。この旅行は、閑暇を得た氏が、一体自分がどれだけ事業から離れていられるものか試してみる、そんな長旅である。サンフランシスコの港を発《た》ったのが二週間前で、日本には八月の末まで三ヵ月あまりを過ごす。その後は上海《シャンハイ》、シャムに渡り、母国のオランダに至る。旅程は十ヵ月少々を予定していて、延びても一向に構わなかった。

部屋に案内され、ボーイが去って、妻が荷解《にほど》きをしている間にロデウィック氏は手紙を広げた。案の定それは日本の実業家や政治家、あるいは駐日オランダ大使などが氏に面会を求める手紙であった。はるばる太平洋を渡ってきたにも拘《かかわ》らず、置き去りにしてきたと思ったしがらみは、想像を超える速さでとっくに先廻《さきまわ》りしている。

最後の一通にSakuta Iguchiという名前を見て、氏は「後廻し」と張り紙をした書箱に投げ出す気分で膝《ひざ》に積み上げようとした。が、それが、見知らぬ誰かがロデウィック氏の機嫌を伺う手紙ではないことに思い当たって、慌てて封を破った。

「あら、お知り合いの手紙？」

荷物を広げ終えた妻が、窓際のソファに掛ける氏の許《もと》にやって来た。

「知り合いとも少し違うが、少々これを読む時間をくれ」

中身を広げると、几帳面《きちょうめん》なゴシック体の、緊張の滲《にじ》んだ文章が便箋《びんせん》二枚に続いていた。ロデウィック氏は微笑を浮かべた。

「イグチさんという人ですか。日本人でしょうね？　どういったご関係です？」

妻は、ロデウィック氏が肘掛《ひじかけ》に放り出していた封筒を取り上げ、差出人を見て訊《き》いた。ちょうど手紙を読み終わった氏は思わず綻《ほころ》んだ顔を上げた。

「これは私の父の関係の人物だ。あまり期待をしていなかったが、いや、ちゃんと返事が来て良かったよ。話すと長くなる。

オランダの私の家には、立派な由緒のある品物が沢山あったのだが、私が子供の頃には、あまり景気の良くなかったもので、それらを少しずつ売り払って暮らしていたんだ。ある日、廊下に飾ってあった油絵がどこかに行ったかと思うと、その翌月にはオラニエ公の彫刻の入った銀の燭台《しょくだい》がなくなっている。子供の私には必要以上に情けないことに思われたね。大人になるまでには壁まで剝《は》がされて家が骨だけになっているだろうと、そんなような気がしていた。

品物の中に、王室にゆかりの置時計があった。文字盤にルビーだとかの宝石の嵌《はま》った大層なものだ。父はそれを一体誰に譲るべきなのか迷っていたが、結局、ロンドンで骨董商《こっとうしょう》をしていたある日本人に売ることにした。それがチュウジロウ・イグチという人だったのだ」

「なるほど。イグチという日本人ね」

ロデウィック氏は家に取引に来たイグチが父と言葉を交《か》わす姿を見ただけで、話をしたことはなく、東洋人らしからぬ長身であったことを憶《おぼ》えているに過ぎなかった。しかし父から、その東洋人が美術品に相当の敬意を持っていることや、彼の審美眼を高く買っていたことはよく聞いていた。

「それはもう何十年も前の話だが、父とイグチ氏とは文通がずっと続いていたんだ。しかし、十年前に父が死んで、イグチ氏も同じ頃逝去した。オランダに知らせの手紙が来ていたそうだ。私はアメリカにいたからその手紙は見ていないが、とにかく家族からそういうことを教えられた。

それきり、しばらくは何の音沙汰《おとさた》もなかったんだが、今度、日本に来ると決めてから、時計のことを思い出したんだ。まあ、つまり、数十年前のあの時に今の事業を成していたのなら、あの立派な時計を手放す必要もなかったのだ、ということに気づいた訳だな」

「要するにあなたは、その置時計を買い戻すつもりでいらっしゃるのね！　そのことの知らせですか？　その手紙は？」

「そうだ。日本に来る前に、私はオランダの家族にイグチ家の住所を訊いて、時計を売り返してもらう手紙を書いておいたんだよ。あまり日に余裕がなかったから、返事はこのホテルに届けるよう伝えてあった。

期待をしていなかったから忘れかけていたんだが、ちゃんと返事をくれたよ」

「どんな返事だったんです？　時計を売った日本の骨董商はもう亡くなったんでしょう？　誰が返事をして来たの？」

「私はチュウジロウ・イグチ氏の息子に宛《あ》てて手紙を書いたんだが、その息子は病気でつい先月亡くなったのだそうだ。だから、これを書いたのはサクタ・イグチというチュウジロウの孫だ。時計は売り払ってしまっていた。チュウジロウ氏が隠居してから、イグチ家の商売はあまり芳しくなかったみたいだ。だが、この孫のサクタというのが、売った相手に話をつけてくれたらしい」

手紙によれば、今の時計の持ち主は、イグチの父に払った分に物価上昇を加味した金額で買ってもらえないかと提案をしているのであった。

ロデウィック氏は、提案が相応なものかどうかは相手の顔を見て決めれば良いと思った。

「まあ、それは結構だったわ。じゃあ、この、サクタ・イグチさん？　骨董商の孫にお会いになるの？」

「そうだ。まさかと思うが、君はこのサクタ・イグチという名前に聞き憶えはないかね？」

「さあ。私が知っていなければならない理由があるのかしら？」

「そんな理由はない。ただ、このサクタ・イグチは画家だというんだ。絵を描いて暮らしている。別に、有名ではないのだろうな」

「どうせ、私は、日本人の画家なぞホクサイくらいしか知りませんよ」

氏はもう一度目を通そうと再び便箋を取り上げた。

置時計の消息がはっきりしたことはロデウィック氏を幸福にした。それと同時に、かつて時計を売った骨董商の孫が画家になっていたことにうっすら喜びを覚えた自分の心を訝《いぶか》った。

ロデウィック氏は美術品の愛好家ではあったが、それだけのことで、得体の知れない画家に会うのに心が浮き立つのもおかしかった。少し考えて、氏はそれが遠旅に出る時に、旅先に日常から外れたものを待ち受ける、ごくありきたりの期待であると気づいた。氏は自身の内に思いがけない無邪気さを発見したことに笑みを浮かべ、それを妻には悟られないよう手紙に集中した。

見返せば、実際日常的なものから逸脱した気配を感じさせる手紙であった。一字一字がぎこちなさを感じさせるほど丁寧に書かれ、英文に不慣れなことは確かである。丁寧さは必要以上の域に達して、読み手への気遣《きづか》いばかりでなく芸術家の美意識が漏れ出していた。文章自体は非の打ち所がない。丁重だが、へつらってはいなかった。

「じゃあ、この、イグチさんにはいつお会いになるつもり？」

「いつでもいいそうだ。数日中には会うことにしよう」

「こう申しちゃなんですけど、以前にあなたのお父上とお付き合いのあった骨董商が立派な人物だったのは良《い》いとして、その孫もそうだとは限らないでしょう？　特に、画家なんていうのは」

「何、向こうはこのホテルまで会いに来るというから、不作法を働くならボーイを呼んで追い返せば済む。それに、私は近頃立派な人物に会い過ぎている。少々飽きたよ」

「通訳は？　誰に頼むんですか？」

「いや、大丈夫だ」

ロデウィック氏は手紙の末尾をもう一度読み直して、夫人に見せた。

「『私はあまり外国語を理解しないものの、お会いするに際しては友人を通訳として同道させるので、お話をするのに差し支えはないものとご安心下さい』だそうだ。どんな友人だか知らないが、随分自信を持って書いてある」

ロデウィック氏は手紙の返事をホテルの受付に託した。

二

イグチと通訳の友人とは、それから四日後の午後にやって来た。氏は自室で二人を出迎えた。

「初めまして。僕が、サクタ・イグチです。これは僕の友人でハスノといいます。通訳をします」

彼は拙《つたな》い英語でそれだけの挨拶《あいさつ》をした。

「コルネリス・ファン・ロデウィックだ。よく来てくれたね」

氏は二人を部屋の奥の窓際に置かれたテーブルの側《そば》まで案内した。妻は今日、ひとに会うために日本赤十字社の本部へ出かけていて、ロデウィック氏は一人だけであった。

イグチという画家は日本人にしても背丈《せたけ》の低い方で、氏にはどれだけ上等のものかは分からなかったが、黒い滑《なめ》らかな着物をきちんと着ている。髭《ひげ》が濃いらしく、剃《そ》ったばかりと見える顎《あご》は青黒かった。祖父のチュウジロウの面影《おもかげ》はみられない。

彼はハスノという通訳と顔を見合わせ、いきなり置時計の話を切り出した。

「――それで、父は、浦川加右衛門《うらかわかえもん》という金持ちに時計を売ってしまったんです。が、その加右衛門氏は今年の二月に亡くなって、その甥はロデウィックさんに時計をお返ししても良いと考えているそうです。手紙でお伝えした通りの条件で。金額は、まあ日本円で四千五百円というところじゃないかと思います。時計は、何の損傷もなく、綺麗なままです」

「なるほど」

ロデウィック氏は、ともあれことの次第には納得したことと、浦川というひととの取引に立ち会ってもらいたいことを告げた。イグチはそれを聞いて安堵《あんど》の表情を見せた。

氏が沈黙すると、彼は上目遣いになって、ロデウィック氏が言葉を続けるのを待った。緊張しているのかそうでもないのか、通訳を介する氏にはイグチの性格は摑《つか》み所《どころ》がなかった。

「こう言っては失礼極まりないが、運命というのは時折妙な形であらわれるね。岩の凹凸や雲の影が人の顔に見えるようなかすかなものだ。でも、気づいてしまえばなかなか無視も出来ない」

「はあ、同感です」

イグチはそう答えた。

見てくれに限らず、イグチの性格は骨董商の祖父とは隔絶《かくぜつ》しているようであった。

商売で大きな成功を収めたチュウジロウから代が替わって、イグチ家は全く落魄《らくはく》していた。サクタの父は、玩具《がんぐ》工場とか米相場とかをやって、チュウジロウの成功をあらかた帳消しにしたそうである。

イグチは、彼の父が金に窮して価値を弁《わきま》えずに置時計をひとに売却したことを詫《わ》びたが、それ以上は彼の家の転落ぶりを恥じても悪びれてもいないらしかった。金策に窮して時計を売ったロデウィック家とイグチ家の立場が逆転し、数十年を経《へ》て時計が日本とオランダを行ったり来たりすることにロデウィック氏が漏らした感慨に「同感です」と何の悲哀もなく応じたのである。

ロデウィック氏は、何やら時計の話が、本当に余談の世間話に過ぎなかったような気がしてきた。代わりに、この、妙な画家と通訳の二人組に対する好奇心が高まっていた。

「君は絵を描いて暮らしていると手紙に書いていたが、どんなものを描くんだ？」

「はあ、昔は日本画を描いてましたが、最近は油絵、洋画ばかりです」

「日本で、それは商売になるのか？」

「雑誌の表紙を描いたり小説の挿絵を描くこともします。あとは、たまに絵を買ってくれる人がいます。頼まれて描くこともあります。でもまあ、大して儲《もう》かりはしません」

「儲からなくていいのか？」

「さあ――、どうでしょう。儲からなくていいものなのやら。多分、大概の画家はそれを悩みながら絵を描いていると思いますけど」

「まあ、確かに、何としても名前を売ってやるとか、売れなくても一向に構わないとか、そんなことを言う芸術家は信用ならないことが多いものだ。悩み続けているのが一番真面目《まじめ》かもしれない」

ロデウィック氏は、自身と境遇の似たイグチが画家になったいきさつに、生き別れた自分の兄弟にこれまでの人生を問《と》い糺《ただ》すような興味を感じていた。彼はジョブ・インタビューのような質問を続けた。

「イグチ、君の祖父のチュウジロウ氏の集めた品物は皆、失われてしまったんだろう？」

「まあ、そうですね。ガラクタ同然の壺《つぼ》とか楽器とか、そんなものしか残っていません。あとは祖父が建てた家があるだけです」

「そうか。私は今でこそ美術品の収集家ということになっているし、自分でもそうだと思っているが、そうなったのは、私が事業によっていくらかの資産を作ってからのことだ」

「はあ」

イグチは、当然でしょうという顔をした。

「――もちろん、収集家というのは金を持っていないと続けようがないのだから、当たり前のことだ。しかしだ、十何年か前の、事業の成功など思いもよらなかった頃の私は、芸術の愛好家ではなかった。全く！　ニューヨークの美術館でどんな展示がされているかだとか、そんなことには毛先ほども関心を持たなかった。

それが、金の自由を手にしてから、突然私は絵だの彫刻だのが欲しくてたまらなくなった。妙なことに」

こんな話を、自嘲《じちょう》を込めず、天気の話と同様にするのがロデウィック氏の話し方であった。

これを聞いてイグチはやや不躾《ぶしつけ》に頭を掻《か》いた。

「ロデウィックさんは、ご自身の芸術趣味が不純なものだとお考えだということでしょうか？　だとしたら、そんなことをわざわざ僕に教えて下さるのは不思議ですが」

「不純かな？　子供の頃の自分を取り囲んでいた美術品が散逸してしまったことは、間違いなく私が収集家になったことに影響を与えている。私はどうやら、今度こそそれを自分のものにしたいと思っているんだ。だから金に糸目をつけずにあれこれ作品を買《か》い漁《あさ》っている。芸術家である君が、それを一体どう思うのか私は知りたい」

氏の口調はたとえ話の口調で、自身の恥ずべき性質を語っているようには聞こえなかった。あくまで、試されているのはイグチであった。

「さあ、確かに芸術家には、買ってもらうくせに収集家を軽蔑《けいべつ》しているのが結構いるようですけども――、しかし、欲しがることが不純だというのは極端な禁欲主義のような気がします。

そんな考えの根底にあるのは、収集家は所有することに喜びを見出《みいだ》し、金銭に換えようのない作品の価値など顧みていないんだろう、という批判でしょうか？　あるいは、芸術の価値は所有者一人の思惑なぞ超えているものだから、作品は公に展示されて、誰の前にも開かれているべきだという思想でしょうか。しかし、美術館でいくら眺めても理解出来ない芸術というのはあるように思います。

美術館の作品を愛好するのは、恋愛だとしたら、舞台女優に恋するようなことでしょう？　誰しもを満足させようというばかりでは却《かえ》って不健全です。所有するということは、芸術の鑑賞方法の一つではないですか？　所有出来るようになって初めて作品に関心を起こしたとしても、不純なことはない筈《はず》です。大金を出して競《せ》り合《あ》って、自分が誰よりも作品を理解しているという確信を争うのは、芸術作品が唯一無二であることを目指す以上、作品にふさわしい方法で報《むく》いていることになります」

このイグチという青年画家は生真面目で、古風だとロデウィック氏は思った。ニューヨークやパリの画壇の最先端にはあまり関心がないか、知識を持っていないように見える。その代わりに気負いはなく、しかし純朴というには洗練された才能の気配を感じた。ここは極東で、そういう才能は辺境の地にてしばしば発見されるものであった。

「まあ、私の収集癖《しゅうしゅうへき》が君の言うような恋愛の一種なら、どれだけ真面目なものかは自信がないがな。単に初恋の人に似た女を追いかけているだけかもしれない！

しかし、君は私と違って、家から美術品がなくなっていくのを補うために画家になったというのでもないだろう？」

「はあ――、そんなつもりはないですね」

「どうして君は絵を描いている？」

「さあ、もちろん、美術品を見て育ったことは、僕が画家になったのと無関係じゃないでしょうけど――」

意図のはっきりしないロデウィック氏の質問に戸惑い始めたイグチは、仲間内の語調に変えて通訳のハスノに何か喋《しゃべ》った。

二言三言交わした後、ハスノは微笑を浮かべて氏に言った。

「失礼しました。イグチは、自分がどうして芸術家になったのだか、姑息《こそく》なその場しのぎでない答えをお望みなら、しばらく考える時間を頂きたいと言うのですが。ただし、たとえ一週間頂いても確かな返事が出来るとは限らないそうです」

「いや、悪かった。困らせるつもりで質問をしていた訳ではない」

ロデウィック氏はそう言うと、向かい合わせの氏とイグチの中間に、窓を背にして座るハスノの姿を改めて眺めた。

実のところ、ハスノはイグチ以上に、一目見た時からロデウィック氏の注意を引きつけていた。彼は、氏が今まで見たこともないほどに美しい青年だった。

背は高く、六フィートはありそうである。面長で、髪と瞳《ひとみ》の艶《あで》やかさが色白の肌から際立っている。和服のイグチと違い、羊毛の背広を着ている。日本人らしい特徴は見られず、かといって何人らしいとも決められない。

氏は、通訳の役割を振られている彼を半《なか》ば見て見ぬふりしていたが、イグチとの話が途切れたのを契機にハスノに向き直った。

「ハスノ、君はイグチの友人だそうだが、君も画家なのかね？」

「いえ、違います。僕には芸術の才能は到底なく、それよりもずっとつまらない仕事をしてきました。お金を勘定したり運んだり、そんなことです」

「銀行員か何かか？」

「銀行員だったこともありますね」

銀行員だったこともある、というのは謎《なぞ》かけのように聞こえた。ロデウィック氏はそれ以上聞きただ、さずに、右手で顎を摘んで考え込んだ。

ハスノの物腰は落ち着いていて、この世に何も務《つと》まらないことはなさそうだったが、銀行員がふさわしくも見えない。ロデウィック氏は、自分の方が何かを試されているような気分にさせられた。

「――そうだな、とにかく、私は一度イグチの絵を見てみたいと思うが、どうだろう?」

イグチは案外素直に嬉《うれ》しそうな笑みを浮かべた。

氏はせっかちに予定を決めた。明日アトリエを訪ねても良いかと訊くと、イグチは驚いたが、構わないと答えた。

迎え入れた時と同じように握手を交わして、イグチたちは帰っていった。

一人だけになってみると、ロデウィック氏は、青年の頃に初めて映画を見た時のような奇妙な余韻が全身をぼんやりさせているのに気づいて、ソファに掛け直した。

部屋は三十平米くらいの西洋式の客室で、氏にはさっぱり珍しくも面白くもないが、二人の客はそこに不可思議な異文化の香りを残していた。

三

翌日。ロデウィック氏はホテルの自動車に乗り込み、イグチから預かっていた所書きを運転手に見せた。

道中を、氏は懐中時計と外の景色を見比べて過ごした。イグチは昨日、彼の家はホテルからそう遠くないと話していたのだが、確かに、ウエノという区域にあるそこまで要した時間は二十分にもならなかった。

鶴《つる》が羽を広げたような瓦屋根《かわらやね》の寺院や、母国のよりも湿っぽくて重苦しい墓地を抜けて、大きな西洋建築が前方に見えた。自動車を降りて門柱を確かめると、真鍮《しんちゅう》にIGUCHIと彫られた表札が嵌っている。氏は門扉のない塀を抜けて花崗岩《かこうがん》の敷かれた庭を建物に向かった。

ロデウィック氏が玄関のノッカーを使うと、扉は即座に開かれた。

イグチが出迎えに控《ひか》えていた。背後にはハスノが立っている。

「どうも――、ようこそ、おいでいただきました」

イグチは昨日と同じく片言の英語で挨拶をのべ、お辞儀をした。それから右を向いて、二人から一歩離れて控えていた女性を手で示した。

彼女は紺色のキモノを着て、両手を前にし、決して動かすまいとお腹《なか》の辺りに押さえつけている。笑みを見せず唇《くちびる》を噛《か》み締《し》めていて、不機嫌なのか緊張しているのかロデウィック氏には区別がつかなかった。

「こちらは彼の妻で、サエコさんです」

ハスノにそう紹介されるや否や、不機嫌に見えたサエコはゆっくりとしたお辞儀を深々としてみせた。今日の彼らは握手をしようとしなかったので、氏も求めなかった。

洋館だったが、玄関を入ったところには客用の上等のスリッパを一足並べてある。丁重に促《うなが》され、氏は靴を履き替えた。

「立派な家だ」

ロデウィック氏は一言だけ邸宅を褒めた。イグチの祖父が建てたというこれは、二階建で三百平米はありそうだった。黒い柱にはギリシャ神話を模《かたど》った彫刻がされていたし、電燈《でんとう》にはフランスの工房のものらしい飾りガラスの笠《かさ》が被《かぶ》せてあった。とはいえ、氏の関心をそそる建築ではない。

それに、イグチ夫妻には不似合いな家であった。二人ともこんなに大層な屋敷《やしき》の主人のくせに、建物にそぐわないキモノを着て、自分の甲羅の苔《こけ》むしたありさまに気づかないリクガメみたいな顔をしている。

「この家にはお二人だけかね？　家族や、使用人は？」

応接間に案内された時ロデウィック氏は訊いた。

「二人だけです。両親はもう死にましたし、子供もまだありません。使用人も今はいません」

「なら、君の妻君はなかなか重労働を強《し》いられるのだね。こんなに広いが、掃除がきちんと行き届いている」

ハスノがそれを訳すと、無愛想《ぶあいそう》な顔をしていたサエコははにかんだ。そして彼女はハスノに何か喋ったが、すると、今度はハスノが照れたような顔つきになったので、ロデウィック氏は何事かと訝った。やがてハスノは言った。

「実は、ちょうど明後日《あさって》に、この家でちょっとしたパーティーを催す予定があるのですよ。その準備をしていたので、ロデウィックさんを埃《ほこり》だらけの家にお迎えせずに済んで良かった、とサエコさんは言っています」

「そうか。何のパーティーだか訊いてもいいかね？　お祝いか？」

「まあ、一種のお祝いですね。僕を祝ってくれるというのですよ。ちょうど三年前の五月二十七日に僕は前の仕事を失《な》くしてしまったんですが、その三周年を記念した会を開いてくれるそうなのです」

それまでハスノの言うことは常に理路整然として明快だったので、急に彼の口から訳の分からない話が漏れ出したのに氏は戸惑った。

「――それは何だね？　日本の風習か？　身近な誰かが仕事をクビになったら、記念日にしてお祝いするのか」

ハスノは笑った。

「まさか、そんな風習はありません。イグチ家だけです。そんなことしてくれずとも良さそうなものですが、少々変わっているんです。彼は」

彼は、何も分からない顔をしているイグチの背後に腕を広げた。

サエコはお茶の支度にキッチンへ立った。ロデウィック氏はイグチとソファに向かい合わせになり、ハスノは二人が掛けるのを待ってから氏の側の小さな丸椅子に座った。


置時計の取引についていくつかの確認をし、それからイグチの身の上を詳しく聞いた。彼は幼少の頃から絵を描いていて、この家からほど近くにある、日本で最初に出来た美術学校で日本画を学んだのだという。その後、晴海《はるみ》商事という商社の社長を後援者に得て、洋画に転向した。洋画家を志す日本人はしばしばヨーロッパに留学するが、イグチは日本を出たことはないという。

イグチは彼の祖父の書斎から、ロデウィック氏の父より届いた手紙を探しておいてくれていた。数十通もあるうちの何通かを読むと、それはつまらない挨拶状ばかりだったが、父の筆跡で昔の自分の家の様子が書かれているので、思わず氏は懐《なつ》かしさにうたれた。奇妙な異人たちに囲まれて読むのは落ち着かない手紙だった。

「この手紙、私が日本にいるあいだ借りておいてはいけないか？」

「お持ちいただいて構いません。もしお望みなら」

ロデウィック氏は礼を言って手紙の束《たば》を鞄《かばん》に仕舞った。

サエコが運んで来た日本茶のカップに口をつけた氏は、イグチからは切り出しそうになかったので、そもそもの用件に触れた。彼の絵を見たいのだ。

「イグチ、君はこの家で絵を描いているのだろうね？」

「ええ——、そうです。奥に、アトリエに使っている部屋があります。絵をご覧に入れる約束でしたけど、そこまでご案内していいでしょうか？　汚いところですけど——」

「気を使ってくれずともいいよ。本当のところ、アメリカの私のオフィスよりも汚いところというのは想像しにくいな」

アトリエは北側の隅の、パントリーとして造られたような二十平米くらいの部屋だった。廊下の灯《あか》りの届かない、薄暗いところである。

内開きの扉には鍵《かぎ》を掛けてあった。イグチはそれを開けると、光の当たらないアトリエの床を慎重に爪先《つまさき》で探り、スリッパを履き替えた。さらに、もう一足、部屋の角に寄せてあった汚いスリッパを申し訳なさそうに扉の前に持って来た。

「床が絵具《えのぐ》で汚いので、履き替えていただいてもよろしいですか？」

「構わないよ」

ロデウィック氏は油絵具に塗《まみ》れたスリッパに爪先を差し入れた。

床は板張りのまま絨毯《じゅうたん》も敷かれずに、絵具で汚れ放題になっていた。氏はズボンの裾《すそ》を引《ひ》き摺《ず》らぬよう忠告を受けた。

イグチが奥のカーテンを開くと、窓から差し込む光に照らされ埃がきらめいた。さらに彼は電燈の紐《ひも》を引いて、アトリエは十分明るくなった。

室内は散らかっていた。真ん中の作業机には油絵具や水を入れた壺が置いてあり、その脇《わき》に空のイーゼルが二脚据えてあった。キャンバスは壁にいくつも立てかけられて、それが部屋をかなり狭くしていた。水彩用の紙が丸めてあったり、銅板だとかの変わった画材も置かれていた。

絵はみな壁に向けて伏せられている。

イグチは、イーゼルのそばに立てかけてあったキャンバスの木枠に右手をかけた。

「これは二年くらい前に描いたものですけど――」

彼は、物置から大工《だいく》道具を外に放り出すような、無造作な手つきで絵を裏返した。

写実画で、普遍的とも古臭いともいえる素直なタッチで描かれていた。画題は少し変わっていて、寝室のベッドに裸婦が寝そべって、胸に孔雀《くじゃく》を抱《かか》えているというものだった。背後にフランス窓があって、外は夜である。

「ふうん」

ロデウィック氏は数瞬のあいだ絵を前に息を呑《の》み、やがて嘆息を漏らした。

優れた技術で描かれているのは明らかだった。特に、裸婦の躰の均衡は、その気になれば、作者はそれに写真と区別のつかない写実性を持たせることが出来るのを示していた。

後になって、ロデウィック氏が何故《なぜ》それほどイグチの絵に心を奪われたのかを考え、やがて思い至った理由は、彼の絵に思想の気配がしないことであった。

イグチの絵からは、新奇なことをやろうとする野心は感じられなかったし、画題の変わった取り合わせにも寓意《ぐうい》はありそうになかった。技術をひけらかそうという訳でもなく、強いていえばとぼけている感じがした。

ロデウィック氏が感心している間に、イグチはキャンバスを次々裏返していった。

画題は様々だった。机上の花瓶《かびん》や文房具を描いた静物画や、ロデウィック氏が入国した横浜の港を描いた風景画もあった。ある一枚は椅子に掛けた派手なキモノ姿のサエコが柔らかな笑みを浮かべたもので、サエコは氏に見られるのを少し嫌そうにした。

「イグチ、君はこれらの絵を展覧会に出したことはあるのかね?」

「はあ、出したのもあります。それでもここにあるんですから、売れなかったやつです。あとは最近描いたのとか、気に入らないから手直しするつもりで手許《てもと》に留《とど》めてあるやつとか——」

イグチはロデウィック氏が感動を表さないのに不安になったようであった。

「ここにある他にも、晴海商事の社長に沢山預かってもらっています。お望みならご覧いただけるようにとりはからいますが」

「それは是非見たいな」

氏がそう言うと、イグチとサエコは磁石が引き合うように顔を見合わせた。ようやく、彼らの顔に儲けを勘定する表情が浮かんで、ロデウィック氏はおかしくなった。

「私は、日本の美術界のことはマッコウクジラの生態と同じくらいにしか知らないのだが——、本人に訊くのも妙だが、君は一体どんな評判をとっているんだね? この絵を、日本のひとはどんな風に眺めるんだ?」

「評判ですか? ホテルの廊下にでも飾ったら良さそうだ、とか言われますね。あとは、まあ、気まぐれで呑気《のんき》で問題意識に欠ける、とか言う人もいて——」

イグチは口籠《くちご》もった。やがてハスノがとりなすように、彼自身の言葉にかえって言った。

「彼は上手《うま》く説明出来ないようです。僕の知る限りですが、一番多い反応は、無視ですね。画壇の主流にはならず、しかし異端として目くじらを立てるほど目立つでもないところに上手に身を隠しています」

「なるほど。――ハスノ、君はどう思うんだ？　君は、君の友人の仕事をどんな風に評価するかね」

ロデウィック氏は、この美しい青年が友人のイグチの作品の根底にある精神を解説してくれそうな気がしていた。

しかし、期待に反して、ハスノは昨日ホテルで言ったのと同じことをにこやかに繰り返した。

「分かりませんね。僕は、彼の作品は全く理解していません。イグチの作品に限りませんね。僕に芸術の才能はありません。鑑賞するのにも才能が要ります」

「君は随分、自分に才能がないことに自信を持っているんだな。まあ、それだけ確かなら、イグチ君も付き合いやすいだろう」

「そうですね。まあ、イグチが評するには、才能がないだけで僕は確かに芸術家なのだそうです」

「才能のなさにだけ絶対の自信を持っている芸術家かね？　何ともつらそうだな」

「さあ」

何を訊いても、ハスノは訓練されたホテルのフロント係がするのと同じさざなみのような笑みで答えた。ともあれ、この謎めいた二人ははっきりと見えない不思議な均衡の上に友人関係を成り立たせているらしかった。

ロデウィック氏はイグチの絵に向き直った。

「どうあれ、君たちが今言った日本の画壇の有様《ありよう》が事実なら、イグチの絵はもう少し違う人々に、違う視点で眺められる機会があるべきだと私は思う」

「ほ、本当ですか」

イグチは机の向かいに立てかけたキャンバスの群れから何かを探していたが、ロデウィック氏の言葉に振り返って笑みを零《こぼ》しかけた。そして、すぐに氏の慎重さに調子を合わせようとして真顔になったが、手許が留守になり、一枚のキャンバスが倒れて大きな音を立てた。

彼は慌ててしゃがんだ。

「失礼しました。もう一枚、ロデウィックさんにお見せ出来る絵があったのを思い出したんです。――これです」

そう言って、イグチは二十号のキャンバスを抱え上げ、ロデウィック氏の前に運んで来た。

その絵を見た時、ロデウィック氏は、優雅な鳥が、目の前で突然に翼を広げて見せたような気分になった。

描かれているのは、薄暗い部屋に、直線的な幾何学模様の柄《がら》の、燃え立つようなオレンジ色の洋服を着て立つ女であった。中央にテーブルが置かれ、女はそれに右手をついていた。洋服ははだけている。殆ど後ろ姿という様子で、わずかに見える横顔は暗く描かれ、表情は分からなかった。

絵は、イグチの他の作品にはなかった厳《おごそ》かな美しさを持っていた。ロデウィック氏は思わず、イグチが下部を床におろして背後から支える絵の前に屈《かが》みこんで唸《うな》り声《ごえ》を上げた。

「これは、見事だ。素晴らしい出来だ」

ロデウィック氏は一分あまりも絶句して絵に見とれた。やがて顔をあげると、氏がイグチの足許《あしもと》に跪《ひざまず》くような格好になっていたために、彼は恐れ入って身をそらしていた。

ロデウィック氏は膝に当てがった両腕を伸ばして立ち上がった。

「イグチ、訊いてもいいかね？　君はこの絵をいつ描いた？」

「これは、二年と少し前です。しかし、気に入らないところがあったのでずっと手許に置いて、少しずつ手を入れ続け、最近ようやく満足いくようになったのです」

「そうか。これは一体誰を描いたのだね？」

「モデルは、ある日本の女優です」

「女優か。君は、この絵を展覧会に出品したことはあるのか？」

「いえ――、満足がいくまでは出さないつもりでいました」

「なら、この絵が他人の目に触れるのはこれが初めてなのかね？」

「はあ、そう言ってもいいと思います。ごく親しい友人にしか見せたことはありません」

ロデウィック氏はもう一度マジマジと絵を眺めた。

「イグチ、この絵には、何か着想の元になったものがあるのか？　この構図や色遣いは、他の作品を下敷きにした訳ではないのか？」

イグチは、ロデウィック氏がどうやら作品に感心しているばかりでなく、別の疑問を持って質問をしていることを察した。彼は不安そうに答えた。

「僕は、この絵の一切が自分の独創によって生まれたものと信じていますが」

「そうか。うん、間違いのないようにはっきり言っておくが、私は、この絵は疑いなく非凡な作品だと思っている。なのだが――」

ロデウィック氏は確かに疑問を抱えていた。それは、この絵に心を奪われじっくりと眺めるうちに、凍《こお》った湖に亀裂《きれつ》が走るようにゆっくりと、氏の脳内に広がった疑問であった。

「――私は確かな自信がある訳じゃない。だから、こんなことを言って君を困惑させるべきではないかもしれないが、しかし言っておくべきことかもしれない。

私は、それほど遠くない過去に、君のこの絵とそっくりな作品を見た憶えがある」

四

夕方、ホテルに帰り着いたロデウィック氏は鞄をソファの上に投げ出すと、ベッドの下からトランクを引きずり出した。開くと、一番底で、本の下敷きになっていた平べったい木箱を取り上げた。

木箱には写真を仕舞っていた。ロデウィック氏が自ら写した写真である。氏は、つい一、二ヵ月前のことだった筈だと、記憶を呼び起こしながら印画紙の束をほぐし、一枚ずつ天井の明かりに晒していった。

「ああ、これか？」

ロデウィック氏は呟《つぶや》いた。

彼が見つけたのは、日本行きの船に乗る少し前に、カリフォルニア州に住んでいた日本人の邸宅で写した写真であった。

日本人はアキオ・ヤナセという人物で、今年の二月に血縁者を頼ってアメリカにやって来たばかりだった。ロデウィック氏は事情をよく知らないが、移民して来て早々に親族もろとも病気で亡くなったと聞いた憶えがある。

彼が遺《のこ》した品物に美術品が何点かあると知人に教えられて、ロデウィック氏は遺品を片付ける現場に立ち会ったのであった。氏の収集に加えても良いようなものがあるかと思ったが、何にも食指が動かず、無駄足の記念に写真だけ写して帰って来たのである。

ロデウィック氏はルーペを取り出して、右下に写った額縁をじっくりと改めた。

「うん、間違いない。そっくりだ」

引き伸ばさなくとも、ロデウィック氏の知りたいことを確かめるには十分だった。

大部屋に、一つ一つ眺められるようにヤナセの遺品を並べたのを写した写真である。食器だの小間物を配置した奥の壁に、問題の絵は立てかけられていた。

今日、イグチに見せられたオレンジの服の女の絵と瓜二つ《うりふた》の絵である。写真だから色は分からないが、ロデウィック氏の記憶でも二つは似たような色合いだったし、構図だけを見比べても、偶然の類似とは到底信じられなかった。

イグチはあの絵をどこにも発表したことはないと言っていた。この絵の作者か、あるいはイグチか、どちらかに恐ろしい欺瞞《ぎまん》があるのに違いなかった。

2　失職記念日

一

振り子時計が午後三時を廻《まわ》ろうかという頃に、玄関のノッカーが叩《たた》かれた。重苦しい無言の中、居間のテーブルに向かい合わせていた私と紗江子《さえこ》はびくりと震えた。紗江子が客を迎えに立った。

蓮野《はすの》が来たのかと思ったが、紗江子と連れ立って居間に入ってきたのは、花模様の絣《かすり》に長い髪を結って、浅葱色《あさぎいろ》の手提げ鞄を携えた姪《めい》、矢苗峯子《やなえみねこ》であった。

「叔父さんこんにちは」

そう、峯子は私に小さく頭を下げ、居間を見廻した。

「蓮野さんは？　まだいらしてないの？」

「まだだよ」

峯子は時計に立てかけてあった、問題の私の絵に気づいた。歩み寄って、絵の前にしゃがみ込み、じっくり眺めてから、出し抜けに訊いた。

「これ、叔父さんの絵なのかしら？　すごく綺麗だけどちょっと変わってるわ。怖い感じがするわ」

私の絵に間違いないと教えると、峯子はオレンジの服の女の足許にあるS.Iguchiというサインを指で辿《たど》って、ようやく納得がいったように頷いた。

姪は立ち上がり、私たちを顧みた。

「ねえ、何か変わったことがあったの?」

鋭いなと感心した。しかし考えてみれば、峯子は楽しいお祝いのつもりで来た筈だから、私と紗江子が浮かない顔をしているのに敏感でも不思議はない。

「まあね。あったよ。その絵のことで、ちょっと蓮野に頼みごとをしたんだよ。あいつもそろそろ来る筈だ」

「あら、そうだったの? せっかく蓮野さんのお祝いの日なのに?」

「そうだけど、僕じゃ出来ないことだから仕方がない。——峯ちゃん、そんなに真剣にお祝いをするつもりで来たのかね?」

「ええ。あら? 違ったかしら。真剣なお祝いじゃなかったの? 私、贈り物も持って来たんだけど」

峯子は手提げ鞄を大事そうに抱えて、紗江子の隣の椅子に座った。

「真剣でないことはないよ。あいつだって真剣に祝われて文句を言える筋合いもないからね。そうだな、もっと盛大にするべきだったかもな。どこか会場を借りて、各界各所から関係者を招いてだ」

「そんな意地悪を言ってどうしますか。面倒なお願いをしている人に向かって」

紗江子がそう怒るので、まあね、と、あとは口をつぐんだ。

峯子は妻の姉の娘である。今日は蓮野の失職三周年記念のパーティーで、彼に関《かか》わりのある人たちを幾人か招いている。峯子はそのうちの一人であった。

「私と、他はどなたがいらすの？」

「峯ちゃんの後は、大月《おおつき》と、浅間《あさま》さんが来るよ。それで全部だ」

「え？　光枝《みつえ》さんが来るの？」

来るのよ、と紗江子が言った。

大月は画家である。浅間光枝というのは紗江子の女学校時代の同級生で、子供の頃には峯子も彼女らに交ざって遊んでいたと聞いている。

峯子と紗江子はしばし浅間光枝という友達の噂話《うわさばなし》をした。一頻《ひとしき》りしてそれが済むと、ようやく私は峯子にコルネリス・ファン・ロデウィックという富豪によって齎《もたら》された、私の絵に関する不可思議な出来事の話をした。

「――とにかく、そこに置いてある僕の絵とそっくりなものを見たんだとロデウィック氏は言うんだ。蓮野が電話で聞いた話じゃ『二つの作品がなんの連絡もなしに別々の頭脳から生まれたとは信じられない』と言ってたらしい。絵が写った写真を持っているそうだから、あいつに確かめに行ってもらっている」

「でも、誰が盗作なんてしたのかしら。どこにも出したことのない絵なんでしょう？」

そうなのだ。一昨日《おととい》、ロデウィック氏からその話を聞かされて以来、私は悶々《もんもん》と、絵を剽窃《ひょうせつ》しそうな人物を思いだそうとしていた。

しかし、制作を始めた二年あまり前からこれまでの間、絵を覗《のぞ》き見る機会は極めて限定されていた。まだロデウィック氏の話を信じる気にはなれず、蓮野に真偽を確かめて来てもらうのが先だと思っていた。

「ねえ紗江ちゃん、あと、蓮野さんと光枝さんと大月さんでしょう？　お玄関のスリッパ、足りなかったわ」

「ああ、そう？　そうね」

紗江子は、二階に客用のスリッパを一足取りに行った。祖父の存命の頃は来客が頻繁だったので、揃《そろ》いの茶色いスリッパを三十足余りも置いてある。

玄関が叩かれた。今度は私が出迎えに立った。峯子は、急にそわそわと着物の襟を整えだした。

二

「よく来たね」

普段は絶対にしない挨拶をして、私は蓮野を迎え入れた。曲がりなりにもお祝いの日であるから、到着してすぐにロデウィック氏から聞いたことを問い糺すのは遠慮した。

こっちだよ、と分かりきったことを言って彼を居間に引率する。

彼の姿を見るなり、峯子は真っ先に立ち上がってお辞儀をした。

「蓮野さんこんにちは。ごきげんよう」

「ああ、峯子さんこんにちは」

ご機嫌がいいのかどうか知らないが、蓮野は私に向けていた猜疑《さいぎ》の表情を改め、笑顔をつくった。

「今日は三周年だそうですけれど。私、お喜び申し上げてもいいのかしら？」

「せっかくだけども、あまり喜んでもらうと重圧に感じるね。また同じことをして期待に応《こた》えないといけなくなる」

「いえ、そんなことありませんわ。だって、これ、誰かの結婚記念の日をお祝いするのと同じことだわ。一回だけだと思っているから価値があるんです。二回も三回も結婚されたら、段々馬鹿馬鹿《ばかばか》しくなってお祝いする気なんてなくなっちゃいます」

峯子は前もってお祝いの口上を考えていたらしく、急《せ》き込《こ》むように矢継ぎ早に言った。

蓮野は元泥棒である。三年前の今日、品川の貿易商の家に忍び込んでいるところを捕まった。

彼の泥棒としての特徴は、泥棒的な特徴を一切備えていないことであった。蓮野は、確率の分岐を外れたような例外的な美しさをもっていて、それを、蝶《ちょう》が木の葉に擬態するように決して目立たせることがなかった。画家の私などよりよほど世事に長《た》けて、一時は銀行員をやっていたこともある。

泥棒になったのは、人間嫌いが原因らしいのである。彼は人に会うことを厭《いと》って、私の知らぬ間に、一人で一切の仕事が出来る泥棒を職に選んでいた。

「――あの、これ、お祝いですわ。どうぞ」

峯子は手提げ鞄からハトロン紙をリボンで結わえた柔らかそうな包みを取り出して、蓮野に手渡した。

「なんだい？　それは」

蓮野でなく私が訊いた。

「風呂敷《ふろしき》。唐草模様のどんくさいのじゃなくて、蒔絵《まきえ》みたいな柄が入ってるの。私が蓮野さんのお名前の刺繍《ししゅう》を入れたわ」

「なんだ、峯ちゃんはやっぱりもう一度蓮野を泥棒にしたいのかね？」

「別に、泥棒でなくたってなんにでも使えるわ」

プレゼントの選定は皮肉のつもりではなかったようで、峯子は私が不真面目なのを咎《とが》める調子である。蓮野はありがとうと礼を言って、純白の笑みでそれを受け取った。

蓮野の人間嫌いは、理屈を欠いた芸術家の気まぐれ風のものである。何しろ、彼を一見した限りでは、人間を嫌いにならなければならないような瑕瑾《かきん》も、人間嫌いらしい素振りも見当たらない。

私は、彼が捕まった後の始末をいろいろと請け負った。

蓮野は去年の六月に釈放されたから、今日は監獄の外で迎える初めての逮捕記念日であった。数少ない友人の私は、彼の不合理さにふさわしいやり方でそれを迎えてやろうと考えたのである。

西洋では誕生日をケーキで祝うという。紗江子は独逸《ドイツ》の焼菓子を参考に手錠形の逮捕日ケーキを作り、台所に隠している。

「あと二人ばかり、君が無事お縄になったことを祝いに来てくれる予定だ。で、そんな君の晴れの日に悪いんだけども、ロデウィック氏の話を訊いてもいいか?」

「うん。井口君の絵の問題はどうやら捨て置けない。せっかくの罪人気分が台無しだがね。ロデウィック氏が言ってたのはこれだよ」

蓮野は鞄から四ツ切判の写真を取り出してテーブルに置いた。紗江子と峯子と私は一斉に写真を覗き込んだ。

写真の右下に写った絵に気づいた時、私は酩酊《めいてい》したような気分になった。

小さくて巧拙ははっきりしない。しかし、偶然とは全く信じられなかった。それだけ、絵の相似していることははっきりしていた。

「――そっくりだね。僕の絵と無関係な訳がない。不気味だな」

「そうだね。ロデウィック氏も無関係な訳がないと考えてるし、不気味だとも思ってるみたいだ。ロデウィック氏にしてみたら何もかもが不気味だよ。言葉の通じない東洋の島国にやって来て、何を考えてるんだかよく分からない画家の絵を見てみたら、自分が亜米利加《アメリカ》で見かけた絵とそっくりだ。そして画家は、自分の描いた絵こそがオリジナルだと言い張っている」

「ええ？　ロデウィック氏はそう思っているのか？　僕が嘘《うそ》つきだと？」

「嘘つきだかどうだかは分かっちゃいないさ。何にも証拠がないから、この絵は自分の独創だという井口《いぐち》君の主張を信じようにも否定しようにも、ロデウィック氏にはどうしようもない。しかし、君は怪しいからな。無欲そうに見えるけども立派な家に住んでるし、何の主義主張も大っぴらにしないが、やたらと技術は優れている」

「盗作でもやりかねないっていうのか？　そんな風に見えるかな。まあ、元泥棒を通訳に従えてたくらいだからな」

「そうだよ。そういうのを友人に持っている君が悪いよ。自分を責めてくれ。まあ、君の方が本来の作品らしい証拠を強いて挙げるなら、ロデウィック氏は亜米利加《アメリカ》でこの絵を見た時には、変わった壁紙を見かけた時くらいの注意を払っただけで、何とも思わなかったそうだ。しかし、一昨日ここで君の絵を見た時に氏が絶句するほどに感動したのは確かなようだよ」

蓮野はそう言って、時計に立てかけた私の絵を、彼自身は全く無感動に見た。

「それならその感動を買って欲しいものだけどな」

「だから、ロデウィック氏としては、ことの次第がはっきりして、井口君が他人の絵を本物以上に仕上げることの出来る詐欺師《さぎし》的な天才ではないと証明されたなら、絵は是非買い取りたい、とそういう意向だ。

いくらだかは相談しなきゃいけないが、あまり安いと、ロデウィック氏にとっても井口君にとっても良くないと考えているそうだ。君の絵が欧米に紹介されるのは初めてだし、この取引が君の絵の相場を動かすことになるかもしれない」

それが実現するなら、数日前まで思いもよらなかった幸運である。峯子は、すごいわ、と言って、再び私の絵の前にしゃがみ込んだ。

「つまりは、蓮野、ロデウィック氏が日本にいる間、——八月末までか。それまでに、僕の絵こそが本当の作品だとはっきりさせないといけないのか？　絵を盗作した奴《やつ》を見つけ出さなきゃいけないと？」

「見つけるだけでは駄目だな。ロデウィック氏と世間を納得させる必要がある」

「じゃあ、盗作犯に『あまりに素敵な絵なので盗作してしまいました。本当にすみませんでした』と宣言させなきゃいけないのか」

「井口君の絵が先に描かれた証拠があればいいんだから、他にも証明の手立ては考えられるが、まあ、実際には君が言ったような方法になるだろうな。何しろ盗作の絵は亜米利加《アメリカ》にあって、多分どこかに引き取られてしまっただろうから簡単には調べられない。

でも、盗作者が日本人で、君の身近にいたことがある可能性はかなり高そうだ。そっちを探す方が早い」

「ねえ、私考えたんですけど」

絵を眺める峯子が口を挟んだ。

「叔父さん、この絵、モデルさんを頼んで描いたんでしょう？　それなら、そのモデルさんに、これは叔父さんが発想した絵だって証言してもらえばいいんじゃないかしら。だって、そのひと叔父さんが描いてるところをずっと見てたんでしょう?」

それは、ちらりと考えの及んだことではあった。

「でも、この絵の構図は、僕が考えてモデルに指示したものだからなあ。あらかじめ絵を盗作するつもりで、モデルを雇ってアリバイづくりをしたんだろう、とか言われると反論のしようがない」

「ええ、――その通りだわ。それじゃ駄目なのね」

峯子は真面目くさって頷《うなず》いたが、本当は、モデルに証言を頼めない理由はそれだけではない。このモデルが特別な人物であったためなのである。

盗作事件を検討していけば言わねばならなくなることだったが、私は自分からそれを喋る気にはならなかった。

「じゃあ、どうしても盗作した人を見つけないといけないわね」

「そういうことだね。――で、井口君。盗作の絵を所持していたのはヤナセアキオという日本人だったそうだが、君は知っているのかね」

私の絵の盗作が見つかったのは、柳瀬《やなせ》の遺品整理の場でのことだというのである。

「ええとね、柳瀬は知っている。そこまで親しくはなかったが」

柳瀬というひとは、五十過ぎの、土地持ちの小金持ちであった。骨董品の収集で少々名前が通っていた。

一方、現代の芸術には造詣《ぞうけい》がなく、それでいて、若い芸術家に付《つ》き纏《まと》ってあれこれ面倒を見るのが好きな人物だった。彼に金を借りたという画家を私は幾人も知っている。

私は数度顔を合わせただけで、これといって世話になったことはない。干《ほ》し柿《がき》の如《ごと》くに萎《しな》びて、毒素が抜け切って好々爺《こうこうや》然とした印象が残っているだけである。

「そういうひとだったんだが、三ヵ月ちょっと前に、何の前触れもなしに、夜逃げ同然の格好で亜米利加《アメリカ》に行っちゃったんだよ。誰も訳を知らないんで、変な話だってみんな噂してるのが僕のところまで届いて来た」

彼が亜米利加《アメリカ》で客死したという噂も聞いていたが、しかし遺品のことなどは何も知らなかったのである。

蓮野は、柳瀬の遺品の写真の下部を指差した。

「ここにトランクが写っているだろう? ロデウィック氏の話では、盗作の絵はこれに仕舞われていたそうだ。君は、柳瀬というひとがこんなトランクを持っているのを知っていたか?」

竹編の変わったトランクで、絵具で汚れている。

「いや、こんなのは全然知らない」

「柳瀬が盗作犯である可能性はあるのかね?」

「それはないと思うな。柳瀬が自分で絵を描くとは聞いたことがない。いや、もし僕が知らないだけで、こっそりそんな趣味を持ってたとしても、少なくとも柳瀬が制作中の僕の絵を盗み見て自分でそれを真似《まね》たなんてことはあり得ないな。

絵が盗作されたって聞いて、僕はあれこれ考えた。それで思い当たったんだが、盗作犯がこの絵を盗み見る機会が、ある一日だけに限定出来るんだ。この時しかなかったろうという日がある。それに従えば、犯人は十人くらいに絞られるんだが――」

「ああ、そういうことですか」

紗江子は私がいつのことを話しているのだか察して、厭《いや》そうな顔をつくった。

それは二年前の七月、私と紗江子が結婚して二週間経《た》った日のことである。私が属する、白鷗会《はくおうかい》という芸術家の会のものたちが、結婚を祝うといって私の家に集まったのである。

「この絵は、大月だけにはちょっと見せたことがあったけども、それ以外、人前に出すことはしなかった。モデルのところで大体を描いて、それからはずっとこの家の僕のアトリエに置いてたんだよ。

それに、普段は、来客があっても、勝手にアトリエを覗くことはさせないようにしてた」

生前の父に、訳もなく家のあちこちを覗き廻る癖《くせ》があったので、私はいつでもアトリエに鍵を掛ける習慣にしている。

「蓮野、鍵を掛けておいた場合、痕跡《こんせき》を残さずに僕のアトリエに忍び込むのは可能か？」

「あの部屋は無理だね。あそこの窓と扉は、抉《こ》じ開《あ》けたら跡が残る」

「じゃあやっぱり、二年前の七月で間違いないと思うな」

その日私は、押しかけてきた白鷗会の客たちに仕上げたばかりの別の絵を見せようと、アトリエの鍵を開けた。絵を居間に持って来て彼らに披露したが、そのまま扉を施錠するのを忘れてしまった。

数時間部屋を開け放して、再度鍵を掛けたのは客たちが引き上げてからのことだったと記憶している。

「その白鷗会っていうのは、七年くらい前からやってる芸術家の集まりなんだけどもね。思想信条にも、創作物の種別にも拘《こだわ》らず切磋琢磨《せっさたくま》し芸術的研鑽《けんさん》を積もう、という名目の会だ。状況から考えてその中に盗作犯がいるってことになるが、そこに柳瀬は入っていない。――その日の客は、大月を抜いて九人だね」

「あら、大月さんを容疑者から外しちゃって大丈夫なんですか」

紗江子は私を見縊《みくび》るように言った。妻は、大月を酷《ひど》く嫌っている。

「まあ、公然猥褻《わいせつ》の罪人を探すんならあいつは容疑者の筆頭だが、僕の絵をこっそり盗作したりはしないと思うよ。あいつが来たら一緒に白鷗会の容疑者のリストを確認しようと思っているんだが――」

「そうだ井口君。公然猥褻といえば、ロデウィック氏から聞いたうちに、まだ話してなかったことがある」

「うん？　何だ？」

蓮野は峯子を慮《おもんぱか》る眼付《めつ》きを見せたが、話を遠慮はしなかった。

「柳瀬というひとの遺品を片付けた家主から聞いたそうだが、どうもね、盗作の絵のキャンバスの裏に、封筒が挟まっていたというんだ。で、封筒の中には、悪趣味な猥褻写真が十二枚だかそこら入っていた。

封筒に絵と同じ色の絵具が付いてたから、猥褻写真をキャンバスに隠したのは絵を描いた画家に間違いないそうだ」

峯子も紗江子も、何故か私を責めるような顔つきになってこちらを見た。

「――やっぱり大月が犯人かな？」

私がそう言うと同時に、玄関のノッカーが叩かれた。

三

「井口も妙な相手に眼を掛けられたものだな！　和蘭陀《オランダ》の富豪がお前の絵を買おうというのか！

まあ、旅行先では要らないものほど欲しくなるものだからな」

事情を話し終えると、大月はニヤニヤ笑いを浮かべた。居間の椅子にだらしなく腰掛けた彼は、どこで仕立てたのかと訝りたくなる、派手な花柄のシャツを着ている。

大月は、芸術を志した私に初めて出来た画家の友人で、蓮野に次いで古い付き合いがある。描くものは裸体画が多く、あまり写実的ではない、それでいて肉感的で、やや気味の悪い、血の滴《したた》る生肉を眼の前に放り出されたような気分になる絵である。

「まあね。ちゃんと事件が解決したら、ロデウィック氏に君の絵を売り込んでやってもいいよ。僕の友人にもっと要らないものを描いてるのがいますよと」

大月の画風は私とまるで異なるが、彼の絵も到底本流とはなり得ず、画壇での立ち位置は近い。結局、画業での鬱憤《うっぷん》を包み隠さずに話す画家の友人は、大月しかいないのである。

「是非頼む！　大体俺は褒めているのだぜ？　芸術は役に立たんものでなくちゃいかん。うっかり役に立とうものならすぐにそれは実用品に化けてしまう！」

「そうだな。それはいっつも僕が言ってることだ。——とにかく、そういう訳だから、大月にも話を聞きたかったんだ。今日、君が来てくれたのはちょうど良かったな。

問題なのは、なんといっても二年前の白鷗会だ。僕の結婚のすぐ後に、ここに集まった時のことを憶えてるか？　まず確認したいのは、あの時誰が来ていたかだ。ちょっとこれを見てくれ」

私は手帳を取り出し、中ほどのページを開いて、大月に見せた。

書き付けているのは、白鷗会と盗作事件の関係に気づいてから、記憶を辿って作った名簿である。問題の日に、私の家に来ていたのはこれらの人物だった。

宮盛《みやもり》　耕三《こうぞう》　評論家
庄司《しょうじ》　治男《はるお》　日本画家
秋永《あきなが》　驍《すぐる》　日本画家
五味《ごみ》　貫太《かんた》　洋画家
遠藤《えんどう》　四郎《しろう》　陶芸家
水谷川《みやがわ》　峡《かい》　洋画家
扇《おうぎ》　楸瑛《しゅうえい》　日本画家
望木《もちき》　隆《たかし》　洋画家
桐田《きりた》　伊織《いおり》（行方不明）　洋画家

「これで合ってるだろ？」

大月は名前を読み上げながら、一つ一つ、大袈裟《おおげさ》に指差した。

「合ってるな！　こいつらで全部だった筈だ」

これに、私と紗江子、それに大月を加えた十二人がいたことになる。

「ほら、紗江子も確認してくれ」

「私憶えてませんよ」

紗江子は手帳を私に突き返した。芸術関係者が押しかけて夜通しの騒ぎになったこの日は、結婚以来紗江子が癇癪《かんしゃく》を起こした最初の日でもある。

「まあいいや！　ともかくこの九人の中の誰かが、どうしたつもりか井口の絵を真似したってことだな。その絵が、何でか知らんが柳瀬の手に渡ったと」

大月は、知人の中に盗作犯がいるらしいことが愉快でならないとばかりに、興奮した声を上げる。

私は時計に立てかけた絵を指差した。

「まず訊きたいんだが、そもそも僕がこのオレンジの服の女の絵を描いてることは、大月以外には喋ってない筈なんだよ。それを知ってたのが誰かが問題だ。いや、それとも、犯人はアトリエの鍵が開いてたから何となく入って、絵が気に入ったから盗作することにしたのか？」

蓮野が私の疑問に答えた。

「盗作の絵の精確さからして、犯人は写真機を持ってアトリエに忍び込んだように思う。絵を撮影して、それを元に絵を描いたんだろう。それとも、容疑者の中にたまたま見つけた絵を再現出来る記憶力を持ったひとがいるかね」

「いないと思うな」

「当日は、写真機を持っていたひとがいたか？　記念写真でも撮ったかい」

「いや、誰も写真機なんか持ち出さなかった筈だ」

私は大月と紗江子に同意を求めた。

二人は頷く。

「それなら、盗作犯は井口君の絵の話をあらかじめ聞いていて、写真機を鞄に隠していたのかもな。そして、君のアトリエを覗く機会がないか窺《うかが》ってた可能性が高そうだ」

「やっぱり、最初から、この絵を狙《ねら》ってたのか」

何の悪意もなしに写真機を持っていたなら、記念の会だから、肩を並べて写真を撮ろうとでも言い出しそうなものである。

するとやはり、誰が、私がこの絵を描いていることを知っていたかを検討するべきか。

大月が言った。

「俺は、井口がオレンジの服の女を根詰めて描いてるって話を五味にしたのは憶えてるな。しかしな、その話は、多分白鷗会の全員が承知だったぜ？」

「全員承知？　そうだったのか？」

ならば、犯人を見つけるのには役立たない。

「俺の話が広まっちゃったんだがな。しかし変だな。俺が話したのは、オレンジの生地《きじ》の、幾何学模様の柄の服の女ってことだけだ。それだけで、何としても一目その絵を見たいとか、真似してやりたいとか思うものか？」

当然の疑問だった。犯人は、オレンジの洋服の女を描いているというだけで、何故私の絵に興味を持ったのか？

とはいえ、芸術家のすることである。納得するに足る理由があるとは限らない。

「――まあ、その詮索はひとまずいいか。動機は大した問題じゃないからね。犯人を見つけるのが先だ。

しかし、九人となると、ちょっと容疑者が多いな。行方の分からない奴もいるしな」

私はテーブルに置いた容疑者一覧表を叩いた。

峯子は身を乗り出して、これまで自分のところに廻って来なかったそれを覗き込んだ。

「この、桐田伊織さんてひとどうしたんですの？　行方不明って」

「ああ、桐田ね。行方が分からないといって、別に事件に巻き込まれた訳じゃないよ。元々放浪癖のある奴なんだ」

桐田とは白鷗会を出ての付き合いはないから、人伝《ひとづ》ての噂を聞くだけである。私より一歳年上の洋画家で、過去に、一月も音信が取れなくなったと思うと、ひょっこり帰って来て東北で絵を描いていたのが知れたり、そんなことを幾度か繰り返している。

「でもな、今度のはちょっと長いぜ？　四月の初めにいなくなったって聞いた。もう二ヵ月も失踪《しっそう》していることになるな」

「外国にでも行ったんじゃないかって庄司が言ってたな。どこに行ったかは知らなかった。桐田が盗作犯だとしたら厄介だな」

庄司治男は、この表の中では私や大月とも比較的親交の深い男である。

蓮野は訊いた。

「井口君と、大月君と紗江子さんにも訊くが、井口君たちの結婚祝いだったという白鷗会の集まりはどんな騒ぎだったんだ？　何が起こったか、思い出せることがあるか」

「思い出すことはいろいろありますけれど。新婚だからって、私失礼なことを沢山言われたわ。お教えするのが憚《はばか》られるような」

会の何人かが、紗江子に閨房《けいぼう》のことを喋らせようとし、彼女を激昂《げきこう》させたのである。

「それに、誰だか知りませんけど、お手洗いの前の廊下に私が作ったシチューをぶち撒《ま》けたひとがいたわ」

「ああ、そうだ、そうだ。そんなことがあった」

大月も頷いた。

あの日の晩、客たちは居間と応接間に分かれて話に興じていた。料理を持って部屋を行き来することもあった。そんな中、誰かが手洗いの前までシチューを持って行って、悪戯《いたずら》をしたのである。

「それを五味さんが踏んづけちゃって、大変だったんだよ」

「犯人は分からず仕舞いだね？」

「うん。何の手掛かりもなかったし、詮索はしなかった。誰かが酔ってやったんだろうと」

「分かった。時に、この一覧に載っているのは白鷗会の者全員なのかね？　柳瀬章雄《あきお》というひとは会とは無関係か？」

蓮野に言われて、私は柳瀬のことを失念していたのに気づいた。

「――ええとね、柳瀬は、会に加わっていた訳じゃない。しかし、関係はあった。盗作容疑者が白鷗会の誰かだとするなら、彼が盗作の絵を持っているのは、何となくありそうなことだな。柳瀬は幾度か会の集まりに顔を出したことがあるから、少なくともみんな顔だけは知っていた」

芸術家の面倒を見るのが好きな人物だったから、柳瀬が来ると、白鷗会のものたちは寄ってたかって機嫌を取るのが常だった。

「もしかして、柳瀬がお前の絵を欲しがったのか？　で、会の誰かが、柳瀬に頼まれて盗作をやったのかもな」

「でも、柳瀬は現代作家には興味なかったじゃないか。それよりは、白鷗会の誰かが預けたか、譲ったたって方がありそうだよ。この中には、柳瀬に金を借りてた奴もいる筈だしな」

「俺も借りたぜ？　三十円くらい借りた。まだ返してない」

平然と大月は言った。

「そうだったな。君、柳瀬が亜米利加《アメリカ》に行ってしまった時、神風吹きて債鬼を異国に拉致《らち》せしめしものなりと大喜びだったもんな」

「債鬼ってほど苛烈《かれつ》に催促されたことはないけどな。そろそろどうですかと月に一回催促状が来ただけだ。よく分からんうちに亜米利加《アメリカ》に行って死んじゃったな。俺の知る限り、遠藤とか望木も金を借りてた筈だぜ？」

大月は手帳の一覧を指差した。

「それは知らなかったよ。まあ、そういう世話焼きのひとだったから、なんかの理由で盗作犯が絵を預けたってこともあり得る訳だ。ちょっとアトリエが狭くて邪魔になるから持っててもらえませんか、とかな」

なるほどと大月は唸り、それから何かを思いついてテーブルをバシンと叩いた。

「おい、亜米利加《アメリカ》で見つかった絵にはエロ写真の付録がついてたんだろ？」

「その通りだ。どんな写真か分からないけどな。何だ？　やっぱり君が犯人か？　僕の絵を盗作したのを思い出したか？」

「俺は知らん。しかし、庄司が怪しいな。あいつなら預ける動機がある」

「あ？　何故だ？」

「分からんか？　あいつ半年前に結婚しただろ？」

彼は元の名を大江《おおえ》治男といって、庄司という酒屋に入り婿《むこ》に行き、障子貼男になったのである。今は店の若旦那《わかだんな》をやりながら絵を描いている。

「入り婿だから、婚家で暮らしてる訳だ。すると、盗作の絵とか、あとはエロ写真だな！　そんなものを持ち込むのは危険だ。だから、親切な親爺《おやじ》に、訳は言えんがこれらのものを匿《かくま》ってくれと頼んだのだ。どうだ？」

「筋は通っているかもしれないが、だからって庄司に犯人が限れる訳じゃないだろう。誰だって、そんなものを手許に置いておけない事情を持っていた可能性はあるからな」

「そうだ。しかし、盗作犯がエロ写真を所持している奴なのは間違いない」

「そりゃそうだろうが、しかし誰がエロ写真を所持しているのかなんざ知らないよ。君が持っているのは知ってるが」

私がそう言うと、大月は大学教授が出来のいい学生を褒めるみたいに大きく頷いた。

「うん、いかにも俺はエロ写真を所持している！　よく知ってるな。重ねると枕《まくら》になるくらいは所持している。

しかし、俺は一枚もキャンバスの裏に仕舞ったりはしていない。エロ写真はそんな風にして使うものじゃないからな。本の栞《しおり》にしたり、床の間に飾ったりして楽しむものだ。

あるいは、キャンバスのエロ写真には、全く別の意図が込められているかもな。井口、お前何か思いつくか？」

「いや、――さあ」

大月は話題に合った遠慮深い口調を使わない。峯子の困惑した視線と、紗江子の軽蔑の視線と、蓮野の虚無的な視線に囲まれ私は言葉があやふやになる。

「もしかしたら、エロ写真はお前の絵を冒瀆《ぼうとく》するためのものだな！　要するに、井口が芸術作品と言い張って譲らないその絵は、その実、作者の性的欲望を具象化したに過ぎないことを盗作者は揶《や》揄《ゆ》しているのだ。

盗作の絵は、井口が芸術家にあらずして一介のスケベに過ぎないことを証明するべく造られたものだ。斯《か》くして井口の名作は、思いがけずエロ写真と渾然一体《こんぜんいったい》となって亜米利加《アメリカ》の地に出現した！

そのことが井口に伝わり、動揺を誘うまでが犯人の計画だ。本物と贋物《にせもの》、芸術と猥褻の境界を定めんとした前衛作品がこの事件だ。

だとしたら、井口、お前はとんでもない挑戦を受けていることになるな」

「——蓮野、どう思う？」

私は大月の戯言《たわごと》から助けを求めたが、蓮野の言葉は存外に冷たかった。

「まあ、猥褻な写真が挟まっていたことについては、大月君の説以上に面白い理由はないかもしれないね」

紗江子はいかにも面白くなさそうに私と大月を見比べている。峯子はと見ると、時計の前に蹲《うずくま》って、そこからスケベ心を見出そうとするかのような真剣さで私の絵を鑑賞していた。辱めを受けているようで私は居《い》た堪《たま》れない。やがて峯子は絵に集中したまま言った。

「叔父さん、この絵のモデルさんはどなたなのかしら？　さっきからそれをおっしゃらないけれど、だって、もしかしたら絵の盗作をしたひとってそのモデルさんかもしれないでしょう？　そのひとは当然叔父さんがどんな絵を描いているんだか分かっていたんだし、モデルさんが自分で描いたんでなくても、誰かがそのひとから話を聞いて叔父さんの絵を真似しようと思ったのかもしれないわ」

峯子の指摘は尤も至極であった。

しかし、私にはモデルの正体を口籠もる理由があった。

「——確かに峯ちゃんの言う通りだよ。しかし僕は、この絵を描いた時に、モデルと一つ約束をしたんだ。自分をモデルにしたことは、絶対ひとには教えないとね。

こんなことが起こったからもう話してしまうが、君たち、くれぐれも他で話さないようにしてくれ。名前を言えばみんな知っているよ。

この絵のモデルは、岡島《おかじま》あやだ。あの舞台女優だよ」

その時、表の車寄せに自動車の近づく気配がした。

最後の客が到着したようだった。紗江子は、私の言葉がみなに波紋を広げるのに構わず、さっさと客を迎えに立った。

四

「あら！　お美しい」

居間に案内されてきた浅間光枝は、蓮野を一目見るなり、林を抜けて絶景に突き当たった如くの驚きの笑みを浮かべた。

「蓮野さんでらっしゃるでしょう？　泥棒さん？　ええ、お話に聞いていた通りだわ。私、ずっとお会いしたかったんですの。

逮捕されなさってから今日で三周年だと伺ったわ。お大変で御座いましたわね。でも、本当にお綺麗だわ。とても犯罪者とはお見受け出来ないわ」

「浅間さん、初めまして。僕もお話だけは伺っています。お目にかかることになるとは思っていませんでした。

しかし、僕が犯罪者に見えないとおっしゃるのは心外です。せっかく僕が逮捕されたことをお喜びに来ていただいたのですから、是非犯罪者のつもりで見て下さるのが良いでしょう」

「あら、そんなことをおっしゃったって、お美しい、ということだけはどうにもなりませんわ。それは覆せやしませんせん」

光枝は口許《くちもと》を右手で覆《おお》ってくすくすと笑った。蓮野は凪《なぎ》のような微笑のままである。

彼女は紗江子の女学校時代の同級生であり、子供の頃の峯子の遊び友達でもあった。そして今は、新劇を代表する舞台女優になりつつある。

光枝の母は珠子《たまこ》と言って、ひと昔前に洋行帰りの女優として一世を風靡《ふうび》した。彼女は精神を病んで女優を辞めたが、娘の光枝は数年前に初舞台を飾って以来、その天才を継いで大変な人気を博していた。

彼女は紗江子と同い年だが、既に二度、十九の時に光枝を支援していた作家の息子と、二十一の時に実業家と結婚している。今年の三月に実業家との離婚を遂げ、二度目の結婚生活は完結した。

光枝はこれまで一度も蓮野に会わなかったが、二ヵ月ほど前に思いがけない縁が出来ていた。彼女の家で宝石盗難事件が発生し、その犯人を蓮野が突き止めたのである。そんな恩があったから、今日は蓮野のお祝いがあると聞いて、稽古《けいこ》の隙《すき》を見つけてやって来たのであった。光枝は貴人たちのパーティーに出ても構わないような花模様の着物を着ていた。

紗江子は蓮野以外の顔ぶれを次々に紹介した。

「――これが主人の井口。前に一度会わせたことがあったわね。その隣が主人の友達で大月さん。井口とおんなじ仕事をなさってて、厭らしい写真に深い造詣をお持ちでいらっしゃるわ。それと、峯子」

「大月さん？　初めましして。ええ、確かに絵を描いてそうな方ね。それから――、峯ちゃん！　お久しぶりね。ずっと大人になったわ」

光枝は当然いることに気づいていた峯子に向かって、吃驚《びっくり》したような身振りでそう言った。

「ええ。――お久しぶり」

峯子は彼女の陽気さに怯《ひる》んだ。女学生の頃の光枝は、五つも年下の峯子を酷く可愛《かわい》がっていたそうで、どうやら蓮野たちがいるところで彼女が昔の態度に戻るのが嫌なのらしかった。

光枝はなお峯子にお愛想《あいそ》を喋りかけようとしたが、しかし、ふと峯子の背後に置かれた私の絵に気を取られた。彼女は魅入られたような仕草を作って絵に歩を寄せた。

「それ、どなたの作品かしら？　なんだかすごい絵。後ろ姿なのに迫力があるわ」

「これは井口君が描いたものです。――それで、浅間さん」

蓮野は絵を背後から抱え上げて、下縁をテーブルに据え、光枝が見やすいように支えた。

「今日は、この絵がお祝いを吹き飛ばしてしまって、僕の昔の仕事を懐かしんでいる場合ではなくなっているのです。突然ですみませんが、この絵が誰をモデルにしたものだか考えてみていただけますか。浅間さんと縁のない人ではありません」

光枝はやにわに真剣な顔つきになった。

彼女はたっぷり時間をかけて絵を検分した。

「ちょっと、見当がつかないわ。殆ど後ろ姿ですものねえ。紗江ちゃんかしら？　でも、こんな格好する筈がないわね」

「ええ、私がする筈がないわね」

にこりともしない紗江子に、女優はなんの訳も知らないまま、自信に満ちた笑みを浴びせた。

蓮野に眼で促され、私は気重に説明をした。

「この絵は、僕が二年くらい前に、岡島あやさんをモデルにして描いたものなんです」

「あら！　これ、あやさんでしたの！　そう思ってみると――、いえ、でもやっぱりあやさんとは分からないわね」

光枝は大袈裟に首を傾《かし》げてみせる。

岡島あやの初舞台は光枝に少し遅れていた。しかしその演技の優れていることはすぐに世の知るところとなって、二人は並べて語られることも多かった。

「浅間さんは、岡島あやさんをよくご存知なのですか？」

「それはもう、おんなじお仕事をしていますものね。劇場なんかで顔を合わせたりして、時々お話ししますのよ。でも、仲良しだなんて私が勝手に言ったら、あやさんは怒るかもしれないわね。不思議な縁があるものね。そんなことがあったなんて私全く知らなかったわ」

「ええ、私も全く知らなかったわ」

紗江子の不機嫌の訳を、光枝はようやく察したようである。彼女は、今度は訳知り顔をして紗江子に笑いかけた。

私はあやをモデルに絵を描くに至った経緯を切り出した。

それはちょうど私と紗江子の結婚の二月あまり前のことであった。

「元々舞台で岡島あやは幾度か見ていたんだよ。そして、彼女をモデルにして絵を描いたらどうかと思いついた。何故そう思ったか説明しろと言われても困るよ。とにかく、良い作品が出来そうだと、そう考えた。

大正七年の二月に銀座《ぎんざ》のカフェでたまたま彼女を見かけたんだ。迷ったけど声を掛けた。絵描きだけども、モデルをやってもらえないか、と」

当然、それはにべもなく断られたのである。しかし私は喰《く》い下《さ》がって、井口朔太《さくた》という名前を憶えさせることには成功した。

「それから一月くらいして、また同じカフェであやと行き逢《い　あ》った。――まあ、もう一回くらい会えないものでもないと思ってたから、僕の方で頻繁に行ってたんだよ。

そしたら、あやがどこかの画廊で僕の絵を見たとかで、モデルをやっても良い気になったというんだ。ただ、一つ条件があって、僕があやの絵を描いているということは誰にも教えないようにして、絵が出来上がってからもモデルの正体は絶対誰にも口外するな、という話だった」

ともあれ私はあやの要求を受け入れて、絵の制作を始めたのである。

それは不義の逢引《あいびき》のやり口であった。あやは私のアトリエに来ることを拒否して、夜の劇場の物置部屋で描くよう求めた。夜間でも劇場が無人になることはなく、私は大道具係のような顔をしてキャンバスを持ち込み、扉の外の物音に身をこわばらせながら絵筆を振るった。

大月は私を制止した。

「待て。あやはそんなに井口に描かれることを恥だと思ってたのか？」

「いや、まあ――、そりゃ、人目をはばかる気にもなるかもしれないよ。殊に、名の聞こえた女優なんだから」

「あら、女優だってモデルだって大してちがいはしません。帝国劇場の技芸学校にも、女優になりたいって言って、家族に絶縁されたって子が何人かいますわよ。――でも、やっぱりモデルをするっていうのはちょっと、醜聞の匂《にお》いがしちゃうかしらね」

少なくとも、私の絵のモデルを務めたところで世間の名誉にならないだろう。

「だとしたら、何で井口のモデルを引き受けたのかは謎だというよりない！　危険なばかりで何にも楽しいことがないだろ。一種の変態性欲か？　あやは、無精髭《ぶしょうひげ》の小柄な画家と倉庫に閉じこもって金縛りを強いられるのを楽しんでいたのか」

「君は何としても僕の仕事を性欲と結びつけたいらしいな。聞いたことのない種類の変態だが、そんな訳はないと思う」

考えてみると、私が会った時のあやは、招じ入れる時の「こんばんは」という声から別れ際の手の一振りまで、一切感情を込めることがなかった。何かを隠しているようであった。

「僕の絵を気に入ったんだと思ってたんだがな」

「それだけのことなら自分を画題にしたことを秘密にしたがるのは変じゃないか」

大月の言う通りである。あやが私のモデルを引き受けたこと、それにまで何かの悪意が蟠《わだかま》っているのか？

私は自分の背嚢《はいのう》にこっそり重りを詰め込まれていたみたいな気分になった。

そこを見計らったみたいに、蓮野が訊いた。

「井口君。この、オレンジ色の服は岡島さんのものかね？」

「ああ、うん。そうだよ。洋服がいいと思ったから、持っていないか訊いたら、こういうのがあると言って持って来たんだ。僕も良いと思った」

「ええ、それが意外だったんですの。このお洋服、まるであやさんらしくありませんものね」

光枝はそう言った。

「しかしそれは当たり前だろう？　井口に描かれたことを知られたくないなら、誰にも見せたことのない服を着てモデルをやるのが安全だ。俺だって、オレンジの服を着た女としか思っていなかったし、モデルが岡島あやだなんて想像もしなかったぜ？」

「まあ大月君の言う通りだね。――この絵の構図は岡島さんの発案ということかい？　顔を描かないようにするというのは」

蓮野の質問は、私と大月と峯子と紗江子と光枝、彼以外のみなに奇妙な連帯を齎した。私たちは汽車の車輪の如くに連動して互いに顔を見合わせた。どうやら、他の皆が知ることを、蓮野だけが知らない。

「ねえ、もしかして蓮野さん、あなたあやさんのお顔をご存知ないのじゃありませんか？」

「おや、顔どころではありません。井口君はみんなが知っているとか言っていましたが、岡島あや、という名前はさっきが初耳です」

「それならご無理ないわ。ですけれど、モデルがあやさんだと聞いたら、私はこの絵にお顔が描かれていないことがあんまり不思議でなくなっちゃいました。井口さん、でしゃばってごめんなさいね。私おしゃべりですの。

あのひと、いつも厚化粧してますのね。舞台の上でも、普段の何でもない時でも。そのことで、雑誌にからかうみたいなことを書かれたことも幾度かあります」

岡島あやの厚化粧ぶりは、芝居をいくらかでも観るものなら誰でも知っていて、あやを褒めるひとも貶《けな》すひとも、触れずには済まさないことであった。

しかし、光枝があやについて知っているのはそれだけではなかった。

「実は、その厚化粧って、ただお顔に自信がないからなさってる訳じゃないらしいんです。ほら、少し前にご自害なさった松井須磨子《まついすまこ》さん、手術をして鼻を高くなさってたそうでしょう？」

松井須磨子といえば、昨年の一月に劇作家島村抱月《しまむらほうげつ》の後を追って自死した新劇女優である。彼女は、隆鼻術を使って顔を人工的に改良していたという。

「あやさんて、須磨子さんどころじゃないことをなさったみたいなの。きっと、特別な手術の出来るお医者さんを頼ったんでしょう。お鼻ばかりじゃなく、いろいろなところに手を入れて、今のお顔になさったらしいんです。その痕《あと》が残っているからお化粧を落とせないのね」

「そ、それ、本当ですか？」

「ええ。井口さんの事件と関係があるといけないから申し上げるわ。みなさん秘密になさってね」

光枝は、あやが顔を手術したことを知った経緯を語った。

「以前に私、楽屋にあやさんが手帳を忘れていったのを拾ったことがありますの。誰のものか分からなかったので、めくってみました。そうしたら、一番後ろに写真が挟まっていましたの。写っていたのはあやさんだったんですけど、今とは違うお顔だったのね。もっと、痩《や》せてて、素朴で、あんまり目立たないようなお顔。それを見て、私あやさんが手術をしたんだってはっきり気づきましたの。

私は、誰にも言わずに、次にあやさんに会った時に黙って手帳をお返ししたんですけど、酷く睨《にら》まれちゃったわ」

光枝の話には、思い当たるふしがあった。

あやの大きな眼や高い鼻や少し厚ぼったい唇は、舞台で観客の眼を捉《とら》えるには十分な特徴を備えていたが、言われてみれば少し強調し過ぎた感じがしないでもなかった。

絵を描く時、彼女がうっかり眼の端《はし》をこすって地肌を晒《さら》したことがあった。そこに傷痕《きずあと》があったのを私は思い出した。ただの古傷と思っていたが、そうではなかったのだ。

「しかし、昔の顔の写真を持ち続けているのはどういう訳だろう？　手術のことは隠したいのだろうに」

「あやさん、決して手術をした今の姿に満足している訳じゃないのね。きっと昔が懐かしくなるんでしょう。あやさんって、昔のことを何にも喋らないのが不思議なんですけど、あの古いお顔にもいろいろ思い出があって当然だわ」

光枝の他は、厚化粧のことは知っていても、あやが手術を受けていたらしいことは知らなかった。しかしなお、私たちは五人で蓮野の無知に向かい合うような格好になっていた。

「まあ、蓮野、君は芸能ごとにはさっぱり関心がないから知らなかったろうが、そういう訳だそうだ。ただし君にさっき訊かれた、絵の構図があやの発案なのか、ということは、何とも言い難いな。そのことは、あやとは話し合う必要がなかったんだ。あやが、絵が私をモデルにしたってことは内緒にしていただくわと言った時に、僕は、大丈夫です、モデルにするのも後ろ姿ですから分かりようがないですと答えたんだよ」

思えば、顔を描かないことは、あやとは何も相談しないうちから諒解《りょうかい》済みのような気がしていたのである。

「岡島さんは何も言わなかったんだね？　君が顔を描かないと決めたことに」

「言わなかった。僕だって、あやの顔は人工的だから描かないようにしようと思ってた訳じゃない。ただ、描く必要がないと思った」

「ふうん」

その時の私が芸術的直感を得たことに、蓮野は何の共感も示さなかった。

「まあ、僕があやの絵を描くことになった事情はそれが全部だよ」

「ねえ、やっぱりあやさんには絵のことを確かめなくちゃいけない筈だわ。誰か、盗作する人に心当たりはありませんかって」

峯子の言う通りである。絵のモデルのことはくれぐれも口外するなと私に言っておいて、あやが誰かに話をしている可能性は否定出来ない。もしそうなら盗作犯の候補は無数に増えてしまうかもしれないが、あるいはあっさり見つかることもあり得る。

「そうだね。——あの、光枝さん、あやさんに会うのには、一体どうしたらいいんですかね。僕は、絵を描いた時も住所なんか訊かなかったんです」

「私は存じてますけど、ご紹介する訳にはいきませんわねえ？　私が井口さんとあやさんのことを知っているのは内緒にしないといけませんものね。やっぱり、ありきたりに楽屋にお手紙でも届けるよりないのじゃありません？　井口さんのお名前で届けたら、きっと読まずに捨てたりはしないと思います。

そう、ちょうど明後日から帝国劇場で『サロメ』の再演が始まるわ。あやさんが主役。井口さん、観にお行きになったら？　良かったら私、切符をご用意するわ。

誰かとご一緒がよろしいわね。紗江ちゃんはお芝居好きじゃなかったかしら？　ご主人と一緒に行く？」

紗江子は私を睨《ね》めつけてしばらく逡巡《しゅんじゅん》した。既に、半ば私の浮気相手の芝居を観に行く話をしている気分になっているらしかった。

「私より、他のどなたかが良いと思うわ」

「そうね。じゃあ、蓮野さん！　井口さんとご一緒にいかが？　私、何にもお祝いを持って来なかったから切符を差し上げることにするわ。蓮野さんはお芝居なんて面白くないでしょうけど、贈り物なんてどうせ、欲しくもないものをいただくものですものねえ。どうです？」

こうなった以上、一人で行くよりは蓮野に同行して欲しかった。私が懇願《こんがん》の視線を向けたので、蓮野は苦笑いを漏らした。

「切符はいただくよりなさそうですね。井口君のお使いに付き合うことにしましょう」

「ええ、そうなさって。もしお気に召したら、私のも観に来て下さるといいわ」

光枝は蓮野に向けて言ったのち、私たちにおこぼれの笑顔を振りまいた。

五

紗江子の手製ケーキを食べたのち、客たちは帰った。峯子だけは、泊まるつもりで居間に残っている。

「私は、叔父さんには何にもやましいことはないと思ってるわ」

「峯子、余計なことを考えなくていいわ」

珍しく紗江子は峯子を叱《しか》った。

峯子は私の味方をすることに決めたようである。私にとってはありがたいような、そうでもないようなことであった。ともかく峯子は、この問題に、何でもいいから口出しがしたいらしかった。

「ええ。でも、みんなが考えることを、私だけが考えないのは無理な相談だわ。とにかく、叔父さんの絵の盗作のことがはっきりしたらいいのよ。そしたら紗江ちゃんが気にしてるようなこともすっきりするわ」

「それに、ロデウィック氏に絵を買ってもらえるしなあ。そうなればすごいよ」

紗江子は私と峯子を億劫《おっくう》そうに見て、やがて、そうだわね、といやいや認めるように言った。

峯子はなおも私の絵を眺め続けていた。

「本当に、不思議な絵。こんなのが描けるのは、本物の芸術家だけだと思うわ」

「いや、才能というものは、本物だの贋物だのとはっきり白黒つくものじゃないけどなあ。まあ、盗作となったら話は別だけどさ。それは明らかに紛《まが》い物《もの》だからな」

彼女があまりに真剣なので、私は面映《おもはゆ》くなる。

「それでも、叔父さんの絵の才能は明らかだわ。——私も、何でもいいから、才能が欲しかったわ」

姪がそんなことを言うのは初めて聞いた。思わず私は妻と顔を見合わせた。

峯子をありきたりの少女とは思っていなかったが、かといって何に秀でているのかもよく分からずにいる。

「何でもいいから、とは何だね？」

「分からないけど、私の周りには才能のある人が多過ぎるわ」

「そうか？　まあ、蓮野には泥棒の才能があるしな。とはいえ捕まってはいるが。光枝さんも、大変な評判だしな」

「ええ。それにしても、光枝さん別人みたいだったわ。それは、昔よりももっと綺麗になってたけど——」

峯子はむくれていた。光枝が帰り際に、皆の前で峯子の頭を撫《な》でたり頬《ほお》をつねったりしていったのである。彼女はそれが不服なのであった。

すると、紗江子が、姪の物思いを断ち切るように言った。

「そう、峯子、あなたには、自分の才能以外にも心配しないといけないことがあるわよ」

「ああ、そうだった。言ってなかったな」

私も妻に調子を合わせた。

「実はね、峯ちゃんのお父さんに、峯ちゃんの縁談を、晴海商事の社長に頼めないかと相談されたんだよ。晴海社長は一度峯ちゃんを連れて来いと言ってるから、来週辺り会ってもらうことになるよ」

峯子は愕然《がくぜん》として、裏切られたと言わんばかりに私と紗江子に眼を剝《む》いた。

3 盗作と贋作

一

帝国劇場の客席は八割がた埋まっていた。万が一、舞台からあやに見咎《みとが》められることを心配して、光枝の用意した席は二階の後方であった。

書割は簡素で、遠目にも粗雑な造りである。照明はそれに合わせて暗くしてあった。

あやは凄絶《せいぜつ》な演技をした。白黒のフィルムに蝶が張り付いた如く、慎《つつ》ましい書割にあやだけが色彩を持っているかのような鮮やかさでヨカナアンを呼ばわり、七つのヴェールの踊りを踊った。

——本当にあたしの欲しいものを、何でも下さるのでしょうか？

——どうぞ、ヨカナアンの首を下さいまし。

舞台のあやの声は別人である。二年前に劇場の倉庫で言葉を交わした時に感じたことを私は思い出した。

「どうだ？　面白かったかね？」

「そんな風に気安くひとに感想を求めるものじゃないよ。芝居の面白さは君の責任じゃないだろう。君の責任は僕を連れて来たことだよ」

蓮野はテーブル越しに私を見下ろす。

劇場から程近くの『オリオン』というカフェである。光枝に、いいところだから、劇がはねたら行ってみると良いと勧められていた。

「君はこんなところは好きじゃないだろうな。しかし君が一緒でないと紗江子が納得しないから勘弁してくれ。

君は『サロメ』の戯曲は知っているのか？」

「ワイルドのは読んだことがない。僕が知っている話とは大分違ったな」

『サロメ』は前世紀の末にオスカー・ワイルドが発表した戯曲である。新約聖書の、預言者ヨハネの処刑に纏《まつ》わる挿話を下敷きにしている。

以色列《イスラエル》の領主ヘロデは、自身の結婚を諫《いさ》めた預言者ヨハネを捕らえる。

彼は、自分の誕生日の祝いの席で、妃《きさき》ヘロデヤの連れ子の少女が舞を舞ったのを喜び、欲しいものはどんなものでも与えようと約束するのである。

少女は、見返りにヨハネの首を求めた。ヘロデ王は困るが、約束を果たすために衛兵に命じてヨハネを処刑し、その首を彼女に与えるのである。

新約聖書にその名はないが、この少女がサロメである。

ワイルドの戯曲も、筋はおおよそ聖書をなぞっている。

しかし、サロメに関する解釈は聖書とまるで違う。聖書では、サロメの少女は母ヘロデヤに唆され、その意味も分からずヨハネの首を求めるのである。

しかし、ワイルドのサロメは預言者ヨカナアンに恋をする。それを拒《こば》まれたために、自分の意志で預言者の首をヘロデ王に要求するのである。サロメはヨカナアンの首に口づけをする。彼女を恐れたヘロデ王によってサロメは処刑され、劇は終わる。

「蓮野はどうせ新約聖書しか読んだことがないんだろう？　まあ、よく分からんといえばよく分からん筋だね。それにしても、わざわざ観ることもなかったのかもしれないな」

光枝の提案に乗って芝居を観たのは、手紙をことづける前にあやの姿を見ておくべきのような気がしたためだった。ことによったら、挨拶におべっかめいた劇の感想の一つくらい書いておこうか、という考えもあった。

私は用意して来た便箋と封筒を取り出した。

「やっぱり、あやは僕の印象に残ってた通りだった。昔観た時もあんな風だ。今の方が演技は上手いな。

手紙は何と書いたものかな。昨日からあれこれ考えたんだが、案外難しいんだよ。控えめに書けば無視されそうだし、気を引こうとすると脅迫状みたいになってしまう」

「余計なことは書かなくていいさ。電報みたいなのを書きたまえ。絵のことで相談があります、とそれだけで十分だ」

しばらく逡巡したのち、結局、蓮野の言う通りにした。もしあやに後ろ暗いことがあるのなら、手紙で事情を明かしてこちらの手の内を見せてしまうべきではない。

私は便箋を封筒に収めて封をすると、テーブルに置いた。

椅子に凭《もた》れかかり、蓮野を眺めた。

彼は、私が手紙を書きあぐねている間、煙草《たばこ》を燻《くゆ》らせながら、かすかに首を廻して周囲にぼんやりと嫌悪の視線を投げていた。そこにあるのは、騒々しい電話のベル音、客に紛《まぎ》れた女給の嬌《きょう》声《せい》、それらをうっすら包んでいる衣擦《きぬず》れの音などである。

私が蓮野の人間嫌いに感心するのは、彼が、嫌悪するものに傲慢《ごうまん》さを見せないことであった。ひとが傲慢になる時には、しばしばその対象の気を引きたい願望が見え隠れするが、彼はどうやら、全く無心に人を厭うことが出来るのである。それは一見して謙虚さにしか見えない、純真無垢《むく》の嫌悪であった。友人のつもりでいながら、蓮野のこういう性質を眺めることを私は面白がっている。

手紙を書き終えた私に、蓮野は億劫そうに視線を移した。

「――そういえば井口君。僕のお祝いをしてくれた時には言いそびれたことがある。盗作犯のことだ」

「何だ？」

「一つ、盗作の容疑者を絞る方法がある」

「え？　絞れるのか？」

突然、蓮野は名探偵のようなことを言い出した。あの時話したことの中に、容疑者を絞るヒントは何もなかったように思うが――

「どこまで絞れるかは井口君や大月君や紗江子さんの記憶次第だな。

君はこんなことを言っていただろう？　二年前、白鷗会のものたちが井口君の家に集まった時、盗作犯が君のアトリエに忍び込んだらしい。同夜、誰かが手洗いの前の廊下にシチューをぶち撒ける悪戯をした。

この二つは無関係じゃない。因果《いんが》があって行われたことだ」

「因果？　どちらが因だ？」

「もちろんアトリエに忍び込んだことだよ。それによって、盗作犯にはシチューを廊下にぶち撒ける必要が生じた」

唐突に語られ始めた推理の行き先が、私はさっぱり分からない。アトリエに忍び込むと、廊下にシチューをぶち撒けなければならなくなるというのか？

「それは、シチューをぶち撒けた犯人を探せってことか？　前も言ったが、分からなかったんだよ」

「それを今から調べられるとは思っていないさ。問題はそういうことではないんだ。何のために廊下にシチューをぶち撒けたのか、それが重要だ。

井口君、君のアトリエはいつも絵具で汚れている。ロデウィック氏にも、あそこに入る時はスリッパを履き替えてもらったろう？」

「ああ、そうだったな」

「すると一つ疑問がある。アトリエに忍び込む時、盗作犯はスリッパを履き替えたのか？」

私はどきりとした。

「君のアトリエのつくりを考えてみる。扉は内開きだから、開けてすぐにはアトリエ用のスリッパが置いてあるのに気づかない。それにあそこは廊下の電燈が遠くて暗い。集まったのは夜だった。室内の灯りを点《つ》けるには、部屋に入って電燈の紐を引かなければならない。しかも、君は大月君とか、親しいひとしかアトリエに招き入れたことはない。

こういう事情からして、盗作犯は、うっかりスリッパを履き替えずに絵具で汚れたアトリエに入ってしまったんじゃないか？」

「――そうだな。その可能性が高い」

「だとするとこれは存外厄介なことだ。スリッパを油絵具で汚してしまったんだからね。そのまま履いている訳にはいかない。廊下を汚すし、絵具が付いているのに気づかれれば、アトリエに忍び込んだことが井口君にバレる。

　油絵具だから拭《ふ》いたって簡単には落ちない。とりあえずは脱いでいるしかないが、もし裸足《はだし》なのを見られれば、一体スリッパをどこにやったんだと追及される。疑われるからよろしくない。じゃあ、どうすればいいか？」

「ええと――」

「もう一足、別のスリッパを用意することだ。しかし、もちろん井口君や紗江子さんに汚してしまったことを白状する訳にはいかない。こっそり新しいスリッパを持ち出してきたい。

　でも、盗作犯は、井口君の家のどこにスリッパを仕舞ってあるか分かったのだろうか？」

「いや、分からなかったろうな」

　分かった筈がない。客用のスリッパは二階に置いていたし、彼らは私の家を訪ねるのは初めてだったのだ。

「井口君たちに訊かずに、スリッパの場所を知るにはどうすればいいか？　もう一足スリッパを持って来ざるを得ないようにすることだ。その時に、どこから出して来るかを確かめればいい。そこで、盗作犯は一計を案じた」

「分かった。だから、廊下にシチューをぶち撒けたのか！」

「そうだね。誰かがそれを踏めば、そのひとのために替えのスリッパを持って来なければならない。どこに取りに行くかを見ておけば、後でこっそり自分のスリッパを替えられる。

五味というひとがシチューを踏んづけたと言っていたね？　替えのスリッパを持って来たのは誰だ？」

「それは、紗江子だった筈だな」

「じゃあ君は一階に残っていた訳だ。つまり、紗江子さんが二階にスリッパを取りに行っている間、一階に留まっていた人物が分かれば、それは盗作の容疑者から除外することが出来る。逆に、もし紗江子さんが、二階にスリッパを取りに行った時に自分の様子を窺っている誰かに気づいていたなら、その人物が極めて怪しいということになる」

だから、記憶次第だと彼は言ったのだ。

「盗作犯は、自分が汚したスリッパをこっそり持ち帰って処分しただろうから、会合のあと、井口君の家からはスリッパが一足減っていたことになるね。もしも紗江子さんがそれを憶えていたなら、この推測はますます間違いないな」

「分かった。訊いてみる。そういうことは、紗江子は結構憶えているからな。

紗江子が二階に行った間、一階に残っていた人物だな？　ひとまず、五味は容疑者から外していいんだろう？」

シチューを踏んづけた本人である。自分のスリッパを絵具で汚している盗作犯が自らそれをやることは出来ない。

「そうだね。尤も、この消去法が役に立つのは、白鷗会の中に盗作犯がいると決まった時だけだよ。岡島さんか、その周辺に盗作犯がいるんなら何の意味もない。その時は、アトリエに侵入したのはあの絵の盗作とは全く違う動機で行われたってことになる。しかし、岡島さんと盗作犯が繋がっていないことがはっきりしたなら、白鷗会に犯人がいる。他に機会がないというんだからな」

やはりあやとは早く連絡をつけねばならない。彼女が盗作と関係しているのかはっきりさせねば、次の調査に進むことが出来ない。

「――よく分かった。手紙はあとで劇場の支配人に届けて来るよ。光枝さんは、支配人ならあやに届かず仕舞いになる心配はしなくていいと言ってた。

しかしあやは返事を寄越すだろうかなあ。もしかして返信用に切手を入れといた方がいいのか？」

しかし、それは女優に必死で署名をもらおうとする中学生のようなやり口だと考え直した。

「岡島さんがどれだけ筆まめかは知らないが、井口君は劇場の倉庫で何日かを一緒に過ごしたんだろう？　返事が来るのかどうかも見当がつかないのかい」

「いやまあ、あやのことはよく分からなかったなあ。話をする必要なんかなかったんだよ。僕は僕で、絵の他には何も関心のない朴念仁の振る舞いしか出来なかったしな。別れた時も『これでもう大丈夫、あとはモデルなしで描けます。長いことありがとうございました』みたいな挨拶をして、それっきり何の音沙汰もない」

「ふうん」

「あやに何の後ろ暗いことがないにしても、モデルにしたことを秘密にしろとあれだけ言ってたんだから、僕が連絡を寄越すのを嫌がる可能性は十分あるよな。

何であやはあんなに秘密に拘ったんだろうな？　顔を手術で整えたことと関係あるのかな？　それだって、僕の絵でどうにかなる訳じゃないと思うが――」

蓮野は、テーブルに置いていた右の掌《てのひら》を静かに持ち上げ、私を制した。そして左上の辺りをそっと見上げた。

彼に倣《なら》って横を向くと、着物姿の女が立っていた。目元から下をすっぽりとショールで覆ってい
る。

女は鼻の辺りを摘《つま》んでショールを引き下げ、私に貌《かお》を見せた。

現れたのは、岡島あやであった。

二

濃霧のように白い化粧をしたあやの貌には激情が走っていた。彼女は怒り狂っていた。

あやは大胆にテーブルに右手を突いた。そして、声を抑え、突き刺すように言った。

「井口さん？　画家の井口さんですわね？　私憶えてるわ。お久しぶりですことね。

あなた――、あなた、随分勝手な口をお持ちでらっしゃるのね。あなたは、私が絵描き仕事を助けたことは絶対漏らさないと約束したわ。確かにした！　それを、今頃になって、こんなところでペラペラと喋ってるところを見かけるなんて思いもしなかったわ。

どういうおつもり？　お願いをしておいて、ひとのことをまるで考えないで、勝手な噂をして
――」

私は総毛立った。

油断していた。劇場から手近なカフェである。あやに遭遇する偶然があってもおかしくはなかった。

「あやさん、その、大変、失礼しました。ですけど、その、それだけの事情があります。あやさんにも何とか相談が出来ないかと思っていたんです――」

「それだけの事情？　どれだけかを勝手に決められてたまりますか。そんな風にして約束を破って構わないのなら、何だってあなたの事情の赴くままだわ。この――、酷い――」

あやは私を死に至らしめる言葉を探しているかのように、こちらを睨んで震えた。彼女は絶句し、私は奈落《ならく》に追い詰められた如く震えた。

「岡島さん」

あやはテーブルから手を離して声の方を振り向いた。

「――どなた？」

「僕は蓮野といいます。井口君の友人です」

蓮野は私を制した時と変わらない穏やかな顔をしていた。

あやが私の話を聞きつけた時、蓮野は彼女に背を向けていた。それにあやは、私への怒りにとり紛らせて、私の話し相手のことを失念していたらしかった。

だから、この時が、あやが蓮野を認めた最初の瞬間であった。彼女は足蹴《あしげ》にした子犬に擦り寄られたかのように、蓮野の美しさにたじろいだ。

「――ご友人？　あなたが？」

「そうです。井口君が約束を破ったのは僕を友人と思って相談をしたからで、井口君を友人にしてしまったことは僕の責任です。約束を破るに至った訳をお話ししますから、聞いていただけますか？　お掛け下さい」

あやは、空椅子を足許に引き摺って腰掛けた。彼女は両肘をテーブルに置いて、蓮野に身を乗り出した。

「蓮野さん？　どんな事情かより先にお訊きしなきゃならないことがあるわ。あなたのこと。一体、井口さんとはどんなご友人なの？　私は、あなたが画家だとはお見受けしないわ」

私はあやの直感の鋭敏さに驚いた。蓮野に話しかける彼女は、私に向けた怒りを殆ど蒸発させつくして、今のことは瞬時に忘れたような素振りであった。代わりに、声には猜疑を露骨に表していた。

「おっしゃる通り僕は画家ではありません。井口君とは、十二歳の頃に上野駅の駅舎の写生をしていた彼に消しゴムを貸して以来の付き合いです」

「そう。何をなさってる方？」

「今は翻訳や通訳です」

「今？　他のこともしてらしたのね。何を？」

「以前は泥棒でした」

冗談に聞こえぬよう注意して蓮野は言った。あやは息を呑んだ。私も緊張した。

蓮野は嘘を吐《つ》くことを病的な潔癖さで嫌う。しかし、まさか泥棒であったことを公言して憚らない訳ではない。彼特有の機知と機転で嘘を交えずにはぐらかし、やり過ごすのが常であった。しかし今、蓮野は微塵《みじん》もそれを隠すつもりがなかった。

「——本当に？　だとしたら不思議だわ」

「本当ですし、不思議がるようなことでもありません。ちょっとした素質があれば誰でも、岡島さんだってなれますよ。どうしてもお疑いなら三年前の五月二十八日の新聞を確かめていただけばいいでしょう。

僕が泥棒だったのは本当ですが、それに限りません。あらかじめお約束しておきます。僕は、岡島さんに何一つ嘘を吐きません」

蓮野にそう言われた時、あやの顔に激情が再び迸《ほとばし》った。嘘を吐かないというのは、口説き文句のようで、一種の脅迫である。蓮野の美しさにたじろいだあやは、彼が本心を語ることを恐れている。それはあやを打ちのめすかもしれなかった。

彼女は泣きそうに巨《おお》きな眼の周りに皺《しわ》を集めて、悔《くや》しさを呑み込んだ。冷静にならなければならないことを自分に言い聞かせたようであった。

「分かりました。いいわ。私もあなたに嘘は吐かないわ。お話を聞かせてもらいましょう。どうして約束を守れなくなったんですの？」

蓮野は、ロデウィック氏に会ったことから始まった盗作事件を、歴史の教師のような客観性で説明した。当事者の私は一言も口を挟まなかった。蓮野が自身の話に真実の保証を与えるのを邪魔しそうだったし、あやは私が会話に加わることを許していない。

話は五分余りを要した。

「――何のために、犯人は私の絵を盗作したとおっしゃるの？」

あやは厭らしくてならないとばかりに口を歪《ゆが》めた。

「分かりません。単に絵が傑作だと思って、模倣したくなったのかもしれません。ともかく、井口君がモデルのことを口外したのは、盗作犯を探し出すために、よほど迷ってからのことです」

「では、それまでは約束通り秘密にしていたとおっしゃるの？」

「井口君はそう言っています」

あやは憎悪を込めて私の顔を顧みた。話しかけることは拒否して、蓮野に向き直った。

「蓮野さんは井口さんを信じてらっしゃるの？」

「井口君は本当のことを言っていると思っています」

「――そう。井口さんは、蓮野さんの他、誰にそのことを話したんですの？」

「奥さんや友人など、僕の他四人です」

私はあやの無視に耐えきれなくなり、思わず割り込んだ。

「あの――、もちろん、その四人には、内緒にするように言ってあります。それに、もう一度念を押しておきます。絶対に喋らないように――、僕が責任を持って、絶対に漏らさないようにしておきますから――」

「井口さんの責任ですって？　責任？　馬鹿馬鹿しい！　責任なんてものは持ったり運んだり出来るものじゃないわ。誰にも、自分のしたことに本当の責任なんて持てるものですか。自分のことすら出来ないのに、ましてひとのことなんて――」

あやは激しかかって、口をつぐんで息を静めた。

再び口を開いた時、今度はあやの言葉からは怒りが薄れ、代わりに涙声になっていた。

「そう――、もう一つ訊かなきゃならないことがあるわ。私が――、私が、顔を手術したって、どうしてそんなことを知ってらっしゃるの？」

どう返事をして良いものかと、私は助けを求めて蓮野を見た。

蓮野がそれを教えるのを迷ったのかは分からなかったが、迷う素振りを見せてあやの逆鱗《げきりん》に触れることはしなかった。

「浅間光枝さんから聞きました。浅間さんは、岡島さんの手帳を楽屋で見つけた時に、一番後ろに挟んでらした写真を見たそうです」

「光枝さんが？　そう――、光枝さんが見たのね」

あやは、そのことにはそれきり何も言わず、涙声も引っ込めてしまった。

一昨日の光枝は、あやとどんな仲なのか、はっきりとは話していない。これが光枝とあやの関係にどんな影響を齎すのか、あやは察するよすがを与えなかった。

「よく分かったわ。それで、蓮野さん、あなたは私にどうしろとおっしゃるの？　その、盗作犯を探すおつもりなんでしょう？」

「そうです。知りたいことがあります。岡島さんは、井口君のモデルを務めたことや、井口君が描いていた絵がどんなものだったかを誰かに話しましたか。それを教えていただこうと思っていたのです」

あやが、自分がそんなことを話す筈がないと怒気を滲ませることを私は想像していた。しかし彼女は何も言わなかった。決心をつけかねている様子であった。

やがて彼女はつぶやき声で言った。

「一人だけ話した人がいるわ。その人が盗作した筈はありませんけど、あなたは確かめずにはおけないとお考えになると思うわ。——でも、私は、蓮野さんだけにお教えしたいわ」

あやは作為を込めた身振りで自分の手許に視線を逸《そ》らした。彼女は、炎が温度によって色を変えるように、話に合わせて声を違えてみせる。変化は気味の悪いほど自然で鮮やかである。

「それはお約束出来ません。当事者は井口君です。井口君を交えずにことは進みません」

「そう」

断られることを予期していた返事であった。

「なら仕方がないわ。でも、井口さんには今度こそ約束を守っていただくわ。今から話すひとのことは、何があっても秘密にしてもらいます。よろしくて？」

はい、と、それだけしか私は返事が出来なかった。

「いいわ。私はモデルをやったことなんて誰にも話さないでおくつもりだったけれど、そのひとにだけは言ってしまったの。それは、笹川元樹《ささがわもとき》っていうお医者さんです。私の、顔の手術をしたひと」

「そうでしたか。ご紹介いただくことは出来ますか？」

あやは迷った。

「――いえ、ご紹介はしないわ。医院の場所をお教えするから、ご自分で行っていただくわ」

あやはハンドバッグから手帳を取り出した。破りとった一頁《ページ》に鉛筆で写し書きをし、折りたたんで蓮野に差し出した。

「ここに行って下さればいいわ。私のことで話があると伝えれば、断られる筈はなくてよ。もちろん、用件は笹川さんだけに届くようにするのよ」

「大丈夫ですよ。心得ました」

「そう、それから、盗作のことは、何か分かったのなら私も是非知りたいわ。私の絵のことなんですから、当然教えていただくべきでしょう？　蓮野さん」

「その通りですね」

あやは再び手帳に何かを書き取って、彼に受け取らせた。

「この宛先《あてさき》にお手紙をいただきたいわ。ここは私のお家《うち》。劇場だとか、他のところで私に連絡をつけようとするのは遠慮していただくわ」

蓮野は何も言わずに、所書きをチラリと見てから胸の内ポケットに仕舞った。

「分かりました。おっしゃるようにしますよ」

「もちろんそれは、誰にも教えずに、蓮野さんだけの秘密にしていただける筈だわ。そうでしょう？」

あやは脅すように言った。

「はい。お約束します」

蓮野が秘密にすると約束した時、あやの顔に浮かんだ笑みは、私が今までに見たいかなる女性の笑みとも違っていた。それは蜥蜴《とかげ》の笑みのような、笑う筈のないものが笑ったような、それでいてとても美しい笑みであった。彼女が美貌《びぼう》を得るべく手術を受けたのだということを私は思い返した。

「私はお暇《いとま》します。きっとまた私の噂をなさるのでしょうけど、井口さん、声の大きさには注意していただくわ」

あやはショールを鼻の上にまで引き上げると、すっくと立ち上がった。蓮野にもう一瞥《いちべつ》をくれて、踵《きびす》を返しカフェを後にした。


あやが去って、私はしばらく放心していた。辺りの雑沓《ざっとう》を見廻し、猫に掻きまわされた手水鉢《ちょうずばち》の金魚の気分はまさしくこんなのに違いないなと、埒《らち》もないことが頭を過《よ》ぎった。

「井口君。君はまだここにいたいのかね？」

ハッとして正面を見ると、蓮野はずっと私の放心状態を観察していた様子であった。

「いや、うん。用は済んだな。随分成果があった。手紙の返事がもらえるのか心配していたのに、大幅に手間が省けたし、それに次にすることも決まった。——しかし、悪かったな。蓮野」

元々蓮野はただの付き添いだったのだ。あやに会ったことによって、私は彼を完全に事件に巻き込んだ。

ほんの数分言葉を交わした蓮野に、あやは執着を露わにした。彼女は蓮野の美しさを見過ごすことが出来なかったのだ。ならば、彼女が要求するのが、事件の報告ばかりな筈はない。

「何、みんな仕方のないことだ。君は悪くない。君に限らず、世のひとたちは、全く悪くないくせに、妙な巡り合わせをこしらえてはひとに面倒をかけるんだから訳が分からない」

「そうだな。泥棒をやって捕まった君は悪いことをしてひとに迷惑をかけた訳だから、君の方が筋が通ってるな。

じゃあ、次はあやの医者に会いに行くんだね？　君、あやが医者にしか絵の話をしなかったと言っていたのは本当だと思うか？」

「今そんなことを考えても始まらないだろう。せめてその笹川さんに会ってからにしよう。さあ早く帰ろう」

席を立つ前に、蓮野はあやに渡された医院の所書きを私に持たせた。

私は、あやの棲家を教えられた蓮野が羨《うらや》ましくなっていることに気づいた。もう一度、あやの絵を描きたいような気がした。

そんな物思いをする私を、蓮野は厭そうに眺めた。

三

三日後の六月朔日《さくじつ》。蓮野と一緒に、大久保町《おおくぼまち》の笹川外科医院を訪ねた。

医院は休みであった。門をくぐり、締め切られた患者向けの出入り口を素通りして、裏手に回った。医院と廊下で繋いで、こちら側は住居になっているようである。

扉を叩くと、五十を過ぎた、白髪交じりの女中が出た。

「どうも、こんにちは」

低過ぎるほどに私は頭を下げた。勤め人でない私は、ひとの休みを邪魔立てするのに卑屈になる癖がある。

「はあ。今日は、患者さまの診察はお休みをいただいとりますが？」

「ええ、存じているんですが、ちょっと、笹川先生にご用があって来たものです。僕は井口といいます。こっちは蓮野で――」

蓮野は私の無駄な挨拶を打ち止めた。

「笹川さんはいらっしゃいますか？　昔の患者さんのことで伺いたいことがあると取り次いでいただけますか」

女中は、誰かを呼びに奥に向かった。

しばらくして、彼女は浴衣姿の四十くらいの眼鏡《めがね》の男を、庭に狸《たぬき》がいるのを見せに来たみたいに、袖《そで》を引っ張って連れて来た。

「どうも、私にご用ですか？」

笹川は、医師にしては気弱にも見える穏《おだ》やかさで訊いた。

「ええ、昔の患者さんのことです。そうそうお忘れの筈のない患者さんです。お話を聞いていただけますか？」

医師はどうやらすぐにあやに思い当たったらしかった。もしかしたら、蓮野の美しさがあやへの連想を助けたのかもしれないと私は邪推した。

私たちは書斎に通された。六畳の畳敷きで、文机《ふづくえ》の周りに積み上げてある本は独逸《ドイツ》語と英語のものが大概である。笹川医師は一枚しかない座布団を誰に使わせるか迷って、結局押し入れに放り込んでしまった。三人で膝を突き合わせて畳に座った。

医師は迷惑そうにもしないが、笑顔を見せるでもない。多分、患者を診察する時の態度と同じなのだろうと思った。

「普段、ここで客をお受けすることはないのです。医院の方にはしっかりした応接室がありますが、あちらには今日も一人看護婦がいますのでね。ここなら誰も聞きません。

岡島あやのことでいらしたんですね？」

その名を口にする時、医師は声を一段と低くした。

私は頷いた。しかし医師は蓮野に向かって話した。

「あなたは、名前はなんといいますか」

「蓮野といいます」

「あやに会ったんですね？」

「会いました。笹川さんのことも、岡島さんからお聞きしました」

「そうですか」

笹川は質問を続けず、右手で口許を握って考え込んだ。私たちの用件が何だかを聞きもせず、勝手に推理し始めた様子である。

「あやはみんな話しましたか？　私のことをあなたに教えたなら」

「笹川さんに顔の手術を受けたということは聞きました」

返事を聞くと、笹川はふうんと唸って、またもやロダンの彫刻みたいに黙りこくってしまった。

「――あ、失礼。そちらはどなたでしたか。蓮野君のご友人？」

「井口といいます。僕は画家です。二年ほど前に、あやさんの絵を描いたことがあるんですが――」

「ほう。画家」

画家でしたか、と呟いて、笹川氏は小さく膝を打った。ようやく我に返ったという仕草《しぐさ》であった。

「すみませんね。なんだか、私が勝手に考えていたよりも入り組んだ話のようでした。一体あやと何がありました？」

「いや、あやさんと何かがあったという訳でもないんですが――」

私はあやをモデルに絵を描いたことから説明した。『オリオン』の時の帳尻《ちょうじり》合わせのように、今日の蓮野は何も口を挟まない。気弱のように思われた笹川は町医者らしい聞き上手で、適切な相槌《あいづち》を挟んで私に話の要点を忘れさせなかった。

しかし彼は、どうやら私の用件よりも、あやの様子を気がかりにしているらしかった。

「あやはモデルをつとめることに自分から同意したのですね？　井口君が脅迫したのでもなく？」

「いや、それは、無論脅迫なんてことはしません」

「そうですか。そうでしょうね。しかし、絵を描くのが片付いてからは井口君はあやとまるで連絡はなかった？」

「そうです。三日前、不意に会うまでは二年以上も何もなかったんです。

その、笹川さん。あやさんとは、どういうご関係なんですか？　どうして手術をなさることになったんです？　あやさんからは、何も聞いていないんです」

あやの話でも笹川の話でも、二人の関係がただの医者と患者に過ぎないとは考えられなかった。笹川は無表情のまま頬や額を指でなぞったり、困っているのやら分からない仕草をした。

「あやが明かしてしまったのを、私が秘密にしようとしても仕方がありませんね。私からも、出来る限り井口君と蓮野君までで話を留めておくようにお願いします。あやは、この秘密は自分だけのものみたいに考えているのかも分かりませんが、いやなに、私にも所有権はあります。

私は長らく或る医療の研究をしていました。外科なんですが、わけても、Plastic Surgery、形成外科です。躰の欠損や欠陥を補う方法を研究していた訳です。

欧州にいたこともあります。あちらは戦争が盛《さか》んでしょう？　まあどこだってそうかな。とにもかくにも、向こうではその種の技術がとても入り用になりました。欧州大戦がありましたから」

私もそんな話には馴染《なじ》みがあった。一月ほど前、欧州帰りの法医学者が殺害される事件が身近に起こったばかりである。

「そういうのは女が美しくなろうと願うのにも応えられる訳です。隆鼻術は一般にも聞かれるでしょう？　瞼《まぶた》の一重を二重にするのも、そろそろ芸者などがやりたがるくらいの簡単なことになりそうですね。私は各国の最新論文を集めながら、自分でも研究を重ねて、容姿を改良する技術を開発していました。

あやは、それを知って懇願したのです。別人になりたいと。舞台にでも立つような顔が欲しいと。あやは元々ただの患者で、しかし私に婦人病の相談をしたことがあったから話しやすかったんですね。もう四年余りも前のことです」

「それで、笹川さんはなさったんですね？　その、あやさんを別人の如く美しくする手術を」

笹川は寂寞《せきばく》とした笑みを浮かべた。

「手術はしました。結果は井口君のご覧になった通り。別人のように、というのは無茶な話です。無理に変えればどんどん歪んで美しさは余計に遠のく。あれが、あやの希望を叶《かな》えようとしてやった私の精一杯です。この技術はまだ拙い。

井口君などどう思うのかな。人工的に女性の美を造りだそうという研究について」

「はあ」

「これは一体芸術家の仕事ですか。どうお思いです」

妙な議論を吹っ掛けられたものである。私はううんと唸り声を上げ、何やら考えているふりをしたが、すると笹川は勝手に話を進めた。

「芸術にしては、これは美しくありたいという願望から始まっている。あまりに洗練が足りないのじゃありませんか」

何故だか、芸術を引き合いに出して笹川は自分の仕事を卑下してみせたい様子である。こんな奇妙なかたちで芸術に因縁《いんねん》をつけられたのは初めてであった。

「女が美しくありたいと願うのは呪《のろ》いのようなものです。だからそれを美しくしようというのは、芸術というより、呪術《じゅじゅつ》と変わらないことをしているのかもしれません」

「いや、しかし、芸術性を論じるのに、あまり動機を云々《うんぬん》するべきものでもないですよ。ごく単純な感情から始まって、それが精妙な芸術に昇華されることもあり得るのじゃないですか？」

「そうだとして、しかし出来たのがあの通りなのですよ」

笹川の調子は、老人が昔の失敗を振り返る時の穏やかさである。

「いや、そんなことを言ってはさすがにあやが可哀想《かわいそう》ですね。それにもちろん、あやは私の作品などではありません。あやはあやです。そんな風に考えたことは全くない。

しかし、私は今頃になって、あやの手術に踏み切ったことに、単なる医学研究的野心ではない、高尚で、簡単には説明のつかない動機が欲しいような気がしているのですよ。馬鹿馬鹿しいが芸術家に憧《あこが》れている。あやに申し訳が立ちませんがね」

「いや——、そんなに悩んでらっしゃるんですか。でも、仮に笹川さんのなさったことが芸術と呼ぶほどでない素朴なことだったとしても、いずれ、それを礎石にして、芸術たり得るだけの精妙な技術になるかもしれないでしょう？　それに、あやさんは女優として成功したじゃないですか？　厚化粧をしなきゃならないことでいろいろ当《あ》て擦《こす》りを言われているにせよ、それは笹川さんの仕事の成果とも言えるでしょう？　岡島あやの演技は、間違いなく芸術として評価を受けていますよ」

私はどうして笹川の告解に慰めを言ってやらねばならないのか分からないまま喋っていた。

医師は、私の言ったようなことはとっくに考え尽くしてしまったとばかりに、諦観《ていかん》の笑みを浮かべた。

「もちろん未来にはどうなるか分かりません。しかし私のやったのは、少なくとも今の時点では極めて危険な手術なのです。感染症で死ぬおそれもあった。なんとか成功させはしましたがね。

正直に言って、あやが女優で名を成すとは思っていませんでした。そう思っていながら手術をしたことも悪かったかもしれないが、どんな評判を取っているにせよ、私は今もってあやが幸福を手にしたとは考えていません」

畢竟《ひっきょう》、笹川の心に渦巻いているのは、あやへのごくありふれた愛情と罪悪感なのだとようやく合点《がてん》がいった。

「あやさんとは、よくお会いになるんですか？　笹川さんは」

「会います。そう頻繁ではなく。顔に変調があるといけませんからね。診られるのは私しかいません。あやは来たがりませんが。

時に、三日前あやにお会いになったんでしたね。どんな様子でした？」

私は蓮野と顔を見合わせつつ、起こったままを話した。それにしても、笹川はなかなか私の用件を進めさせてくれない。

「――怒らせてしまいました。僕が約束を破ったのがまずかったんですが」

「あの子は、そういうことは怒りますね。――それで、蓮野君」

笹川は蓮野の顔を探って視線を合わせた。

「あやに盗作事件の進展を知らせると約束したそうですね。その約束は是非守って下さい」

「ご心配には及びません。約束はしないのが一番簡単で、守るのがその次です。破るのは一番難しい」

「それは結構。よろしく。――そう、井口君たちは盗作事件のことでいらしたのですよね。私に訊きたいこととは？」

ようやくにして、私は重要な質問を切り出すことが出来た。

「あやさんは、笹川さんに絵のモデルをやったことを話したと言っていたんですが、もしかして、笹川さんはその絵のことを誰かに教えてはいないですか？　盗作犯を探すのに、可能性のあるところを当たっていかなければならないんです」

「ああ」

笹川はあやの話に気を取られてその質問を遠ざけていたことに思い当たって、失《う》せものを尻《しり》で踏んでいたのに気づいたみたいな、バツの悪い声を上げた。

「そうでした。用件はそれに決まっていますね。ええ、誓って誰にも話していません。お約束出来ます。

二年くらい前に、画家に絵を描いてもらったという話をあやから聞いたのは憶えています。でも、オレンジの洋服を着た後ろ姿を描いたとまでは聞いていなかったように思いますね。仮に聞いていたにせよ、私とあやの関係は先ほど申し上げた通りです。そんな話が出来る相手はいません」

「ええ、確かに、そういうことになるでしょうね」

「しかしね、おかしな話だ」

笹川は頻にペタンと掌を当てた。

「井口君のお話じゃ、犯人はあやの絵だと知って盗作した訳じゃなさそうなのですね」

「はあ、そう思います。知っていたのは、幾何学模様の柄の、オレンジの服の女の絵、というだけですね」

「よほど井口君の着想が羨ましかったのか。それとも何だろうな? 井口君は、さっき妙なことをおっしゃってましたね。盗作の絵と一緒に、妙な写真が見つかっているとか?」

「ああ、はあ――、そうみたいです。僕に憧れてたにしちゃ冒瀆的でしょう? 訳が分からないんですよ」

私は一応、それは私の作品をエロ写真に見立て、私の芸術家精神の根底にある猥褻な思いを揶揄し、絵自体がそんなものと大差ないと詰《なじ》っているのだ、という大月の説を紹介した。

笹川は苦笑した。

「だとしたら酷く手が込んでますね」

「それはもう、呆《あき》れるほどに手が込んでます。まあ、犯人の目論見《もくろみ》はどうあれ、現実にはそんなような効果を及ぼしてますね。妻なんか、何だかよく分からないものとして放っておいてくれていた、僕が昔描いた裸体画を、随分穢《きたな》らしいものとして見るようになりました」

「なるほど？　それは捨て置けませんね。ちょっと、私が考えていたことに通じているではないですか。美しくなりたいという欲望と性欲とは、本能の下の方の階梯《かいてい》に隣り合っています」

笹川は医者特有の説明口調になる。こういう風に作品を語られると、私は酷く恥ずかしい思いをさせられる。

「井口君は、盗作犯を見つけるばかりでなく、自作と猥褻物とのけじめをつけなくてはならないのですか。大変だ」

「いや、僕はそんな、大ごとのつもりはないです。僕の中ではそのけじめはついていますからね。とにかく、盗作犯さえ見つかれば、作品はロデウィックさんに買い上げられて、万事丸く収まる筈です。妻も、和蘭陀《オランダ》の大富豪がわざわざエロ写真みたいなものを買っていくとは思わないでしょうから」

「それはそうだ。まあ、上手くいくと良いですね。――盗作犯ねえ。どうやって見つけるか想像もつかないが」

「はあ。でも、容疑者はいくらか絞り込めそうですし、あと、亜米利加《アメリカ》の、盗作の絵が見つかったところに問い合わせてみようかと思っています。何か分かるかもしれないですから。返事をもらえるものか分かりませんが――」

「その種のことなら、私もちょっと協力出来ますよ。向こうの大学に知人がいますから、絵や何かがどこに行ったかとか、調べさせられるかもしれません」

迷った末、この申し出は固辞してしまった。先に晴海社長に相談をするつもりであったし、笹川に信用がおけるものかどうか、蓮野と話し合わずには決められなかった。

「蓮野、君、笹川は信じていいと思うか?」

新大久保《しんおおくぼ》の駅に向かう帰り途である。蓮野は、答えようのない質問をしてつきまとう子供を見る眼で私を見たが、返答は真剣に考えているようであった。

「まあ信じていいだろうな。嘘を吐いてはいないと思う」

「そうだろう? 僕もそう思った。とりあえず笹川を経由して僕の絵が盗作された可能性は傍《わき》に置いといていいよな? そんなことをする動機がありそうにない。

あやはどうかな。笹川を信用するんなら、あやが絵の話をわざわざひとに喋る理由もないだろう?」

「まあね。そうだね」

あやが盗作犯と通じている可能性も、ひとまず傍に置くことにした。完全に否定するだけの根拠はないが、盗作犯は多少なりとも絵を描けなければならない筈で、もっと怪しい奴が私の周囲には十分にいる。

好奇心で、私は訊いた。

「——蓮野、君は、女性が手術をしてまで姿を美しくしようとすることをどう思うんだ?」

「手術をして姿を美しくしようとする女性など存在しないよ。女性という属性が手術を受ける訳じゃない。化粧をしたり手術をしているのは個別の人間だ。女性であることがそんな真似をさせているのでもない。一人一人の意思がやっている。男性がする場合もあるさ。軽々に一緒くたにするのは非礼だ」

「君にしちゃ、随分他人に優しいね。博愛主義に目覚めたみたいじゃないか」

「それは正反対だ。博愛主義ってのは極めて非人道的だよ。人間を人間であるというだけの理由で一絡《ひとから》げにして個人の独創性を蹂躙《じゅうりん》してしまうものだ」

私の言葉尻《ことばじり》を捕まえて、彼はひねくれたことを言い出した。

「ほう。君はそんなに個人の独創性に期待をしているのか。人間なんてどうせみんな同じようなものだと思うけどな」

「そんなことを言ってはいるが、君だって自分が唯一無二であることを信じているんだろ？　芸術家なんだからな」

「まあね。本当のところはそうだ。しかし君は、人間嫌いの割にはそういうことをよく考えているな」

「僕は人間嫌いじゃないよ。ちゃんと一人一人別々に嫌っている。人間を纏《まと》めて嫌うようなずぼらなことはしない」

私が彼に訊きたかったのは、あやに対する印象だったのだが、この分ならはぐらかされるだけだろうと思って、それ以上の追及を諦《あきら》めた。

駅で別れる時に蓮野は言った。

「それじゃあ、せいぜい頑張ってくれ。僕はしばらく忙しいからな。これは君の事件だよ」

四

翌日。私は、御徒町《おかちまち》の大月の下宿を訪ねた。

笹川医師の話によって、とりあえず白鷗会の中に盗作犯がいるものとして調査をすることに方針が決まった。そこで、『オリオン』で蓮野に聞かされた、廊下にぶち撒けられたシチューに纏わる論理を本格的に検討する段になったのである。

彼が語ったことを、そのまま大月に喋った。

「――だから、宮盛と五味は除外していいだろう？」

「好きにしたらいいだろ？　何で俺の許可が要るんだ」

寝起きの大月は万年床に胡座《あぐら》をかいて不機嫌に言った。

彼の下宿は六畳一間で、床の畳は私のアトリエ同様に油絵具に塗れている。その上彼は木彫もやるので、足袋を履かねばこびり付いた木屑《きくず》が足裏に刺さって不快である。

部屋は饐《す》えた匂いがする。もう少しましなところを探せばいいものを、大家に、出る時に畳を替えろと言われているために、すっかり汚し切るまで住み続ける気なのである。

「許可は要らないからちょっと考えるのを手伝ってくれ。紗江子は、何があったかはしっかり憶えてるんだが、誰がどこにいたかだとかは全く知らぬ存ぜぬだ」

問題なのは、紗江子が五味のために二階にスリッパを取りに行った時、一階に残っていた人物は誰だったか、ということだった。

二年も前の、酔いの廻った最中の出来事なのだ。記憶は曖昧《あいまい》である。

昨夜は、九人の容疑者一覧を見ながら紗江子と相談をした。

紗江子は、あの会のあとにスリッパが一足紛失していたことを認めた。彼女は自分の勘違いと思っていたのだが、ともあれこれで蓮野の推理が裏付けられた。

しかし紗江子はそれ以上のことは憶えていなかった。不快な会だったので、彼らの名前を憶えようとしなかったのである。顔と名前を合致させるのに、カルタ遊びまがいのことをしてヒントを出さねばならない有様だったので、結局、紗江子の証言には信用を置かないことに決めた。

そこで、当夜一緒にいた大月に話を聞きに来たのである。まだ昼にならない、普段なら彼は寝ている時刻だった。大月の頭が働き出すのを待って、二階にスリッパの場所を確かめに行く機会があったのは誰か、容疑者の選別を行った。

小一時間掛けて、こんな表が出来た。

宮盛　耕三　（丙）
庄司　治男　（丙）
秋永　驍　（乙）
五味　貫太　（丙）
遠藤　四郎　（甲）
水谷川　峡　（甲）
扇　楸瑛　（甲）
望木　隆　（甲）
桐田　伊織　（乙）（行方不明）

「こんなもんだろ？　これ以上、俺は自信が持てんぜ」
「うんまあ、そうだな。思ったよりは役に立たんな。仕方ない」
容疑者検査に甲種合格した人物——、居場所を全く思い出せない、二階に行っていたかもしれない一軍容疑者は、扇楸瑛、水谷川峡、遠藤四郎、望木隆の四人である。

乙種合格者の二人は、二階に行く機会はなかった気がするものの、私と大月の証言が食い違い、容疑者の資格を与えざるを得なかった、秋永驍と桐田伊織。

丙種の庄司治男、宮盛耕三、五味貫太の三人は、まず一階に留まっていたと考えて良さそうであった。

五味は、自分のせいでもないのにシチューを踏んだことをやたらと謝って、紗江子が二階に行っている間は、ひたすら自分の着物の裾をぬぐっていた。皆は面白がって、汚れた廊下の様子を見に出入りしていたが、宮盛と庄司の二人はずっと五味と一緒に居間にいたと記憶が一致した。

「三人容疑者から除外出来ただけよしとするか。あんまり状況が良くなった気もしないけどな。半分になればともかく、まだ六人も盗作容疑者がいる。――しかも、乙種合格で兵役忌避をしてる奴もいるんだよな。召集がかかっているというのに」

桐田である。もしかして、彼の行方が知れないことは、この盗作事件と何かしらの関係があるのだろうか?

大月はボリボリと頬を掻く。

「とりあえずは居場所の知れてる奴を当たるしかないだろ。どうするんだ? そういや、蓮野君はどうしたんだ。泥棒抜きで盗作犯を見つけなきゃいかんのか? 犯人の家に忍び込まなきゃならない時はどうする」

「そんなに張り切らないでくれ。解決はなるべく合法なのがいいよ。蓮野は別の仕事をやってる。今月は忙しいみたいだぜ?

調べる方法は、普通のことしか思いつかないな。聞き込みだ。柳瀬に絵を渡した白鷗会の人間を知らないか、尋《たず》ねて廻るんだな。しかし、僕らが盗作犯を追ってることは絶対に気づかれないようにしないといけない」

私はそれが存外難しいことなのに思い至った。

盗作犯は、柳瀬の死によって自分の絵がどこかに紛失したことは承知の筈である。まさか、ロデウィック氏の取次によって盗作の事実を私に知られてしまったとまでは思いもよらないだろうが、しかし私が柳瀬のことを訳もなく嗅《か》ぎ廻《まわ》っていれば、犯人を警戒させかねない。

「この事件は、犯人が分かったとして、どうやってそれを誰にも明白なように証明するか、という問題もあるからな。なるべく犯人には油断してもらわなきゃいけない。

柳瀬のことを尋ね廻るのに言い訳が要るな。そんなことをしてても怪しくない理由が」

「それなら俺の借金でいいだろ？　柳瀬に三十円借りっぱなしになっているが返さなくていいだろうか、と相談する体で探りを入れろ」

「不自然極まりないな。君がそんな殊勝《しゅしょう》な気煩いをする訳がないじゃないか」

しかし、結局大月の案を採用することになった。彼が借金の始末をいい加減に済ませて、後々面倒を起こすかもしれないと私が心配になったことにすれば良いのである。

「訊いて廻るのは丙種の、容疑者から外した奴らからだろ？　それなら疑われることもないだろ。今から訊きに行くか？　どいつがいいかな」

大月がやる気を出したので、私も今日のうちに行動を起こす気になった。

彼の言う通り、聞き込みをするなら、まずは盗作犯とは思えない丙種の三人からである。宮盛、庄司、五味、誰が良いか？

「宮盛の親爺さんは大丈夫かな？　何か知っている可能性は高いが、危険もあるな」

宮盛耕三は画家ではなく会のパトロン的な人物で、美術評論で有名である。私も大月も、彼が柳瀬とどんな付き合いをしていたかには詳しくない。藪蛇《やぶへび》の恐れがある。

「俺が、代わりに受け取ってやるから柳瀬の金を返せ、と言われるかもしれない訳か？　そんならお前が立て替えてくれ。お前の絵が売れたら三十円どころじゃないだろ？

　でもな、多分大丈夫だと思うぜ？　仮に、宮盛の親爺が柳瀬から俺の証文を預かってたにせよ、請求する気があるんならとっくにしてる筈だろ？」

「まあな。じゃあ、聞き込みは宮盛の親爺さんからだ。あと、五味には会えるかな。庄司は酒屋が忙しいから多分今行っても駄目だ」

　大月は両手を床に突いて万年床から立ち上がった。押し入れを開けると、浴衣を脱いで、洋服を探し始めた。

　上段から夏物のシャツを見つけて引っ張り出した時、彼は置いてあった紙箱に腕をぶつけて中身を畳にぶち撒けた。

　散乱したのは大月が集めたエロ写真であった。彼は、写真が床の絵具で汚れなかったかちょっと気にしてから、まあいいや、と片付けもせずに玄関に向かった。

五

　宮盛の家は八丁堀《はっちょうぼり》にある。小綺麗な三十坪の和式の邸宅で、十あまり年下の茜《あかね》という妻と、女中一人が同居人である。

　私も大月も宮盛とは大して親しくないから、家の場所もうろ憶えなくらいであった。

妻の茜に出迎えられて、問うと宮盛は在宅であった。座敷《ざしき》で書き物をしているという。そこに通されると、宮盛は迷惑そうに文机に垂れた禿頭《とくとう》を擡《もた》げた。

「井口に大月？　どうしたのかね。何があった？」

私たちが揃って訪ねて来るのは、それだけで宮盛にとっては尋常でない事態なのである。何しろ、私と大月とは、白鷗会の中では殊更宮盛に黙殺されている。私は作品を褒められた憶えが全くないし、大月の絵を見れば無言で顔を顰《しか》めるのが常である。彼にとっては面白くない二人組なのだ。

「あの、別に絵のことではないんです。柳瀬さんのことでちょっとご相談があるんです」

「柳瀬？　柳瀬か。そうか」

宮盛は、柳瀬の話と聞いて真面目に取り合う気になったらしかった。文机の書き物を伏せて、私たちを向かいに座らせた。

彼の顔色を窺いながら、私は大月が彼に金を借りた話をした。

「――結局、こいつが金を返さないまま柳瀬さんは亜米利加《アメリカ》に渡ってしまったんですが、一体あれはどんな訳だったんでしょう？」

「それは、俺も知らんのだよ。寝耳に水だった」

大月は図々《ずうずう》しく追及した。

「何か後ろめたいことがあったんですか？　柳瀬さん。宮盛さんにも気づかれてなかったんなら、見事な夜逃げっぷりだ！」

「死者を相手に無礼は止《よ》しておけよ。余計な詮索をせんでいい。後ろめたいことがあったのはお前の方だろうが」

鬱陶《うっとう》しそうに宮盛は言った。

「じゃあ、誰か事情を知っていそうなひとをご存知ないですか？　そうだ、柳瀬さんの家の女中はどうなったんでしょう？　亜米利加《アメリカ》までついて行ったんですか？」

不意に思いついて、唐突な質問であるのを気にしながら私は訊いた。女中が見つかれば、盗作犯のことを柳瀬から聞いていたり、もしかすると顔を合わせている可能性もあるのだ。

「柳瀬のところには、たかという女中がいたな。どこに行ったか、知っていない訳ではないが
――」

「へえ、本当ですか！」

私が前のめりになったので、宮盛は眉《まゆ》を顰《ひそ》めた。そして、背後の金庫の脇に置いてあった文箱《ふばこ》を漁《あさ》り、葉書を一枚選び出した。

「たかから、柳瀬に暇を出されて、今年の二月に新しい奉公先を見つけた時に来たものだ」

おかげさまで無事に決まりましたという挨拶の葉書であった。奉公先は、千駄《せんだ》ヶ谷《や》のある伯爵の屋敷である。

「こんな挨拶が来るっていうことは、宮盛さんはたかさんのお世話でもしたんですか？」

「幾度か心付けをやっただけだがな。まめな女中だった」

まめだというなら、盗作犯のことを憶えている期待も持てる。私は葉書に書かれた伯爵の家の住所を手帳に控えた。

「何だ？　たかを訪ねる気なのか」

「ええ、まあ。その、大月の借金について、柳瀬さんが何か言ってなかったか聞けるかもしれないので」

「それはいいが、白鷗会のものたちに柳瀬のことを詮索するのは止しておけよ。死者にも名誉があるからな。大月の三十円など柳瀬は気にしないだろう。もう、忘れてしまっても構わないぞ」

宮盛は書き物に戻りたそうだったので、私たちはさっさと彼の家を辞した。

「忙しいのかな。機嫌が悪かったのか？　親爺さんいつもあんな態度だったか？」

「俺たち相手にはあんなもんだろ。親爺、井口の絵は特に好きじゃない。でも、俺にはやけに優しかったぜ？　金は返さんでいいとお墨付きをくれた」

大月はにやけている。

「妙だな。柳瀬のことを探られるのを嫌がってた気がする。彼の名誉とか言ってたが、金を返してもらってないことは大月の不名誉であって、柳瀬の名前を傷つけることは何にもないぜ？」

「柳瀬は俺に三十円の金を捧げて惜しくないと思った訳だろ？　俺の不名誉でもない。それに、探られたくないにしては、女中のことはあっさり教えてくれたぜ？」

それも、その通りである。

五味に会うつもりだったが、その前にたかを訪ねてみることにした。もしかすると、あっさり盗作犯が判明するかもしれない。

六

伯爵の屋敷では執事の男が応対に出た。一旦《いったん》は家主への無礼な訪問客と誤解を受けたが、女中に話があることを伝えると勝手口に廻された。そこにたかを連れて来てくれた。

たかは五十がらみで、背が低く、しかし腕も足も立派で力強そうな女であった。品がある訳ではないが、着飾る必要のない水面下の雑事に通じて重宝される女中とみえた。

「どちら様で？　妾《わたし》にご用だとか」

「井口というもので、前に奉公なさってた柳瀬さんのことをお訊きしたいんです」

「ほお。柳瀬の旦那《だんな》の。何です？」

たかは不思議がるでもない。誰かが前の主人の話を聞きにくるくらいのことは当然と思っているようである。

「突然、亜米利加《アメリカ》に行ってしまわれたでしょう？　何が理由だったんです？」

「いや。妾ゃ知らないんです。前のお宅を引き払うことになって、その時にもういいからって暇を出されたんです」

「それは、いつのことです？」

「今年の一月の最後の日ですよ。その日で、借りてた家を空けることになってたんです。あの綺麗なお屋敷を」

柳瀬が暮らしていたのは、牛込《うしごめ》の四十坪くらいの小綺麗な屋敷だという。金に困った士族に家財ごと借りたところで、女中はたか一人であった。

「一月の終わりにお屋敷を返す約束になってたんです。そんで、新しいところにはついて来なくていいって言われたんですよ。連れてってくれればいいのにと思ってたら、まさか外国に行くだなんて知らなかった」

柳瀬は二月十日に亜米利加《アメリカ》に渡っている。その間は、多分ホテルにでも泊まっていたのだろう。

「じゃあ、たかさんにも秘密にしていたんだ。亜米利加《アメリカ》に行くことを」

「はい。何にも知りゃしませんでした。でも、旦那は確かに、去年の終わりくらいからちょっとずつ、お屋敷の持ち物をどこかに運び出してたんです。

一月の半ばには、旦那の持ち物は、奥のお座敷の古いきたない簞笥《たんす》だけになって、その簞笥は妾にくれるって言うんです。妾は要らないから古道具屋に持ってってもらった。五円くれたですよ」

やはりこれは夜逃げというべきである。柳瀬は明らかに自分が海を渡ることを周囲に隠していた。どこか近所に引っ越すと思っていたたかは、昨年の末から少しずつ彼が自分の持ち物を屋敷から運び出したことも、不審に思わなかったのであった。

柳瀬のことはそれ以上分からなかった。

私はいよいよロデウィック氏が撮った写真を見せ、盗作犯のことを聞いた。

「小さくて見にくいんですが、この洋服の女のひとの絵、見憶えはないですか？　柳瀬さんが持っていたんですが」

「いや。妾は柳瀬の旦那が美術品を扱ってなさるのは知ってたが、品物は見たことがないので」

「じゃあ、これはどうです？」

私は、同じく写真に写っている竹編のトランクを指差した。

盗作の絵が入っていたのがこれだという。たかが、過去に見ている可能性はある。

女中はあっさりと言った。

「――あ、これ憶えてますよ。このトランク、引っ越す二週間くらい前に、誰かが持って来たんだ」

「誰かが持って来た？　その、牛込の柳瀬さんのお屋敷にですか」

「はあ」

どうやら、盗作犯である。柳瀬に品物を渡しに現れたのだ。

思いがけず解決が目前に迫った。気をはやらせて私は訊いた。

「それ、持って来たのは誰です？」

「でも、名前は分かりませんですよ」

「写真があったらどうです？　思い出せませんか？」

「いや、そうはいかないのです。忘れたんじゃなくて、顔を見てない。妾は旦那のお客には会わないことに決まっていた」

「会わない？」

「はい。柳瀬の旦那がいる時は、お客を出迎えたりしなくていいっていうんです。お茶も出さなくて構わなくて、代わりにお客の気配だったら、呼びに来ない限り奥に、台所にでも引っ込んでいるようにって言うんですよ」

「それは、相手が誰でも？」

「誰でもです。ずっとそう躾《しつ》けられてたんで」

異常な習慣である。秘密の客を迎えるために、女中を遠ざける習わしにしていたとしか思えない。

「そういや、俺が金借りた時も柳瀬が出たな。他の誰にも会わなかった」

大月は言った。

そんな訳で、たかはトランクを持って来た人物のことを知らなかったのである。

「じゃあ、誰かが持って来たっていうのはどうして分かったんです？」

「もちろん、誰かが訪ねて来て、帰ったと思ったらトランクが奥のお座敷に増えてたからですよ。

そう、旦那はいっつもお客をお座敷で受けて、私はその間はそこに近づかないように決まってたんです。

一月の中頃ですよ。あの時はいろいろ荷物がお屋敷を行ったり来たりして、柳瀬の旦那が手を怪我《けが》したり、慌ただしかったから憶えてるんです。このトランク確かにあった」

信用して良さそうである。

理由は不明だが、盗作の絵は、盗作犯が竹編のトランクに入れて柳瀬に渡したのだ。それを彼は亜米利加《アメリカ》に持って行った。

「誰かが、竹編のトランクを持って来たというのは一月中頃なんですね？　確かな日付は分かりませんか？」

「ううん。憶えちゃいないが、日記に書いたかもしれませんですよ」

たかは、奥に引っ込むと、茶色い日記帳を小脇に抱え、眼鏡を掛けて戻って来た。それを捲《めく》って、一月の中頃の日付を調べた。

「うん、やっぱりだ。一月十六日。この日の昼にどこかから長持が届いて、その同じ日のことだったんだ。このトランクを持ったお客がやって来たのは、一月十六日の夜のことです。なんか、この頃はいろいろあったんだな――」

たかは、ひらがなで丁寧に書き詰めた日記をじっくりと見返した。

「――いけない。そろそろよろしいですか。妾ゃ掃除をしなきゃならない」

「はあ、どうも。もう結構です」

礼を言って私たちは屋敷を去った。

「盗作犯が柳瀬を訪ねた日付がはっきりした！　一月十六日だ。大月、君、この日の白鷗会の者たちのアリバイは分からないか？」

「そりゃ無理だぜ。俺は日記をつけてないからな」

大月は私の興奮に水を差した。

半年近く前のことだから、記憶に頼るのは無理がある。しかし、たかのように記録を残しているひとがいれば、盗作犯はさらに絞れるかもしれない。

「あとは、竹編のトランクか。盗作犯の持ち物だった可能性が高まった。誰かこんなトランクを持ってた奴に心当たりはないか？」

「ないな。俺は知らない」

「僕もない。でも、知っているひとがいるかもな。重要な手掛かりになった」

柳瀬は不審だよ。客に女中を会わせないようにするのは、女中に嗅ぎつけられるとまずいことがあったんだろ？　危ない客が来てたんだ。夜逃げしたことといい、絶対後ろ暗いことがあった筈だ」

「まあな。俺には気前のいい親爺にしか見えなかったけどな」

「僕もだよ。それに、あの女中だってそうみたいだろう？　柳瀬に不審なところはあったんだろうが、別に嫌ってた風じゃなかった」

おそらくは、気前の良さで何事かを隠していたのだ。

七

続いて訪ねたのは、丙種で容疑者を落第した、五味のところだった。

彼は京橋《きょうばし》の弁護士の家で書生暮らしをしている。大月と同じく六畳に間借りしているが、部屋は綺麗だった。絵は庭の小さな蔵を借りて描いている。

五味は大柄で腕っ節が強く、隕石《いんせき》みたいな風貌《ふうぼう》をしているが、どちらかというと気弱で、繊細な筆付きの風景画ばかり描いている。来年で三十になる筈で、三年前に一度作品が文展に入選したが、それきり大して名を売ってはいない。

「どうも！　ご無沙汰《ぶさた》でした。どうです？　特にお変わりないみたいだが、生きてて楽しいですか」

「いや何、つまらんことはないよ」

大月の挨拶を持て余して五味は呟いた。

窓の下に十号のキャンバスが裏返しに立てかけてあった。新しいのですかと問うと、五味は少し迷ってからそれを見せた。雨の不忍池《しのばずのいけ》を描いたもので、彼の絵は大概水辺を描いている。目新しくはないが良い出来だと思ったので、大月と一緒に生意気な言葉で褒めた。五味は口許を緩《ゆる》めてわずかに嬉しそうな気振りであった。

「しかしお前らは何の用で来たんだい？　初めてじゃないか？　二人でやって来たのは」

突然の来訪を受けて、五味は何となしに不安そうである。以前から、彼は年下の大月に自尊心を傷つけられる恐れを感じて苦手にしているらしいと私は思っていた。

「何、相談です！　俺じゃなくて井口が言い出したんですよ。五味さんにでも相談するしかないようなことがあって、俺はどうだっていいんだが、仕方なくついて来ただけです」

全く正しいが、大月の借金のことを相談しに来たとは思われない説明である。

「ちょっと気がかりなことがあるから、五味さんが何か知らないかなと思ったんですよ。大月の借金の話なんです。あの、亜米利加《アメリカ》で亡くなった柳瀬さんっているでしょう？」

「柳瀬？」

その名前が五味を不自然に狼狽《うろた》えさせたので、私も内心ビクリと怯《おび》えた。まさか、蓮野の推理が見当違いで、五味が盗作犯なのか？　そう思えるくらいに彼の声は上擦った。私に糾弾を受けることを恐れているようであった。

「柳瀬がどうしたんだ？　借金かい？　大月の？」

「ええ、まあ。こいつが柳瀬さんに舶来の腕時計が買えるくらい金を借りてて、その始末をどうしたらいいか、不安になったんですよ。いきなり亜米利加《アメリカ》に行っちゃって、亡くなっちゃいましたから、訳が分からないんです」

「誰かに請求されているのかい？　柳瀬さんに借りていた分を返せって？」

「いや、今のところそんなこともないんですが。でも、借用書が誰か人手に渡ってたら、そんなことが起こらないとも限らないから、はっきりさせたいんですよ。こいつは能天気に、これでもう払わんでいいとか喜んでますが」

「大月、君は柳瀬さんに金を借りて、何の問題も起こさなかったのかい？」

「何、俺は金を借りるのが上手いんです」

五味は大月の自慢には取り合わず、顔に苦悩の色を浮かべて考え込んでしまった。

やがて五味は言った。

「借金の始末が大丈夫かというんだね？　それなら、俺も相談しなきゃならないことがあるんだ。お前たち以外に話せる相手はいないかもしれない。重大なことだから、くれぐれもひとに喋らないで欲しいんだ」

五味は急転直下、不安を行き過ぎて悲愴《ひそう》な面持ちになっていた。いかにさりげなく柳瀬にトランクを預けたひとの心当たりを聞き出すかばかりに気を取られていたので、彼の変貌《へんぼう》は青天《せいてん》の霹靂《へきれき》であった。

「喋らないのは約束しますけど、どうしたんですか？　柳瀬さんと何か揉《も》め事《ごと》を起こしたんですか」

私や大月の知る限り、柳瀬というひとは、揉め事の相手に取るには穏やか過ぎる人物だった筈である。

「揉め事とはちょっと違うんだ。違うんだけど――、まず、柳瀬というのはね、お前たちが考えているような男じゃないんだ。そうじゃなかった。二年くらい前だよ。俺も大月と一緒で、柳瀬に金を借りたんだ。二十円くらいかな。親切だという噂だったからな。柳瀬に借りた画家の話も何人か聞いていたから――

すぐには返せなかった。何度か催促を受けて柳瀬の家に頭を下げに行った。――柳瀬、口ぶりは穏やかなんだけど、暴利なんだよ。俺が払えない額を見定めて利息を決めてるみたいだった。それで、返せないなら宮盛さんに相談すると良いでしょうと言われたんだ。俺は馬鹿正直に、言われた通りに宮盛の親爺に会いに行った」

宮盛は、五味を大きな蔵のような建物に連れて行ったという。

「そこで俺は、宮盛に絵の贋作造りを持ちかけられたんだ。いや、持ちかけられたとも違うな。半ばは脅された」

贋作、という言葉が出た時、私と大月は思わず眼を丸くし顔を見合わせた。

不自然な仕草だったが、幸い五味は、私たちが単に宮盛が贋作造りを主導している話に衝撃を受けたとしか思わぬ様子であった。

私は大月と息を合わせて、呆《あき》れ返《かえ》った素振りで背後に両手を突いた。

「贋作ですか？　どんな？　宮盛の親爺さんそんなことやってたのか――」

「本当なんだ。俺は蔵に連れて行かれて、訳も分からずに、知らない洋画家の署名を見せられて、模写《もしゃ》してみろと言われた。怪しいと思ったが、やった。すると、借金を帳消しに出来る仕事があるからそれをやれと凄《すご》まれた」

「で、以来ずっと内職に贋作造りをやってたってことですか？　真面目に？　断れなかったんですか？」

「それは、無理にも拒否するべきだったよ。しかし、俺は写真を撮られたんだ。模写をやっているところをだ。それで、この画家の贋物は既に出廻っているから、この写真一つでお前が贋作犯だと噂が立つぞ――、と脅された。

今度は、その写真は返してやるから一枚だけ手伝えと言われた。それからはもう、底なし沼に脚をとられた如くだ」

造らされた贋物はいろいろで、大胆にもモネやシスレー風の風景画を描いたりしたそうである。

「でも、無理強《むりじ》いされたと言ったって、そんなに長いこと続けてたんだから五味の兄貴にも旨味《うまみ》があったんでしょ？　自分の絵を安売りするより儲かるくらいに」

大月は何故か励《はげ》ますみたいな調子で言った。

「その通りだ。金はまあ、それなりにもらった。柳瀬たちは、そんな贋物を造らせて、ものを知らない人に売りさばいてたんだよ。

柳瀬は、最近の絵なんか好きじゃないくせに親切な顔をして画家に付き纏ってたろう？　それが商売の種だったんだ。そうやって、贋作造りをやらせられる芸術家を物色して宮盛に仲介してたんだな。

贋作を売りさばくのは、宮盛も柳瀬も、どっちもやってた筈だ。柳瀬は愛想がいいし、宮盛は評論で名が知れてるから信用がある。上手いこと使い分けてたんだろう」

現代の作品に関心がない柳瀬が、画家の面倒を見て何が面白いのかと思っていたが、五味の話で筋が通った。贋作造りの手伝いを見つけようとしていたのである。

「じゃあ、突然亜米利加《アメリカ》に行っちゃったのは？」

「俺は、贋作造りと関係があると思う。誰か、過去に絵を売りつけた相手にねじ込まれでもしたんじゃないかな。潮時だと思って国外に逃げることにしたんだ」

いよいよ辻褄《つじつま》が合う。――しかし大月は訝しげに言った。

「俺もちゃんと柳瀬に金を借りたぜ？　なのに贋作造りの仕事を紹介してもらえなかったのはどういう訳だ」

私は五味の代わりに答えた。

「そりゃ、大月に贋作造りが務まる訳がないからな。君は酷く人真似が下手じゃないか。贋物造ったって、大月作と丸分かりだ。君みたいな妙な絵しか描けない奴に金を貸しちゃって、柳瀬は困った筈だぜ？　上っ面は若い芸術家を可愛がる好々爺をやってなきゃいけないから、大月に集《たか》られるままになってた訳だろ」

「そんならもうちょっと借りときゃ良かったな。惜しいことした。――五味先生、柳瀬は贋物を造れる画家を物色してたんでしょ？　じゃあ、白鷗会に、他にも贋作造りをやらされてる奴がいるんじゃないですか？」

もう少し真剣に振る舞えと念じて、私は大月の太腿《ふともも》に人差し指を突き刺した。

五味は私たちを信用しかねて、それを口にして良いものか否かを迷っていた。

それでも、やがて彼は決心をつけた。

「その通りだ。いる。ただ、俺が知っているうちで確かなのは一人だけだ。宮盛も柳瀬も、他に贋作をやらせているのが誰かなんて教えてくれないからな。お前たち、くれぐれも本人を問い詰めたりしないでくれたまえよ？

扇さんはやっている。贋作は、出来たら蔵に持って行くように言われてたんだが、一度、そこで鉢合わせたことがあるんだ」

扇楸瑛！　容疑者検査を甲種合格している奴である。

大月が訝った。

「扇って、結構金を持ってなかったか？　なんで贋作なんぞやってるんだ？」

「いやそれは、去年扇の親父《おやじ》さんが死んでからのことだ。遺産が入ったんだな。それまでは、柳瀬に金を借りてもおかしくないような暮らしだった」

私の応答に、五味は頷いた。

「でも、宮盛の口ぶりじゃ、俺と扇さんの他にも何人か仕事をさせられてる奴がいるらしいんだ。蔵に仕舞ってあった贋物の数からして、五人くらいは関わっていてもおかしくない。その中に、きっとまだ白鷗会の奴だっている筈なんだ」

「そうなんですか？　――そりゃそうか。柳瀬は贋作造りの勧誘のために白鷗会に関わってた訳ですからね。他にもいて当然か」

簡単に容疑者が絞れる訳ではなさそうである。ともあれ、私の絵を盗作した人物を探し出すためには到底無視出来ない話であった。

私は一つ、思いついたことを訊いた。

「時に、その、贋物を仕舞ってたっていう蔵ですか？　そこで、竹編のトランクを見たことはないですか？」

「え？　ああ、ある！　今年の冬かな？　そんなのが蔵に増えてたことがあった。いつのまにかなくなっちゃったが――、井口、君はなんで知っているんだ？」

「いや、柳瀬が絵具で汚れたトランクを持ってたのを急に思い出して、もしかしてあの中に贋作が入ってたのかなあと気になったんです」

今年の冬に竹編のトランクがあったというなら、柳瀬が亜米利加《アメリカ》に行く前に、一時それを蔵に保管していたのだろう。

「ちなみに、扇さんは、何の贋物を持って来てたんですか？」

「俺は箱を持っているところを見ただけだから、作品が何だったかは分からなかったんだ。でも、細長い木箱だったから、掛軸なのは間違いないだろうな。古い絵か、あるいは扇さんは書も上手いからそんなものかもしれない」

扇は日本画が専門で、油絵を描くという話は聞いたことがない。描けないことはない筈だが、もし柳瀬たちが私の絵の盗作を主導していたというのなら、よりにもよって日本画家の扇にやらせるのも妙である。

私は来訪の目的であった質問をした。

「じゃあ五味さん、他に白鷗会で怪しいのは誰です？　柳瀬に借金してたとか、何か預けてたとか、確かでなくとも、他に疑わしいのはいないんですか。さっきのトランクを、柳瀬に渡す前に誰が持っていたかとか、心当たりは？」

「いや――、俺は分からない。去年、水谷川が柳瀬のところに金の無心に行ったという話を聞いたことがあるけども、それがどうなったんだか、顚末《てんまつ》は知らない」

五味は私の質問を大して重要とも思わず、さっさと返事を片付けてしまった。

彼は来客のことを忘れたように自分の膝を見つめている。

「井口、それに大月もだ。お前たちは俺を軽蔑するだろうけども――」

五味はそこで言葉の接ぎ穂をなくした。

私は彼を軽蔑するほど心を遊ばせている訳でもなかった。独創性を証明し自作を売りたいと願っている私と、彼の贋作造りの賤《いや》しさにはそれほど違いがないようにも思った。

五味は苦しそうに背を丸めた。胸中に渦巻く何かが形を成すのを待っているようだった。

彼が踏ん切りをつけるまで、私たちは口を噤《つぐ》んでいた。

「――しかし、俺も覚悟を決めたんだ。お前たちを信用して言うから聞いてくれ。俺は、宮盛の親爺を告発しようと思う」

「告発ですか？　宮盛と柳瀬が若い画家に贋物造りをやらせていることを公にするつもりで？　五味さんが？」

五味は、流氷の塊《かたまり》が揺れたみたいに、悲壮に頷いた。

「告発するなら、五味さんが贋作を造ってたことも言わずには済まないでしょう？　証拠の写真も押さえられていることだしなあ。いいんですか？」

「仕方ないんだ。柳瀬が亜米利加《アメリカ》に逃げた頃からずっと悩んでいたんだけども、もう潮時だ。そりゃ、これきり俺の絵は贋作造りの手慰みとしてしか評価されないだろうが、でも、ひとに暴《あば》かれるよりは自分で白状する方がまだ救われる。ことの次第を洗いざらいはっきりさせれば、裏の仕事を別にして、俺の絵を鑑賞する気になってくれるひともいるかもしれないだろう？」

「確かに。しかし、告発っていうのは上手くやらないと自分だけ損しますよ。どうする気ですか？　新聞社かどこかに話を持ち込むにしたって、きちんと証拠を揃えないと相手にされないでしょう？」

贋作を摑《つか》まされた被害者を見つけて証言を得ないことには、告発はうやむやに終わってしまうのである。

「――どうするのがいいか今考えているんだ。少し時間をくれたまえ」

五味は私たちを話に巻き込んだ気になっている。

別に文句はないが、五味が告発者としてはどうにも頼りないのが気がかりであった。宮盛や柳瀬は、贋作者選びに彼の性格を勘定に入れていたのに違いない。

「そりゃ、一度きりのことですから、焦らずじっくりやったらいいと思いますけども。僕らに手伝わせてくれてもいいですよ」

「そうだな。俺も井口も告発は大好きだ」

ありがとう、と五味は馬鹿真面目に言った。

「しかし、宮盛を告発したら、お前らにも迷惑がかからずには済まないな。白鷗会の画家は皆、贋作者の疑惑を向けられることになる――」

八

大月の下宿に帰って来たのは日暮れどきであった。出がけに散らかしたエロ写真を整頓《せいとん》しながら、彼は言った。

「贋作者だと思われようが別に俺は気にしないけどな」

「大月は気にしないでいいだろうな。僕もまあ、どうでもいいや」

宮盛に絵を褒められた憶えはない。機嫌を取る気もなかった。貸借感情の残らない付き合いを心がけていただけである。だから、五味の告発で、白鷗会が贋作者の吹き溜《ふだ》まりになっていたことが明らかにされたとしても、私がそれに加担していたことを信じるものはあまりいないだろうと思う。

私にとっての問題はそんなことではない。今日の聞き込みの顚末は、押し入れから目当てのものを取り出そうとして、余計なガラクタが零《こぼ》れ落《お》ちてきたみたいであった。盗作犯を探しに行って、先に贋作犯が見つかったのだ。

「最初に宮盛に会ったのはまずかったぜ？　盗作の容疑者検査には落第してたからな」

「そうだな。まさか贋作造りの首謀者とは思わなかった」

「こうなると贋作造りをやってる奴全員に気をつけなきゃならないだろ？　あの容疑者種別表はアテに出来ないな」――

もしも、私の絵の盗作が宮盛によって計画されたのだとしたら、贋作造りに関わっている奴に、私たちが盗作の調査をしていることを知られるのは危険である。

「まあ、それでも盗作の実行犯を見つけるのにはまだ役立つだろう？　あの表は」

「絵を盗作して柳瀬に渡した奴が白鷗会の中にいるのはまず間違いないんだから、無駄ってんじゃなさそうだがな。

じゃあ、宮盛の親爺が誰かに井口の絵を盗み見るように指示していたとするぜ？　で、犯人は見事絵を盗作しおおせた。が、名の知れた画家の作品じゃなくて値打ちが落ちるから、特典にエロ写真をつけた。——こういうことか？」

「そんなことでたまるか」

盗作が宮盛によって指示されたことだとしたら、私の絵に狙いをつけるのは妙である。彼が私の絵を評価している様子はまるでないのだ。

「それはそうだな。何が悲しくてお前の絵を盗作しなきゃならんのかは謎のままだ。いかにも、この点は慎重に考えなきゃ駄目だな。お前がやられたのは盗作だが、五味先生たちがやってるのは贋作だ」

「確かになあ。そうだ」

盗作と贋作は似て非なるものである。未発表の私の絵を真似た盗作犯は作品の精神を盗んだというべきで、名の知れた作家の作品を騙《かた》る贋作は、作品のかたちを蹂躙することである。

「そう、盗作は不倫で贋作は強姦《ごうかん》だ！　どっちもやらない奴も、どっちかだけやる奴も、どっちもやる奴もいる。問題なのは、強姦は動機がはっきりしているが、不倫はそうでもないってことだな」

「まあね。贋作は金のためって分かっているが、僕の絵を盗作したのが何のためかは曖昧だ。僕の絵の盗作と贋作にどんな関係があるのか——」

あるいは、盗作と贋作は無関係なのか。それぞれ、犯人は別なのだろうか。

「どうでも、こうなったら、五味の兄貴に上手いこと告発を成功させてもらった方がいいだろ？」

「うん。ただ、やるんなら、何もかも全部はっきりさせてくれなきゃ困るなあ。誰がどんな贋作造りをやったか、漏れがあると僕にとっては却って状況が悪くなるかもしれない。——盗作が、宮盛たちによって行われたとしての話だけども。

五味の動向がどうであれ、宮盛は何とかした方がいいな。でないと身動きが取れない。盗作の調査をしながら、贋作造りまで気にしないといけないとなると誰に何の話も出来ないよ。犯人に、僕らが盗作犯を追っていることを知られる訳にはいかないからな」

「柳瀬の遺品のことを亜米利加《アメリカ》に問い合わせるのはどうしたんだ？　そこから犯人が分かれば一番早いだろ？」

「ああ、それはもう晴海社長に手紙で頼んだ。やってくれるか分からないし、ロデウィック氏が日本を去るまでに間に合うか心配だが——」

その時である。大月は口許を押さえる仕草で私を黙らせた。

ちょうど彼は写真の整理を終えたところだった。手許でたてていた物音が止《や》んで、窓の外の何事かに気がついたらしかった。

大月は忍び足で窓に近寄った。——が、それに手を伸ばしかけた時であった。

窓の下から、鳥の巣の茂みをつついたような騒《ざわ》めきがした。何者かがそこを逃げ出した。大月は窓に飛びついて、軋《きし》ませながら開け放った。

私も慌てて、窓から夕闇《ゆうやみ》に身を乗り出す大月と一緒に、逃げ去った人影を探した。

下宿の左右を見渡しても人影はない。正面には生垣があるが、高くはなく、何者かはそれを飛び越えて逃げたらしかった。

提燈《ちょうちん》を持って私たちは外に出た。下宿の周りを見返しても、表通りを見通しても、私と大月の話を盗み聞きした何者かの姿は影も形もない。

「まずいな。今の話を全部聞かれてた！　誰だ？　贋作犯か、盗作犯か？　犯人を怪しませてしまったのか？」

今日一日、大月の借金の相談と称してあちこちを廻ったことが疑惑を呼んだか。

誰かが、私たちの目的を怪しんで、ここまで忍んで来たらしい。隠さねばならないと思っていたことを犯人に皆知られてしまったかもしれないのだ。

「おい、ちょっと見てみろ」

窓の下にしゃがんだ大月が、地面を指差した。

そこには洋靴の足跡が残っていた。八寸五分くらいの大きさで、左の爪先が欠けていた。私にも、大月にも、まるで見憶えのない足跡であった。

4　『サロメ』

一

この日、峯子は朝五時過ぎに目覚めた。二階の四畳半の自室の窓から外を見ると、昨夜の雨は上がり、空は晴れていた。峯子は少し気が楽になった。夏は近づいている。寝巻きの襦袢《じゅばん》が湿っぽかった。

顔を洗うと、することがないので食卓の椅子に掛けてぼんやりした。

叔父の盗作事件の調査は暗礁に乗り上げかかっているらしい。何でも、白鷗会の中に贋作造りがいることが判明したはいいが、それを解明する前に、誰かに聞かれてはならない話を盗み聞きされてしまったのである。

誰が何のためにそんなことをしたかは分からないが、叔父たちの調査が進むことを警戒する人物がいるのは間違いない。井口が盗作や贋作のことを知っているのがバレたのなら、もう、容疑者たちにうっかりしたことを訊く訳にはいかない。

事件の進展は気になっていたが、しかし今日の峯子は、自分のことの方が心配だった。晴海商事の社長に会わなければならないのである。

峯子は、日本でも指折りの総合商社の社長であり、若い芸術家のパトロンでもあるという晴海氏と面識はないが、噂はいろいろと耳に入っている。

主に井口から聞かされたことだったが、しかし一体晴海氏がいかなる人物なのか、峯子は分からずにいる。御歳《おんとし》七十ほどの白髪白髯《はくぜん》の老人だというが、叔父の話では気難しいようであったり好々爺のようであったり、堅物のようであったり型破りのようであったり、その性格は今一つ想像がつかなかった。

その晴海氏に、両親が縁談を頼んだのだという。すると、とりあえず峯子を連れて来てみろ、という話になったらしい。

これから、晴海氏の邸宅でお目見えをするのである。もしかすると、今日の面会が自分の人生を揺るがすのかと思うと、峯子は夜通し落ち着かなかった。

両親が起き出してくると、二人は峯子の早起きに感心するような、訝るような眼を向けた。

午前のうちに父が写真館に行き、頼んでいた写真を受け取ってきた。今日のために新調した見合い写真である。

昼過ぎになると、正月しか着ないような立派な振袖《ふりそで》を着せられて、近所の髪結いに連れられて行った。三十分余りで峯子は日本髪に結い上げられた。

こんなに重たいものだったかしらと日本髪を持て余しながら電車に乗った。両親に連れられて、峯子は麻布《あざぶ》に向かった。

「おい、多分あれだろう。井口君が言っていた通りだぞ」

停車場を降りて道を一本曲がった時、父が前方の切妻造《きりづまづくり》の屋根のついた門を指差した。

思いの外近かったので、にわかに心臓を締め付けられた思いがした。父と母に挟まれた峯子は、人形みたいに抱えられて右足左足と順番に歩かされている気分であった。

門の前まで行くと、表札には峯子の顔より大きい文字で『晴海』とある。父は懐中時計を取り出して、約束の時間に早過ぎも遅過ぎもしないことを確かめてから門を潜《くぐ》った。

屋敷は千坪あまりと思われた。庭園には池やら燈籠《とうろう》やらが配置されていたが、数はかなり絞られている。

玄関で女中が待っていた。廊下はちり一つない。応接用の座敷に案内されると、南洋材で造られた座卓を挟んで座布団が一つと三つ、向かい合わされていた。

「御前は今にまいります。おまち下さいまし」

女中は引き下がった。峯子は、何一つ余計な仕草のない女中の応対に、彼女は来客を緊張させることを生きがいにしているに違いないと確信した。

待ったのはほんの数分だったろうが、峯子は脚が痺《しび》れた気がして、立ち上がる時のことが心配になった。

やがて障子に影が差した。晴海氏は音もなく障子を開いて後ろ手に閉め、峯子たち三人を睥睨《へいげい》した。

「矢苗の御一家かね」

「左様です。このたびは、まさかご多忙の晴海様にご相談をお受けいただけるとは思わず――」

「立たんでも結構だ。儂《わし》が座れん」

晴海氏は父をその場に押し留めて、歳に似合わぬ身軽さで座布団に座った。

聞いていた通り白髪白髯で、腕は細く筋張って、白樺《しらかば》の老木を思わせるひとである。

これが、生糸の輸出から始まった晴海商事を日本で五指に入る総合商社に育てた人物なのだと、峯子は思い描いていた晴海社長と実物の姿を脳裏で引き比べた。

氏の表情は険《けわ》しく、不機嫌に見えた。若い芸術家に支援をしているというが、そんな気風の良さは窺えなかった。この人が、井口に殊更の肩入れをして画業を助けているということも、峯子には想像がつかない。

中流の暮らしをする矢笛家に、こんな、日本紳士録の頻繁に捲られるページに載っている人物に謁見する機会はない。父は低頭し、それから手許の書類をそっと差し出した。

「――此方《こちら》に身上書を持って参りました。それから写真を」

「ふん」

差し出されたから仕方なしにという風に、晴海氏は峯子の身上書を取り上げた。写真には見向きもしない。

晴海氏があまりに酷い顰《しか》め面《つら》をして身上書を読むので、堪らず父は言った。

「何か間違いが御座いますか」

「間違いなどは見つけない。まるで面白くないというだけだ。身上書というのは面白くてはいかんものだからそれで構わんのだ」

枝のような腕で身上書を眼前に翳し、晴海氏は微動だにしない。

何だか雲行きが悪そうである。大体、縁談の仲介を頼んで、いきなり本人を連れて来いというのが異例なのだ。いつもは父が勝手にあちこちの知り合いを訪ね廻って、峯子の届かぬところで、釣り合うとか釣り合わぬとか大人たちの論じる声が頭上からわずかに聞こえて来るだけである。

晴海氏が身上書を机に置いたので、父は恐る恐る口を開いた。

「まあ、当人がいるところで言うのも如何《いかが》かと思われるのですが、峯子は、女学校を優等で卒業しました。平均して、大体いつでも上から五番目くらいの成績を保《たも》っておりました。品行も方正で、子供の頃から、酷い悪戯をやらかしたことは一度もありません。

気立ても大変よろしく、学校を卒業してからも、生け花と裁縫とをずっと習わせて、生け花はまだあまり褒められることはないが、裁縫はなかなか上達しました。料理は小さな頃から家内が躾けて、結構な腕前です。仮にですが、夫と料理屋を始めたとしてもさほど気後れする必要はなかろうと思います。――なあ？」

「はい。――自慢の一人娘で御座います」

母はそれだけ言った。峯子は俯《うつむ》きがちに黙っているよりない。

晴海氏は頸《くび》を捻《ひね》って峯子の顔を覗く。

「井口には、なかなかの跳ねっ返りだと聞いたがな。犯罪者相手に拳銃《けんじゅう》を打《ぶ》っ放《ぱな》したとか、燈油を入れて火を付けた瓶《びん》を放り投げたとか」

峯子は赤らめた顔を伏せた。思いがけず首肯するような格好になった。どちらも本当のことだから申し開きのしようがない。

「――それは、あまり外聞がよろしくないかもしれませんが、しかしです、女だっていざとなればそれくらいの肝の据わった方が良いのではないかと、近頃の人心の荒廃ぶりを見るに、私はそうも思うようになりました」

父がそんなことを思っていたとは初めて聞いた。妙な事件に巻き込まれた峯子が荒っぽい活躍をするのを苦々しく思っていた筈である。

晴海氏は退屈な話を聞いたという風に眼を細めた。

「それなら、相手も同じことが出来るようでなければならんな。そんな男は案外いないぞ。

入り婿を望んでおるのだな。他にはどんな条件をつける気だね？」

「ええ――、職業は、ひとに恥じないものならばなんでも結構ですが、私が税務代弁の仕事をしておりますから、それに類するものが理想です。家内の父、峯子の祖父ですが、それは軍人が良いなどと言っていますが」

「儂は軍人はあまり知らんな」

「左様ですか。それで、収入は出来ることなら月二百円くらいを望みますが、今とは言わず、将来有望であることが第一です。歳は二十五くらいで、どんなに年嵩《としかさ》でも三十を超えるのは困ります。それでお互い釣り合う容姿の方なら、峯子も納得がいきましょうから――」

峯子はこの場で、お父さん、私出来たら犯罪者の方がよろしいわとでも言ってやったらどうなるかしらと考えた。自分の縁談のために父が晴海氏に平身低頭する姿を見るのが嫌でたまらなかった。

「よく分かった。――それでは、峯子と少し話をするが構わんかね」

「はい。もちろん結構です」

「二人だけでだ。両親にはここに残ってもらい奥で話をする」

二人きりで話を？　峯子は今度こそ緊張で昏倒しそうになった。型通りに済ませば良いと思っていた面談が、試験になりつつある。

父母も戸惑った。間の峯子を無視して視線を交わし、無言の相談をする。

「それは、なんのためでしょうか？」

「本人に話を聞かねば峯子のことが分からん。今のところは写真を見ただけと変わらない。いかんのなら、儂の聞くべきことは全て聞いた。構わんかね？」

両親は断る言葉を思いつかなかった。

晴海氏に促されて立ち上がる時、峯子は緊張と痺れた脚とのせいで、座卓に思い切りつんのめった。

二

峯子が連れて来られたのは、廊下を延々通って、屋敷の一番奥の十二畳の部屋であった。大きな書棚が二つ据えられ、中には洋書の小説本がぎっしりと詰まっていた。小さな文机の脇に並べられた座布団に、晴海氏と、さっきよりもよほど近く向かい合って座った。

「あまり緊張するのは迷惑というものだ。井口なぞはしばしば儂を質屋の親爺か何かと間違えているくらいだぞ」

「はい」

峯子はモジモジと正座の膝を擦り合わせる。緊張するなと言うのなら、せめてもう少しお屋敷を散らかしておくべきだわ、と思った。

晴海氏は力を抜き、峯子から視線を外した。葉巻を取り出し、嘯《うそぶ》くような調子になった。

「お前の両親は儂に縁談を頼んで来た。しかし、誰にでも出来ることを人に頼むのは失礼というものだ。もしもどこにでもある、当たり前の縁談を儂に纏めさせようというのならな。家宝の刀を背中を掻くのに使わせてくれと借りていく訳だ」

「あら、そんなつもりじゃ御座いませんでしょうけど――、どうも――」

峯子は、両親が自分のためにしたことを私が謝らないといけないのかしら、と迷った。

迷ううちに晴海氏は言った。

「だから、それが失礼かどうかはお前次第だ。お前はどうしたいのだ？　当たり前の結婚がしたいのかね？　井口は、お前が当たり前の娘のようには言わなかったがな」

こんな場合はなるべく大人しくしなさいと教えられてきた峯子は、黙り込むより他、どうして良いか分からない。

やがて晴海氏は峯子に返事をさせるのを諦めた。

「さっきは、女学校の頃は随分真面目だったと聞いたが、本当かね」

「はい。そのつもりで御座います」

「それは結構だな。儂の会社にも、学業が仕事の役に立たんことに文句を言う奴がいる。手前こそ生きていたって大して世の役に立ちもせんくせに、他の物事を役に立つとか立たないとか品評する資格があると勘違いしているのだ。

井口などは立派なものだ。あいつも生きていたところで誰の何の役にも立たんが、その分、誰の何の役にも立たん絵を文句も言わずに嬉々《きき》として描いている」

「はい。その通りですわ」

峯子はようやく自然な相槌を打つことが出来た。

「だから、お前がどうしたいかが問題だというのだ。こんな当たり前の縁談は儂の出る幕ではない。例えばだ、女優にでもなってみたいかね？」

生まれてから一度たりとも考えなかったことだった。峯子は想像力が言葉に追いつかない。

すぐに、光枝のことに連想が及んだ。

「――でも、女優さんって、ちょっとはしたない方が多いように思います。それに、いくらなんだって私が女優になれる筈がありません」

「無論なれる筈がないな。しかし、なりたいと願うのなら当たり前のことではなかろう。それが問題だというのだ。

もう一度訊くが、峯子、お前はどうしたいのだ？　儂が面倒を見ている奴は、どうあれ皆当たり前でない何事かを成そうとしているが、しかし、お前は絵や彫刻の心得はないのだな」

「それは――、御座いません」

絵といったら、手慰みの落書きくらいしかやった憶えがない。もちろん、彫刻にもまるで縁がない。

「生け花をやっとるようだが、それで名を成す気もないのだな」

「いえ、そんな大層なことは――」

「では何だ。お前は何者になる気だ」

峯子はじっくり考えて、やはり、自分がどうしたいのだか、答えることが出来なかった。

心の中に渦巻いていたのは、叔父の絵を見た時の、自分にも何か才能が欲しいという願いであった。それは、晴海社長に吐露するにはあまりにも漠然としていて、幼稚過ぎるもののような気がした。

やがて晴海氏は見かねたように立ち上がった。怒って部屋を出て行く素振りに見えたので峯子は慌てたが、しかし氏は障子ではなく背後の押し入れの襖《ふすま》を開けた。

「なら、写真はどうだね」

「写真――、ですの？」

写真、という言葉が、峯子にはやけに耳新しく聞こえた。

晴海氏は聞き取れない声でブツブツと呟きながら、押し入れに詰め込まれた紙箱を漁った。しばらくして、能面でも入っていそうな大きさの黒い紙箱を抱え、峯子の前に戻って来た。無言でそれを峯子の膝元に置いた。

「これ、なんで御座いますの？」

「儂の妻は去年の十月に死んだのだがな」

氏は脈絡の分からないことを言い、洋書のつまった書棚や紙箱だらけの押し入れを手で示して見せた。

「――ここは妻の使っていた部屋なのだ。本を読むのは普通の趣味だが、もう一つ、女には珍しい趣味があった」

峯子は促されて紙箱の蓋《ふた》を開いた。入っていたのは、小さなイーストマン・コダックの写真機であった。

「妻は、維新があって十年も経たん、男でも撮らない頃から写真に凝《こ》っていたのだ。他の贅沢《ぜいたく》には眼もくれずに洋書と写真機ばかり買っていた。それは、死ぬ半年くらい前に手に入れたもので、殆ど使っとらん筈だな」

峯子はそっと写真機を取り上げた。蛇腹でレンズを支える機構になっている。傷一つなく、金属部品も磨《みが》かれたばかりみたいに光っている。その精巧さにしばし峯子は見惚《みと》れた。

空箱を覗くと、写真が一枚入っていた。屋敷の庭で、峯子が持つ写真機を胸許に構えた老婦人が、微笑《ほほえ》みを浮かべて仏頂面の晴海氏と並んで写っている。

「何だ？　こんなものを仕舞っていたのか。買った時に撮ったのだな」

晴海氏は写真を摑んで文机に伏せた。そして、峯子の手から写真機を取り上げ、箱に仕舞った。

「もしそうしたいというのなら、当分これを貸してやろう。なるべく毀《こわ》さないようにしろ」

「私に、写真師になれ、ということですの?」

自分が写真機を構える姿など考えたこともなかった。頼みに来た縁談の話はどこに行ってしまったのか。

晴海氏は写真機の箱に手を添えたまま言った。

「別に写真師になれとは言わん。この写真機で何をしようが、何もしまいがお前の勝手だ。今のところ、お前にしてやれることは、これを貸してやる他、儂には何も思いつかんな」

それは、結局のところ、晴海氏にとって峯子は何物でもないのだという宣告だった。そんな少女に、氏が婿を見つける義理はないのだ。

縁談を持ちかけられる心配がなくなったのに内心安堵しつつも、峯子の胸中には生来感じたことのない焦燥が生まれていた。

同時に、写真師になる想像は峯子をときめかせた。それが一体何を意味するのかは分かっていなかったが、にわかに自分の将来の実像を得たような、微《かす》かな直感が働いた。

峯子は、写真機の箱を、両手でそっと自分の方へ引き寄せた。

「それでは、これ、お借りしますわ」

いいだろう、と晴海氏は言って、押し入れから付属品や、現像や焼付に必要な用具類を掻き集めた。写真機とそれらを一緒に包んだ風呂敷包みを峯子は持たされた。

部屋を出て行きかけた峯子を、晴海氏は押《お》し止《とど》めた。

「――そうだ、峯子。近々井口と会うかね。あいつが誰かに自分の絵を盗作されて騒ぎ廻っているのを知っているかね？」

「ええ、知ってます。きっと会います」

「そのことで井口が手紙を寄越した。贋物が見つかった亜米利加《アメリカ》の遺品整理のことや、絵を持っていた柳瀬章雄という日本人のことを調べてくれというのだ。返事を出すのが面倒だからお前が伝えろ。

やってやるが期待するな。それに時間も掛かる。昨日国際郵便で儂の会社の支社に手紙を出したが、届くまで半月と少しは要るな。見本を同封して、井口の絵がどんなものだか伝えねばならんから電報ではいかん。返事は電報でもらってもいいがな。

それに柳瀬という男がいたのは加利福尼亜《カリフォルニア》だというから、支社の人間を向かわせるのにも時間が掛かるだろう。そう言っておけ」

分かりました、と峯子は答えた。

晴海氏は意外にも門前まで見送りに来た。両親は停車場に着くまで、一体何を持たされたのだと、風呂敷包みの中身を峯子に問い糺すのを遠慮せざるを得なかった。

三

夕方前に自宅に戻った矢苗家の三人は、よそ行きの装いを解いたのち、何故だか急かされるように夕食の支度をし、家に一人待っていた峯子の祖父を交ぜて、橙色《だいだいいろ》の夕日が窓から立ち込める中に食卓を囲んだ。

「晴海さんは、一体ご自身の跡継ぎのことをどう考えているのだろうな」

峯子と母と祖父、皆の箸《はし》を持つ手が休まった時に、父は何気なさをよそおって言った。

普段なら峯子からは遠ざけられる種類の事柄である。そもそも父が、食事の最中に世間話を持ち出すことは珍しかった。

上機嫌で無駄口を叩いている訳ではなかった。峯子の婿のことを心配して晴海氏を訪ねた顚末が釈然とせず、峯子にそれを正面切って問い糺すことも出来ないのである。結局、晴海氏は峯子をどうしようというのか？　写真を練習したら婿を見つけてくれるということなのか？

父は、娘が自分の知らない何事かを勝手に理解しているのではないかと心配していた。

峯子はなるべく一人娘の無邪気さをはみ出さないように気をつけながら答えた。

「井口の叔父さんは、会社のことはみんな取り決めが出来てる筈だって言ってたわ」

「ほう。そうだろうな」

父が知りたいのは会社のことなどではない。矢苗家のものが峯子の周囲に城郭《じょうかく》を築き上げようとしているのに、晴海氏はまるで構いつけなかった。それは、彼らには到底思いがけないことだった。

食事を終えた峯子は二階の自室に上がった。

畳敷きの部屋だが、檜《ひのき》で造られた西洋寝台が置いてある。窓には、裁縫の先生からもらった刺繡入りのカーテンが、裾が余るほどにたっぷりと掛けられている。卓袱台《ちゃぶだい》には一輪挿しがあって、峯子が何もせずとも、母が勝手に鈴蘭《すずらん》やらを数日おきに生けていく。

枕もとには数年前の『少女の友』が三冊置いてある。学校も出たことで、いい加減捨てようかと思っていたら、しばらく前に来た井口が表紙絵を褒めていたので、何となくまだ持っていても良い気になった。

壁際の鏡台に向かって峯子は正座した。楕円《だえん》の大きな鏡は古く曇っているが、歪みの少ない上等なものである。

それに映る顔には、さしたる欠点は見当たらない。慎ましくてやや色の淡い唇に、高くはなく、しかし均整はとれた鼻、大きめの眼にそれを覆う木の葉のような一重瞼《ひとえまぶた》、それらは木綿のハンカチのような肌をそっと被せられて峯子の顔をつくっている。

峯子はこれまで生きた十八年のうちに、全く自分の凡庸さを疑ったことがなかった。可愛らしいと親戚《しんせき》に褒められたり、地味で何だかしみったらしいと同級生に陰口《かげぐち》を言われたりする自分の姿は当然そうあるべきもので、一喜一憂することはあっても、決して文句を言うべきものではなかった。

勉強だって、自分ではいくらか利口なつもりでいたけれども、教育熱心な大金持ちが欧米に留学させてくれるような天才ではない。家族も、峯子自身も、そんなことは望みもしなかった。凡庸であることが峯子の世界をつくっていて、凡庸さの外側にあることなど考える必要もなかった。

峯子の信じた凡庸さに亀裂が走っていることに気がついたのは最近である。仲良しの叔母が画家と結婚した。敬遠してもいられず、思いがけない奇人たちとの交流が出来た。峯子自身も二度ばかり、凡庸さの中では起こる筈のない事件に巻き込まれた。

——でも、いくら当たり前でない体験をしたって、当たり前のひとが並外れたひとになれる訳じゃないわ。

そう峯子は思った。

やがて、盗作事件のことに連想が移った。

光枝によれば、あやというひとは、女優になるべく自分の平凡な顔を造り替えたという。それは到底、普通のひとのすることではない。

そう、井口によれば、あやと蓮野との間に何かの波瀾《はらん》が起こりそうだというのだ。

——仮に、何の傷も後遺症ものこらない、完璧《かんぺき》な手術を私が受けられるとするわ。そして、蓮野さんの隣にいても、誰もみすぼらしいと思わないくらいに美しくなれるとする。でもきっと、そんなことで私の願うことが叶えられる訳ではないわ。

峯子は、傍に置いてあった風呂敷包みを解いて、晴海社長の貸してくれた写真機を取り出した。

見れば見るほど自分の持ち物らしくなかった。峯子は女学校の頃に、友達がこっそり自室で二十日鼠《はつかねずみ》を飼おうとしたという話を思い出して、きっとこれがその時の気分に一番近いと思った。

——写真を撮るのは面白そうだけど、でも、それが一体何になるのかしら?

自分は記者にでもなるのか。それとも芸術家になるということなのか。

峯子は焦っていた。遠足に来て、知らないうちに自分一人霧の山頂に取り残されたような気分であった。そもそも、こんなところに来るなんて聞いていなかったのだ。

峯子は写真機を膝の上に抱えた。そして、何か非凡なものが欲しいと心の底から願った。

四

翌日峯子は、朝食を終えると早速写真機を持って井口の家へと向かった。晴海氏から言伝てを預かっていたし、叔父に早くそれを見せに行きたい気分だった。

紗江子は、峯子が持って来た風呂敷包みを見て妙な顔をしたが、井口は別に不思議がりもしなかった。

「ふうん？　晴海社長に貸してもらったのか」

叔父は遠慮なしに箱を開けて、写真機を興味深げに眺め回す。

「何を撮ろうかしら？　私、これで何をしたらいいのかしら」

「何をしないといけないこともないさ。好きにしたらいいよ」

晴海氏をよく知る井口は気楽な口ぶりだった。氏にしてみれば、これは面倒を見ている画家に気まぐれに画材を買い与えるのと同じことなのだろう。

何を期待されている訳でもないと思うと、尚更《なおさら》この写真機で何事かを成さないといけない気分になる。

「あ！　そうだ。ちょうど撮るものがあったな。峯ちゃん、今からちょっと出かけられるかい？」

井口はやにわに出支度を始めた。

写真機の使い道を思いついたようである。どうやら、例の盗作事件に関係あることらしかった。

「ほら、これだよ。雨が降ったけども、庇《ひさし》の下のはまだはっきり残ってる」

井口の指差した足跡を、峯子はしゃがんで検分した。

「ええ、本当だわ」

左足の爪先が少し欠けている。

叔父に連れられてやって来たのは、大月の下宿だった。

二日前、何者かが、ここで大月と井口の話を盗み聞きしたのだという。爪先の欠けた靴を履いた人物で、盗作、もしくは贋作に関係していると考えるべきである。井口は足跡のスケッチをしたそうだが、写真があれば何かの証拠にならないとも限らない。

昨日に引き続き今日も晴れ、写真日和であった。ポートレート用のアタッチメントを付けると、峯子は背後の太陽を気にして、足跡がなるべく明るく見える角度を探しながら写真機を構えた。

レンズの周囲のつまみやレバーをあれこれ動かす。

「これでいいのかしら？　分からないわ。フィルム一本で六枚しか撮れないの」

「まあいいさ。やってみたまえ。コダックなら誰でも撮れると聞いたけどな」

箱に入っていた説明書は英語だったので、理解出来た自信がなかった。井口が祖父からずっと昔に聞き齧《かじ》った写真術を頼りに、焦点がどうとか絞りがどうとか、峯子は昨日まで全く馴染みのなかった用語と格闘した。

角度を変えて、足跡の写真を二枚撮った。日が照っているから瞬間撮影だが、シャッターを切るたび肩が凝る。

「一枚くらい上手くいってたらいいわ」

「現像もしなくちゃならないのかい？　そっちの方が難しいかもな」

撮影の仕事は済んだ。そろそろ昼時である。

叔父は、帰ってロデウィック氏へ経過報告の手紙を書くという。盗作犯のみならず、贋作犯まで登場したこの奇妙な事件を一体どう説明したものかと彼はぼやいた。

「峯ちゃんはどうする？　一緒に帰るかね？」

「私、もうちょっといろいろ撮ってみるわ」

「ああ、分かった。気をつけるんだよ」

下宿の前で、峯子は叔父と別れた。


あてもなしに、峯子は東京駅の方面へ歩いて行った。

――どこに行こう？　何を撮ろうかしら？


峯子は写真機を鞄に仕舞った。一人きりになると、写真機を弄《いじ》っている姿を誰かに見られるのが恥ずかしかった。

なるべくひとの少ないところに行こう。

そう思った時、峯子は不意に、ある芸術家の名前を思い出した。

いつだったか、井口からそれを聞いたのである。深江龍紅という男で、造形芸術に万能の才能を持っていたという。

今年の冬、彼は自殺したそうである。

何故死んだのか、詳しいことは聞いていない。井口も、さほど深江と親しかった訳ではないらしかった。

彼のアトリエは中野町の寂《さび》しいところにあったと聞いている。深江の名前を思い出したのは、人《ひと》気《け》のないところを連想していたせいだった。

峯子は中野町に行ってみることに決めた。なんとなく、婦人記者のような気分になっていた。不可解な自殺を遂げた芸術家のいた土地に写真機を携えていくことに高揚感《こうようかん》を覚えた。


東京駅から省線列車にしばし揺られて、中野駅に着いた。改札を出て左右を見回し、どこへ行こうかと峯子は迷った。

アトリエの場所は聞いていない。峯子は、中野町に行きさえすれば見つかるような心づもりになっていたのだけれども、見渡す限り、アトリエらしい建物はない。

ちらりと、近所の商店か民家で深江という芸術家のことを知らないか尋ねてみようかと思ったけれど、止すことにした。写真機を持って、自殺した芸術家のアトリエを捜す少女をまともに取り合ってもらえるかは怪しい。

それに、深江の名前に釣られてこんなところまでやって来てしまったけれども、今日の目的は、邪魔されずに写真の練習をすることである。すぐに見つからないなら、わざわざアトリエを捜し回ることもないだろう。

峯子は、あちらこちらを半時間ばかりもそぞろ歩いた。途中、民家の井戸端《いどばた》に高さ六十尺を超える大きな檜の木を見つけた時、ちょうど辺りにひとの姿がなかったので、十分余りも唸った末、ようやく一枚シャッターを切った。

さらに町外れへと進んだ。北に折れていく脇道《わきみち》を見つけて、そこを辿った。

砂利混じりの、幅一間もない土道である。東は雑木林、西も田圃《たんぼ》や荒れた畑を挟んで、やはり雑木林が茂っていた。もう、どこにいるのだか分からない。来た道を辿って駅に帰ることだけは出来るつもりである。

峯子は写真機を鞄に隠すのをやめ、胸元に構えた。ここまで来れば、写真機を手に、ああかこうかと苦しむ姿を見られる心配はしなくて良い。

といって、レンズを向けてみようかしらと心が動くものも見つからなかった。とりあえず、目の前の田畑を撮影して、峯子は、フィルムの残りを使ってしまったら今日は帰ろうと決めた。

さらに一町ほども歩いた頃である。西側の田畑は途切れ、切り株の残る空き地が見えた。そこに、小さな丸太小屋があるのを見つけた。

何の小屋かしら？　峯子は土道を空き地に逸れていった。

壁の節くれが見分けられる辺りまで近寄った時、峯子は驚きのあまりに写真機を握りしめ、思わず蛇腹を破りそうになった。

見つけたのは、足跡である。それも、左足の爪先が欠けた、つい二時間あまり前、大月の下宿の窓の下で見たのと同じものに間違いなかった。それが小屋の入り口近くの泥濘《ぬかるみ》に一つ、ポツンと残っていた。

盗作犯かもしれない人物の足跡！　それに行き当たったのだ。

どういうことだろう？　峯子がここにやって来たのはただの思いつきに過ぎない。偶然にしてはあまりに出来過ぎている。何故こんなところにこんなものがある？

足跡は真新しかった。ついさっきつけられたような——

峯子は耳を澄ました。小屋の中からは、カタカタと足音が伝わって来る。

足跡の男は小屋の中にいる！　歩き廻っているようだ。

小屋から五間くらいの距離を保って、峯子は様子を探ろうと北側へ廻った。うっかり、泥濘に足を掬《すく》われそうになる。

雑木林の際《きわ》に、もう一つ同じ足跡を見つけた。向きからして、足跡の人物は林からやって来たらしい。林の奥に足跡はなかった。葉が溜《た》まって、跡が残らないのである。

小屋の裏側を見ると、それが三坪に満たない小さなものであるのが分かった。

どうしようか？　まず、足跡の写真を撮っておくことにした。小屋からは距離があるから、小石の跳ねるようなシャッターの音は、中の人物には多分聞き過ごされる。

一枚だけ、慎重に撮影した。そうして、いざとなれば雑木林の奥に逃げ込むつもりで小屋の様子を窺ったが、峯子の存在に気づかれた気配はない。

足跡の主はこんなところで何をしているのだろう？　小屋には四方の壁に窓が穿《うが》たれているが、覗くには峯子の身長がやや足らず、不用意に首を伸ばせば相手に気づかれてしまう。

何をしているのかも気がかりだが、とにかく、中の人物の顔を知りたい。盗作犯が分かるかもしれないのだ。

どこかに隠れて、出てくるのを待ち構えることが出来ると良い。そして、顔を盗み見る。写真を撮れれば申し分ない。

どこで待つのが良いかしら？　道に身を隠せる場所はない。今いる林の木陰《こかげ》に待っていれば、中の人物が帰っていくところを間近に見ることが出来るかもしれないが、相手に見咎められる危険があるし、写真を撮る時、シャッター音が聞こえてしまうだろう。

——向かいの林に隠れるしかないわ。

遠くて、顔をハッキリ確かめられるか怪しいが、少なくとも、中の人物が扉を開いた時にその姿を見る機会がある筈であった。

峯子は反対側の雑木林へ、そっと路《みち》を横切ろうと足を踏み出した。

が、その時何かの軋る音がした。峯子は慌てて元いた方へ立ち返った。

一瞬のことであった。小屋から視線を逸らしていた峯子は、何が起こったかすぐには分からなかったが、やがて理解した。

小屋の人物が扉を開けたのだ！　そして、さっき峯子が泥濘に足を取られた跡を見つけた。外に誰かがいることに気づいて、慌てて扉を閉めたのだ。

それきり小屋からは物音一つしない。息を殺しているらしい。扉が陰になって峯子の姿は見られずに済んだようである。

峯子はその場に立ち尽くし、迫《せ》り上がって来る恐怖に震えた。

小屋の人物は、峯子をやり過ごそうとしている。しかし、中の誰かは、峯子が盗作犯を追っていることなど知る由もない。なのに、ひとに出くわすことを酷く警戒している。

つまり、小屋の中で行われているのは、決して誰にも見られる訳にはいかないことなのだ！

どうしよう？　誰かを呼んでこようかしら？　峯子の存在には気づかれてしまっている。応援を連れて戻ってくるまで、どんなに早くても三十分くらいは要るだろう。そうしたら、中の人物はとっくに逃げ去っているに決まっている。

何とかして、一目でも、中の様子を覗いてやりたい。

峯子は小屋の裏手をそっと見た。

古そうな木箱が打ち捨ててあった。あれを踏み台にすれば何とか窓に顔が届く。相手に見つかるかもしれないが、止《や》むを得《え》ない。ちらりと見たら一目散に逃げ出してやろう。——そう決めた。

中からゴソゴソと慌《あわ》ただしい物音が聞こえ始めた。峯子が去ったと思ったのかもしれない。急がねば、重要なものを見過ごすこともあり得る。

峯子は窓の下に木箱を据えた。

音がしないよう願いながら峯子は片足ずつそっと木箱に載せた。腐っている。板がホロホロと崩れて、踏み抜きこそしなかったが、錆《さ》びた釘《くぎ》の擦れる甲高《かんだか》い響きがした。

小屋の中で、急いで身を隠す音が聞こえた。

峯子は意を決して窓を覗いた。

中はがらんとしていた。板張りで、床にはボロボロに擦り切れた畳が敷かれている。端材で作られた粗雑な四角い椅子や、虫喰いの座布団が放り出してある。

峯子が見たのは、それらに囲まれて、女が横たわっている姿であった。

黒いレース生地に真珠を連ねた装飾の服を纏っているが、しかしそれは乱れ、はだけている。頭にはシダの葉のような意匠の飾りをつけていた。

窓の陽射《ひざ》しに照り返された、ぞくりとするほど美しい顔が、峯子の脳裏に焼きついた。

そして、その胸許であった。ナイフの柄が飛び出しているのに気づいて、峯子は小さな悲鳴を上げた。

室内にいる筈の、爪先の欠けた靴の主は見当たらなかった。窓の真下に小さな机が置かれている。どうやら、そいつは机の下に隠れているのである。

峯子は無我夢中で写真機を窓枠に据え、シャッターを切った。済むと、自分の意思だか転げ落ちたのだか分からない格好で木箱を降りた。

一瞬、峯子の頭に、小屋の扉を押し開けて中の殺人者を取り押さえてやる、という幻想が過ぎったが、すぐにそれを振り払った。そして、交番を目指して、来た路を駆け出した。

逃げ出すと、今度は、殺人者が自分を必死で追って来る想像が生まれた。峯子は胸を押さえて走りながら、何度も後ろを振り返った。

幸いにも、ナイフを振《ふ》り翳《かざ》して追いかけて来る人影はなかった。

十五分ほどもかかって、峯子は中野の駅前に戻ってきた。巡回の警官を見つけると、息を切らせて喚《わめ》いた。

「ねえ、おまわりさん、私女の人が殺されているのを見ました。ずっと北に行ったところで――」

巡査は、あからさまな態度で峯子の話を疑った。不似合いな写真機を持っていたのが、手の込んだ悪戯を企《たくら》んでいるような印象を与えたらしかった。

警官と一緒になって安心する代わりに、別の懸念が込み上がって来た。

十中八九は現実になる懸念である。峯子は警官にこう言わねばならないのが厭わしかった。

「ともかく、一緒に来ていただきたいんです。一大事なんです」

巡査は現場まで、次はどっちか次はどっちか、と道筋を言わせて、早足で先を歩いていった。峯子はついて行くのに小走りになった。

やはり十五分ほどで、二人は雑木林に挟まれた小屋にたどり着いた。

「――あの、これ、何の建物ですか?」

「この小屋は六年ばかり前の夏に、この森を切り開いた工夫が建てたのだ。もうしばらく使われていない筈だ」

扉の鍵はずっと昔に毀れてそのままになっていたそうである。巡査は、殺人犯への用心を見せず、無造作に把手《とって》に手を掛けた。

扉を三十度くらい開いて、頭を差し込んで中を確かめたのち、彼は訝しげに言った。

「本当にここで間違いないんだな？」

巡査は扉を開け放した。

半時間は経っているのだ。それに、峯子は小屋の前に戻って来てすぐ、爪先の欠けた、逆向きの足跡が増えているのに気づいていた。

仕方なしに峯子は小屋を覗いた。擦り切れた畳、虫喰いの座布団、粗末《そまつ》な椅子、皆、さっき目撃した通りである。しかし、ナイフを突き立てられた女の姿は影も形もなかった。

五

中野町で変事に遭遇してから一夜明け、峯子は例によって叔父の家を訪ねた。

暗室代わりの部屋を貸してもらうのである。昨日撮った写真を確認しなければならない。

峯子に請《こ》われて、井口は首を捻る。

「一筋たりとも光が入らないようにしなきゃいけないんだろう？」

「ええ、そうなの。ご迷惑？」

「いや構わないさ。しかし、どこがいいかな。峯ちゃんの家じゃ無理だったんだね？」

「私の部屋じゃ、どうしても襖から明かりが漏れちゃって駄目だったわ」

「明かりが漏れなくたって、峯子がそんなことまでやり出したら、お父さんなんか、晴海の社長さんから黒魔術を習って来たと思うわよ」

紗江子は言った。峯子も同感であった。

「二階の北側の部屋がいいんじゃありませんか。余計ながらくたを片付けて、窓を暗幕でしっかり塞《ふさ》げばきっと大丈夫でしょう」

「それが良いかな。しかし、峯ちゃん本当に自分でやる気なのか？　僕の祖父《じい》さんは、撮るのは好きだったが現像だとかはひとに任せてたよ」

「ええ、でも私自分で出来るようにしたいわ」

それに、写っている筈のものからして、写真屋に任せるのは不安である。峯子は、昨日の出来事をまだ誰にも話していなかった。


二階の北側の部屋は、二坪くらいの小部屋で、物置のつもりで造ったらしく、小さな窓が一つあるきりであった。

叔父たちと一緒に、古い帽子掛けとか弦の切れたリュートとかのガラクタを運び出し、床の埃を払った。叔父が高等小学校の頃使っていたという勉強机があったので、部屋の真ん中に据えた。

窓には板切れを立てかけた上に、分厚い暗幕を被せた。扉は、戸当たりが精巧なので、鍵穴に端《は》切《ぎ》れを詰めるだけで光が入る心配はなさそうであった。

峯子は大きなボール紙の箱を切り抜いて、裏から赤色の紙を貼《は》る工作をした。

ランプに被せて、作業中の照明にするのである。それを見た叔父は、火事が不安だと言って階下から水を汲《く》んだバケツを用意してきた。

「あらそれ、叔父さんにしてもらわなくとも、私が持って来るつもりだったわ。現像にもお水が必要なの」

「ああ、そうなのか。まあともかく、最初は僕も部屋にいることにするよ。現像の薬品は危ないって聞くしなあ」

「なら、私も見ていることにします」

叔父と叔母は背後に控えて、峯子のすることを見守る。

机の上に必要な品々を並べた。薬品の瓶、バットが三つ、秤《はかり》にコップなど。机は狭かった。本を見ながら、コップに現像液と定着液を調合する。

「よほど大切なフィルムなのかね？　足跡の写真ならそんなに大事にすることもないよ」

「ええ。これ、大変なものが写っている筈なの。なるべく失敗したくないの」

用意が整うと、電燈の明かりを落とし、ランプに手製の赤色の箱を被せた。

「確かにこれ黒魔術だわ」

峯子は、バットに満たした水にそっとフィルムを浸した。

随分かかって、現像と焼付を済ませると、三人は一階に降り、居間に落ち着いた。

「――まあ、初めてやったにしちゃ上出来なんじゃないかな。ろくに教わってないんだからな。この大月のところの足跡のやつなんか、濃淡のムラはあるけども、焦点も露出も申し分なく撮れてるよ」

井口は、まだ乾き切らない小さな写真の一枚を摘み上げ、そう評した。

「そうかしら？　さっぱりこつが分かった気がしないわ」

「写真どころじゃないでしょうに」

紗江子は、テーブルに並べられたそれを禍々《まがまが》しいもののように眼の端で睨んでいる。

「峯子、あなた、またそんな危なっかしい目に遭ってたのね。これを撮った時、壁一枚へだてて、殺人犯と隣り合わせだったんじゃないの」

ほんの一月ばかり前、峯子は暴漢に襲撃され、半死半生の目に遭っているのである。

「でも、今度は私が狙われた訳じゃないわ。ねえ、私どうしたらいいかしら？　せめて、もっとはっきり写せてたら良かったんだけど」

峯子は写真を右手に、角度を変えながらじっくり出来を確かめた。

大月の下宿で撮った二枚のうち、一枚は叔父が褒めた通りで、もう一枚は露出過多で真っ白くなっていた。中野町で写した檜の大木は焦点が合っていなかった。田畑を写したのは構図が半端《はんぱ》であった。現場の小屋の近くで写した足跡はまずまずの出来であるが、実際のところ、それは敢《あ》えて撮るほどの証拠でもなかった。今だって、現場に行けばまだ残っているのではないかしら？

そして、問題の、小屋の中を写した一枚である。少なくとも、あの慌てふためいた最中にきちんと焦点が合わせられただけでも奇跡みたいなものだわ、と峯子は思った。しかし、小屋の有様は分かるものの、肝心の女の顔が真っ白く飛んで識別出来ないのである。

「陽の光が窓から顔に当たってたの。躰のところは少し薄暗いくらいだったんだけど。もう少し絞りを深くして、露出時間を長くしたら良かったんだわ」

「ふうん？　そういうことなのか。で、峯ちゃんたちが戻って来た時、屍体《したい》がなくなってて、巡査はどうしたんだ？」

「何にもしてないわ。それとも警察の偉いひとに報告したのかしら？　ともかく、私の話は信じてないと思うのよね。小屋の中には血の跡も何にも残ってなかったの」

「でも、足跡は残ってたんだろ？　爪先の欠けた奴が」

叔父は大月の下宿のと、中野町の小屋の足跡の写真を見比べた。

「――やっぱり同じものだな」

「ええ。だけど、大月さんの下宿で同じ足跡が見つかったなんてことは黙っといたわ。

そう、使ってない筈の小屋に足跡があったのは確かに変だってお巡りさんも言ってたのよ。でも、お巡りさんからしたら、写真機を持ってあんなところを散歩している私の方が変なのよね」

巡査は、訝りつつも、ともあれ妙なことがあれば注意を払うことにしよう、という一言で小屋の異変にけりをつけてしまった。

「犯人は雑木林の向こうからやって来たらしいんだろ？　雑木林がどこに通じていたんだかは調べたのかね？」

「ええ、お巡りさんと一緒に辿ったわ。雑木林を抜けると、一町も行かずに大きい道に出られるのよ。馬車でも自動車でも停《と》められる道なの。多分、そこに乗り物を停めて、林を通って小屋に来たんじゃないかしら。

私、小屋を覗いた時に気づいたら良かったのよね。あの女のひと、殺されてから運ばれて来たのか、それともあの小屋で殺されたのか分からないけど、どっちにしたって歩いて来た筈はないわ。あんな格好しているんだから。きっと林の向こうに乗り物を置いてたのよ。

逃げる時に、雑木林の方を抜けて行ったら良かったんだわ。乗り物がたしかめられたのよ。自動車なら番号がついてるし、大八車みたいなのだったとしたって、写真を撮っておけばあとで役に立った筈だし」

「そんなことに気がつかなくて大正解でした。もしそこに共犯者が待っていたらどうするのよ」

頬杖《ほおづえ》をついてぼやく峯子を紗江子は窘《たしな》めた。

「うん、まあ、紗江子の言う通りだな。危ないからそんなことはしないでくれ。——足跡以外に証拠が残っていないなら、警察は動かないだろうなあ」

「そうなの。だから、せめて屍体の顔がしっかり写せてたら良かったんだけど」

顔写真があれば、それを頼りに被害者の身許《みもと》を探るなど、調査のやりようがあったのである。

「それにしても、峯ちゃんは、写真を練習するつもりで、何の気もなく中野町まで出かけて行ったんだろう？　そしたらたまたま大月のところのと同じ足跡を見つけたっていう訳か。そんな都合のいいことがあるだろうかな？　本当に偶然なのか？」

そんな巡り合わせがあってはたまらない。峯子もそう思う。

ならば、峯子が爪先の欠けた靴の人物に遭遇したのは一体どういう訳なのか？　まさか、犯人は峯子に先回りして、敢えて殺人の光景を見せることを企んだのか。しかし、犯人に、峯子が小屋にやって来ることが予測出来た筈もない。

事件に不可解な謎が加わったことを井口は嘆いた。

「訳が分からない！　爪先の欠けた靴の男がこんなことをしてたってのは、盗作犯がすなわち殺人犯かもしれないってことだろう？　参ったな！　出来心で僕の絵を真似た奴を見つければいいのかと思ってたら、人殺しを相手にしなきゃならないのか」

「殺人事件なら、屍体が見つかって、殺人事件だってはっきりすればいいんだわ。そうしたら、叔父さんが何もしなくたって、警察が勝手に盗作犯を見つけてくれるかもしれないでしょう？」

「そうとも言えるかな。いやしかし、殺人でそいつが逮捕されたら、盗作のことなんかうやむやになっちゃいそうだ。僕にはロデウィック氏を納得させる証拠が要るから、何もしない訳にはいかない。

でもなあ。やっぱりこの事件は何かおかしいな。昼間から殺人をしてるんだから、逢引の最中に何か悶着《もんちゃく》を起こしたか――、いや、ナイフを持って来ているんだから、殺すために誘《おび》き出《だ》したって方がありそうかな。でも、足跡は男のものしか残ってなかったんだよな」

「女のひとは、地面がぬかるんでいたら慎重に歩くものですよ。あなたよく、雨の日に平気で裾に泥を撥《は》ね飛ばしているじゃないですか」

「それもそうか。こんな時間に逢引も変だがな」

「殺人犯は夜がお忙しいお仕事をしてらっしゃるのかもしれませんよ。夜警とか、おでん屋さんだとか」

「あとは泥棒か。それで相手は女給か芸者か、女優かな？　妙な取り合わせだがな」

「組み合わせは何だって良いでしょうに。峯子の話だと、昼間だといったって、誰かが来るとも思えないところだったんでしょう？　見つかる心配はしていなかったんじゃないですか。ねえ？」

紗江子に同意を求められたが、峯子はどう答えたものか分からなかった。

あそこは、こっそり写真の練習をするくらいには人の気配の途絶えたところだったが、安心して殺人が出来るほどに気兼ねのいらないところとも思いにくい。

「じゃあ、まあそれは犯人が気の大きい奴だったとも、昼間しか人殺しの時間の取れない奴だったとも、どっちでもいいよ。問題は、この屍体の装いだ。なんで、こんな派手な格好をしてるんだ？　昼間に着るような服じゃない。――ほら、見たまえ」

井口は写真を紗江子の鼻先に近づけた。

紗江子は顔を顰めて井口の腕を押し戻したが、服装の奇妙さについては同意見だと認めた。

「こんな格好をしたひとを殺す機会なんかあんまりないからな。しかも酷く乱れてる。あえて女がこんな格好をしてるところを狙って殺したか、殺す前に脅して着せたか、殺してから屍体に着せたか――、そんな気がしないかね？　犯人にとっては、屍体がこの姿をしていることに意味があったんだ」

「それって、ご遺体を飾って世間に披露して、一騒ぎ起こしてやりたかったとおっしゃるんですか？」

「そうだな。犯人は、世間を相手取って、自分が筋書きをした殺人劇を披露しようとしているのかもしれない」

「だとしたら、中野町の小屋では、お披露目がつつまし過ぎやしませんか」

「それくらいがちょうどだと思ったんじゃないか？　置いといて、二、三日もあれば異臭がして通行人に発見されるくらいが。でも、峯ちゃんにうっかり見つかったから、足がつくかもしれないと思って、ひとまず退散した。ありえないことはないかな」

「ええ。なんだかやることが半端ですけど。大体、自分の犯罪をひとに見せびらかそうと考えるのが突飛で分かりません」

「そうか？　僕はちょっと分かる。よほど自信がある犯罪なら見てもらいたくなるかもしれない。しかし、この服は一体何だろうな？　何でこんなの着せたんだろうか。劇の衣装みたいじゃないかね？　――ほら」

叔父が再び写真を眼前にぶら下げようとしたので、紗江子は荒っぽくその腕を払いのけた。

「分かりましたからもう見せないで下さい。本当に犯人の自信作だっていうんなら、そのうちどこか別のところにこの屍体があらわれるのかしら」

「そうかもしれない。一体これは誰なんだろう？　こんな格好をさせられるような女か。もちろん、峯ちゃんも心当たりなんかないんだろうね？」

「ええ。誰だかまるで分からなかったわ」

上の空で峯子は答えた。

峯子は、女の身許を考える時、何となく深江という自殺した芸術家のことが気になった。あの女の姿は、芸術家の偏執が加わったものに思えた。しかし、深江は既に自殺している筈だ。

このことを、叔父になんて訊いたらいいのかしら？　迷っていると、紗江子が言った。

「服装のことは、光枝さんに訊いてみたらいいかもしれないわ。劇のものなら、どんな意味の衣装か知ってるかもしれないから」

事件はいろいろなひとを巻き込んで、大ごとになってゆく。

次第に、自分の中にある疑念が膨《ふく》らんでいくのを感じて、峯子は口数を少なくした。

「ねえ、叔父さんも、紗江ちゃんも、いろいろ心配してくれているのに申し訳ないんだけれど」

「なんだい？」

「私、ちょっと変なことを思いついたのよね。あのね、私が小屋で見た屍体、本当は贋物だったんじゃないかしら」

叔父も叔母も、ポカンとして峯子を見た。

彼らは二人揃って、電燈に向けて掲げた写真をじっくり観察した。紗江子は、見るのが急に平気になったようである。

「――そう言われると、贋物なのかな？　何とも分からないな」

「そうでしょう？　よく出来た蠟人形《ろうにんぎょう》か何かだったら、ちゃんと撮れてたって、きっと本物か贋物か分からないわ。それに、見た時は慌ててたし、そんなこと考えもしなかったの」

「でも、胸にナイフの刺さった蠟人形というのもな。そんなのを持ち歩いて何をしようとしてたんだ？　殺人の方がまだ明快だな」

確かに、あの場に贋物の屍体というのは、本物の屍体よりもふさわしくない気がする。

それに、あの時の犯人の慌てぶりは、悪趣味な遊びをしていただけにしては必死に感じられた。

「じゃあ、やっぱりこれ本物かしら。私、何で贋物かもしれないって思ったのかしら？　そう――、何だか、その屍体の女のひと、ものすごいような美しさだったのよ。それこそ、こんなひとが現実にいる筈がないって思うくらい」

六

光枝は、麴町《こうじまち》の小さな洋館に住んでいる。実業家の先夫が光枝の求めるままに建てた家で、三月前に離婚の調停が完結し、晴れて光枝以外の誰のものでもない家になった。

離縁することが決まってから、光枝は、応接室のカーテンや安楽椅子《あんらくいす》やテーブルを少しずつ入れ替えて、つい先週一切を新調し終えた。ルネッサンス風であった調度は最新の簡素で無駄のない意匠のものに纏められた。応接室は今、果樹園を思わせる明るい部屋になっていた。

紗江子と井口が峯子を連れてやって来たのを、光枝はそこで迎えた。

「みなさんごきげんよう。お掛けになってね」

部屋の中央に、橙色のカバーを掛けた安楽椅子が二つずつ向かい合わせてある。光枝は峯子を自分の隣に座らせた。

井口は挨拶が済むなり、峯子が中野町で奇妙な事件に遭遇したことを打ち明けた。

彼らは、今日の午前に改めて中野の警察分署に行ったのだという。峯子が撮った写真を見せて、殺人があったかもしれないことを納得させようとしたのである。

「――でも、やっぱり、峯子ちゃんのお話は信じてもらえなかったんですのね？」

「あの巡査は信じてないでしょうね。一応、写真を見ながら女の特徴とか格好とか聞き取ってましたが、それで納得しろとばかりだった。――これです。その屍体の写真」

井口は峯子の撮った写真を差し出す。

まあ怖い、と微笑みながら光枝は写真を受け取った。

「あら、でも、この下手な写真じゃ、信じてもらえないのも無理ございませんわね。お顔が全く分からないのね。――ねえ？」

「ええ、そうだわ」

光枝に拗《す》ねさせられた峯子は無表情を装った。

「光枝さん、この格好何だか分かりますか。何でこんな服を着ているんだかが疑問なんです」

「そうねえ」

写真の女の格好を見ると、光枝は、頭の奥底に仕舞った記憶がコトリと音を立てたような心地がした。

思い出すには数分が必要だった。やがて光枝は心当たりを突き止めた。

「――これ、サロメですわねえ？　きっとそうだわ」

「サロメですか？　ワイルドの？」

「そう。今あやさんがやってるのじゃありませんわよ。多分、日本で上演した衣装ではないのじゃないかしら。こんなはだかみたいな衣装だと、風俗壊乱って言われちゃいますものね。

私きっと、雑誌で写真を見たんだわ。どこか外国の女優さんが着ていたんでしょう。何でこのひとそんな格好していたんでしょうねえ」

光枝がテーブルに写真を置くと、すぐさま峯子は横から取り上げ、鞄に仕舞った。

「峯子ちゃん、この女のひと、どんな方だったの？」

「ええ、それはもう美しいひとだったの」

「あら、私よりも？」

「——ええ。そうかもしれないわ」

光枝は声を出さずに笑い、生意気な峯子の頭をクシャクシャに撫でた。

「そう井口さん、このこと、蓮野さんには相談なさいました？　何か、泥棒風の良い智恵《ちえ》をお持ちじゃ御座いませんこと？」

「いや、まだ話してないです。あいつは今珍しく忙しいんですよ。亡命して来た露西亜人《ロシアじん》の主教の通訳をやってるんです。ロデウィック氏の滞日中に犯人を見つけなきゃいけないから、僕としても具合が悪いんだけども」

「そう。でも、やっぱり早めに相談なさったら良いと思いますわね。私もまたお会いしたいわ。

——そうだわ。井口さん、あやさんのお芝居はいかがでした？　あやさんと連絡は出来たんですの？　まだお聞きしてなかったわ」

井口は、手紙を書くまでもなくカフェであやに遭遇したことを伝えるのに、やや気後れした様子であった。

「そう、光枝さんこそあやさんとはお会いになったんですか？　蓮野は、顔の手術の件を光枝さんから聞いたってことを話しちゃいましたから、あやさんが光枝さんに怒ってるんじゃないかと心配してたんですが」

「井口さんがお気遣いなさることないわ。あやさんとは会っていないけれど、もちろん、蓮野さんなら何でも正直におっしゃるでしょう。承知の上でお話ししましたのよ」

井口が分からない顔をするので、光枝はますます微笑んだ。


「じゃあね、峯子ちゃん。何だか物騒《ぶっそう》だけど気をつけてね。私も忙しいけど、また早めに遊びにいでなさい。峯子ちゃんが結婚でもしちゃったら、ますます会うどころじゃなくなっちゃうわ。紗江ちゃんもね」

「そうだわね。じゃあね」

返事をしたのは紗江子である。峯子ははにかんだだけで、あとはお辞儀をして光枝の家を去って行った。

光枝は装いを新しくした応接室を去る気にならず、一人安楽椅子に掛けて、心を物思いにたゆたうままにした。

何となしに、数日前に会った蓮野のことを思い出した。

——蓮野さんというのは確かに不思議なひとだったわ。世の中のことは何でも知り尽くしているような風で、そのくせ嘘を吐かずに生きていこうなどと無理なことをしている。嫌いなものにどこまでも義理立てして、そんなことだから、しまいに泥棒にならなきゃいけなくなるんだわ。

井口によると、彼は人間嫌いなのだという。しかし、もしも自分がいかに美しいかが分かっていたら、ひとのことが嫌いになれる筈がない。美しさを羨むことの哀《あわ》れさが分かっていたら、あれだけひとの心が分かるひとがそれを愛《いと》おしく思わない筈がないのだ。

——結局、蓮野さんは自分のことが分かっていないんだわ。美しさだけが、いくらひとに教えられたって、どうしても理解出来ない！　私とは正反対だわ。私はみんなが大好きだし、別に羨んで欲しいなんて思わないけれど、自分が美しいことも分かってるわ。

光枝は蓮野の精神が自分とは交わり得ないことを思って安心した。——あんなひとに恋をしなきゃいけなくなったら大変だわ。

光枝は、峯子が、蓮野の話をする時の光枝にかすかに嫉妬《しっと》の表情を表すことを考えた。それは、女優仕事の最中にはまずお目にかかることのない、愛らしい嫉妬であった。

七

光枝があやと会ったのは、それからおよそ十日後、帝国劇場でのことだった。劇作家との相談に呼ばれたあやと、たまたま忘れ物を引き取りにきた光枝とが、稽古場へ通じる廊下で顔を合わせたのである。

二人の他、廊下に人影はなかった。あやは、予期せず出くわした光枝の顔を見るなり、殆ど間を置かず怒りを爆発させた。襟首を摑もうとした手が空を掻いたので、代わりに光枝の左肩を押さえつけた。

「あなた！　あなた！　よくもまあ、上手に私をからかうわね。あんなひとと会わせて、私を虚仮《こけ》にしようとして――」

光枝は、あやが想像していたよりも迷いなく怒りを表したことにたじろいだ。光枝の真意を知らないであろうあやは、もっと間接的な厭味《いやみ》をぶつけて来るものと思っていた。

「ねえ、落ち着きなさいな。あやさん、私があなたを虚仮にしたとおっしゃるのね。もちろんそんなつもりはありませんから、あなたのお怒りはきちんとお話しして下さらないと分からないわ」

「それよ！　あなたはいつでもそんな風に、どんなことがあったってとぼけられるように逃げ場所を用意しているんだわ。そうしていろいろなひとを振りまわして面白がっている！　そんな言い抜けはしていただきたくないわ。

半月前よ。あなたはどうして、私に『オリオン』に行け、なんておっしゃったの？　あれが偶然だなんておっしゃらないでしょうね？」

あやが言っているのは、彼女と蓮野がカフェで遭遇したことである。

光枝も、それが偶然だなどと言う気はさらさらなかった。

あの日光枝は、井口には、切符を渡す時に劇場近くのカフェのことを耳打ちし、出番を前にしたあやには、楽屋でこんなことを言っていたのである。

――ねえ、あやさん、こんな本番の日にお願いするのは申し訳ないんですけど、お話ししたいことがあるの。今日がいいんですけど、私も時間が取れるか分からないの。だから、出番が済んだら、一目でいいから『オリオン』を覗いて下さらない？　時間が取れたら、私そこで待ってるわ。

こうして光枝は、あやと蓮野、二人が出逢《であ》うことを期待していた。

「――ええ、おっしゃる通りです。偶然なんかじゃないわ。でもね、あやさん、落ち着いて聞いて下さる？　井口さんがあなたと連絡をつけたいとおっしゃっていたから、私、お手紙を書いたら、なんてお薦めしましたけど、あやさんってあんまり筆まめなたちじゃありませんでしょ？　井口さんに無駄なことをさせるのは忍びないですものね。こうした方がお話が早いと思ったの」

「やっぱりとぼけたことを言うのね。あなたは、私と井口さんが逢えるかどうかなんて気にしていた筈がないわ。気にしていたのは――、もう一人の方でしょう」

「ええ、そうだわね。ねえ、手をお離しになって」

あやは光枝の肩を自由にしたが、代わりに壁に押し付けるようにして一歩詰め寄った。

「どうしてそんな悪戯をなさるの？　私を蓮野さんに会わせるなんて――」

「確かに、いかにも悪戯だったわ。どうしてそんなことをしたかとおっしゃるなら――、そうね、だって、あやさんと蓮野さんは、こんなことでもなかったら到底出逢う筈がないからだわ。だからお引き合わせしたの」

光枝が蓮野とあやの邂逅《かいこう》をお膳立《ぜんだ》てしたのは、子供が蝶と飛蝗《ばった》を同じ虫籠《むしかご》に入れてみるような、無邪気で身勝手な悪戯だったが、二人が出逢うべきのような気がしたのも事実だった。二人の性格に、他人同士にしておいてはいけないような兆候を感じたのである。

平然とした光枝の言葉はあやの怒りに油を注いだ。彼女は叫び狂いたいように、化粧の顔を歪めて震えた。しかし、大声を出さないだけの気遣いは残していた。

「何よ？　それ。つまらない親切ごかしね。あなたは何だって、良かれと思って、だわ」

「あなたのためにやったなんて言わないわ。ただね、私分かっているのよ。蓮野さんもあやさんも、ちょっと不思議なひとですものね。何にもしなかったら、人生を十回繰り返したって、街角ですれ違うくらいがせいぜいだわ。それを見過ごせないような気がしたのよ」

「ほら！　あなたはそうやって面白がっているんだわ。あなたは、何をするにも、自分だけは傷つかないようにする、そんな立ち回りを本当によくご存知ね」

「ねえ、落ち着いてちょうだい。お願いよ。あやさん、あなたの気持ちをちゃんと聞かせてもらわないと、私だってなんてお返事していいか分からないわ。

だからね、もしもあなたが蓮野さんになんか断じて会いたくもなかったっておっしゃるなら、私のしたことは全く思い上がりのお節介《せっかい》だったわ。そうなら謝ります。蓮野さんにお引き合わせしたのは本当にご迷惑だったの？」

問いに返事をせず、あやは悲愴に光枝を睨んだ。

「すごいわ。あなたはどんなことでも善意にすり替えてしまうのね。私が、あのひとに会いたいだろうと思って会わせて下さったって、それなら——、それなら、どうしてあなたは、私の古い顔写真を見たことを秘密にして下さらなかったの？」

「もちろん、あなたが私に秘密にするようおっしゃったなら、そんなことを蓮野さんたちに教えはしなかったわ」

「酷いわ。私がそれを頼む時、どんなに惨《みじ》めな気分になるかご承知のくせに——、それが分かっていて、私を跪かせようとするみたいなことを——」

あやが俯いて顔を覆ったので、その隙に光枝は追い詰められていた壁から抜け出て、あやの両肩をそっと摑んだ。

「ねえ、あやさん。私はあなたに頼まれなくたって、雑誌記者とか劇場の支配人さんだとか、そういったひとに話す気はなかったわ。そんな告げ口は絶対にしません。

蓮野さんたちに話したのは私が勝手だったけれど、みんな秘密にして下さる筈だわ。

それに、こんなこと言いにくいんだけど、あやさん、あなたのお化粧はやっぱり目立つわ。いつだってしているんですものね。蓮野さんなんか、しばらく一緒にいたらその訳に思い至らないでは済まないわ」

「それでご親切に、あらかじめ教えておいて下さったというの？　何よ——」

「だから、私が勝手だったわ。でも、蓮野さんがそんなことであやさんを軽蔑したりする筈がないわ」

「軽蔑ですって？　あの人が軽蔑でもしてくれたらどんなに良いか——」

あやが躰を揺すぶるので、光枝は諦めて手を離した。

次第に心がしらけてくるのを光枝は感じた。

「別にあなたでなくたって、蓮野さんに軽蔑してもらおうなんて簡単なことじゃないわ」

「そうだとしたって、私が、こんな手術をしたことをあのひとが何とも思わないのなら、そんな滑稽《こっけい》さには耐えられないわ！　せめて、前のままだったら——」

光枝は、あやが手帳の最後の頁に、昔に撮った地味な顔の写真を挟んでいることを思った。きっと、手術を受けた後悔がそうさせている。

尤も、昔の顔だったら蓮野があやに心を開いた筈だというのは、いろいろな問題を混同しているような気がした。

「ねえ、蓮野さんに盗作事件の進展を知らせてもらうと約束をなさったそうね。何かお便りがあって？」

そんなことも知っているのね、とあやは観念したように呟いた。

「――ないわ。何も」

「そう。井口さんによるとね、蓮野さんは今お忙しくて、事件のことは何にも出来ないそうだから、お便りがなくても心配することないわ」

そろそろあやと別れた方がいいと光枝は思った。かがみこむようにしているあやをしっかりと立たせて、稽古場に向かわせようとした。

「ねえ光枝さん。あなたは私を軽蔑する？」

出し抜けにあやは言った。

「しないわ。もちろん」

「嘘よ」

あやの声は急に冷静に、冷たくなっていた。

「あなたが、美しいということの価値を分かっていない筈がないわ。私がどれほどそれに憧れているかも！　あなたはご自分で気づいてらっしゃらないかもしれないわね。生まれつきずっと美しくいらっしゃったんだから――、いつか教えて差し上げるわ。あなたがどれだけ私を軽蔑しているのか」

「分かったわよ。そのうち教えていただくわ。今はご自分のお仕事をなさいな。あなたは大丈夫よ。

そう、私は一つだけ、今教えていただきたいわ。黒に真珠の装飾のついた衣装、ご存知じゃないかしら？　それを着たひとでもいいわ。サロメの格好らしいんですけど」

「知るものですか。そんなの」

返事は、あやは本当に知らないと信じるよりない迫力を帯びていた。

あやを放して光枝はさっさと建物を出た。

他人の恋って、どうしてこんなに馬鹿馬鹿しいのかしら？　自分の恋愛沙汰《ざた》でしばしば巷間《こうかん》を騒がせてきた光枝は、そんなことを思った。

5 『ヘロデ王』

一

七月に入った。

私はぼんやりと焦っていた。ロデウィック氏が日本を去るまで、猶予は二ヵ月を切った。盗作犯の正体は、依然探るよすががない。

私が望みをかけていたのは、晴海氏に頼んだ亜米利加《アメリカ》の調査と、犯人が何かの動きを見せることであった。しかし、晴海氏からは音沙汰がなかったし、あれきり爪先の欠けた足跡が出現することもなかった。

調査をする上で痛手だったのは、やはり、私が盗作犯を追っていると何者かに知られてしまったことである。もはや、うっかりした尋問は出来ない。それに、盗作の証拠は処分されてしまったかもしれない。

途方に暮れているうちに、盗作犯を見つけるのに重要な日がやって来た。

七月八日の今日は、白鷗会の例会である。会員が集まって、会誌のことを相談したり、創作について意見交換をする集まりで、近頃は概《おおむ》ね二月に一度開かれる習わしになっていた。

もちろん、欠席する訳にはいかない。肝煎《きもい》りの話では、今日は会員の殆どが参加するようで、つまりは連なる盗作と贋作の容疑者たちを一望出来る席なのである。酒が入ることだし、同席した盗作犯が失言を漏らすこともあるかもしれない。そんな期待を持っていた。

そろそろ夕方である。私は大月と連れ立って、新橋《しんばし》の料理屋に向かっている。例会は午後六時からの予定である。

「分からんのがな」

大月が言った。

「盗作犯らしいと思われる、爪先の欠けた靴の男は、何をそんなに慌ててるんだろうな。俺の部屋の前で話を盗み聞きしたり、中野の小屋で女も殺したかもしれない訳だろ。

しかし、井口の絵を盗作したってだけでそんな大騒ぎをしなくちゃならんか？　そりゃ、お前の絵を真似たと知れるのはちょっと想像がつかんくらい恥ずかしいが、でも別にそれを自作だと偽って展覧会に出した訳じゃないぜ？　そもそもは自分で持ってるだけだったんだ。それとも裏にエロ写真を隠してたのが恥ずかしいのか？」

「まあ、恥ずかしさが理由でやってることじゃなさそうだな。殺人まで絡んでいるのだとしたら、思ったより複雑な事件らしい。やっぱり、贋作造りの関係で、そんなことをしなきゃならない事情が起こったんじゃないか？」

「贋作造りの秘密を隠したいってことか？　それなら誰だか分からん女なんか殺してる場合じゃないぜ？　俺らとか、何より五味の親分を殺さなきゃいけないじゃないか。お前、最近殺されそうになったか？」

「いや、別にそんなことはないね」

「俺もだ。五味先生も今のところピンピンしてるみたいだろ?」

贋作犯告発のために時間をくれと言ったきり、五味は連絡を寄越さないが、少なくとも、死んだとか行方不明になったとか、そんなニュースは聞いていない。

「どうあれ、五味さんが行動を起こす気になってくれればな。何かが起きないと僕らにはどうしようもない。

今日だって、調査に役立つことがあるかどうかは分からないな。僕も、いきなり立ち上がって、おい誰か、僕の絵を剽窃しやがっただろう、と喚き散らす訳にはいかないしな」

「まあな。でも、もしかしたら、今宵《こよい》五味検事が宮盛を相手に弾劾をやってのけるかもしれないぜ? 衆目の中で証拠を突きつけてな。そうなりゃ面白いぜ?

俺たちはひとまず見物だな。それも気楽にだ。犯人に俺たちが盗作犯を追っていることはバレちゃったんだから、今からでも出来るだけ馬鹿なふりをしておくに限る」

大月が言うのは尤もなことであった。

「分かってるよ。君はいつも通りで構わないしな。——もしかしたら僕らは、何もかも大袈裟に考えて騒ぎ立てているだけかもしれないんだ」

何しろ、盗作や贋作に、峯子の目撃した殺人と、妙な出来事はいろいろあれど、間違いなしに犯罪が行われた証拠は、今のところない。

会場の料理屋は『若田《わかた》』という店で、白鷗会の集まりではよく使っているところである。

漆喰《しっくい》の塀を抜け、大柄な石畳を歩いて玄関の暖簾《のれん》をくぐった。

部屋は一番奥の十畳を取ってあった。座布団が、部屋の長辺に四つ、短辺に二つで十二席が用意されている。尤も、出席すると目されているのは行方不明の桐田を除く十人である。女中によると、肝煎りの庄司の他は誰も来ていないそうで、庄司も、煙草を買いに行ったとかで席を外していた。席次は、年嵩で金を持っている人たちを上座に座らすことの外、決まりはない。私と大月は奥側の長辺の真ん中に陣取った。

「お、君らか。珍しいな！　大月がこんなに早く来るのは初めてじゃないか？」

煙草の箱を弄《もてあそ》びながら襖を開けた庄司が、胡座をかいて反《そ》っくり返《かえ》ったり、腕組みして丸まったりしている私たちに声を掛けた。

白鷗会では、会報の編集の責任を負うのも、集会の肝煎りを務めるのもみんな庄司である。雑事をこなしながら彼は酒屋の仕事をし、さらに自分の絵を描いている。

麹《こうじ》の匂いの染《し》み込《こ》んだ絣が、庄司がいかにも有用な人間であることを示しているが、その有用さに彼の芸術が侵されていない点で、私は彼に敬意を持っていた。

芸術家の集まりにあまり関心のない私と大月を白鷗会に誘ったのも庄司である。この会に入っていたことで大して恩恵を受けた憶えはないが、彼に義理立てするつもりで私は例会に出席し、会報に雑感を寄せているのである。

私たちは姿勢を乱したまま、どうも、と気楽な挨拶をした。

「時に、君たち、宮盛先生がどちらにいらっしゃるか知らないか？」

「はあ？　知らないです。どうかしましたか？」

「先程、宮盛先生の奥方から電報があった。昨夜先生はご自宅に帰らず、何の連絡もないままだという。妙だろう？　あんな歳で、夜通し酒を飲んだりされるとも思われないからな」

「え？　行方知れずということですか？」

「いや、まあ、まだそこまで大ごとにするには及ばないと思うんだが――」

何事だろうか？　贋作造りの容疑がかかった宮盛が、この会合に合わせて失踪したというのか？

困惑しながら、大月と私は揃って間抜け面をし、庄司を見上げた。

丙種の容疑者の庄司は、まず盗作犯ではないが、贋作に関わっている可能性はある。宮盛という名前にあまり反応してみせる訳にもいかない。

とりなすように、大月は呑気なことを言った。

「すると何ですか？　俺たちは今日の飲み食いを自分たちで払わなきゃいかんのかもしれないと？」

「いや、今日の会の分は先月のうちにお預かりしたから問題ない。でも、困った」

庄司は職人風の手つきで煙草に火をつけると、一口吸って灰皿に伏せた。


それから五分ほどして、次の会員がやって来た。

「こんばんは。お世話様です」

白絣に金縁の眼鏡を掛けた望木は襖を開くなり庄司に挨拶をして、一旦は私たちの向かいに掛けた。しかしすぐ、大月と視線がかち合うことに気づいて下座に移った。

昨年末辺りから、望木と大月の関係は拗《こじ》れている。望木がある美術雑誌上で、大月の絵の芸術性は本質的に洞窟《どうくつ》壁画のような原始的なもので、それに近代の裸体芸術の毒々しさを塗《まぶ》して拙さを誤魔化しているに過ぎないと断じたのである。

大月はそれに答えて雑誌に一文を寄せた。望木を直接には論駁《ろんばく》せず、彼の作品を無難《ぶなん》に論じながら、あるモデル嬢から聞き取った、望木が裸婦を描く時に度の強い眼鏡を掛けることに拘った事実を暴露し「裸婦を描く時の彼が、対象を殊更詳細に観察しようとした事実は鑑賞者に何某《なにがし》かの感慨を起こさせずには済まない」と結んだ。

この支離滅裂の望木論は主にモデルたちの間で評判を呼び、彼女らに望木は酷く揶揄《からか》われた。彼は大月への攻撃を激しくし、以来二人は論戦とも呼べない下劣な論戦を繰り広げている。一度は大月が望木の家に乗り込んで、大議論をやった。

「望木先生、ご機嫌いかがです？　こっち来てお話ししませんか」

大月はモデル嬢のような猫撫《ねこな》で声《ごえ》で呼んだ。

「何の用か知らないが、もっと大勢いる時に話した方が楽しいだろう。とりあえず隣の井口君と仲良くしておきたまえ」

私も、何となく大月と一緒に望木の敵にされている。

彼は甲種の容疑者である。望木が盗作犯だとしたら、私にとっては面倒になるかもしれない。

次にやって来たのが扇楸瑛であったので私は緊張した。五味によれば、彼は贋作造りである。

「失礼」

そう言って扇は望木の隣に座った。

私は彼を大して知らない。二、三十のものが大方の白鷗会にあって、彼は四十一の年長者で、骨ばった躰にザンバラ髪の特徴的な風態の割に、彼は人間的にも芸術家としても月並みの印象であった。作品にもあるいは会話の中にも卓抜な閃《ひらめ》きを見せることはなく、そのくせ悟り澄まして、よほどの天才以外のどんな芸術家にもあるべき苦悩を見せずにいるのが鼻についた。彼が贋作造りをやっていると聞いて、いかにも似合いの仕事だと私は内心毒づいたのである。

「扇さん、宮盛先生がどこにいらすか聞きませんか？」

「さあ？　存じないが。今から来るのではないのかね？」

庄司は出席者があるたびに宮盛の消息を尋ねている。今のところ誰にも心当たりはない。扇が、宮盛のことを訊かれ動揺を見せるかと表情を注視したが、彼はさっさと俯いてしまった。

「宮盛さん？　い、いや、俺は何も知らない。——消息不明ということですか」

開会予定の半時間ほど前にやって来た五味は、襖を開けるなり庄司に質問を向けられ、あからさまに動揺した。

「何、消息不明といって、まだ一日しか経たないからね。何事もないよう願うしかないが」

「それは——、心配だ。こんな時にどうしたんだろう」

五味は私の隣に空いていた座布団に座りたそうにしたが、視線で追い払った。今、衆目の中で五味と話すことは贋作造りたちに警戒心を起こさせそうである。

思いつめた顔で彼は私の向かいに座った。

「これはあんまり面白いことは期待出来そうにないな」

大月は私に囁《ささや》いた。私も同じ印象であった。

贋作造りの告発を計画している五味が、今日この席に腹に一物忍ばせてきたのかは分からない。明らかなのは彼が冷静ではないことで、眼は血走り呼吸は荒く、賑《にぎ》やかになりつつあった集まりの間で、火鉢から溢《あふ》れた炭のような、不穏な熱気を放っている。

それにしても、宮盛はどうしたのか？　五味の憔悴の具合からして、今日このまま宮盛が会を欠席するのなら、それはむしろ望ましいことなのかもしれない。

宮盛を除けば、これで、残る不着の出席者は三人である。

「おう、庄司どの、お勤めご苦労であります」

「ご苦労であります」

肩を組んで入ってきた水谷川と遠藤は庄司の前に直立不動の姿勢をとり軍隊式の敬礼をした。二人してどこかで酒を飲んでいたらしく、既に酔いが全身に廻り尽くしている様子である。

「酒はまだでありますか」

「まだ全員が揃わないんだ。――君たち宮盛先生を知らないか？」

「知らんであります」

庄司はすぐ諦めて、さっさと二人を五味の隣の空席に座らせた。

彼らは二人とも甲種の盗作容疑者だし、水谷川は柳瀬に金を借りようとしていたという話もある。遠藤は白鷗会ではただ一人陶芸家である。油絵の盗作をしたとしたら意外だが、彼は絵も上手かった憶えがあるので容疑者からは外せなかった。水谷川は洋画家だから、文句なしに疑わしい。

酔っ払った二人は、宮盛が行方知れずだということの意味を理解したようには見えなかった。水谷川は、下品な話で五味をからかい始めた。

秋永は開会時刻の六時ちょうどに現れた。涼しげな麻の葉文様の浴衣を着崩してふらりと入ってきた彼は、近所の縁日を覗きにやって来た親爺の風情であった。

若い洋画家の多い白鷗会で、四十五歳の日本画家の秋永は、宮盛を除き一番の長老格である。画壇に確固たる地位を占め、作品が白鷗会の他の十人を合わせたのと同じくらいの値を呼んでいることで、私たちとは一線を画している。会の外では、秋永が白鷗会を主宰していると思っているひとが多い。

上座に空けてあった座布団に気軽に膝を突きながら庄司に訊いた。

「おや、宮盛さんはいないのか」

「妙なことに。秋永さんは心当たりは？」

「いや、何も知らない。変だね」

秋永は集まった顔ぶれを一渡り眺めた。

「あれ、桐田君もいないのか。やっぱり、どこかをうろついているのか？」

「そうだと思いますが。――おいみんな！」

庄司は、既に歓声が上がって騒がしくなり始めていた席の注意を集めた。

「誰か、桐田君がどこでどうしているのか知りませんか？」

「東海道を巡って絵を描くと言ってた！」

酔った遠藤が大声で答えた。

「四月からだろう？　随分長い旅行だね」

秋永はのんびりと言った。

時計が六時二十分を指した頃、庄司はおもむろに立ち上がり手を叩いた。

「謹聴、謹聴。宮盛先生がいらっしゃらないので、最年長の秋永さんに一言賜《たまわ》る。――秋永さん、開会のご挨拶を一つ」

促されて、秋永は咳払《せきばら》いをした。

「ああ、うん。ええと――、諸君らが性懲《しょうこ》りもなく絵を描き続け、その苦楽を胸に今日ここに集まったことは大いなる喜びである。尤も、二名が欠員していることは残念至極であり、宮盛先生のご不在は思いがけなかった。事情は与《あずか》り知《し》らないが、宮盛先生の砕心のもと切り廻されてきた会である。閉会までに先生がお姿を現すことを願って、ここに白鷗会の例会を開くこととする」

二

午後八時を廻った。各人の食膳《しょくぜん》は概ね空になっている。

談笑は止んでいた。出席者の視線は、大月と、その向かいに立膝《たてひざ》をする望木に集まっている。半年以上も続けてきた不毛な論戦にけりをつけてやると息巻いて、望木は箸を置いた大月の眼前に座り込んだのである。二人の諍《いさか》いは他のものにも失笑混じりに注目されていたので、皆は面白がって成り行きを見守っている。

「――いいか？　大月、喧嘩《けんか》を売るのをやめろ。君は結局、僕の指摘に反論することを避けている。そして僕を虚仮にするのに一番有用な言葉を選び出して、猿が樹上から木の実を投げつけるみたいに、僕にぶつけることを楽しんでいる！　そんなレトリックが実に上手だよ、君は！

いい加減、理屈の言葉を使って感情を語るのをやめてくれ。僕の印象はごく率直なものだ。大月、君は、自分の理想を求めるのに、技術の研鑽をもってしようとは考えていないだろう？　君にとって技術は、どこまで行っても副次的なことに過ぎない！

僕は確かに、君の絵を拙いと断じた。しかし拙さが君の作品の価値を損《そこ》なっているというのじゃない。この点は、前の僕の指摘は言葉足らずだったかもしれないが――

僕が本当に言いたいのは、君が、その拙さを杜撰《ずさん》なやり口で誤魔化しているということだ。君の絵はあくどくて毒々しい。それが悪いとは言わない。問題は、そのあくどさの根底にある動機だ。君は、内心拙さを恥じているだろう？　あくどさは、要するに照れ隠しなんだ！　拙さなど問題ではないよ。恥は致命的だ。一見、恥知らずのような絵を描くことで恥じていることを姑息に隠しているんだ」

望木は人差し指を立てた右手を振り回し、大月を弾劾する格好を作っている。

大月は既にかなり酔いの廻った顔をしていたが、口を動かすのには差《さ》し障《さわ》りないらしかった。

「俺が望木教授のご指摘に何も答えていないとおっしゃる！　しかし俺だって、望木教授が裸婦を前にして眼鏡を替える訳を何も伺っていない。——いや、別に教えていただくには及ばない！　どうして裸体をしっかり見たいのか、解釈は鑑賞者に委《ゆだ》ねてもらって結構です！

大体、理屈によってひとの芸術を説伏しようとしている奴にかけてやる言葉はない！　野山に分け入って動物に説法する坊さんと一緒だ。猿の俺は、木の実をぶつけるより他にもてなし方を知らない！」

皆は笑い声を漏らした。望木は躍起になって、畳を叩いて立ち上がった。

「おい、皆面白がっているようだが、しかし突き詰めれば、大月はここにいるものを皆馬鹿にしているんだ！　こいつは結局、芸術に対して開き直ることを覚えたに過ぎない。早々に悩み苦しむことを放棄して、皆が登る崖《がけ》の中腹に身を落ち着ける場所を見つけただけのことだ。

だから、大月はアカデミックであることを攻撃するのに何の躊躇《ちゅうちょ》もない。君は展覧会の審査をしきりに馬鹿にするだろう？　それに一喜一憂する画家たちもだ。権威を否定するのは結構だが、あまりに無知なのは救われない。君は、君の絵の何もかも、一切が自分の独創だと思い込んでいないか？　もっと敬意を持つべきだ。先人がいなければ、君は自分で絵具や絵筆を発明しなければならなかったんだ。我々は皆、後の世に残る作品をつくろうとしているだろう？　いくら自分だけが自由なつもりでいたところで、いずれ我々の作品は時代ごとに纏められて、重箱みたいに歴史の上に積み重ねられていくんだ」

当初から、望木の主張は変わりつつある。最初に彼が攻撃していたのは大月の技術の拙さで、彼に恥をかかされてから、今度は、大月こそ恥隠しのため拙さにあくどさを掛け合わせているのだと言い出したのである。

随分苦《くる》し紛《まぎ》れだと思った。私も、大月の絵の素朴さや悪趣味さを揶揄うことはよくやるが、彼が恥を誤魔化すような気配は感じたことがない。

どうせまともに議論が嚙み合う筈がないと思って冷ややかに望木の演説を聞いていたが、案の定、酒の入った大月は輪をかけてろくでもない返事をした。

「とんでもないことを！　展覧会の審査が滑稽だとか、俺はそんなこと言いはしない。そんな失礼なこと思いもしない！

俺が言っているのは――、審査の場で我々の作品をずらりと並べて行われているのは、とどのつまり、公衆便所に立ち並ぶ小便器のどれに放尿してやろうかと考えるようなことに他ならないということだ！　審査員たちの選評は全て、一番近くにあったからとか、奥まったところにあって落ち着くからとか、たまたま他のには小蠅《こばえ》が止まっていたからとか、あるいは自分の前にむさ苦しい親爺が真っ黄色なのをぶち撒けていたから嫌だったとか、そんな理由と同価のものだ。彼らの言葉は全てその程度の事情に置換出来るのだ！

もちろん、それは滑稽なことでも何でもない！　何故なら、誰しも、排尿しなければならないからだ！

しかし、もしも世のため人のため我は排尿せんと便所に行くたびに考えている奴がいるなら俺は笑いが止まらない！　そんなこと考えなくたって、糞尿《ふんにょう》は勝手に肥やしになって草木を育てるのだ！

我々は便器職人である！　審査員たちの、そして衆人の放尿を賜らんとして日々切磋琢磨《せっさたくま》する、あるいはただ己が放尿するための便器を造らんとして精励恪勤《かっきん》する便器職人である！　そして今日も一つ、明日も一つと便所に便器を並べ続けるのである！　その本分を決して忘れてはならない！

さあ望木さん、仲直りしましょう！　志は違えど我々は皆便器職人、いがみ合う必要などどこにもないのです！」

大月は抱き止めようとするみたいに望木に大手を広げた。

周りは、大月の話を面白がっている奴と、顰め面をしている奴が相半《あいなか》ばしていた。扇などは面白くなさそうであるが、展覧会の審査にまわることも多い秋永は黙って愉快そうに笑っていた。

望木は大袈裟に愛想をつかした素振りをして自分の座布団まで戻った。

「俺は山本芳翠《やまもとほうすい》の亜流だとか何とか言われてこのあいだの帝展を落とされたが、要するに俺の絵から芳翠先生の小便の匂いがしたのが気に食わなかったんだなあ」

庄司が、肝煎りの役割を一時忘れて、ぼやいた。

望木と大月の言い争いによって、あちこちでいろいろな画家の作品を種々の便器に見立てる相談が聞かれ始めた。

そんな中に、不意に私たちは扇に声を掛けられた。

「井口、大月、貴様らは本当に芸術の自由ということを信じているのかね？　貴様らは素直なのか、捻くれているのかよく分からないな。芸術というのは誰にでも許されていて、何でも好きなように表現が出来るものだと思うかね？」

つまらないことを訊くものである。大月は望木を追い払ったのに満足して居眠りを始めていたので、仕方なく私が答えた。

「さあ、芸術っていうのは、別に何もかもが自由なユートピアじゃないでしょう。守らなきゃいけない法律はきっと沢山あります。それにおそらく、誰もがやっていい訳じゃない。一部のひとにだけ許されたものです。でも、どんなひとに許されていて、何を守らなきゃいけないのか、ルールが誰にも分からないんですよ。だからみんな好き勝手なことをやって、それはいいがそれは駄目だと争いをしている。無法地帯みたいなものです」

少なくともお前が陰でやっている贋作造りは間違いなく規則違反なのだがな、と私は心の中で呟いた。

三

午後十時を過ぎると、皆は大声の議論に疲れ、ボソボソと気だるい会話を交わすばかりになった。

まどろみから覚めた大月は少し酔いが抜けたようで、口許をだらしなく開け、間抜けな寝ぼけ眼《まなこ》で天井を眺めている。正気の顔をしているのは、肝煎りで酒を飲まない庄司と、舐《な》めるように飲んで未《いま》だに徳利《とっくり》一本を空けていない秋永、心ここに在らずの五味、それから私である。

料理屋は午後十一時に店仕舞いする。この後彼らは互いの住処に押しかけて、酔いを覚まし議論の続きをやるのだが、妻を待たせている私はさっさと家に帰るつもりであった。

私は大月に囁いた。

「そういや、宮盛のおっさんは来なかったな」

「うん？　そうだな」

誰しも、彼の失踪を忘れかけていた。

結局、盗作犯の手掛かりを私は何も見つけなかった。甲種容疑者たちの言行に気を払ってはいたが、二年も前のことで、今更ボロを出してくれるものでもない。

静かになると、台所を片付ける物音や、女中が廊下を行き来する足音が伝わって来る。

その時であった。板張りの壁を通して、どこかから女の悲鳴が聞こえた。

鼠を見つけたくらいのものではなく、逼迫《ひっぱく》した響きを持っていた。畳に寝転がっているものもいたが、皆目を覚まし、その場に起き直った。

「何だ？」

「裏からだぜ？　女中かな？」

庄司は一人立ち上がった。

「ちょっと様子を見てこよう。皆待っていて下さい」

料理屋の裏手はにわかに騒がしくなったようであった。

ゆるりと出て行った庄司は足音荒く駆け戻って来て、襖を叩きつけるように開けた。青褪《あおざ》めた彼は絶叫した。

「おい！　大変だ。全員立って下さい！　すぐ裏まで来てもらいます。宮盛さんが――、殺されている！」

宮盛が、殺されている？

何故？　誰に？　贋作造りと関係あるのか？　胸中に、間歇泉《かんけつせん》の如く疑問が噴出した。私は、宮盛が殺害されたというその言葉を瞬時に受け入れていた。その可能性は、彼の不在と結びついて、脳裏にそこはかとなく浮かび上がっていたのであった。

一方で、私以外のものたちには、庄司の切迫した悲鳴は意外に手応《てごた》えがなかった。酔いの深いものたちは、亀《かめ》が石に縋《すが》るように立ち上がりかけたかと思うと、気を変えたように寝転んでしまった。

「殺されている？　何で？」

誰かが眠そうに言った。

「分からない。普通の状態じゃない。いいからみんな来たまえ！」

ようやく皆が、宮盛の屍体を見ようと蠢《うごめ》きだした。私は大月の腕を引っ張って立たせた。我々九人は泥の塊のように座敷を這《は》い出《だ》し、庄司に先導され、表玄関を出て建物の脇を抜け、裏手を目指した。

そこは台所の真裏に当たっていた。勝手口の右に、漆喰の塀にすり寄せるようにして、小さな物置小屋がある。女中や女将《おかみ》、料理番ら五人が小屋の前に群がっていた。

「あれきり触ってないだろうね？　ちょっと場所を空けてくれたまえ」

庄司は料理屋のものたちに場所を譲らせた。

勝手口には電燈が灯《とも》っている。料理番の男は提燈を掲げていた。薄暗いながらに、それらの灯りで小屋の有様は十分に分かった。

掃除用具を仕舞う小屋である。竹箒《たけぼうき》や熊手《くまで》が数本壁に立てかけられ、雑巾《ぞうきん》が紐を張って干してある。

そして――、屍体は、小屋の扉をすぐ開いたところにあった。

宮盛は、裏返した盥《たらい》に大きなバケツを重ねたその上に、膝を揃えて座らされていた。眼は見開き、唇がひん曲がっている。頸に黒々とした痕があって、絞め殺されたものらしかった。

誰も悲鳴をあげなかった。屍体があることを覚悟して見に来たためであり、酔いで現実が曖昧になっているせいでもあったが、何より、宮盛の屍体は、私たちには作品に見えた。

「――犯人は狂ってるね。この格好は、何のつもりだ?」

秋永は、庄司に囁いた。庄司は何も答えを出さない。

それはあまりに異様であった。宮盛の服装である。

生前の彼は、いかなる場でも和装で通していた。しかし、今着ているのは和服ではなく、近代西洋の服でもない。宮盛は、よく宗教画に見かける、上下の繋がった白い着衣の上に、宝飾品で縁取られた赤いマントを着せられていた。

「――似合わねえな」

振り返ると、冒瀆的な言葉を呟いたのは水谷川であった。彼の酔いは醒《さ》め切《き》っておらず、夢うつつの中にそんな呟きを漏らしたようであった。

水谷川の言葉は一つの真実ではあった。宮盛の顔かたちは、どう解釈しても古代羅馬《ローマ》の如き装いにはふさわしくなかったし、それにマントも上衣も、明らかに宮盛の体格には不適合であった。衣装の裾は、彼の爪先を全く覆《おお》い隠《かく》している。

私は、彼の頭頂に何かがあるのに気づいた。電燈の灯りは彼の顔より上に届かず、今しがたまでそれを見落としていたのである。

料理番が持っていた提燈を借りて、小屋に一歩踏み入り私はそっと屍体の頭を照らした。載っていたのは――

「――王冠だ」

木片を材料にして作った、芝居の小道具らしい王冠であった。小さ過ぎたようで、柿《かき》の蔕《へた》のように、チョコンと彼の禿頭に載せられていた。

「こりゃ、ヘロデ王かな？　そんな気がするな――」

望木が独《ひと》りごつのが私の耳に入った。

ヘロデ王？　彼の言ったことは私の直感を刺戟《しげき》した。

確かに、この格好はヘロデ・アンティパス王であってもおかしくない！　古代以色列《イスラエル》の王で、サロメの義父である。ワイルドの戯曲にも登場する。もしかして、わざわざ盥とバケツを重ねた上に座らされているのは、玉座のつもりなのか。

先月、峯子が、サロメらしい姿の女が殺されているのを見たというではないか。この聯繫《れんけい》は一体どうしたことか？

「ああ！　ちょっと皆、その場を動かないで下さい」

私は急に思いついて、そう叫んだ。そして、提燈で地面を照らした。

そこは既に幾人もの足跡で穢《けが》されていたが、私は薄暗い地面に眼を凝らした。

大月が、私の探し物を察して手伝った。やがて彼は小屋の入り口のすぐ近くに、問題のものを見出した。

「おい、これは？　照らしてみろ」

彼の指差す先に提燈を向けると、足跡は半ば潰《つぶ》れていた。しかし、左足の爪先が欠けているのははっきり分かった。大月の下宿と、中野町の小屋に残された足跡と同じものであった。

四

警察に通報をしたかと庄司が料理番に問うと、彼はやっと気がついたように、慌てて女中を交番に走らせた。

「井口、足跡がどうした？　何か気がついたのか」

庄司に訊かれて、私は見憶えがあるような気がしたが間違いだと誤魔化した。過去に同じ足跡を二度も目撃していることを、盗作容疑者のずらりと揃った場で白状したくはなかった。

「ねえ君、これを発見したのは君だろう？　どうしてこんな時間にこの小屋を覗いたんだ？　宮盛さんのご遺体は一体いつからここにあったのだろう」

庄司は、怯えきった中年の女中の肩を摑んで訊いた。確か、お幹《みき》というひとである。

「その、妾は箒を仕舞おうとしましたので。今日はもうよろしいと思って、これを持って扉を開けましたところで――」

彼女は、握りしめた竹箒を、杖《つえ》のようにして立っている。

お幹の話では、『若田』ではいつも店を開ける前に小屋から箒を持ち出して、店の前や玄関までの石畳を掃くのだという。それから箒は門の裏に置いておいて、客の出入りのたびに落葉やら土塊《つちくれ》やらを綺麗にする。今日、残った客は我々だけで、そろそろいいと思って片付けに来たのだという。

「いつも、もうお客さまがお見えにならないとなったら、片付けてしまいますもので」

「筝を出したのはいつなんだね？」

「今日の、お昼にならない前で御座います」

「ということは、それから宮盛先生はここに安置されたんだな。ここなら、裏を通って来れば白昼堂々運んで来ることも無理じゃないかもしれない――」

庄司は裏門まで歩くと、開けて細い路地を覗いた。そこは、隣の旅館や人家などの裏口が雑居する路地である。

秋永は、庄司を尻目《しりめ》に小屋と塀の隙間《すきま》に提燈を差し込んで検分している。

「いや庄司君。多分違うよ。おそらく犯人は夜のうちに屍体を運び込んだんだろう。それを一旦、小屋の裏に隠しておいたな。ここに何か引き摺ったみたいな跡が残っている。

そして、昼日中《ひるひなか》、改めてここに忍び込んで、屍体をああやって飾り付けたんだ」

秋永は庄司に隙間を覗かせた。

「なるほど。おっしゃる通りみたいだ」

庄司は素直に言った。

「何だか知らんが先生方、探偵みたいな真似をやり出したぜ？　自分でやらなきゃいかん理由があるのか？　警察に任せときゃいいだろ」

大月は小声で毒づいた。私もおおよそ同じ心持ちである。

庄司たちが余計なことをすれば、盗作犯を糾弾するのは困難になるかもしれない。お節介は警察だけにしてもらいたいのである。

彼らは小屋の検分を済ませて我々の方へ戻って来た。皆は、庄司の周囲に、磁石に纏わる砂鉄の如く綺麗に輪をつくった。

「みんな、何が起こったかといえば、ご覧の通りです。実に残念なことになってしまった！　しかし、宮盛さんのこの有様は、おいたわしいと同時にあまりに不可解だ。一体誰が、何のためにこんな真似をしたんだ？　それか、この中に自分は犯人ではないと証明出来る人はいますか。アリバイを持っているというひとは？」

勇み足の検討である。宮盛の昨夜の足取りは、まだ何も分からないのだ。

そうでなくとも、アリバイの証明は困難である。死亡推定時刻が夜更けならば、身内以外に証言を得ることは難しい。その後犯人は料理屋の物置に屍体を飾り付けていったのだが、それだって、今日、会に顔を出す直前の一仕事で済ませてしまうことが出来た筈なのだ。

だが、庄司の問いに自信を持って答えるものがいた。

「俺は、違うぜ。今朝からずっと遠藤といた。そうだろ？」

「うん。俺と水谷川は、活動を見に行って酒を飲んでた」

酩酊したまま、肩を組んでやって来た遠藤と水谷川である。彼らは、屍体を小屋に運び込む暇はなかったという。

庄司はそうか、と言って、二人が共謀している可能性は追及せずに済ませた。

「では、宮盛先生のこの姿には一体何の意味があるのだろう？　いやそれより、宮盛先生はどうして殺されなければならなかったのか？」

誰も答えない問い掛けであった。

薄暗い灯りの下で、私は沈黙する容疑者たちの心の内を探ろうと努《つと》めた。

庄司は、肝煎りの責任が殺人事件にまで及ぶと思い込んでいるのか？　解決に熱心なのは動揺を誤魔化していると見えないでもない。

秋永はあまり表情を変えていない。

夢心地の遠藤と水谷川は、異様な光景に高揚感を覚えているらしくもあった。

望木の困惑は最も模範的だと思われた。彼は意味をなさない断片的な呟きを漏らしていた。

そして、何故宮盛が殺されたのかという問いの答えに、差し当たり一番近いところにいるのは、扇と五味である。彼らは宮盛のため贋作造りをやっていたというのだ。

扇は平静過ぎるほどに平静である。ただし、口は利かない。

一方の五味は、哀れなまでに狼狽えていた。彼はごつごつとした顔を無様《ぶざま》に歪めて、ちょっとつけば泣き出しそうである。彼の気が小さいことは誰しも承知だから、まだ、怪しまれてはいなかった。

「――何故殺されてしまったかはともかくだね。少なくとも、いま起こっていることは、全て犯人の計画のうちだというのは間違いないだろうね。うっかり宮盛さんをこんな風にしてしまったということは考えられない」

秋永が言った。

私は我に返らされた。全くもって、彼の言う通りである。

犯人――、爪先の欠けた靴の人物は、それを発見させるために、屍体を物置小屋に運んで来たとしか考えられないのである。そうでなくて、古代以色列《イスラエル》の王の如くに屍体を着飾らせる訳がない。

ならば、自分の犯行成果を皆にあれこれ論評されるのも当然覚悟していなければならないのだ。

今更この場で狼狽えるのも軟弱過ぎる。

「しかし、宮盛さんにこんな服を着せた理由はさっぱり分からないね。いや、着せたばかりじゃないな。この、バケツの上に座らされているのは、玉座か何かに見立てているんだろう？　きっと。それらを皆引《ひ》っ括《くる》めて、何かの意味を込めたものなんだろう。——望木君がさっき言っていたように、ヘロデ王かもしれないいな」

「きっと見せしめだ！　そうに違いねえや。でなきゃこんな手の込んだことをする訳がないんだから——」

酔っ払いで夢うつつの遠藤が叫んだ。庄司は窘めた。

「遠藤、やめたまえ。宮盛さんが何か、見せしめにされなければならないことをやったのか？」

「見せしめにしちゃ、華やか過ぎるな」

大月はぼやいた。

贋作造りのことや、これまで爪先の欠けた靴の人物がしでかしたことを知らないものにとっては、宮盛がヘロデ王の姿に見立てて殺されたことは降って湧《わ》いた出来事に過ぎないが、私や大月には、決して独立した事件とは考えられない。

それ以上は、誰にも宮盛の死に意味を見出そうとする元気はなかった。

私は不意に、警察が来る前にやってしまうべきことを思いついて、疲れたふりでしゃがみ込み、皆の足跡を確かめた。

しかし、犯人はこの場に爪先の欠けた靴を履いて来るようなうっかり者ではなかった。

「でもね、大月」

お巡りさんが来ました、という声が塀の向こうから聞こえた時、大月にだけ聞こえるように私は言った。

「いつどこだか、はっきりとは言えないんだけども、この、宮盛の屍体——、僕はこんなものを以前に見ているような気がするんだ」

五

警察が『若田』に到着し、白鷗会のものは一人一人詳細な尋問を受けた。

尋問は長引いた。事件の異常さを見れば当然である。被害者がヘロデ王の如き装いを纏わされていたのは、一見して芸術家の犯行に見えるのだ。

私が解放されたのは翌日の夕方であった。幾人かは格別疑わしいと目されて未《ま》だ警察署にいるようだから、運のいい方かもしれない。

それからさらに一夜明けるのを待って、私は大月の下宿を訪ねた。彼の取り調べがどのように進行したのかは、まだ聞いていていない。

「おい大月、君は警察にどこまで喋った？」

「あ？　お前の絵の盗作のことは黙っといた。教えると俺にも疑いが向きそうだったからな。——でも、他のことは大体喋ったぜ？　白鷗会に贋作造りが紛れ込んでいるらしいこととかな。言わなきゃ埒が明かないだろ？」

「まあな。仕方ないだろうな」

事件を、贋作造りの一件が無関係だと見做《みな》すのは困難である。それに、宮盛が殺された以上、いずれ警察も贋作のことを嗅ぎつけるだろう。五味の話を聞かなかった如くに惚《とぼ》け通すのはやめた方が良いと思われた。

「井口は、犯人の心当たりを訊かれたか？」

「訊かれたよ。だから、怪しいとは言わないが、五味さんが贋作造りの告発をしようとしていた時に殺されたことには何か意味があるんじゃないか、ということだけは話した」

「要するに五味先生を疑えということじゃねえか。厭味ったらしいな」

「――君は何と答えたんだね？」

「俺も、いかにも五味が怪しいと言ったぜ？　しかし俺は、ちゃんと他の奴らも全員、宮盛を殺してもおかしくないと告げ口した。不公平だからな。

庄司は酒造りに飽きて探偵ごっこがしたくなったんだな。だからあんな派手に宮盛の屍体を飾りつけたんだ。秋永は宮盛がやたらと作品を褒めるから鬱陶しくなったのかもしれん。

扇は、贋作造りの給料が安くて腹が立ったんだろ。

水谷川と遠藤は、前に酒癖が悪くて宮盛に苦言されたことがあったからな。例会前に酒を飲み過ぎていることに気づいたので、怒られる前に殺しておくことにしたんだろうな。

望木はスケベのくせにスケベでないふりをしていたことを見破られて芸術的に行き詰まっていた。故《ゆえ》に、自己批判的に屍体をスケベのヘロデ王に見立てるという殺人芸術に手をつけたのだ。

桐田のことは何も知らんが行方不明だから怪しい。――井口は、宮盛に自分の作品を無視されてきた恨みを晴らしたんだってことにしておいた」

「僕の動機が一番真実味があるじゃないか。まあ、要するに贋作造りの実態を調べずには、犯人を絞りようがないということだな」

聴取中に聞いた話では、宮盛の消息は、例会前日の夜、新橋の別の料理屋で知人と一緒に食事をし、午後十一時頃別れたのが最後である。

宮盛の死亡推定時刻はその日の午後十一時頃から翌日明方頃までだという。秋永が言った通り、屍体はいっとき料理屋の物置小屋の裏に隠されていたと思われる。

女中のお幹が小屋から箒を取り出したのが午前十一時半頃。料理屋のものに訊いて、それから彼女が箒を仕舞いにゆくまで誰も小屋を覗かなかったことが分かった。

誰にも、警察を納得させられるアリバイはなかった。ただし、水谷川か遠藤が犯人ならば、二人は共犯関係にあるか、どちらかがどちらかを庇《かば》っていることになる。

「——五味の兄さんは釈放されるのか？　いつまで閉じ込められてなきゃいけないんだ」

「さあ。案外警察の心証は悪くない気もするけどな」

五味は未だ警察に拘束されている。尤も、彼が素直に贋作造りをやっていたことを白状したのに対して、もう一人の贋作造りと目されている扇は一切認めなかった。そのせいで、何となく扇の方がより有力な容疑者だと、警察のうちではそんな風向きのようである。

「まあ、他の贋作犯が判明したら状況は全く引っ繰り返るかもしれない」

「秋永画伯とか、望木が贋作やってたら面白いけどな。井口、これからどうする？」

そうだ。思いがけない形で事件は進行した。盗作犯を見つけるために、これから何をするべきなのか？

考えた末、私たちは、宮盛の家に行くことに決めた。

贋作造りのことを知るためである。宮盛はおそらくそれに纏わる証拠を遺している筈で、調べずにはおけない。

家にはとっくに警察が向かっているだろうから、私たちに何か聞きだす隙があるものかは怪しいが、様子だけでも見てみようと思ったのである。

身支度を整え、私たちは下宿を出た。

道中、私は警察に尋問される間に考えていたことを大月に話した。

「とにかくだ。宮盛が贋作造りをやらせていたこと、五味がそれを告発しようとしていたこと、宮盛が殺されたのが白鷗会の例会の前夜だったこと、これらが関係しているのは間違いなさそうだろ?」

「例会の日に合わせて殺されたところを見るとな」

「そうだ。例えば、五味が犯人なら、例会の前に宮盛と話をつけようとして、揉めた挙句《あげく》に殺してしまったのかもしれない。

あるいは、犯人は、宮盛に協力していた五味以外の贋作犯で、宮盛が告発されようとしていることを知って、自分のことが明るみに出るかもしれないと心配した。それで、口封じのため、皆が集まる例会の前に殺さねばならなかった」

「そんなら五味先生を殺すのが筋じゃないのか?」

「素直に考えたらそうだが、宮盛が告発されかかっていることに不安を覚えて、殺しといた方が後腐れがないって考えた可能性はあるだろ?

宮盛の殺害だけ見たら、ありそうなのはこんなところだ。警察が考えているのもきっとこういう可能性だろうな。ただ——、このことが、僕の絵の盗作事件とか、爪先の欠けた靴の男が他にいろいろやってたこととどう繋がっているんだか、それを考え出すとさっぱり訳が分からなくなる」

爪先の欠けた靴の人物は大月のところで私たちの話を盗み聞きして、さらに中野町の小屋で女性を殺したのかもしれないのである。それが今度は宮盛を殺害した。——何とも、纏まりに欠けた事件である。

「でもな、盗み聞きと宮盛殺しの関連ははっきりしてるだろ？　どっちも贋作が関わってる。盗作も関係あるかもしれない。

分からないのは、峯ちゃんが見たっていう女の屍体だな。どこの誰だったんだ？　今のところ、それらしい人物が誰も見当たらないぜ」

「そうだなあ。あれは本物の屍体だったかどうかも疑わしいというんだがな。しかし、宮盛は確かに殺されたんだ。

関係というなら、格好だ。女の屍体はサロメらしい衣装を着ていたし、宮盛の屍体がヘロデ王に見立てたものだったんなら関連性は申し分なしだ。

犯人が何でそんなことをしたのかはさっぱり分からないけどな。屍体なんて、殺人犯なら何をおいても必死で隠さなきゃいけないだろ？　それをあんなに手間暇かけて飾ってお披露目して、七五三のつもりみたいだ」

今までに思いついたどの仮説を採用するにしても、屍体に劇中人物の格好をさせなければならない理由は全く見つからない。

「誰かに注意を向けさせて容疑をかけたいのかもしれないぜ？　そんな格好をさせてな」

「でも、誰にどうやって容疑をかけるっていうんだ？　白鷗会と『サロメ』に何か関係があったか？　それとも、ちょっと前にあやが『サロメ』を演《や》ってたけども、だからあやが怪しいなんて誰も思わないだろう。定番の演目だからな」

「そうだな。──そういや、井口お前、あの宮盛の姿に見憶えがあるとか言ってたじゃないか。何だったんだ？　思い出したか」

そうなのだ。私は宮盛の姿を見た時、微かな既視感を覚えた。以来私はその根源を必死で考えていたが、確かなことは思い出せなかった。

「やっぱり分からない。昔夢で見た何かみたいに、曖昧な記憶だ。でも、——絵だったような気がするんだよな。あんな風な絵を前に見たのかもしれない」

大月も、誰かの作にあの宮盛みたいな格好の絵があったろうかと考えを巡らせた。しかし、やはり心当たりは浮かばないようであった。

「ともかく、面倒になったと言うよりない。ロデウィック氏がいなくなっちゃう前に殺人事件まで解決しなきゃならない訳だ。僕も一応容疑者に入ってるからね。ロデウィック氏、殺人犯かもしれないひとの絵を買う気にはならないだろうしな」

六

宮盛の家の門が見えて来ると、本当に訪ねて良いものか、少し躊躇《ためら》いが生じた。様子を探りに行くのには危険が伴う。私が事件を調べる動きを見せるのは、犯人に手の内を明かすことにもなりかねない。

しかし、やはり宮盛のことだけは放っておけなかった。彼の遺品の中に、盗作犯を明らかにする証拠が紛れているかもしれない。

とはいえ、訪ねたとして、取り合ってもらえるかも分からない。未亡人の茜のお見舞いを口実にするつもりだが、彼女にしてみれば、私たちは容疑者なのである。

屋敷の前まで行くと、案の定制服の巡査が出入りしていた。

この分では未亡人に会うことも難しいか？　門のそばに立ち止まって、気配を窺った。

すると、軒先で押し問答をする男たちの声が聞こえた。

――入っちゃいかんよ。捜査の途中だ。用があるなら出直したまえ。

――その捜査に関係あるかもしれないことですよ。宮盛さんの贋作事業が問題なんでしょ？　ある筋から聞いて知ってるんです。簡単に私を追い払っちゃいけない。とにかく入れるだけ入れて下さいよ。大人しくしてますよ。

――いかん。捜査に関係があることならここで話したまえ。こんな事件の後で、遺族の心を騒がせちゃ駄目だ。

――そんな、当たり前みたいにこっちの情報を搾取されちゃあ困ります。ご遺族に心を寄せるんなら、そんな怖い声出さないで下さいよ。お見舞いも持って来たんだ。いいでしょう？　お互い迷惑になる訳じゃないんだから。

おおよそ話が見えたので、大月の肩を突ついて無言の相談をした。

多分、警察の相手はどこかの記者である。私たちは、玄関で警察の説得を試みる彼に便乗してみようと決めた。

葬列に並ぶ時の神妙な仕草を心掛け、門を潜った。

争っていたのは制服の巡査と、山高帽に背広の、いかにも記者らしい男である。背広の男は敏《びん》捷《しょう》に振り返ると、馴《な》れ馴《な》れしく私たちに声を掛けた。

「おや！　宮盛さんに御用ですか？」

「はあ。ちょっと気にかかったものですから――、あの、僕らは白鷗会のものなんです」

「ほう！　白鷗会の！　きっとお見舞いに来たんでしょうね？　でもね、今は駄目かもしれない。こちらのお巡りさんが通せん坊して入れてくれないんですよ」

巡査は背広の男に苦り切っていたが、容疑者たちが現れたことによって困惑が加わった様子であった。

「君ら白鷗会の画家なのか。あの日料理屋にいたのかね？」

巡査は私たちの顔を知らないらしい。

「そうです！　容疑者の大月と申します。こっちが井口です」

大月が元気の良い返事をした。

背広の男は喜色満面である。

「なるほど！　それじゃあ宮盛さんのことは気がかりでしょう。私も一緒です。ご挨拶させてもらいますが、私は黒潮社《こくちょうしゃ》の記者でして、山添《やまぞえ》といいます。別に、野次馬根性だけで覗きに来た訳じゃないんですよ。

実はね、先月に、あることで白鷗会の五味君というひとに相談を受けましてね。君たち知ってるでしょ？　五味君」

山高帽の山添はやはり、私が想像した通りの人物であった。

黒潮社という出版社が出しているのは、『黒潮』という旬刊の雑誌だけである。省庁の汚職とかを扱うことが多い。

どんな伝手《つて》があったか、五味は宮盛を告発するのに彼に相談をしたらしい。

「――五味君に話を聞いて、どうしたものかと困っていましたが、こうなったらもう仕方がない。ねえお巡りさん、何か分かったんですか？　それか、奥さんに話をさせて下さいよ。お巡りさんが勝手に断る権利はないでしょう？　せめて取り次いでくれるべきだ。私らが来たことを伝えて下さい！」

巡査は困り果てて、引き戸の玄関を開け屋内にお伺いを立てにいった。

やがて刑事が、茶色の着物に縮こまるようにした小柄な未亡人を伴って現れた。

「あの、白鷗会の画家さん？　それから記者の方？　どんなご用で御座いますか？」

「奥様、こんにちは。ご亭主のことは本当に残念でした！　私は山添といって、宮盛さんのことをずっと取材していたのですがね。こんなことになってしまったから、記事を書くにも奥様に迷惑のかからないようにしないといけない。ちょっと上げていただけませんか？　お疲れなら話なんか結構ですから、座敷の隅にでもいさせて下さい。こっちの二人もお見舞いに来て下さったらしいですよ」

怯えきった未亡人に山添は図々しく言った。

容疑者の私と大月を未亡人は恐ろしげに見た。しかし、無下に追い返す勇気もなかったようで、未亡人は刑事を盾のようにしながら私たち三人を招き入れた。

未亡人は私たちを客間に通すと奥に引っ込んでしまった。巡査が一人、見張りのように残った。来客面をするのは気が引け、座卓の座布団ではなく部屋の隅に座った。山添は何も気にならないようであった。

「さあ、君たちには是非いろいろと聞きたいんだが、まず宮盛さんの屍体が見つかった時のことかな。あれは――」

「いやまあ、大体新聞に出てた通りですよ。それより、五味さんとどんな話をしたんですか？　そっちを先に教えて下さい」

何がさあだ、と思って私は山添の質問を押しとどめた。五味が、告発の手伝いにまともな記者を選んだとは限らない。


「何、それこそ君たちが知っている通りだよ。君ら、大月君に井口君だろ？　五味君は、君たちが宮盛さんを告発する決心を固めさせてくれたのだと言っていたよ」

そんなつもりはなかったが、五味はよほど心細かったものとみえる。


「宮盛さんが贋作造りをやっていると聞いて実に驚いた。私は芸術に詳しくないが、宮盛さん、結構面白い文章を書くから名前は知っていてね。でも、五味君が涙ながらに話すから、ちょっと聞き廻ってみたら、宮盛さんの紹介で絵を買ったが本当に真作だろうかと疑っているひとが見つかったんだよ。そのひとを、きちんと真贋《しんがん》鑑定をするようにけしかけたら、果たして贋物だった。

さあ困った。告発するなら、宮盛さんが贋作を造らせていたことも、贋物と承知で人に売りつけていたことも疑い得ないように外堀を埋めてしまわなければならない。大仕事だと思っていたら、そこにこの事件だ」


「で、山添さんはどうするつもりなんですか？　宮盛さんの告発の予定は狂っちゃった訳でしょう？　贋作造りの主導者が殺されちゃったんだから」


「狂ったが、しかしもちろんやることは同じだ。この事件も含めて、贋作造りの全貌《ぜんぼう》を明らかにする！　『黒潮』のスッパ抜きという訳にはいかなくなったがね」

山添が私たちに気を許しているのは、我々が告発の後押しをしたということになっているために、容疑者から除外されているということらしかった。

彼は、私たちから一間くらいのところでこちらの話など一分たりとも興味がないという態度を心掛けている巡査に声を掛けた。

「ねえ、お巡りさん！　今何をやってるんです？　何か探してるんですか？」

「教える訳にはいかんよ」

「金庫でも開けようとしてるんじゃないですか？　私が来る前に入っていった人、警視庁の鍵開けの専門家でしょう？　顔だけは知っているんですよ」

巡査ははぐらかすのを諦めた。

「うむ、被害者が遺した金庫が開けられんのだ。そこに重要な書類を沢山仕舞っていたようだが、鍵は見つかっていない。被害者が持ち歩いていたというから、殺された時に犯人が持ち去ったようだ。番号も、遺族は聞かされていなかった。それを開けようと努力が払われている」

「もし駄目だったら言って下さい！　こいつの知り合いに鍵開けの宗匠がいます」

大月が私を指差して言った。

「どうあれ良いタイミングだったじゃないですか。何か証拠が出たら、白鷗会のお二人に確かめてもらうことが出来ますよ」

巡査は、山添の図々しい言い草を無視した。

何にせよ金庫が開くのは楽しみである。五味は、贋作造りをやっている証拠写真を取られたと言っていたから、そんなのが沢山見つかって、贋作犯たちが一網打尽になるかもしれない。

未亡人の茜が障子を開けた。彼女は空手で、お茶を出す気遣いも忘れている。

「あの、皆さん、どうも失礼しました。私にお話が？」

「はい、でも、金庫が開いてからにしましょう！　それを踏まえてお話しする方がいい。奥様、もちろんご承知でしょうが、ご主人が亡くなった上に醜聞まで広がりつつある。贋作造りというね！　こんな時にお訪ねするのは心苦しいですよ。しかし、斯くなる上は、何よりも真実を優先しましょう。私は新聞屋のことなんかにも詳しいから、奥様に一番迷惑の掛からない方法を一緒に考えますよ」

「はあ、どうも」

山添は金庫の中を見せてもらうことを勝手に決めてしまった。私は未亡人にありきたりのお悔《く》やみを述べたが、彼女は、よりによって白鷗会の中でも大して故人と親しくない私と大月がやって来たのが腑《ふ》に落ちない様子であった。

茜が去ってから山添は言った。

「あの未亡人は宮盛さんの贋作造りのことを、殆ど何も知らないんじゃないかという気がするね」

同じ印象を私も持っている。彼女は夫を前にしてひたすら大人しかった。宮盛の表の仕事のことすらあまり理解していなかったのではないかと思われた。きっと、死んだ夫が贋作造りをやらせていたことなど、青天の霹靂というよりないのだ。

私が未亡人に感じた同情は、夫を亡くした悲しみに対するよりもむしろ、彼女がこの事件を理解していないこと、理解出来ないままに警察やら記者やら容疑者やらに取り囲まれていることの哀れさであった。

だからか、山添は未亡人にはあまり構わず、たまたま巡り合った私たちに絶え間ない質問を浴びせた。日頃の白鷗会のことや、屍体発見時の様子、怪しいのは誰だと思うか、私は辟易《へきえき》して、大月があることないことを答えるのに任せておいた。

「――しかし宮盛さんが劇中人物のような格好をさせられていたというのは、さすがに芸術家の犯罪という感じがするね」

山添が浅薄な感慨を漏らしたので私は急に不安になった。

彼は、贋作造りを事件の真ん中に据えて、宮盛がヘロデ王の如き格好をさせられていたことは、画家の犯罪である以上不思議がることもないかのように考えているらしかった。

この、偏見とも言い切れない偏見は彼だけのものか、それとも世間の偏見でもあるのか？

金庫は一番奥の間に置かれていて、仕事をする刑事たちの声は崖下《がけした》の波音みたいに聞こえて来るばかりだが、一瞬だけ歓声が混ざるのを山添は聞き逃さなかった。

「お！　開いたんじゃないですか？　金庫」

山添に言われ、巡査はそわそわと奥に様子を見に行った。

数分が経つも彼が戻って来ないので、山添は立ち上がり、私と大月の肩を引っ張った。

「ちょっと様子を見に行きましょう！　勝手にやっているようだから。金庫があるのはどっちですか？」

私たちは山添に背中を押されるようにして奥の座敷に向かった。廊下を歩いて、部屋の場所が分かると山添は先に立ち、遠慮なしに襖を開けた。

五人の手袋をした刑事が開いた金庫の前に群がり、畳の上に大量の文書を広げていた。その背後には、これまで姿を見せなかった女中がいた。

未亡人の茜は、女中に縋るようにしながら、畳の上で行われている警察の仕事を、眼前に地割れでも起こったかのような顔付きで眺めている。

「どんな塩梅《あんばい》です？　刑事さん」

山添はズカズカと敷居《しきい》を踏み越えた。私たちも続いて、三人壁際に並んで彼らの捜査を眺めた。

刑事は、静かにしたまえとだけで返事を控えたが、私たちを追い出しはしなかった。

刑事たちが広げる書類が何か、文字を判別するのには遠過ぎるが、帳簿や手紙に交ざって、美術品に付属している折り紙らしいもの、それも古色蒼然《こしょくそうぜん》としているにも拘らず白紙のもの、そんなのが不自然に沢山紛れているのが目についた。

殆どが美術品に纏わる書類のようである。そんな中、茶封筒の一つから出てきたのがエロ写真の束であったので、失笑が刑事たちから漏れた。

「ほらみろ。エロ写真ってのは必死で隠すものなんだよ。君も見習え」

私は大月に囁いた。そんなものまであるとは想像だにしていなかったであろう未亡人の顔が尚更見るに忍びなかった。

刑事は私たちを無視し続けた。しかし、先ほどと別の茶封筒から、やはり、写真の束を見つけた時である。彼らは額を寄せ合いじっくりとそれを検分し、やがて一人が高飛車に声を掛けた。

「おい君たち。証言によれば、宮盛氏は、若い画家たちに贋作を造らせるために写真を撮って脅していたということだったな？」

山添は返事を私に譲った。

「――ええ、そうらしいです。五味さんは、どこだかの蔵で贋作に関わってる証拠の写真を撮られて、それで手伝うよりなくなってしまったと言ってました」

「ああ！　そうか、写真が出たんですね？　誰ですか？　贋作犯は？」

山添は刑事たちの輪に割って入った。刑事たちが、見つかった写真を署から持って来た容疑者たちの写真と照合していると分かったので、私たちも慌てて彼らの手許を覗こうと駆け寄った。

見つかったのは、五味の写真であった。彼が絵筆を持って作業をしているところがしっかりと写されていた。

証拠写真は、他に三人分あった。

一人は扇、五味の言っていた通りである。それから一人は、水谷川であった。

「水谷川が贋作造りやってたのか？　そんな噂は聞かなかったな」

刑事を下目に私は呟いた。

残る一人の贋作犯は、それより遥《はる》かに意外な人物であった。刑事が写真を捲って、それが眼に入った時私は驚きの声を上げた。

「――え？　秋永さんか？　嘘だろ？」

「紛れもなく、ご存知秋永師匠だな。驚いたな。しかもこれ、そんなに前じゃないぜ？　禿《は》げ具合からして去年か一昨年《おととし》くらいじゃないか？」

大月の言う通り、写真の中に、筆を持って元禄《げんろく》頃の書家の贋作造りに精を出しているのは秋永驍画伯であった。日本画家としてとっくに名の売れた、最近の姿の秋永である。それが、どういう訳か宮盛の贋作造りに加担していたのだ。

七

翌日の夕方である。上野《うえの》の自宅で、私は妻を相手に宮盛の家での顚末を喋っていたが、すると玄関のノッカーが控えめな響きで鳴らされた。

「あれ、珍しいな」

やって来たのは蓮野であった。英吉利《イギリス》の乗馬服を着ている。

彼に会うのには私の方から出向くか、呼び出すのが大概である。蓮野が自分から訪ねて来ることは滅多《めった》にないし、それも何の前触れもなしに来ることは今までなかった。

彼は無感動に私を見下ろした。

「僕だって野良犬や蛇や鼠と同様に地上を蠢いているんだから、君の家の前までやって来るくらいのことはあるさ。迷惑でないなら入れてくれ」

彼を連れて居間に戻ると、入れ違いに紗江子はお茶を淹《い》れに立った。

「君、仕事はどうだね？　ジュコーフスキー氏の通訳だろ？　順調か？」

ジュコーフスキー氏というのは、今蓮野が通訳をしている露西亜《ロシア》人主教の名前である。二月前、彼が無政府主義結社に纏わる事件に巻き込まれた時に知り合ったのだ。

「僕の仕事は一方の言葉を出来る限り損なわないようにもう一方に伝えることだよ。スイング・ドアみたいなものだ。よっぽど油が切れてでもいない限り順調も不調もないさ。でもまあ、少々露西亜《ロシア》語を憶えた」

彼は、革命から逃れてきたジュコーフスキー氏が、各地に散った露西亜《ロシア》正教の関係者とやりとりをするのを手伝っているのである。

「上手くいってるならいいや。何をしに来たんだ？　僕もそろそろ君に相談をしようと思ってたんだが――」

「話を聞きに来た。岡島さんに、盗作事件に進展があったら知らせると約束をしたからね。進展かどうかはともかく、事件はあったんだろう？　それもなかなか尋常でない事件が」

日頃、蓮野はまるで新聞を読まないが、さすがに今度のことは気にかけていたらしい。

先月、大月と一緒に白鷗会の周辺を調べ始めたことから、宮盛の殺害、そして昨日の彼の家で判明した事実を、順を追って話した。

蓮野はテーブルに肘をつき、頸を支えて身じろぎもせずに私の話を聞いた。

「峯子さんは大丈夫かね？　屍体らしいものを目撃したんだろ？」

中野町の出来事を気にして蓮野は訊いた。

「いや、別に大丈夫そうだな。あれから変わったことはないみたいだ。それにしても、写真はかなり上達した。この家の二階に現像をしに来るから、どんなのを撮ってるのかは全部見るんだけども、失敗が大分少なくなった。吃驚したよ。才能があるのかもしれない」

「ふうん」

「――で、五味の証言通り、宮盛に贋作造りをやらされていたものたちが判明した訳だ。多分、扇も水谷川も秋永も、今頃みんな取り調べを受けている筈だよ。

秋永がどうして贋作造りをやることになったのかはまだ分からない。多分、何かしら宮盛に弱みを握られたんだろうな。他の人らみたいに、借金ってことはないと思うが」

名の知られた秋永が贋作を造っていたことによって、事件の醜聞的価値は一層高まった。今のところは日刊紙がことのあらましを報じているに過ぎないが、これから種々の新聞雑誌がうるさくなってゆく筈である。

「警察は、贋作犯たちを逮捕する気があるのか？」

「いや、おそらく、彼らが贋作を造ってたことを理由に逮捕されることはないと思う」

柳瀬や、宮盛がやっていたことは詐欺に違いないが、二人とも既に死んでいる。

贋作犯のうち、水谷川や扇は、贋物を造ってはいたものの、習作のつもりで模倣していただけだと主張している。これを本気にするものはいないが、かといって人に売りつけるためと知って贋物を造っていた証拠もない。

彼らの犯罪を立証するには、贋物を売りつけられた被害者を見つけ、その贋物が彼らの手によって造られたことを明らかにしなければならないのだ。かなり困難なことである。

だから、警察は贋作犯を逮捕しようとはしていない。

しかし、宮盛の金庫から見つかった写真があるから、世間は彼らを贋作犯と認定している。芸術家としては、彼らは死んだに等しい。

話し終えると、蓮野はくたびれた仕草で頭を掻いた。

「何が起こったかはよく分かったよ。探偵の君にやることがないから、犯人の方で事件を起こしてくれたみたいな話だな」

「まあね。それならもう少し分かりやすい事件を起こして欲しいんだがな。君、どう思うかね？この事件を一体どう考えたらいいいんだ？」

盗作事件に、脈絡の定かでない、しかし無関係とも思えない奇妙な事件が次々と連なってゆく。

私の目的は、盗作犯を明らかにすることである。何が起ころうとそれが変わった訳ではないし、他のことはする必要がないのだが、しかし、意味ありげで不可解な事件の何を検討していいのやら、さっぱり分からない。

「そもそも、この事件は本当に僕の絵の盗作と関係あるのか？　もし全く無関係だったら、僕はただの無駄骨折りをしている訳だ」

一体、この事件の犯人は何をしようとしているのか？　その人物は、どんな立場に置かれているのか？

私は指折り数えるように事件の整頓を始めた。

「まず、僕の絵が白鷗会の誰かに盗作されただろう？　盗作の絵は、何故か柳瀬の手に渡って亜米利加《アメリカ》に持ち出されていた。大月と一緒にそれを調べていたら、白鷗会で宮盛の主導によって贋作造りが行われていることが判明した。

爪先の欠けた靴の男は、僕らが何事かを調べまわっていることを嗅ぎつけたらしく、大月の下宿で話を盗み聞きした。その男は、贋作造りの元締めであった宮盛を殺害した。——これらは、間違いのないことだ」

「そうだね」

蓮野は気のない相槌を打つ。

「で、この爪先の欠けた靴の男は一体贋作犯なのか盗作犯なのか、というのが問題だ。

例えば、犯人が、盗作犯であり、かつ贋作犯でもあるという場合もある。その場合は、僕らに自分の罪業がバレたと知り、口封じのために宮盛を殺したということになるのかな。宮盛を生かしておくとまずい理由があったんだろうな。

あるいは、犯人は盗作犯ではないが贋作犯で、たまたま僕らが何かを嗅ぎ廻っていることに気づき、やはり口封じのため宮盛を殺した場合。これだと、いくらこの事件の犯人を追いかけても、盗作犯は見つけられないんだよな。

それと——、犯人は盗作犯だが贋作犯ではない場合か。それが何らかの理由で宮盛を殺した。例えば、自分の盗作がバレかかっていることに気づいたので、僕らや警察の注意を贋作犯たちに向けて容疑を逃れようとした、とかかな」

「盗作を隠すために殺人までしたとしたら、やることが大袈裟過ぎるが、まあ事情が分からない以上は、あり得ないではないね」

「あとは、犯人が贋作犯でも盗作犯でもない場合。——そんなこともあり得るか？」

「可能性はあるさ。しかし、犯人は、君らが何を探っているのか気にして大月君の下宿まで盗み聞きに行っている。少なくとも贋作には関係あるだろう」

「でも、盗作には無関係かもしれないんだよな？」

私が哀れっぽい声を出したので、蓮野は苦笑いを浮かべた。

「請け合う訳にはいかないが、あんまりその可能性はない気がするね。元より、贋作犯が口封じのために宮盛を殺したというのはちょっと妙な話だからな。何しろ、口封じといったって、彼を殺したことによって、贋作造りの秘密は公になってしまったんだ」

確かに、その通りである。宮盛が殺されたことによって、彼の自宅の金庫が開かれた。

そこに共犯の証拠が遺されていたから、五味、水谷川、扇、秋永の四人が贋作を手伝っていたことが明らかになったのである。

「だから、その四人の中に犯人がいるとしたら、自分が贋作造りをやっていたと世間に知られてしまうのは覚悟の上だったことになる。なら、そんな身を切る真似をしてでも宮盛の口を封じなければならない事情があった筈だ。

あるいは、犯人は贋作者ではあっても、何かの理由で共犯の証拠を押さえられていなかったのかもしれない。その上で宮盛の口を塞ぐ必要があったなら、宮盛を殺すのはなかなかお得だよ。容疑は他の贋作犯たちが背負ってくれる」

「え——、そうか。そういう可能性もあるか」

「何かの理由というのは分からないがね。あるいは、犯人は贋作犯の告発を目的に宮盛を殺したのかもしれない。けども、やり方が手荒過ぎるし、宮盛を殺してしまっては証言が得られないからな。そんな無茶な真似をする理由がなければならない。

事情とか理由とかやたらと言ったが、それに上手いこと当てはまりそうなのは、今のところ、君の絵の盗作を柳瀬が持っていたことだけだな。だからまあ、さしあたりは殺人事件の解決と、盗作犯を見つけることはそんなに乖離《かいり》してはいないと思うよ」

蓮野が言ったのは私の迷いを払うための理屈で、さして論理的なことでもなかった。

とはいえ、盗作犯探しのために他にやることを思いつかない私は、それで納得するしかない。

「まあ、事件の解決を目指すよりないのは分かった。でも結局、今まで分かったことだけでは、僕にとっての進展は何もないことになるな。盗作犯が絞られた訳じゃない。もしも、贋作犯の中に盗作犯がいるということがはっきりすれば、少しは容疑者が減らせるかと思ってたんだけどな」

二つの関連も、謎のままだった。

それに、考えてみると、仮に盗作犯イコール贋作犯の証明が成ったとしても、贋作犯が現在判明している四人で全てとは限らないのだ。未知の贋作犯が存在するかもしれないなら、消去法で贋作犯の中から盗作犯を探そうとするのは無意味である。

「しかも、峯ちゃんが目撃した女の屍体のこととか、宮盛がヘロデ王みたいな格好をさせられていたこととか、そんな謎も残ってるからな」

犯人が誰にせよ、わざわざ屍体を『サロメ』の劇になぞらえて公開しなければならない理由は思いつかない。

参ったなあ、と私は嘆じた。

「何も道筋が見えないな。僕は何をするべきなんだ?」

蓮野の気を引こうとする私に、彼は陽射しを疎《うと》ましがるように眼を細めた。そして、煙草に火をつけ、憂鬱《ゆううつ》に吹かし始めた。

「君のやりたいようにしたらいいさ。手伝いが要るなら何だって手伝うが、しかし、この事件に探偵の役を負う人がいるとしたらそれは君だよ。

警察がやっているのは、何であれ犯罪だから法律に基づいて捜査をするという、無差別殺人の反対みたいなことだ。一方の君は、犯人を見つけなければならない明確な理由を持っている。探偵の動機があるのは井口君だ」

警察がやっているのは、いわば無差別探偵ということか。

犯人に動機があるなら、探偵にも動機があって良い。私には盗作犯を見つけ、ロデウィック氏に絵を買ってもらいたいという動機がある。

それは私だけの動機に違いない。盗作犯が見つからなくて困るのは、私だけなのだ。

考えてみれば、一月半余りも犯人を探し続けて、目下さしたる手掛かりを得ていないことに疲弊しているのは、私の探偵の動機に大義のないことが何よりの原因であった。ロデウィック氏の信用を得て絵を買ってもらうために、夫の死に呆然《ぼうぜん》としている未亡人の家に踏み込んだりすることに、嫌気が差し始めているのだ。

「真相とか真実とかいうものは、只《ただ》じゃないからな。大抵、何かしらの犠牲を払って手に入れることになる。

だからまあ、探偵なんていうのは傍迷惑《はためいわく》なものだよ。やらずに済むに越したことはない」

蓮野は身も蓋もないことを言う。

私は投げやりな伸びをした。

「心情的には、僕もうんざりしてるよ。でも、せめてロデウィック氏が日本にいる間は自分で手を尽くさないと後に未練を残すだろ？　何かしない訳にはいかないんだ」

蓮野は煙草を摘んだまま、私を見かねたように俯いた。

やがて彼は億劫そうに口を開いた。

「何を調べるべきかというのなら――、僕が気に掛かったのは、宮盛や柳瀬が、贋作造りの仕事に蔵を利用していたという話だ。五味という人が、そんなことを言ってたんだろう？　彼らはそこに贋作を保管していたようだが、それはどこの蔵だね」

「え？　ああ――、そうだな。どこだろう？　五味に訊いておけば良かったな」

簡単に調べのつくことだろうから、どこであれ既に警察の捜査が及んでいる筈である。

「蔵に手掛かりがあるのか？　贋作については分かることがあるだろうが――」

「期待に胸を膨らませて調べに行くようなことじゃないよ。ただ、そうだな。一つには、柳瀬は亜米利加《アメリカ》に高飛びする前に、君の絵の盗作をそこに保管していたそうだろう。今更そこを見たとて何が分かる訳でもないが、まあ城跡見物のつもりで行ってみてもいいだろうさ。

それに、調べる相手としては無難だからね。ひとの家に踏み込んだりしなくていい。なるべく他人に迷惑をかけずに探偵行為をしたいならお勧めだ」

旅行先を選ぶ口調で蓮野は言った。

宮盛たちが使っていた蔵がどこだったのか、急いで確かめることにすると私は約束した。

6　泥棒

一

中野町の小屋で爪先の欠けた靴の人物に遭遇して以来、峯子はよそ行きの格好を普段と変えることにしていた。

　窓から写真を撮って逃げ出したあの時、犯人に後ろ姿を見られた可能性があった。さして珍しい服装をしていた訳ではないけれども、外を歩く時に、万一犯人とすれ違いでもして見咎められてしまってはことである。写真機など下げていたら、尚更怪しまれるに違いなかった。そして、宮盛が殺された今、あの人物が殺人犯であることは疑い得なくなったのだ。

　いつも好んで着ていた花柄の銘仙をやめて、大人しい瓦斯織《ガスおり》の上に、海老茶《えびちゃ》の袴《はかま》をはいた。長い髪を三つ編みにして垂らしていたのを、少し短くし、西洋上げ巻に結った。

「電話交換手のようじゃないか」

　父は、峯子の格好を評して言った。彼は蝶の蛹《さなぎ》から蜻蛉《とんぼ》が出てきたみたいに、娘が予想外の変身をしてゆくのに戸惑っていた。

　峯子も同感であった。殊に、写真機を鞄に携えていると、峯子はすっかり職業婦人の気分になった。

だから、叔父から、贋作犯たちが使っていた蔵を調べに行くから一緒に来て欲しいと電報が来た時に、峯子は初めて仕事の依頼を受けたように心が高揚した。

彼が仕事のために峯子を頼る筈はないが、しかしこんな事件に叔父の方から峯子を巻き込むのは初めてのことである。

「井口君と一緒なら大丈夫だと思うが――、危ない真似をしちゃいかんからな」

「ええ」

そう言って峯子は送り出された。心の底で、父がどうして娘が思うようにならないのかと訝っていることは伝わっている。

玄関が閉まった時、峯子は不意にもの寂しさを覚えた。


「ほう、別人だね。よく似合ってるな」

御茶《おちゃ》ノ水《みず》の駅で落ち合うなり叔父は言った。自信を持って選んだ服装ではないので褒められてもさして嬉しくはない。

電報では詳細を伝えられていなかったので、峯子は叔父と一緒に蓮野が待っていたのに慌てた。彼は峯子の変貌には何も言わず、こんにちは峯子さん、と微笑した。

「ええ、こんにちは。――今日は、どうなさったんですの？　何か私にお手伝い出来ることがあるかしら」

峯子は鞄の中の写真用具が揃っているか気になりだした。

「まあ、写真を撮ってもらいたくなることもあるかもしれないが、それ以上に、峯子さんに確かめてもらうべきことが持ち上がった」

「うん。とにかく一緒に行こう」

訳の分からぬまま、二人に伴われて、峯子はやって来た電車に乗った。

二

降りたのが中野の駅だったので、峯子の混乱は深まった。贋作犯たちが使っていた蔵を見に行くのじゃなかったかしら?

改札を出て、周囲の人影が遠くなり、声の届かないところまで歩いて来てから蓮野は言った。

「峯子さん、実は贋作犯の蔵の前に寄るところがある。先月峯子さんがここにやって来たのは、井口君から、今年の二月に自殺した深江さんのアトリエが中野町にあることを聞いていたためなのだったね?」

「ええ。亡くなった方に不謹慎みたいですけど、写真を撮るのにいいところがあるんじゃないかと思ったんですの」

「そして、林の小屋に行き当たって、女性の屍体を見たんだったね。その小屋までの道を憶えているかい。そこまで案内してくれるかね?」

峯子は、仔細な道筋を憶えているか、記憶を掘り返した。

「はい。きっと大丈夫ですわ」

二人の先頭に立って峯子は路を辿った。あの時は一人だったが、今日は何も恐れる必要はない。

脇道を一つ早く曲がってしまって時間を無駄にしたが、それでも三十分は掛からず、例の林の小屋まで辿り着いた。

峯子は、爪先の欠けた足跡を見つけた辺りに立ち止まった。

「ここだわ。あの時、私ここに来たんですの」

「確かに、殺人には御誂《おあつら》え向《む》きだなあ」

小屋の正面に立つと、人気のない周囲を見廻して叔父はそんなことを言った。

蓮野は小屋の扉を開けた。依然鍵は掛かっていなかった。峯子も恐る恐る背後から覗いた。屋内は、峯子が巡査を連れて戻って来た時と何も変わっていない。

小屋の検分に、蓮野はあまり時間をかけなかった。

「峯子さん、犯人は林を突っ切ってやって来たらしいんだったろう？　足跡が残っていたのはどの辺りかい」

峯子は二人を小屋の北側に連れて来た。もう一つの足跡が残っていたところである。

「犯人は、この奥からやって来たみたいでしたの」

木々の間隔が空いて、騙《だま》し絵《え》のように道らしいものが林の奥に続いているのを峯子は指し示した。前に来た時には巡査と一緒に歩いたのである。

行ってみようか、と叔父に促されて、三人は林に踏み入った。

一町ほど歩いて雑木林を抜けると、自動車が通れる広い土道に出る。周囲の建物は疎《まば》らで、道の左右を見比べたが、通行人は見当たらない。

「この間も、お巡りさんとここまで来たんですの。でも、何にも手掛かりがなかったから、すぐに戻ったわ」

「なるほどね」

叔父と蓮野は、漫然と辺りを眺めるでもなく、向かいの右側の建物に注意を向けていた。二階建の、粗雑なバラックである。工場みたいに見える。窓には板切れが打ち付けられ、どうやら誰も住んでいないらしい。前にも見たが、峯子は気に掛けていなかった。

「あれが、どうかなさったんですの？　――もしかして、あそこが蔵なの？　贋作犯たちが使ってたって」

蔵と呼ばれるような建物には見えない。

「いや、違うよ。峯ちゃん、あれは僕が前に話した、今年の二月に自殺した深江さんのアトリエだ」

峯子は息を呑んだ。

中野町を訪れたのは、叔父から聞いた深江の話がきっかけだったのだから、奇跡的な暗合という訳ではない。それでも、自分が場所を知らないまま彼のアトリエの間近までやって来ていたことに峯子は面食らった。

閑散とした景色に、急に腐臭が漂い始めた気がした。

「前に峯ちゃんに話を聞いた時に気づけば良かったんだがな。うっかりしてたなあ。例の小屋と深江さんのアトリエがこんなにすぐ近くだったとはね」

アトリエから林の向こうの小屋までは、きっと歩いて二分と掛からない。峯子がここに来たのは気まぐれに歩き廻った末のことで、地図を確かめることはしなかったのである。

「蓮野が地図を確かめて、もしかして小屋があるのがこの近くなんじゃないかと気づいたんだけどもね。

僕は、数回このアトリエを訪ねたことがあるんだ。深江さんは、世間には無名のひとだ。作品を展覧会に出すことはしなかったし、世に出た作品が果たしていくつあるのかも分からない。

でも、才能は傑出してた。僕が、現代の画家をあんまり尊敬出来なくなったのは深江さんのせいもあるかもしれないな。深江さんの作品を見もせずに、洋画界の展望を語るひとたちが馬鹿馬鹿しく感じられるくらいだった」

井口が、深江に出逢ったのは五年前のことだという。彼が上野の美術学校を卒業して少しした頃である。

「峯ちゃんと一緒で、何気なく、描くものがあるかと思ってイーゼルを担いで中野町までやって来たんだ。すると、駅の近くで、三十半ばくらいの猫背の男が油絵を描いていた。それが深江さんだった。

不躾にキャンバスを覗いたんだが、観て吃驚した。鶏頭の絵を描いてたんだが、それが鬼火みたいな迫力を持っていた。思わず話しかけて、僕のデッサンを見せたりした」

深江は極めて愛想が悪かったという。それでも、井口の絵には関心を持ったようで、このアトリエの場所を教えてくれたのである。

「まあ、そんなに親しくは付き合わなかった。五年前に一回、三年前に一回、去年一回、ここを訪ねたのはそれで全部だ。どんなものを造ってるのか、ちょっと見せてもらいに来たんだ。最初に遭遇した時と合わせて、深江さんとは四回しか会わなかったんだな。

優れてたのは油絵だけじゃなかった。彫刻もやってたし、版画も見た。版画はよく分からなかったが、彫刻は写実性と細密さが圧倒的だったね。造形芸術に関しては万能の才能を持っていたと思う。作品を殆ど世に出さないのが不思議だったんだけども、そんなことをするのが却って勿体《もったい》ない気もしたなあ」

叔父は昔見た夢を思い出しているみたいな調子である。峯子は気になることを訊いた。

「深江さん、今年の二月に自殺なさったんでしょう？　どうしてかしら？　突然のことだったの？」

「いや、僕は何も事情を知らないんだ。亡くなったのが二月の中旬のことで、通行人が首を吊《つ》った姿を見つけた時には、死後数日経っていたらしい。

新聞にも載らなかったから、僕がそれを知ったのは一月くらい後のことだよ。久しぶりに来てみたら、窓に板が打ち付けられていた。どうしたことかと思って近所で話を聞いてみたら、自殺したというので吃驚した」

三人はそぞろにバラックの前までやって来た。

杉板の外壁は黒ずんで、板張りの隙間に苔が生《む》している。ベニヤ板で窓を塞ぐ手際はかなり乱暴であった。

蓮野が訊いた。

「井口君。深江さんが亡くなってから、誰が窓を塞いだのか知っているかね」

「いや、知らない。多分親族か、家主かな？　親族なら、あまり親しくない親族かもな。面倒で嫌々始末をつけたようだ」

叔父はバラックを反対側に廻ってゆく。峯子は蓮野と並んでその後ろをついて行った。

裏側に来て、叔父は西側の窓に打ち付けられた板の隙間を指差した。

「ここをね、深江さんは彫刻室と呼んでた。作品が沢山詰め込まれてたな」

叔父は屈んで隙間を覗いた。

「おや？　何だ、いろいろものが残っているな。亡くなってから全く片付けられていないんじゃないかな？　散らかり過ぎだ」

峯子も叔父の隣に立って、隙間に眼をあてた。

暗くて、中のものは輪郭《りんかく》が見分けられるだけである。はっきりとは分からないが、作品は屑鉄《くずてつ》の山のように乱暴に、すり鉢状に積まれているらしい。彫刻室の中央には床が露出して、そこには椅子が投げ出されていた。

峯子たちは、バラックをぐるりと一周して、板張りにされた窓に隙間を見つけては屋内を覗いた。台所には食器が出しっ放しだったし、廊下にスリッパが放り出されているのも見つけた。

「深江さんに親族がいるんなら、遠くに住んでるか、酷くずぼらなのか、遺品の整理を先延ばしにしてるみたいだな」

「疎遠だったんでしょうね。あんまり仲良くなかったのね」

周回を終えると叔父はバラックに向けて居住まいを正し両手を合わせた。それを見て、峯子も同じ格好をした。

「それでね、峯ちゃん。深江さんにもう一つ不審なことがある。

初めてここに来た時、僕は同居人がいるのかと訊いた。造りは良くないが、一人で住むには広い家だからね。そしたら、深江さんは、時子という血の繋がらない妹が一緒に住んでいると答えた。でもね、初めてここを訪ねた五年前から僕は、その妹の姿を、影も形も、一度も見なかった」

峯子は薄ら寒い恐怖を覚えた。

「それは、たまたまお出かけしてたってことかしら？」

「いや、そうじゃない。深江さんは、妹は酷い人見知りで、顔を見せることを嫌って誰にも会わないと言っていたんだ。二階でひっそりと暮らしているとね。絵や彫刻や、その妹を題材にしたという作品はいくつか見せてもらった。綺麗なひとらしかったな。

一体、その血の繋がらない妹というのは、本当に存在したんだろうか？」

峯子はバラックに眼を向け、深江の姿と、果たして実在したか分からない美しい妹の風貌を想《おも》い描《えが》いた。

否《いや》が応《おう》でも思い出すのは、林の小屋で目撃した女の屍体である。あそこはここからほど近くで、果たしてこんなに美しいひとが本当にいるものかと峯子は訝ったのだ。

「深江さんって、二月に亡くなったんでしょう？　妹さんがいたのなら、それからどこでどうしてたのかしら？」

「分からないな。妹が実在するにせよしないにせよ、峯ちゃんが目撃したことを一体どう説明して良いやら、見当もつかない。

僕が考えたのは、もしや、その妹の存在自体が深江さんの独創による作品だったんじゃないかということだ。深江さんは造形芸術の天才だったが、造形芸術によって創り出せるのはあくまで眼に見えるかたちに過ぎないからな。それに飽き足らなくなって、対象の内面を作品として創り出したくなったのじゃないかと思ったんだよ」

「それって、深江さんがずっと、自分の絵のなかのひとが本当にいるみたいなつもりで暮らしていたってこと？」

「まあ、そうかな。そしてそれをまた作品にする。そういうことを繰り返していたんじゃないかな」

深江というひとを、叔父はどこまでも芸術家として説明してみせる。

だけれども、峯子が思うに、それは狂気と呼ばれるものじゃないかしら？　単に、深江は気が狂っていたのではないのか。

「確かに芸術は多かれ少なかれ狂人の仕事であるには違いないよ。何の役にも立ちはしないんだからな。普通のひとにとって、理解の外にあるものはみんな狂気の沙汰だ」

叔父は諦めたように言った。

「それじゃ、私が見たのは、深江さんの創った作品が誰かに殺されているところだったのかしら。——一体、誰が殺したのかしら？　あの時、深江さんが亡くなってもう四ヵ月も経っていたのよね。それに、深江さんのことを知っていたひとって、どれくらいいたのかしら？」

「深江というひとの存在自体は、芸術をやるひとたちには伝説みたいに知られていた。大月も、作品を殆ど世に出さないすごい作家がいるっていう噂は聞いたことがあると言ってた。

あとで話すが、僕以外にも、深江さんに会ったことがあるひとはいたみたいだよ。

しかし、深江さんがこのバラックに住んでいると知っていたひとはかなり少ないんじゃないかな？　でなければ、深江さんが亡くなって何ヵ月も経つのに、バラックが誰にも構われず放置されているのはおかしい。

絵を認めてくれたからか分からないが、僕には棲家を教えてくれた。しかし僕は深江さんに、自分がこのバラックに住んでいることは絶対に口外しないように言われたんだ」

「ここのこと、誰も知らない筈なのね。なのに、近くの小屋で女のひとが殺されていたのよね」

何やら変な雲行きである。

峯子は林の小屋で爪先の欠けた靴の足跡を目撃した。出来過ぎた偶然かと思っていたが、どうやらそうではない。おそらくは、一連の事件に深江の存在が関係しているのだ。

峯子が遭遇した事件にどんな意味があるかは分からないが、あれは深江のアトリエからすぐ近くで起こっている。それに、小屋の女性と宮盛とは、どちらも『サロメ』の登場人物に見立てたと思《おぼ》しい姿をしていたのである。

「実はね、峯ちゃん、贋作事件と深江さんに関わりがあることには、もう一つ別の証拠が見つかったんだ。今からそれを確認しに行くんだよ」

そう言って、叔父は懐《ふところ》から五万分の一の地図を取り出した。

彼が、現在地を見つけられずに地図をくるくる廻して手間取るので、蓮野は見かねて肩を叩き、多分あっちだ、と土道の西に続く方を指差した。

三

「近くなの?」

「十町ばかりの筈だ。近くはないが、でも遠くもないね」

向かっているのは、贋作犯が使っていた蔵である。それが、深江のバラックから十町くらいのところにあるらしい。

程なく、土道のそちらこちらにまばらな人家が見られた。

ある一角にあったのが、木塀に囲われた、元々は屋敷があったと思しい土地である。地面には柱の礎石が残っており、庭園が築かれていた痕跡もあった。

屋敷は残っていないが、北側に大きな蔵が建っていた。瓦屋根も漆喰の壁も頑丈そうな造りである。屋敷の跡に面した側が、焦《こ》げたように変色していた。

叔父は再び地図を取り出して、一瞥してから蓮野に見せた。

「ここで合ってるだろ？」

「そうだね」

これが、贋作犯たちが贋物を仕舞っていた蔵なのであった。屋敷は火事で焼けてしまったものと見える。

「山添っていう記者に、警察の捜査がどんな具合になっているんだか訊いたんだけども、どうやら贋作犯たちの証言では、彼らは漏れなくこの蔵に出入りしていたらしい。造ったものを保管してたのがここだったんだ」

「これが、深江さんと贋作事件が繋がっている証拠なの？　蔵と、深江さんのアトリエが十町くらいの距離にあったってことが？」

「いや、それだけじゃないんだ。実は、ここは深江さんの持ち物だったんだよ。何十年も前に火事で焼けて蔵だけになっていて、ある時から深江さんが使うようになったらしい。数年前から、それを深江さんが宮盛に貸してたんだ」

叔父は、煤《すす》けた門柱を手でなぞった。近寄ってよく見てみると、そこにはボロボロの表札がさがっていて、深江という名前が読めた。

「作品を造るだけ造って、売りもしない深江さんがどうやって生活していたのか、多少は資産も持っていたかもしれないが、それればかりじゃ苦しかったのかな。こんなこともしてた訳だ。宮盛に貸していただけでなく、深江さん自身もここを使っていたらしい。要らないものを仕舞っていて、時々勝手に宮盛のものを広げて眺めたりもしてたというんだよ」

扇の証言である。贋作犯たちは、この蔵に深江が出入りすることもあると宮盛にあらかじめ教えられていたという。

おそらく、元々深江はこの焼け残った蔵に住んでいて、それからバラックに移り住んだのではないか。以来、ここは物置になったのだろう。井口はそんな推定をした。

「なら、深江さんも贋作造りをやっていたのかしら？　絵も彫刻もすごく上手なひとだったんでしょう？」

贋作の保管された蔵に自由に出入りしていたのなら、彼も関わっていたと考えるのが自然である。

しかし叔父は煮え切らない顔付きをした。

「確かなことは分からないな。でも、僕は多分違うんじゃないかと思う。二人がどうやって知り合ったのかははっきり分からないが、深江さんの存在は芸術家の間じゃちょっとした伝説になっていたから、宮盛が興味を持って探していたとしてもおかしくはない。で、どうにかして、深江さんの蔵を借り受けることになったんだ。ただ、宮盛の遺品に残っていた記録を調べた限りじゃ、借りたのは贋作造りを始める前のことらしい。だから、深江さんに、贋物を置くことにしたから以後出入りはしないでくれ、とは言えなかったのかもしれない。

大体、深江さんは、驚くほど芸術に関する知識がなかった。創作に関しては天才だったけれども、学術的なことにはまるで無関心だった。だから、贋作を造るには適性がなかったと思う。

それに彼は常識家でもなかったから、勝手に仕舞われた品を観たりしてたんだろうけど、宮盛や柳瀬は見廻りをしてくれるくらいに思って気にしてなかったんじゃないかな？　贋物だって見破られる心配もあまりないし、仮に見破られたって、そういう浮世離れしたひとだから、世間に触れ廻ったりもしないだろうと安心していたんじゃないかな。

それに贋作犯たちは、宮盛に、なるべく深江さんとは関わらないように注意しろと言われてたそうだ」

やけに抗弁に力が入っている。

「叔父さんは、深江さんが贋作犯であって欲しくないの？」

峯子の問いに、叔父は腕組みをして項垂《うなだ》れる。

「まあ――、そうだな。他の誰が贋作を造ってたって勝手にしてくれたらいいが、深江さんがやってたんなら僕はがっかりするな。何のために見返りのない創作をしていたのやら、それは、芸術には何の救いもないってことだ」

叔父は木塀の門を潜った。

峯子たちも続く。屋敷の焼跡を横切って蔵を間近に眺めた。

二階建で、小さな窓がいくつか穿たれているのには、いずれも鉄格子が嵌っていた。出入り口は、いかにも頑丈な土扉である。

「これなら火事も平気だったろうな。深江さんの出入りを我慢してでも宮盛が贋作置き場に使いたかったのも分かる。君でも、簡単には泥棒に這入《はい》る訳にはいかないだろ？」

「音を立てないのは難しいかもね。近所に人家もあることだからな」

蓮野にそれと認められて叔父は妙に満足げにした。彼は背伸びをして蔵の窓を覗いた。

「柳瀬が高飛びした時に、宮盛は蔵に置いてあった贋物をみんな引き上げたらしいから――、よく見えないが、やっぱり空のようだね。何にも残ってない。

そうだ、この蔵に出入りがあったのは柳瀬も一緒だな。柳瀬も贋作の取引に関わってたからな。

高飛び前に、牛込の屋敷から運び出した自分の持ち物をいっときこの蔵に置いていたらしい。そんな使い方もしていた」

山添によれば、警察は既にここを検《あらた》めに来ている。何も発見はなかったそうである。

「警察は深江さんのことを詳しく調査しようとはしていないらしいよ。まあ、既に亡くなっているんだしな。あのバラックも手付かずのままだった。ということは、贋作に関わってた証拠が見つかってないってことだろう？　やっぱり深江さんは無関係じゃないかな」

叔父は深江の潔白に拘った。蓮野は、そのことに反対する気はなさそうである。

蔵を一廻りしたが、ここはやはり、犯罪のささやかな遺跡に過ぎなかった。証拠が残されている様子はない。

必要とは思われなかったが、峯子は蔵の写真を数枚撮った。それだけやると満足した。

「行こうか。長居することもなさそうだ」

峯子たちは蔵を立ち去りかけた。

が、その時、木塀の門に人影が現れた。

紺絣の着流しの青年であった。彼を認めた瞬間、井口は慌てて蔵の裏側に逃げ込んでしまった。

何ごとかしら？　峯子は叔父と青年のどちらに注意を向けたものか困っていると、門の近くでまごついていた青年は、やがて意を決したように尊大な足取りになってこちらへやって来た。

誰だか分からない青年は蓮野に言った。

「――ここで何をしているんだ？　君たちは誰だね？」

「どうもこんにちは。僕らが誰で何をしているのだか、詮索していただくには値しません。どうぞお気になさらず」

蓮野はにこやかに答えた。

「いや、そうはいかない。ここは君の土地じゃないだろう？　何の用もなしにこんなところにやって来るものじゃない。何を調べていた？」

「そんなことをおっしゃるところを見ると、あなたは何かを調べに来たんですか？　しかし僕はあなたが誰で、何をしに来たのか伺う気はありません。黙っていれば、お互いに損得なく済むことになりますよ。

尤も、伺うまでもなく君のことは存じ上げてます。洋画家の望木さんでしょう？」

名指しされ、青年はたじろいだ。

ようやく峯子にも状況が呑み込めた。

何しに来たか知らないが、こいつが例の、大月と揉めている望木なのだ。盗作犯を探していると容疑者に知られたくない井口は、それと気づいて慌てて隠れたのである。

「――どうして君は僕を知っているんだ？」

「そんな卑屈なことをおっしゃらなくとも良いですよ。気鋭の画家でらっしゃるから、見知らぬひとに顔を知られているくらいのことで驚く必要はありません」

「いや、事件に関係ある筈だ。でなくて、どうして僕を知っているひとがこんなところをうろついているものか。君は、――探偵かね？」

「間違っても、僕は探偵などというものではありません。しかし望木さん、望木さんは事件のことでいらしたのですか？　事件とは、どの事件のことです？」

蓮野は、追及をのらりくらりとはぐらかす。

彼は事実だけを喋っている。蓮野は嘘を吐くことを病的に厭う癖があるのだが、望木を相手にすらそれを曲げないのに峯子は内心呆れた。

蓮野があまりに涼しい顔をしているので、望木は次第に自分が独《ひと》り相撲《ずもう》を取らされているのではないかと疑い始めた。彼は矛先を変えた。

「こっちの娘は？」

「私、道玄寺雪子《どうげんじゆきこ》といいます」

自分は素直に嘘を吐こう、と峯子は決めた。

「お兄さまがお散歩に誘って下さったの。望木さんとおっしゃるの？　この蔵で何か事件がありましたの？」

「いや、君のようなのが知らなくてもいい。それはどうだっていいんだ。君らの他に、もう一人いたろう？　僕を見るなり蔵の陰に隠れたな。あれは一体誰だ？」

見られていた。まあ、見られていたに決まっている。

「――そんな人いたかしら？　いたちか何かじゃないかしら」

「そんな筈があるか」

「ええ、そうですわね。実は、あれは、お兄さまのお友達で――、ええと、知らないひとが苦手で、急に出くわすと物陰に隠れちゃうんですの。そっとしといてあげて下さいません？」

峯子は耳を欹《そばだ》て、蔵の背後に隠れた井口の様子を窺った。

蓮野は無駄口で望木を足止めして、井口に逃げる隙を与えようとしたのだが――、井口が取《と》り縋《すが》る塀の軋む音がする。下駄《げた》の転がる音、ウッ、といううめき声、躰が地面に落下する響きが続いた。

駄目だなこりゃ、という無様な嘆声まで聞こえて来た。

こんなことなら、隠れない方が良かったのじゃないかしら？　望木が勝ち誇った顔をしているのが憎らしい。

「ほら、様子を見に行かなくていいのか？　怪我をしているかもしれないぜ」

「――いえ、大丈夫ですの。あの方、この間も知らないひとが通りかかったので慌てて杉の大木に登って、二階くらいの高さから落っこちちゃったんです。でも、何ごともなかったみたいにピンピンしてました」

峯子は蓮野に助けを求める視線を送ったが、彼にだって、こんな嘘がどうにか出来るものではない。

望木は二人を無視して、蔵の陰を覗きに足を踏み出した。

しかし、蓮野は背後から望木の肩を押さえた。

「何だ？　結局のところ、僕が君たちの友達の顔を見ちゃいけない理由はないんだろ？」

「さあ。望木さん、考えていただくべきことがあります。望木さんは、ここに何かを調べにいらしたのでしょう？　だから蔵の裏に隠れたのは誰かとか、どうでもいいようなことに拘っていますね。まるで探偵か何かのつもりみたいだ。しかし、探偵はタダで出来ることではないのです。真相は無料ではない。案外な代償を払わなければならないこともありますよ。

もしかしたら、今、蔵の裏側でコガネムシみたいな真似をしている彼に逢わないのは望木さんのためなのかもしれません。逢ってしまったせいで、余計な不安に苛《さいな》まれることもあり得ます。

ここに来る以上、望木さんにも事情があるのでしょうからね」

「僕の事情？」

秘密の暴露を仄《ほの》めかすような口調に、望木はたじろいだ。

もちろん、彼にも事情がある筈だった。ここは贋作造りに使われていた蔵で、少し行けば深江のアトリエもある。一人でコソコソと訪ねて来たのには、後ろ暗い理由があってもおかしくない。

「――君は誰だ？　一体何を知っている？」

「さあ、何も知りませんよ。僕が言っているのはありきたりで、当たり前のことです」

望木は、次第に蓮野と言葉を交わすことに不安が兆《きざ》し始めた様子だった。

彼は体裁を保ちながらここを立ち去る算段を考えているように見えた。峯子は駄目押しのように言った。

「ねえ、あの方本当に惨めで可哀想なの。ちょっとだけ、放っておいてあげていただけません？」

望木は立ち去った。さらに数分待ってから、そろそろ良いかと峯子は門から表の道に顔を出してみた。駅に行く方向に望木の背中が見えた。

「大丈夫そうだわ」

「良かった。――酷い目にあった。実に馬鹿馬鹿しい一幕だったな」

叔父は着物をはたきながら、蔵の陰から姿を現した。

「蓮野、君、よくあれが望木だと分かったな。写真なんか見せたか？　それに、今日は眼鏡を掛けてなかっただろう？」

「いや。やたら眼を細めていたから、普段は眼鏡を掛けてるんだろうと思った。その上、君が隠れなきゃいけない相手なんだから、望木しかいない」

普段は掛けている眼鏡を外して来たということは、変装の意識があったのかもしれない。

「あいつ、何をしに来たんだろうな。単に、贋作犯たちの蔵があると聞いて、好奇心で見物に来たのか？」

「どうかな。僕らが何をしているかは知りたそうだったが、自分が何をしようとしているのかは知られたくないという素振りだったね」

「なら、やっぱり疾《やま》しいことがあるのか」

井口は首を捻る。

「疾しいことってのはなんだろうな？　もしかして、宮盛のところから証拠が出なかっただけで、実は望木も贋作造りだったのか？　それで、この辺に証拠が残っていないかと不安になって様子を見に来たという訳か」

まだ判明していない贋作造りがいることはあり得る。やはり、この場で叔父が望木に会わないようにしたのは賢明だったのかもしれない。

調査はここまでになった。

長居すると、他の誰かに遭遇するかもしれない。三人は帰路についた。

「わざわざ中野町までやって来たが、結局、何か進展はあったのか？」

「あっただろう。深江という芸術家が、何らかの形で事件に関わっていることがはっきりした」

「ああ、まあなあ——」

深江の話になると、井口はやはり煮え切らない口ぶりになる。

万が一にも望木に鉢合わせないよう、三人は駅まで遠回りをすることにした。

「そういや蓮野、あやに事件のことを知らせるという約束をしていただろう？」

「手紙を書くさ。進展があったからな」

彼らが岡島あやの話をするのを聞くと、峯子は落ち着かなくなる。それが不穏な胸騒ぎなのか、他愛《たわい》のない嫉妬なのかは、峯子自身も分かっていなかった。

四

七月二十四日。あやは翹望《ぎょうぼう》していた蓮野からの手紙を郵便受けに見出した。『オリオン』での約束は守られた。

しかし、それが想像を超えて分厚かったことに彼女は落胆した。

案の定、手紙は絵の盗作事件に纏わる出来事を、何も聞き返すことがないほどに詳述していた。事件の分析は極めて客観的で、スリッパに関する論理で甲乙式の分類がされている以上に容疑者を絞ってはいなかった。

新約聖書の筆致を連想させられる、どこをどう嗅いでも、蓮野の息遣いのない手紙だった。読み終わると、あやは封筒を握りしめて近所の郵便局に急いだ。電報を打つ。怒りが籠《こ》もっている必要がある。

翌日。あやはいつものようにショールで貌を隠し、京橋の家を出ると、黄昏《たそがれ》の銀座の雑沓を蛇のようにすり抜けた。逢引のアベック、洋服の子供の手を引く夫婦、芸妓《げいぎ》を連れた老紳士、彼らを追い越しながら、あやは自分こそが誰よりも深刻な事情を持っていることを疑わなかった。蓮野に会うのだ。

空に雲はまばらである。日は暮れたばかりで、夏の陽射しに燻《いぶ》された街並みは、未だに熱気をあげて燻《くすぶ》っていた。

目指すのは日比谷公園《ひびやこうえん》の正門であった。辿り着いた時、あやは燃え殻の中に白銀の指輪を見つけたように、門柱の側に立つ蓮野の姿を認めた。彼女が気づくより先に、蓮野は遠目にもそれと分かる微笑をあやに向けていた。

「やっぱり来て下さったのね。ええ、来て下さると分かっていたわ」

「もちろんです。ご用があるのでしょう？」

あやは宵闇《よいやみ》に覆われつつある公園に踏み入った。蓮野は影のように静かに、すぐ後ろをついて来た。

「あなたのお手紙はあんまりだわ。まるで新聞の切り抜きを纏めて送ってきたのかと思ったくらい。失礼にも程があるわ」

「失礼を働くつもりはありませんでした。おっしゃる通り、僕は手紙が下手です」

「翻訳などなさっているのに？」

「そんなことは関係ありません。手紙を書くには翻訳と全く違う創意が要ります。僕が持ち合わせないものです」

あやは、自分が彼を前にしてこれほど動揺しているというのに、蓮野が決して心のゆらぎを見せないことに苛立《いらだ》った。

蓮野への感情を恋と呼んで良いのかはあや自身にも分からなかった。ただ、彼が自分と無関係であることだけはどうしても許せなかった。ショーウインドウの宝石に見惚れた時のように、値打ちも知らないまま、見知らぬ誰かが自分を差し置いてそれを買い上げていくことを心配する、そんな焦燥に駆られていた。

　蓮野を呼び出す電報を送った昨日からずっと、あやは彼の感情を露わにさせる方法を考え続けて、沢山の罵倒《ばとう》の言葉を編み出し、しまいには蓮野の貌を両手の爪《つめ》で引《ひ》っ掻《か》き、傷だらけにすることを夢想した。

　しかし、蓮野といくつかの言葉を交わしただけで、あやの心は早くも挫《くじ》けていた。いざ会ってみれば、いかに嘲罵《ちょうば》しようとも蓮野の感情の抽象性は破れそうになかったし、彼の貌を傷つけることは、あやには思いもよらなかった。

「とにかく、私はあんなものを送っていただきたかったんじゃないわ。あんな、回覧板みたいなもの！　誰に見せたって構わないのに、封書にしてあるのが馬鹿馬鹿しいみたいだったわ——」

　あやは、手紙はどうしても自分のためだけに書かれる必要があると思っていた。しかし、蓮野が書いたのは事実の羅列と、それを元に演繹《えんえき》した推定だけで、彼女のために書かれた文字は一文字たりともなかった。待《ま》ち焦《こ》がれて届いたものが大量生産の品であることが許せなかった。

「岡島さんが望んでいらしたのは、この事件の進展を知ることでした。しかし、今おっしゃるのは、まるで、この事件自体をご自分のものにしたいみたいなことですね」

　蓮野の声は、ショールを被ったあやの耳には余計に柔らかに響く。

「そうじゃないわ！　最初からこの事件は私の事件よ。私の絵が盗作されたんだから！」

「なるほど。しかし、岡島さんだけの事件ではありません。井口君をはじめ、いろいろなひとたちが事件の所有権を主張するでしょうね。犯人だって、自分が起こしたのだから自分のものだと言うかもしれない」

「でも、あなたの事件ではないとおっしゃるのね」

「僕の事件ではありません」

あやは口を噤むよりなかった。

音楽堂と花壇の間を抜けた二人はやがて、ツツジ山の辺りにやって来た。周囲に人影はない。

どうしたら彼に自分のことを気に掛けさせることができるのか？　あやは躍起になって、とりとめのない言葉をぶつけた。

「蓮野さん、あなたは、独創性だとか、美しさということを信じてらっしゃらないのね。きっとあなたは、そんなことを考える必要もないんでしょうね。

あなたは私が欲しいものをみんな持っているわ。その上人間嫌いだなんて贅沢を言って。私が人間嫌いになれたらどんなにいいか！　なのに、あなたは――」

再びあやは言葉を失くした。それは彼女が、蓮野が嘘を吐かないことを信じていたために、彼が決定的な返事をすることが恐ろしくなったのでもあり、また、あやがあくまで自分で語ることをせずに、蓮野の方から理解されることを望んでいたゆえでもあった。

「――あなたは美しいわ。本当に美しい」

やがてあやはそれだけ言った。

丘へ登る坂道であった。二人は立ち止まっていた。先をゆくあやは振り返り、蓮野と眼を合わせた。

「岡島さんにとって、独創性や美しさがどれほど重大な意味を持つのか、それは分かっていますよ」

この物言いに、あやは癇癪を起こしかけた。しかし蓮野は、あやに摑みかかる暇を与えなかった。

「皮肉を言うのではありません。そんなつもりは毛頭ない。言い直すなら、僕に分かるのは、それを理解することがあなたにとっていかに重大な意味を持つかということです」

「同じことよ！　あなたはひとのことしか考えないのよ。だから、自分だけは決して傷つかないでいられるんだわ」

「仮にそうだとして、それは、僕にはあなたがいかに傷ついているのかよく分かっているということです。僕の言うことにそれ以上の意味はありませんよ」

蓮野は、そのまま闇中に消えてゆきそうなもの寂しさで言った。

あやは迷った。いくつか、彼の気を引くために手中に残していた持《も》ち駒《ごま》があったのである。それを今、彼に見せるべきか否か？

再び歩を進め、雲形池の脇を通って霞門《かすみもん》を目指しながら、あやは言った。

「――分かったわ。それなら、一つお教えしておきたいことがあるわ。あなたの手紙を読んで、この事件に関係があるかもしれないことを思い出したの。すぐ近くよ。今から一緒に来ていただきたいわ」

「ええ。いいでしょう」

公園を出るまで、二人は誰ともすれ違わなかった。

あやが蓮野を連れて来たのは、公園から虎《とら》ノ門《もん》の方へ少し歩いたところにある、悠英軒《ゆうえいけん》という洋食レストランであった。

店は混《こ》んでいた。あやは給仕に命じて、奥の棕櫚《しゅろ》の鉢植えの側に小さなテーブルと椅子を二つ用意させた。

「手紙で、深江龍紅という画家のことをおっしゃっていたわね。殆ど作品を世に出さない画家だったって」

「ええ」

「でも、私はたまたま、一枚だけ、公にされた作品を知っていたのよ。この絵は、数年前からここにあるの」

あやは座ったまま、壁を見上げたすぐに掛かっている十五号の油絵を指差した。水車小屋の前に座る、洋服姿の女の絵である。

「――五年前だわ。その時、初めて見たのよ。本当に美しい絵だと思ったわ」

蓮野は何も答えず、絵を検分した。

「署名は入っていませんね。深江さんの絵で間違いないのですね？」

「ええ。ここの店長が、どうやって手に入れたのか知っていたわ。私は、聞いたけど忘れちまったのよ。訊けば、きっとまだ憶えていてよ。どうかして、深江という画家から直接に譲られたんだったと思うわ」

「なるほど」

「いまお尋ねなさったら？」

「井口君に任せることにします。彼は深江さんにも会っているし、深江さんの他の絵も見ていますからね」

「そう？　ええ、それは好きになさったらいいわ。――それだから、あなたの手紙で、深江龍紅って名前を見た時には本当に驚いたわ。私だって、深江という画家が殆ど知られていないってことは承知だったのよ」

歴代メフィスト賞受賞者推薦コメント

風森章羽さん（第49回受賞）

くだらないのに楽しい。けれど、ほろ苦くて切ない。青春とは、山田である!!

柾木政宗さん（第53回受賞）

最強を最強と言い切れる山田こそが最強で最高。2年E組がうらやましくなりました。

砥上裕將さん（第59回受賞）

こんな角度の切り口があったのかと驚かされ、こんな結末まであるのかと震えた！

真下みことさん（第61回受賞）

自分には経験がないはずの男子校での日々が、妙な生々しさで蘇ってきました。

五十嵐律人さん（第62回受賞）

ダサくて、眩しくて、切なくて。青春の全てと感動のラストに、大満足の一作。

潮谷 験さん（第63回受賞）

校舎に忘れてきた繊細な感情を拾い上げてくれるような物語でした。

あらすじ

夏休みが終わる直前、山田が死んだ。飲酒運転の車に轢かれたらしい。山田は勉強が出来て、面白くて、誰にでも優しい、二年E組の人気者だった。

二学期初日の教室は、悲しみに沈んでいた。担任の花浦が元気づけようとするが、山田を喪った心の痛みは、そう簡単には癒えない。席替えを提案したタイミングで、スピーカーから山田の声が聞こえてきた……。騒然となる教室。死んだ山田の魂は、どうやらスピーカーに憑依してしまったらしい。甦った山田に出来ることは、話すことと聞くことのみ。〈俺、二年E組が大好きなんで〉。声だけになった山田と、二年E組の仲間たちの不思議な日々がはじまった——。

カバーモデルは
俳優の菅《すご》生《う》新《あら》樹《き》さん!
第65回メフィスト賞受賞作
『死んだ山田と教室』
金子玲介
2024年
5月16日発売!
KODANSHA

あやが蓮野の手紙の無慈悲さに怒ったのは、この名前を唐突に読まされたためでもあった。それはあやを、運命に追いつかれたような心持ちにさせた。この深江という画家の作品に、あやは格別の思い入れがあった。

「あなたはさっき、私にとってどれほど美しさや独創性が重要だかお分かりだとおっしゃったわね？　あなたはお分かりのつもりですのね？　それならお話しするわ。今まで、誰にも教えたことはなくてよ」

あやは、深江の絵を指差した。

「――私はずっと、この絵に憧れていたの。女優になってからもずっと！　今だって、こんな風でありたいと願っているわ」

あやはショールを捲って、手術を受けた自分の貌を露わにし、蓮野を睨め付けた。

「あなたはこの惨めさがお分かりになるかしら？　憧れているということの。憧れっていうのは忘れようがないわ。四六時中、自分が、絵の中のひとの贋物に過ぎないと思って生きているっていうことの惨めさ――」

この告白にあやは返答を期待していなかった。むしろ、蓮野が不用意な同情を示して幻滅させられることを心配したが、彼は相槌すら打たず、感情を表さなかった。嘘を吐かなければならなくなることを恐れていた彼女は、蓮野が雄弁でなかったことに安堵した。

あやは膝の上に手帳を載せていた。一番奥のページには、光枝に見られた古い写真を挟んだままにしてある。蓮野にそれを見せるか否か、あやは迷っていた。

悠英軒を出て、あやは再び日比谷公園へ歩いた。感情任せのあやの歩調に、蓮野は完璧に足並みを揃えてついて来る。しまいに彼女は荷馬車を引いている気分にさせられた。

「蓮野さん。あなたはやっぱり傍観者でいらっしゃるおつもり？　事件を解決しようというお考えはなくて？」

「井口君が困っていますから、僕が手助けすることはあるでしょう」

「でも、それは盗作事件のことですのね。ことは贋作造りや、殺人事件にまでなっているわ。どうなさるの？」

「盗作に関係がありそうですからそれらも調べずには済まないでしょう。でも、本来は警察や関係のあるひとたちが気にするべきことです」

「そう。――でも、私は、この事件をみんなあなたに解決していただきたいと思っているわ。今日お会いして、そう思ったの」

「ほう。そうですか」

蓮野は理由を訊かない。彼は無益な質問をしないのだ。

そういえば今日、あやが嘘を吐かねばならなくなるようなことを蓮野は何一つ言わなかった。

「もちろん、お返事は要らないわ。解決していただいてもお礼なんかお渡しする気はないのよ。ただ、私がそう願っていることをお教えしておきたかっただけ」

あやはそう言い捨てた。

その時、あやはふと、袂《たもと》の感触が普段と異なることに気づいた。

軽過ぎる。――手帳が入っていない！

あやは思い至った。また、光枝の時と同じことをやってしまった！　悠英軒に手帳を忘れてきたのだ。

踵を返し、青褪めた貌を蓮野に向けた。

「ないわ。手帳――、どうしよう？　椅子の上かしら？　私のだってことはすぐに分かっちゃうわ。あれをひとに見られたら――」

「すぐに戻りましょう。先に行きます」

蓮野は洋食屋に駆け出した。


息を切らせたあやが蓮野に追いついた時、彼は表通りから窓越しに悠英軒の奥をそっと見通していた。

「どうなさったの？」

「さっきまで座っていた席を見て下さい」

蓮野が指差した先には、焦《こ》げ茶色《ちゃいろ》の着物に兵児帯《へこおび》を締めた、二、三十の男が座っていた。彼は、あやの忘れた手帳を丹念に捲っている。

「何よ、あれ？　いやらしい――」

「いやらしいばかりではないですね。あれは、水谷川峡ですよ」

「水谷川！　あのひとが！」

あやは混乱した。水谷川は盗作容疑者の画家の一人である。そして、贋作犯でもある筈であった。それが、どうしてあやの手帳を見ている？

「私たち、尾《つ》けられていたのかしら？」

「いや、尾行されていたとは思えないですね。そんな気配はしませんでした。岡島さんがこの店に行くつもりなのを誰かに漏らしていない限りは考えられない」

蓮野は泥棒らしい見解を聞かせた。

「――かと言って、全くの偶然ということもありそうにないですね。だとしたら、例の深江さんの絵でしょう。それを見に来て、たまたま手帳を見つけたのかもしれない。何のために絵を見に来たかは分かりませんが」

「ええ、きっとそうね」

「どうしますか。岡島さんでなく、僕が取り上げて来た方が良いように思います」

蓮野の言うことは尤も至極であった。あやが顔を合わせるのは面倒の種になりかねない。しかし、彼女は手帳を不躾に撫でまわす水谷川の姿に怒りがこみ上げていた。

「結構よ。私が自分で行ってくるわ。――その代わり、気づかれないところから見張っておいていただきたいわ。何があるか分かりゃしないのよ」

蓮野に成り行きを見守ることを約束させて、あやは再びショールで貌を覆うと、店の扉を開けた。

「お、誰だ?」

水谷川はニヤニヤと笑いながら、テーブル脇に現れたあやを上眼に見た。依然、彼は手帳を両手でさすっている。

「どうも。その手帳を返していただきたいの。よろしいかしら?」

「おう、もちろん。お返ししますよ。しかし、あんたが持ち主だって分からなきゃ駄目だ。あんた、女優の岡島あやさんでしょう? よく知っている。まさか会えるなんて思わなかった。

この手帳拝見させてもらいましたよ。確かにあんたの言う通り、岡島あやの手帳としか思えないことが書いてあるんだけど、妙ですねえ。一番奥に挟まっている写真、岡島あやなのは間違いないようだけど、何だか違いますねえ。ずっと鼻が低くて団子っ鼻で、眼も細いし、頬も痩《こ》けている。

それにしても、間近に見ると随分念入りに化粧をされてますね！　いや失礼。こういう訳があったとは知らなかった――」

「どういう訳のことをお考えか知りませんけど、その手帳が私のものってことは分かっていただけたのね。だったら、私の化粧がいくら厚かろうと、返していただくのに何のさわりも御座いませんわね？　申し訳ないけど、あまりひとに触っていただきたくないのよ」

「どうも、失敬。せっかくお会い出来て、お引き止め出来ないかなあと思っちゃったんだ。どうです？　お礼と思ってちょっとお付き合いしてくれたら」

水谷川は向かいの椅子を脚で押しやり、あやを座らせようとした。

あやは辺りの様子を見た。二人の問答は客たちの好奇の視線をあつめ始めていた。

「お断りするわ。どうしてもお話があるのなら外に出ましょう」

「へえ、それは願ってもないけど――、でも俺、ちょうどステーキを注文しちゃったんだ。滅多に食べられないご馳走《ちそう》ですよ、俺には」

「手帳に手垢《てあか》をつけて下さったお礼に払って差し上げるわ。私、お金は持っていてよ」

あやは一円札を二枚、テーブルの上に撒《ま》き散《ち》らした。

連れ立って店を出る時、水谷川が、貌を覆ったあやに、ヒモの亭主みたいな馴れ馴れしさを示すのがあやは癪《しゃく》でならなかった。

「さあ、どこに行きます？」

「あなたとはどこにも行かないわ。たまたまどうしても、ちょっとだけ話をしなけりゃならなくなっただけよ。どこだかなんて、何の意味もないのよ」

あやは三度《みたび》、日比谷公園の方へ向かっていた。

彼女は女優の眼で水谷川を眺めた。素朴ななりをして、女優のような仕事を馬鹿にしながら見るのは好きでたまらない、虚飾の匂いに敏感で、それを嘲《あざけ》ることに生きがいを感じるタイプの男。それも、女の醜聞好きと違って、馬鹿にすることに男らしさの大義を持っている。持っていると、傲慢にも思い込んでいる。

こんな男はありふれている！　しかし彼らは少数派の誇りを持ってもいるのだ。きっと水谷川の内では、芸術精神が傲慢さに粘着して、あやへの侮辱を許しているに違いなかった。

「まあいいや。俺はたまたまあんたの秘密を知っちゃっただけで、他に何の関わりもないのは確かだが、でも、これはすごく重大な秘密だ。

あんたは有名なひとだから、俺のことなんかすぐにでも忘れて構わないと思うだろうけど、何もせずにことを済まそうってのは失礼じゃねえかな。俺は一生涯この秘密を守らなきゃならないのか？　気が遠くなる思いがするぜ。一つ、俺が秘密を守ることを忘れないような何かを考えてくれても良さそうなものだ」

「あら、私に出来ることはさっきお支払いした二円で打ち止めだわ。いくら考えても、それ以上あなたにして差し上げることは何一つ思いつかないわね」

あやは夜闇の中でもはっきり分かるように、艶然《えんぜん》と水谷川に軽蔑の笑みを見せた。

水谷川は脂汗を滲ませて、しかし口ぶりだけは余裕を取《と》り繕《つくろ》った。

「なるほど、突っぱねるんですね。しかし、ちょっと冷静になった方がいいんじゃないですか。別に今決めてくれなくともいいや。また連絡させてもらおうかな。あんたも強がってるけど、俺が誰だか分からないのは不安だろうし——」

「お節介ね。ご紹介いただかなくともあなたのことは知ってるわ。水谷川峡さんでしょう？　お絵かきをなさるのよね」

水谷川が驚愕《きょうがく》したのが分かったので、あやは笑みを深くした。

「驚いたかしら？　でも、私があなたのことを知っていたからって、自惚《うぬぼ》れていただく必要はなくってよ。だって、あまりにも下らない偶然なんですものね。ほんと、お話しするほどのこともない！　くれぐれも喜ばないでいただくわ。そんなの、たまたま続けて同じおみくじを引いて大騒ぎする子供と一緒よ。

知ってるのはお名前だけじゃないわ。画家のつもりのくせに、贋物を造ってらしたんでしょう？　こないだ殺されなさったひとと一緒になって。怖いわね、あなた殺人の容疑者でもあるのよね？　警察は牢屋《ろうや》に入れておかなくていいのかしら？　とんだひとと関わり合いが出来ちゃったものだわ」

蓮野の退屈な手紙に書いてあったことがあやを雄弁にした。あの手紙は、こんな時のためのものだったのだ。

不意打ちは、見事に水谷川を叩きのめした。彼は、あやの前に自分が匿名を保っていると思い込んでいた。

恥知らずの仮面に罅《ひび》が入った。水谷川の顔には羞恥《しゅうち》の色が浮かんだ。

「もちろん、私があなたを知っていたからって、面白おかしいことがある訳じゃないわ。ただちょっと納得がいっただけ。美術館で『卑劣』っていう作品を眺める時に、謂《いわ》れを知っていたので満足したってだけね。展示場から私が立ち去っちまえば、もう何の関係もないわ！　あなたはまさに、贋作でも造っていそうな、仕様がない画家だわ。言うことなすこと、何の芸もない！　贋作造りがどう法律にさわるのか知りませんけど、でもきっと、もうあなたの作品は画壇のひとたちには相手にされないんでしょうね。絵なんか描いてもどうにもならないって、やけでも起こしたんでしょう？　そんな顔をしてるわ。

それだから、もう失うものはないとか開き直って、女優とお近づきになってやろうと思ったのよね？　自分が芸術家として死んだも同然になったから、自暴自棄に任せて、一端《いっぱし》の悪人になったみたいなつもりだったんでしょう？　あなたみたいに、何を考えてるんだか分かりやすいひとはいないわよ。

自業自得だとかいうことはどうだっていいけれど、はっきり教えて差し上げるわ。あなたみたいなひと、世の中にいくらでもいるのよ。あなたがいくら悪人の特権を得たつもりでいたって、結局、あなたに出来るのは、ありきたりの、誰でも考えつくようなことなのよ。贋物を造ったせいで身を滅ぼしたんじゃなくて、最初っから贋物を造るくらいしか能がなかったんじゃないかしら？

私を脅すようなことじゃなくて、もう少し、独創性のあることをなさったらどうかしら。出来るものなら！　さあ、手帳は返していただくわ」

あやは手を伸べたが、水谷川は絶句したまま手帳を小脇に抱え込んで、返そうとはしなかった。

彼の声は子供のようだった。

「――あんたが俺と一体どれほど違う？　どこにでもいるような顔をしてたくせに、こそこそ手術を受けて女優になりすましているじゃねえか。あんたは丸ごと贋物みたいなものだろ？　違うか?」

「酷い理屈だわね。そんなことを言ったら、彫刻は人間の贋物じゃないの」

そうは言ったが、水谷川を罵倒したあやの言葉は、彼女自身の心を抉《えぐ》るものであるのも間違いなかった。

水谷川の偽悪者ぶりは不相応なものであった。あやの言葉によってそれはあばかれたが、代わりに今、彼は拗ねていた。

「あんたは自分が芸術作品のようなつもりでいるのか。だったら堂々としていればいい筈だろ。なのに、昔の写真を俺みたいなのに見つけられて、慌てふためいているじゃないか。あんたは後ろめたいんだろ。気にしてない訳がない。そんな虚勢を張るなよ。

俺の言ったことは脅そうとするみたいに聞こえたかもしれないが、しかし、そんな濫《みだ》りがましいことを言おうとしたんじゃないぜ? そりゃ、あんたがそんな想像をするのも無理ないけどさ。ただ、そんなに俺のことが分かってるんなら、ちょっとくらい同情してくれてもいいじゃないか
——」

嘘である。あやには明白である。水谷川が望んでいたのは同情などではない。それこそ、ついさっきまで彼の頭の中にはありとあらゆるふしだらな想像が渦巻いていたに違いないのだ。思いがけず素性を知られていたと分かってから、哀れっぽさを滲ませ出した水谷川の狡《ずる》さを、あやは決して許す気がなかった。

「同情? そうでしょうね。これだけ恥を晒したあなたが何か私に求められるとしたら、それしかありませんものね。そんなところも月並みだわ。同情しようにも、あなたと私では何一つ交わることがないのよ。私には、あなたの卑屈さは、軽蔑する他どうしていいやら分からないわ」

「あんたはどうしても自分の卑屈さを認めないんだな。一端の女芸術家みたいな口をきいて、俺ばっかり馬鹿にしやがって――、どんなに高尚ぶってみても、あんたはただ美しいとちやほやされたかっただけなんだ。だから顔を変えたんだよ。俺が卑屈なら、あんたは俺の想像もつかないような恥知らずだ」

あやの笑みを恐れた水谷川の言葉は独《ひと》り言《ごと》に近かった。

「それならどうぞ、あなたはひとの手帳を横取りして喜んでいるような、恥知らずな真似をおやめなさいね」

腕の力を緩めた水谷川から、あやは手帳を引っ手繰った。その勢いのまま彼女は立ち去りかかった。

「おい、いいのか？　俺はあんたの秘密を知ったんだ。喋れば信じるひとは沢山いるぜ。その写真がなくたって、どうせ証拠は探せばいろいろあるだろ？　手術した医者を探したっていいんだ」

「だから何よ。知ったことですか。やめさせたくたって、私はこれ以上あなたに話す言葉を持ちあわせちゃいないわ。私が恥知らずとおっしゃったわね？　私が美容手術をした、美しさのガリガリ亡者だってことを言いふらそうとおっしゃるのね？　ええ、あなたにとっては私はそうでしょうね。どうなるか試してご覧なさい。あなただって、ただでは済まなくてよ。これ以上、そんなことで私の心に傷をつけられるかどうか――」

これはあやの嘘であり虚勢であった。しかし、水谷川には信じさせなければならなかった。彼女は自分の心を踏みつけながら叫んだ。

あやは水谷川を置き去りに、まっすぐ自宅を目指した。

一人きりになっても、様子を窺っていた筈の蓮野が現れないことにあやは感謝した。今日はもう、彼と話したくはなかった。自宅の前まで来て振り返ると、数十間も後ろで背の高い人影が会釈をして去ってゆくのがぼんやりと見えた。

寝台に臥《ふ》せったあやの心はなかなか静まらなかった。

水谷川に脅迫されかかったことは、蓮野と一緒に公園を漫歩し洋食屋に入ったことの重大さを全く侵さなかった。

世間が、あやの顔が人工的に造られたことを知って、後ろ指をさし、憐《あわ》れみ嘲笑《ちょうしょう》すること、それが何ほどの問題か！　あやにとってこれは精神の天変地異であった。自分の感情がそんなところに漂着するとは、ついこの間までは思いもよらなかったのだ。

蓮野！　彼が問題なのだ。誰よりも美しくありながら美しさを全く理解しない蓮野に、彼女の苦悩を分からせてやらなければならない。美しさを憎むことの苦しみ——

その意味において、あやは疑いなく蓮野を憎んでいた。彼の美しさと、美しさへの無知があまりに恨めしかった。

五

写真機を扱いだして以来、峯子は叔父の家に泊まることが頻繁になった。

暗室に籠もる時間が長くなったのである。撮影よりもその後の作業が難しかった。

日が落ちてから作業をすれば、うっかりフィルムを光に晒して台無しにする気遣いが少ない。それに、窓を締め切らねばならないから、昼間は暑さに耐えかねた。

宮盛の事件から二十日ほどが経ったこの日も、峯子は叔父夫婦と一緒に夕食を摂《と》った。叔父も叔母もあまり事件のことを話題にしなくなっていた。理由は明快で、自分たちで論じるまでもなく、勝手にあちこちから事件の話が聞こえて来るせいである。

どちらかというと、宮盛の死よりも、贋作造りが大きな波紋を呼んでいた。

三日前に、山添という記者の書いた記事が雑誌に出た。それまでも新聞が疑惑を報じてはいたが、彼の記事はその疑惑を裏付けるものであった。

画家や評論家、宮盛の友人が頻繁に井口を訪ねて来た。興味本位の野次馬も、事件の影響を被ったものもいたが、みな井口から大して得るものがないのにつまらない顔をして帰っていった。

井口は贋作をやっていないのか、と失礼な冗談を向けられることもあったが、幸い立派な家に住む彼は金に余裕があると誤解されていたので、本気で疑いをかけられることはなかった。

聞くところによると、贋作造りの調査はいくらか進展したそうである。

日本画の大家の秋永が贋作に関わっていたことは、井口をはじめ多くの人たちを驚かせ、不思議がらせていたのだが、その理由は警察の尋問によってあっさり判明した。

彼は、ある小説家の妻と姦通《かんつう》していて、その秘密を宮盛に握られていたのである。黙っていてやるから贋作を造れというのが、実につまらない、秋永が宮盛に協力をするに至った経緯であった。

叔父はぼやいた。

「僕が小さい頃はね、誕生日に母がライスカレーに鶏肉《とりにく》と茹《ゆ》で卵《たまご》を添えたのを出してくれたんだが、今の世間の状態はそれに近いな。

宮盛が異常な格好で殺されて、秋永が著名な小説家の妻と姦通してて、しかも贋作造りもやってた。概ねこの三つを以《も》ってカレーと鶏肉と茹で卵となす。世の良識人たちは大喜びだ。

その他三名余の細人たちによる贋作造りはライスだな。欠く訳にもいかない。僕の絵の盗作は、付け合わせのサラダに飾ってある玉蜀黍《とうもろこし》の粒くらいのことになっちゃった気がするな。仮に、僕が世間に事件のことを公表しても、誰もなんとも思わないだろうな」

「玉蜀黍ってことがありますか。それを解決しなきゃ絵が売れないんでしょうに。お夕食を食べるどころじゃなくなっちゃいますよ」

テーブルのサラダを木じゃくしで丹念にかき混ぜていた叔母は不機嫌に言った。

分かってるよ、と答えた叔父は意味もなく自分の食器を撫で廻している。近頃、二人は眼を合わせずに会話をすることが多い。遠い親戚の法事を控えているみたいに、終日そわそわしている。

「そういえば、蓮野とあやが水谷川に出くわしたらしい。虎ノ門の洋食屋でのことだと言ってた。事件と関係あるかは知らないが、店に深江さんの絵があるんだというんだ」

叔父は今日の昼に蓮野に会って来たのである。

「深江さんの絵がそんなところにあったなんて、僕はまるで知らなかったよ。明日にでも一緒に行ってみるかね？　何かが分かるとは思えないが」

「分からないんなら、お店でお食事なんて、贅沢はしたくありません。蓮野さんと岡島あやさんは大丈夫だったんですか？」

「大丈夫とはどういう意味だい？　蓮野には、別に嚙み付かれたような痕はなかったけどな」

峯子は無心な素振りで食事を進めながら叔父たちの話に聞き耳を立てた。

叔父も叔母も、写真に熱中し、ひっきりなしに訪ねて来る峯子を迷惑がることはない。しかし、盗作事件の始末ばかり心配している彼らに、自分が、非凡なものが欲しいという言いようのない焦燥に駆られていることが伝わっていないのが峯子は寂しかった。

二人はそんな願いを一笑に付すとは思わなかったが、しかしつい最近まで理想的な一人娘であった峯子にそれはあまりに幼稚に思われたのであった。

　紗江子は言った。

「深江さんて方、作品を造るだけ造って、バラックに溜《た》め込《こ》んでたんでしょう？　なんで展覧会に出そうとしなかったのかしら。あなたはそんなこと出来ますか？」

「僕には出来ない。どうしても、世に出して反応を窺いたくなる」

「じゃあ深江さんは、世間のひとの声を聞くのが怖かったのかしら？　貶されたりするのが嫌だったんですか。自分だけで満足しちゃってたのかしら？」

　井口は厭な顔をした。

「そんなに単純なことじゃない。紗江子には分からないよ」

「あら、偉そうに。私、芸術なんて分かりませんけど、分からないひとに威張るようじゃ底が知れちゃいますよ。分からないものを造るのは結構ですけど、小難しく理由をつけて、どうだ分からないだろうなんて馬鹿にされたら癪ですよ」

「深江さんは別にそんな小憎らしいことをしちゃいない。ただ、自分が信じる通りに作品を造ってただけだよ。紗江子みたいなのが勝手を言って邪魔するのが鬱陶しいから表に出てこなかったんだ」

　紗江子は、自殺した深江を気味悪がっている。何となく、彼がバラックに打ち捨てた作品が腐敗して、そこから感染症が広がりこの異様な事件を起こしているような印象を持っているのだ。

「じゃあ、私に偉そうにしているのは深江さんじゃなくてあなたです。理解出来ないだけなら付き合ってもいいですけど、偉そうにされるのは相手にしてられません」

「偉そうにしているのは紗江子だよ。深江さんみたいな理解出来ないひとを見下している。自分じや気づかないからたちが悪い――」

最近の叔父叔母夫妻は峯子の前で喧嘩をするのを遠慮しなかった。それくらいに峯子は二人に馴染んでいたのだが、しかし、側で聞いているのはやはり嫌だった。食事を急いで掻き込み、啀《いが》み合《あ》う二人を残してそそくさと居間を出た。

峯子は二階に上がり暗室に閉じこもった。階下から、二人の言い争う声がうっすら聞こえて来るのに顔を顰めつつ作業に取り掛かった。

験《ため》すことはいくらでもあった。露出の不足や過多を調整したり、ムラをなくす方法を模索したり、大概、夜更けまでフィルムや薬品を弄り続けることになった。

袖をたすき掛けにし、三角巾《さんかくきん》と前掛けをして峯子は仕事を始めた。最近一週間に撮ったフィルムが十五巻も溜まっている。それを、撮影時に目論《もくろ》んだ通りに現像し、印画紙に焼き付けることを目指す。

午後十時頃。叔父と叔母は暗室の扉越しに声を掛けて行った。

――峯ちゃん、僕らは寝るよ。

――あなた、寝る時はちゃんと着替えて布団に入って寝なさいね。床で丸まって休んだりしないのよ。

喧嘩の決着がついたのかどうか分からないが、二人は休むことにしたらしい。彼らは、庭の離れを寝室にしている。

自分の家では、これ以上の夜更かしは許されない。

あと四日で八月に入る。夜半に近づいても、暗室には、目眩《めまい》のするような暑気の残滓《ざんし》がまだ残っていた。

窓の外からは間断のない羽虫の音に、時折突拍子のない夜蟬《よぜみ》の鳴き声が混じる。赤色ランプに手許を照らされながら、まるでこの暗い部屋は夏をフィルムに焼き付けたようだと思った。

午前一時を前に、峯子は作業を切り上げた。電燈を点けて、赤色ランプの火を落とすと、大きく伸びをした。

何を写したのだか分からなくなってしまうような失敗は殆どなくなっていた。それでも、構図や露光やピント、全てに満足がいくものはまだ多くない。

峯子が寝るのは、廊下を挟んだ斜向《はすむ》かいの部屋である。欠伸《あくび》を漏らして、にわかに眠気の立ち込めた頭を持ち上げ、鍵穴を塞ぐ端切れを取り除こうとした。

それに手を掛けた時、ふと、近くの壁を伝わる物音に気づいた。

叔父か叔母が起き出してきたのかしら？　しかしここは二階である。手洗いに起きたとしたら、わざわざ階段を上がって来ることはない。

それに、物音は壁から伝わって来るのだ。床板が軋んだりしているのではない。

何かを擦るような音――、その正体に思い当たった峯子は慌てて鍵穴に端切れを詰め直し、扉から飛び退《との》いた。

泥棒だ！　泥棒が、二階の窓をこじ開けて侵入しようとしているのだ。

暗室は、明かりの入らぬよう窓を隙間なく塞いでいる。だから、泥棒は峯子が起きているのに気づかなかったのだ。そして、家中《いえじゅう》が寝静まっている筈のこの時間に仕事を始めたのだろう。

どうしようかしら？　今、廊下に出て叫び声を上げでもすれば、泥棒を追い払うことは出来るかもしれない。が、それでは侵入者の目的が分からないし、危険でもある。躊躇ううち、ついに足音が廊下に侵入してきた。

泥棒は慎重に、ストップ・モーション撮影でもしているような歩速で廊下をやって来る。すぐにも、離れの叔父と叔母を起こさないといけない。しかし、扉を開ければ泥棒と鉢合わせする。しばらく待ってやり過ごしたとしても、そいつとすれ違わず離れに行くことが出来るかは分からない。それに、うかうかしていれば犯人がここの扉を開けるかもしれない。

峯子は背後の窓を見やった。取るべき道は一つしかない。

——私に何か普通のひとと違うことがあるとしたら、折につけて二階から地上に逃げ出さなきゃならなくなることだわ。

窓からそっと暗幕を外し、音を立てないように開け放して峯子はそう思った。四月に、暴漢に追い廻されて空き家の二階から飛び降りた時には酷い目に遭ったのだ。

外は暗過ぎた。峯子は脚もとが分かるよう、石油ランプの持ち手に暗幕の端を通して地面に降ろした。ランプを上手く自立させると、暗幕の片端を離し、もう一方を引っ張って手許に引き上げた。

動悸《どうき》を落ち着ける。——大丈夫だ。庭は紗江子がいつも気を入れて手入れしているから、うっかり落ちたって大事はない。峯子は暗幕をカーテン・レールに結ぶと、窓の外に垂らした。素足のまま音を立てぬよう窓枠を跨《また》いだ。一階の窓枠の上に爪先を降ろし、暗幕をロープ代わりに、庭に滑《すべ》り降《お》りた。

芝の上に立つと、峯子はランプを片手に離れに急いだ。家の外からでは、侵入者がどこで何をしているやら、全く様子は分からなかった。

離れの、叔父たちが寝ている部屋の窓に駆け寄ると、峯子はランプの灯りを室内に翳した。コツコツともどかしく窓硝子《まどガラス》をつついて二人が起きるのを願った。

先に目覚めたのは紗江子だった。白い寝ぼけ顔が窓の向こうに現れたかと思うと、彼女は眼を見開いて後ろにひっくり返りそうになった。やがて気を取り直して、紗江子は窓を開けた。

「何よ、峯子ね。幽霊かと思ったわ。どうしたの？」

峯子は三角巾を頭に巻いたままであった。

「泥棒！　お家に泥棒が這入ったの。きっとまだいる筈だわ」

「うそ。――本当に？」

必死に母屋を指差す峯子を見て、紗江子は布団を離して寝ていた叔父を揺り起こした。叔父が紗江子の手を逃れて転がるので、彼女はパチンとその頰を張った。

「うん？　何事だ？」

「泥棒さんがいらしたそうよ。――蓮野さんじゃありませんよ」

叔父は飛び起きた。浴衣の帯を締め直すと、二人は離れの裏口から庭に出てきた。

「どこから這入ったんだい？　何しにきやがったのか――」

「二階の奥の方からだわ。今は一階にいるかもしれないわ」

叔父も叔母も、それ以上は峯子を問い詰めなかった。

三人は庭の物置小屋に急いだ。中には、井口の祖父が英吉利《イギリス》から持ち帰った、古めかしい園芸用具が詰め込まれている。

叔父は、叔母に順番を譲った。

「紗江子はどれにする？」

「これにします」

叔母は長さ七尺くらいの無骨なピッチフォークを取り上げた。

「重くないかね？」

「大丈夫ですよ。これくらいのじゃないと物足りないわ」

「ふうん？　じゃあ僕はこれにしとこう」

叔父は鉄製の立派なシャベルを構えた。

着々と武装を進める二人に呆れながらも、私はどれにしようかしら、と峯子は小屋の中をランプで照らした。

鋳の入った火鉢に、火掻き棒が二本挿してあった。峯子はそれを両手に持った。

「私はこれでいいわ。――ねえ、どうするの？」

「出来れば、泥棒の目的を確かめたいな。相手に悟られる前に」

三人はそっと、家の近くまで忍び寄った。叔父を先頭にして、真っ先にアトリエの窓の際までやって来た。

カーテンが引かれているから、中の様子は分からない。しかし、耳を澄ますと、パタパタとキャンバスを動かす物音がしている。

それが分かると、三人はすぐに窓の側を離れ、門の辺りまで移動した。小声で至急の相談をした。

「やっぱり僕の絵が狙いだ！　どうしようか」

「玄関とお勝手からはさみ撃ちにするのがいいんじゃありません？　そしたら、これで串刺《くしざ》しにしてやれるわ」

「そうだな。じゃあ、僕が勝手口にまわるから、紗江子と峯ちゃんは玄関に行ってくれ。くれぐれも離れないようにね。ピストルなんかそうそう持ってないと思うけど、廊下の電燈は点けないことにしよう。玄関を入ったら、靴棚の上に懐中電燈があるからまずそれを探してくれ。もしもピストルの照準を向けられそうになったら、即座に消して逃げるようにする」

「ええ、分かりました」

叔父は袂から鍵束《かぎたば》を取り出し、表玄関の鍵を選んで紗江子に渡した。

いくら慎重にやっても、おそらく鍵を開ける音は犯人に聞きつけられずには済まない。だから、紗江子たちが玄関を開ける音を合図にして勝手口から叔父が突入する。上手くいけば、アトリエの扉の前で犯人を取り押さえることが出来る。

呆れるほどあっさりと相談は決まった。叔父と別れると、紗江子に手を引かれるようにして峯子は玄関の前に配置についた。

「紗江ちゃん、今日はやる気いっぱいね」

「これ以上損をさせられてたまりますか。——一揆《いっき》みたいだわね」

地味な浴衣の寝巻きにピッチフォークを持つ紗江子の格好は、まさしく東西の百姓《ひゃくしょう》一揆の折衷である。

懐中電燈を持つ手を残しておくために、峯子は火掻き棒を一本捨てた。

「行くわよ」

紗江子は囁き、鍵穴に鍵を挿した。

玄関は狼煙《のろし》代わりの音響を上げて開かれた。峯子は靴棚の上を手探りし、難なく懐中電燈を見つけた。

それを点けて、一歩先で突撃する槍兵《そうへい》の構えをしている紗江子と一緒に廊下を目指した。

廊下には――、泥棒がいる！　つなぎの仕事服を着て、黒い覆面を被り、懐中電燈を持っている。

キャンバスを抱えていた。例の、あやを描いた絵である。泥棒は急襲に呆然としていた。

紗江子は、ピッチフォークの先端を向けて泥棒に突進した。が、泥棒がキャンバスを盾にしたので、慌てて切っ先を逸らした。

その隙に、泥棒は廊下を引き返す。

「あなた！　そっち行きましたよ」

鼠を追い廻すみたいに紗江子は叫んだ。反対側から叔父が現れたが、彼は一呼吸遅れていた。泥棒はキャンバスを廊下に放り出すと、食堂に通じる扉に飛びつき、入るとすぐに閉めた。

紗江子はキャンバスを拾うと、破損していないか眺め廻した。叔父は扉の把手を引っ張るが、泥棒は突っかいを仕掛けたらしく、いくら力を込めても開かない。

紗江子は片手にキャンバス、片手にピッチフォークを持っている。

「どうしますか。逃げられちゃいますよ」

「しかし、不意打ちは失敗した。危険だからもう散り散りにならない方がいい」

食堂は広すぎるせいで普段は使っていない部屋だった。そこから逃げるには複数の出口がある。

今峯子たちがいる扉、居間に通じる扉、キッチンへの扉、それから窓。多分、窓から逃げることを選択すると峯子は思った。

「叔父さん、とにかくお庭に出た方がいいと思うわ」

二人は峯子に従った。紗江子はキャンバスを井口に押し付け、ピッチフォークを抱え直した。

玄関から庭に出て、家の角を曲がると、果たして泥棒は、今まさに食堂の窓から飛び出さんとしていた。

紗江子が先頭を走った。峯子が続き、井口は遅れた。

武器を持つ三人は、身軽な泥棒に敵《かな》わなかった。庭を半周追いかけたところで、泥棒は門から夜の街路に姿を消した。一揆は失敗に終わった。


「事件が解決して、絵が売れたら、窓に鉄格子をつけませんか。もうこりごりだわ」

「そうだな。いくら何でも二回目だもんなあ。家が不恰好《ぶかっこう》になるのは嫌だけどな」

夜が明け、警察が一通りの調査を済ませたあとである。峯子たちは三人で居間のテーブルを囲んでいた。

「惜しかったわ。もうちょっとでしたのに」

「まあでも、絵が無事だっただけ良かったな。峯ちゃんが気づいてくれて助かった」

日が昇ってからの叔父と叔母は昨夜の狂躁《きょうそう》から覚めて、憑《つ》き物《もの》が落ちたみたいにあっさり仲直りしていた。

二人とも犯人に怨《うら》み言《ごと》を漏らしながら、昨日よりも元気を回復したように見えるのが妙であった。農機具を持って犯人を追い廻したのは、二月あまりも事件に悩まされ続けていた身には鬱憤ばらしになったらしい。

それに、あの騒ぎは全くの無駄ではなかった。紗江子たちに串刺しにされかかった犯人は、庭に足跡を残していたのである。それは紛れもなく、既に三度目撃された、爪先の欠けた靴の跡に間違いなかった。

「泥棒は、これまでの事件の犯人と別人だと思ってもらうつもりはないんだろうな。だから平気で同じ靴を履き廻してるんだ。でも、こっちとしては犯人が同一だってはっきりするに越したことはないからな」

これまで、盗作と贋作、それに殺人の因果ははっきりしていなかった。しかし、井口の絵を盗もうとした以上、爪先の欠けた靴の主が盗作に何らかの関わりを持っていることは疑い得ない。

おそらくは、この事件を解決することが、盗作犯の発見に繋がる。これがはっきりしたのは、井口にとっては進展である。

「でも、叔父さんの絵を盗んで、どうしたかったのかしら？　自分が盗作をした証拠をなくしてしまおうと思ったのかしらね」

「まあ、そうとしか考えられないなあ。それか、もうちょっと突き詰めたことを言うなら——、自分の絵を盗作でないものにしてしまうためか。元の作品を始末して、自分の盗作をオリジナルにしてしまいたかったのかもしれない」

これが芸術家としての犯罪ならば、叔父の言ったことの方が精確である。

盗作の動機は分からないままだが、犯人にとっては、その独創性を自分のものにすることが何より重要だったのかもしれなかった。

「しかし、だとすると、どう考えてもおかしいことがあるんだよな。あの爪先の欠けた靴の男が、盗作のことが僕に露見したと知ったのは六月の初め頃の筈だ。なんで今になって泥棒に這入ったんだ？　二ヵ月近くも一体何をやってたんだ」

「人殺しをやっていたんでしょうに」

「そうだな。しかし、犯人の行動原理がさっぱり分からない。僕の絵を盗むなんて、その気があるんなら、もっと早くにやっておくべきことだよ。優先順位がおかしい。今日まで待たなきゃいけない理由があったのか？」

犯人の事情は知りようがない。

井口の通報を受けてやって来た警官たちは不機嫌な様子で聞き取りをし、型通りの調査をした。脈絡のはっきりしない、気まぐれな事件が続くせいか、彼らはその責任が芸術家という存在にあると言わんばかりの態度だった。峯子も、事件の紛糾ぶりを見れば、彼らの苛立ちも無理からぬと思った。

「解決するまで、絵は晴海社長に預かってもらおうかな」

「そうして下さい。私今日から枕もとに武器を置いて寝ることにします。でも、人殺しまでしている犯人の割には、案外臆病《おくびょう》そうでしたわね。凶器も持っていなかったんじゃありません？」

「そういえばそうだ。泥棒をするだけのつもりだったからかな？」

叔父夫妻はそんな相談をしていた。

峯子は明るいうちに家に帰ろうと思った。

ロデウィック氏が日本を去るまで、猶予はそろそろ一月を切らんとしていた。

7 『ヨカナアン』

一

泥棒未遂事件から五日が経った。

私は気を変えて、妻と一緒に悠英軒に行ってみた。そこに掛かっていたのは、聞いていた通り、確かに深江龍紅の絵に間違いなかった。文句のつけようのない出来だったし、敬愛する画家の未知の作品に感慨は深かったが、しかし、事件の手掛かりは見つからなかった。

深江と事件との関わりは謎めいたままである。峯子が目撃した屍体のことといい、宮盛が彼の蔵を借りていたことといい、そこかしこに深江の影がちらついている。しかし、彼は既に死んでいるのだ。

泥棒に毀された窓やアトリエの扉の修繕なんかをしていたら、あっという間に八月になってしまった。

今日は、昼下がりの熱気が辺りの景色を故障させたように静かだった。空も雲も草木も家並みも、皆、贋物にすり替えられているような気のする暑さである。

昼食に紗江子が茹でた蕎麦《そば》を食べて、そのまま呆《ほう》けていたら、妙な顔をした大月が訪ねて来た。

居間に入るなり彼は言った。

「おい、変なもんが来たぜ」

「あ？　見りゃ分かるよ」

「俺のことを言ってるんじゃない。何だか分からん手紙が届いた。ちょっと見てみろ」

大月はポケットからクシャクシャの封筒を取り出し私に寄越した。速達の印が押してある。


至急お知らせしたきことが御座いますゆゑ八月二日午後四時左記のところまで必ずお越し下さい。なほお會ひするまで一切他言無用のこと。

扇秋瑛

これに、尾久村《おぐむら》のどこかの番地と行き方の簡単な地図が続いていて、それだけであった。何の用があるのだか分かりはしない。それも、扇の呼び出しとは何事か。八月二日といえば、今日である。

「届いたのはついさっきだ」

「君はこれを見て、早速僕のところに他言しに来た訳か」

「そうだ。何をする気か知らんが、そんなの一人で行ってたまるか。俺にとっていいことの筈がないだろ？　それとも遺産でもくれる気か？」

扇が大月に手紙を寄越すのは確かに尋常ではない。彼が何に困っているにしたって、大月に相談をするのは、他の知人友人が全員死んでいなければおかしい。

「妙だな。贋作事件のことかな？　でも、よりによって君だけに話すようなことがあったか？」

贋作犯であることが発覚して芸術家生命を絶たれた彼が、大月に何の用があるのか。

しかし、一時間もせずにその疑問は解消した。

「速達が来ましたよ」

居間に入って来た紗江子は、私の胸に封筒を押し付けてすぐに出て行った。

大月に届いたものと同じ封筒である。早速私は開封した。

「――一緒だな。君のところに来たやつのまんまだ。すると、白鷗会の全員に出したのかな？」

入っていたのは大月のと全く同じ内容の便箋であった。訳あって、扇は会のものに招集をかけたと見える。

「でも、この尾久村の住所にはまるで心当たりがないな。贋作犯たちの別の拠点か？」

警察の捜査で、そんな情報が出たという話は聞かない。地図を確かめてみたが、繁華なところではない。

「まあ行ってみりゃいいか。午後四時だろう？　三時過ぎに出ればいいかな」

まだ一時間ばかり間がある。私は中野町に行ったこととか、大月に教えていなかった事件の経過を話した。

「――君、深江龍江っていう画家が中野のバラックに住んでいたなど知らなかっただろ？」

「知らん。別に知らなくていいんだろ？」

「まあね。僕は、あやが言ってた絵を悠英軒で見てきた。店長に訊いたら、その絵は五年前深江さんが食事に来た時に、お代が払えなくて置いてったものだそうだ。

深江さんは名前だけ名乗って他には何も教えなかったらしい。店長は、客に絵のことを訊かれて時々この話をしてたみたいだから、そこから深江さんのことを知ったひとはいるかもな。いい絵だったな。確かに」

「しかし、その絵が事件と関係あるのか？　犯人が悠英軒の絵をきっかけに深江の存在を知ったところで、本人に会える訳じゃないだろ」

「それはそうだな。でも、水谷川がその絵を見に来ていたというのは、事件と関係あってのことと見るのが自然だろう？」

　この事件は深江のことを知る人物の犯行と思われる。犯人は、どのような経路から彼に辿り着いたのだろうか？

「やっぱり犯人は、贋作犯なのかなあ。贋作をやってた人たちは、中野の蔵で深江さんと出逢ってる可能性があるんだよな。それがどう犯罪に結びついたのかは分からないが」

「それなら、深江が贋作に関わってたらしいってことになるんじゃないのか？　お前、それは嫌なんだろ？」

「嫌には違いないが、絵が売れないのは嫌では済まないからな。でも、そうじゃない気がするんだがなあ。それこそ深江さんは、贋物など造るくらいなら自殺を選ぶ方が簡単という部類のひとだったと思うんだ」

「よっぽど深江に入れ込んでるな。お前がそんな、女学生が女優に憧れるみたいなことを言うのは初めて聞いた」

　大月に言われ、私はにわかに恥ずかしくなった。

　確かに私は、いくらその作品を好んでも、ダ・ヴィンチにもフェルメールにもモネにも憧れた訳ではない。私が実際にその生身に出逢って、その創造性に敬意を表し平伏《ひれふ》した画家は、深江しかいないかもしれない。

「憧れといえば、あやまでもが深江さんの絵を知っていたというのは偶然か？　もし、あやがあの絵に憧れて顔を手術したんだとしたら——、それもこの事件と何か関係があるのか？」

蓮野ははっきりとは言わなかったが、あやが深江の絵にずっと憧れを抱いていたのは事実らしいのだ。

二

三時を過ぎると、白熱した陽射しが橙がかってきた。静止していた景色は溶け始めた。私と大月は上野から省線に乗って、田端駅《たばたえき》に向かった。地図を見た限り、そこから扇の指定する場所まで徒歩で二十分余りと思われた。

ホームに降り立つと、隣の車両から庄司が降りて来るのを見つけた。

「お？　あれ？　お前らもか。どういうことだ？」

「どうも。速達が来たんでしょ？」

私たちは封筒を見せ合った。庄司に来ていたのも、私や大月のと区別のつかないものであった。

「俺だけじゃなかったのは助かった。妙だと思ったんだ」

「そうでしょう？　扇さんに呼び出される憶えなんかない」

「というかな、俺はこの手紙、扇さんが書いたにしちゃおかしいなと思ったんだよ。筆跡がちょっと違う気がした。こんな丸っこい字じゃない筈だ」

「え？」

ことは急激に薄気味の悪さを増した。

私も大月も扇の筆跡を憶えていなかったからそんな疑いは持たなかったのだが、これが扇を騙った誰かの手紙だとしたら、一体その目的は何なのか？

改札を出た。地図を見ながら手紙の指示する場所に向かった。

「そういや、桐田は帰って来ないままだなあ」

「ああ、そうだ。そうですね」

四月からどこかを放浪している桐田は、宮盛の死が新聞を賑わせ贋作事件が画壇に波紋を呼んでいる今も、一向に姿を現さなかった。

宮盛殺しの捜査にて、警察は贋作造りの関係者を犯人の最有力としている。分けても一番強い容疑を掛けられているのが、聴取の際に誰より往生際の悪かった秋永であった。それだから、今のところ贋作造りに加担していた気配のない桐田の不在は問題にしていないようである。

「あいつ、こんな際だから帰って来たら面倒だと思ってるのかもな」

そういうことかもしれない。が、それはあまり野太過ぎるとも思う。

止まない事件の連鎖に疲れた私は、留守を決め込む桐田が恨めしい。

「お、あれ望木教授じゃねえか？」

大月が前方をゆく背中を指差した。確かに望木の後ろ姿のようである。

「ちょっと話を聞いて来るかな。大月と会ったらまた、それどころじゃなくなるだろ」

庄司は望木に追いつこうと駆けていった。私と大月も、何となく急かされて足を早めた。

「これはやっぱり、白鷗会の全員が集まって来てると思しいぜ？　それなりのことがなきゃいかんよな」

「まあね。でも贋作をやってた奴らは来るか分からないよ」

宮盛の事件以来、白鷗会のものたちが集まる機会はなかった。次に会う時、水谷川や秋永や扇がどんな面を下げてやって来るのかは興味深かった。

地図を見ながら歩を進め、指定された場所と思しい家が見つかった。

辺りは、畑に交ざって古そうな家々が疎らに並んでいる。手紙で指示された場所はそんな家の一軒で、二階建の、所々瓦が剝がれた空き家であった。

普段は誰も顧みないであろうそこは騒めきに取り囲まれていた。先を歩いていた庄司、望木の二人に加え、遠藤と、それから五味が先着していた。

私と大月を見るなり五味はいそいそと近寄って来た。

「お前たちか。――良かった。俺は酷く心細かったんだ」

聞けば、一番に到着したのは五味であった。速達を受け取り、不安に駆られた彼は指示された四時より三十分も早く来ていた。

「だけど、こんなボロ家があるだけで、人の気配がまるでしないんだ。中に入れってことなのかもしれないいんだが、玄関は鍵が掛かってた。とにかく四時まで待ってみようと思ってたんだが――」

次に来たのは遠藤だったという。二人は、手紙を受け取ったのが自分だけでないことを確かめたきり、口を利かずに立ち尽くしていたのである。

大月が大声を出した。

「おい遠藤！　今日水谷川はどこで何してるんだ？」

「――俺は知らねえ。七月の、あれきり会ってないんだよ」

遠藤は私たちをそれ以上近づけまいとするような、高飛車な調子で答えた。

彼は事件以来、贋作造りたちへの軽侮を明快に態度に表すようになった。事件の直前に水谷川と親密な様子を見せていたから、自分に疑いが向いて、自作の評判に差し障ることを恐れているようであった。

水谷川も秋永も来ていない。五味は告発者となったことで芸術家としての面目をいくらか保っていたが、会のものたちと顔を合わせるのは恐ろしかったと見えた。

既に午後四時を十分過ぎていた。扇が姿を現す気配はない。

おい皆、と庄司が全員の注目を集めた。

「全員、扇さんの速達を受け取ったんだね。しかし、様子がおかしい。手紙は本当に扇さんが書いたのか疑わしいし、話があるだけなら、こんなところに呼び出す必要があるとは思われない。何より肝心の扇さんがやって来ない。

この家の中を確かめてみるべきのように思うね。我々がここに呼ばれた理由は、この家にあるとしか考えられないだろう?」

その通りだった。反対するものはいない。

庄司を先頭に、私たちは空き家の周囲を巡り始めた。日はまだ高く、検分するのに不便はない。

雨戸が閉まっていて、窓から中の様子は窺えなかった。

裏まで来て、庄司は勝手口の把手に手を掛けた。

「うん？　なんだ、開いているじゃないか」

閂《かんぬき》の鎹《かすがい》は毀れていた。

中は土間の炊事場になっていて、上《あ》がり框《がまち》の先に廊下が続くありきたりの造りである。

薄暗いので庄司は窓の雨戸を開いた。差し込む光で屋内の汚れ具合が明らかになった。

床は埃に覆われていた。数年は放っておかれていた様子である。

しかし、床には靴の足跡が残っていた。誰かが最近、廊下を何度も土足で行き来したことを示している。

「——おい」

私は大月に囁いた。

よく見れば、足跡は尋常のものではない。例の、爪先の欠けた靴に間違いなかった。

全員が既に不吉な予感を共有していた。思い思いに他のものを見廻しながらも、私たちはカルガモの雛《ひな》のように一塊になって廊下に上がり込んだ。

窓のそばに来るたび、雨戸を開けた。誰の指図もなく、皆、床に残る足跡を踏まないように気をつけた。

「臭《くせ》えな！　臭《にお》ってるぜ」

遠藤が叫んだ。もちろん私も気づいていた。血腥い臭気が漂っている。

襖や障子に差し掛かるたびに恐る恐るそれらを開け、臭気の因《もと》を探した。もう、何があるのかは分かっている。

それは正面玄関に近い西側の四畳半の部屋であった。玄関の引き戸を開け周囲を明るくしてから、庄司が半開きにされていた襖を開け放った。

「うおっ！」

開けた途端、庄司はもんどり打ってその場に腰を抜かした。

あったのは屍体であった。その惨状は想像を超えていた。

仰向けにされたそれは、脚をこちら側に向けていた。上半身の方へ視線を動かしてゆくと、どうやら頭があるべきところが空になっている。

「——よく見えない。窓を開けようぜ」

皆が尻込《しりご》みしているので、大月が私を厭な仕事に誘った。

四畳半に踏み入った。屍体から眼を逸らしつつ、窓際までにじり寄った。

雨戸を開けると、傾きかかった日の光が窓枠に縁取られ、畳の屍体は額縁に入れられたように鮮やかに色彩を持った。

屍体は、毛皮で作られた衣服に茶色の腰帯を巻いた姿で、それらは長旅を経たようにくたびれていた。私はすぐに聖書の預言者を連想した。

首がないのは見間違いではなかった。胸が血でドス黒く染まり、滲《し》みは頸元に近づくにつれ徐々に濃くなって、肩までくるとその先は全てが消失していた。

「ヨカナアンだ」

庄司の呟きが聞こえた。


事件は再びワイルドの戯曲に立ち返った。サロメが、ヘロデ王の前で踊りを踊った見返りにその首を欲し、斬首《ざんしゅ》された預言者ヨカナアン、屍体がその姿を模《も》したものであることは明らかであった。

やがて他の四人は、美術館の特別室に立ち入る厳かさでそろそろと四畳半に入って来た。全員で、首のないヨカナアンを取り囲んだ。

「——これが、扇さんなのか？」

庄司は嘆きまじりに言った。

見慣れぬ着衣に、首がないのである。扇の姿を思い起こさせるところは何もなかった。しかし望木が、部屋の隅に放り出されているものを見つけたのを機に、次第に状況が明らかになった。

「これ、扇さんの浴衣だろう？　僕は見憶えがあるように思うんだが、違うか？」

望木が、おっかなびっくり摘み上げたのは、確かに扇がしばしば着ていた刺子縞《さしこじま》の浴衣である。それればかりではなかった。古代の格好をしているくせに、屍体の左手首は腕時計を嵌《は》めたままになっていた。私も大月も憶えがなかったが、何人かが、間違いなく扇の持ち物だと認めた。

そして、紛失した首のあるべき辺りや、血塗《ちまみ》れの胸許には毛髪が散らばっていた。白髪交じりで男にしては長く、まさしく扇のザンバラ髪の残余である。

ただし、切られた首だけはどこを捜しても見つからなかった。

皆の動揺は、先月の宮盛の屍体を見つけた時よりも激しかった。首無し屍体のおぞましさのせいでもあり、夢うつつの泥酔状態でないせいでもあり、事件が紛れもない連続殺人に発展したせいでもあった。

庄司は言った。

「やっぱり、あの手紙は扇さんが書いたものじゃなかった！　犯人が書いたんだな。我々にこの屍体を発見させるためだった。午後四時という半端な時間の指示も、皆が速達を受け取って、しかし暗くはなり過ぎない頃合いを狙ったんだな」

「でも、何のためだ？　扇さんを殺さなきゃならん理由もだが、首まで切って、こんな衣装を着せる理由は何だっていうんだ」

望木はそう応じた。誰が犯人か、ということに二人は触れなかった。

空き家の中は殺気立っていた。今、ここには容疑者しかいない。それに、周囲は叫び声を上げても通行人に届くか怪しいところである。私は何をおいても警察を呼ぶべきと思った。

しかし、遠藤は遠慮をせずに喚いた。

「殺された理由は贋作に決まっているだろ？　それに俺たちが巻き込まれているんだ！　宮盛さんのことだけなら違ったかもしれないが、二つ続いたらもう間違いない。扇さんも贋作をやってたんだからな！　『サロメ』の劇の格好をさせるのも、やはり見せしめの意味があるんだろう。違うか？」

遠藤に詰め寄られ、五味は律儀に返事をしようとして口籠もった。

「いや、俺は何も分からないんだ。でも――、そんな心当たりはないよ」

「そりゃ、正直に教えてくれるなどと期待しちゃいない」

見兼ねて私は五味を庇った。

「遠藤、期待してないんだったら、五味さんを問い詰めることはないよ。それに、贋作犯がこれをやった犯人なら容疑者は他にもいるだろう。それにだって裏の事情があるかもしれない。贋作犯が今判明しているだけで全部だとは限らないんだからな」

そう言うと遠藤は狼狽えた。

彼の贋作犯に対する神経症は、少々度を越しているようである。

三

警察への通報を私と大月が請け負って、田端駅の方へ歩き出したが、それは無用のことであった。ちょっとも行かないうちに、刑事がやって来るのが見えたのである。

刑事は一人きりではなく、意外にも秋永を連れていた。

訳を聞けば、秋永の家にも扇の名前で出された速達が届いていたのであった。ちょうど、捜査のために訪ねた刑事がそれを耳にした。さらには昼過ぎに、扇の家の女中から、昨日の夜に散歩に出た主人がそれきり戻らないという相談が警察にされていたのである。刑事は、秋永を伴って速達の真意を確かめにやって来たのだ。

私たちは空き家で屍体を見つけたことを報告した。

久しぶりの秋永は興味深い変態を遂げていた。飄然《ひょうぜん》として涼やかで、気さくであった彼は芸術家の誰もが認める大人物だったのだが、今の秋永は、カフェで女給に因縁をつけているのが似合いそうな、小狡《こずる》い親爺の他の何物にも見えない。

「前より親しみを持ちやすい風貌になったな」

大月は私に囁くと、笑顔で秋永に話しかけた。

「どうも！　大変ですね。しかし天下の秋永驍大先生が同時に人の妻に手を出すスケベでもあられることが分かって安心しました。どうぞ気を落とさず頑張って下さい！」

「元気だな、君は。屍体が見つかったと言ったじゃないか？」

秋永は、大月に苦笑を漏らすゆとりを見せた。

しかし、私たち以外にも白鷗会のものが多く集まっていると聞いて、さすがに彼は表情を曇らせた。速達が皆に送られていることを知らなかった彼は、会のものに顔を合わせる覚悟をしていなかったのである。

殊に、五味と対面した時には仄かに緊張が走った。卑屈な身振りで会のものに挨拶した秋永は、五味にだけは敵意の視線を閃かせた。告発者に恨みがあるのか、あるいは容疑をかけられている秋永は、五味こそ犯人と目しているのかもしれない。負けじと睨み返す五味に、止せばいいのにと私は思った。

しかし、四畳半に仰臥する惨殺屍体が諍いを引き止めた。誰しも、そんな小競《こぜ》り合《あ》いをしている場合でないのは分かっていた。

現場を検分し、簡単に事情を聞き取った刑事は私たちをどう扱ったものか困った様子で、高圧的に振る舞いながら、うっかりすると容疑者に寄ってたかって叩き殺されるのではないかと心配している。

私たちは纏めて警察署に向かわされ、そこで詳細な取り調べを受けることになった。

四

日が暮れ切ってしまうまでひたすら待たされた。管轄を整理するため、宮盛の事件を捜査している刑事を呼ばねばならなかったのだという。

やがて一人ずつ順に聴取が行われた。大月の番の最中に私は呼び出された。一緒に空き家に向かったいきさつを確認したかったらしい。が、刑事は、大月の放言に嫌気が差していたようで、私の聴取もそのまま一緒に行われることになった。

刑事の話によると、水谷川も速達の手紙を受け取っていたそうである。桐田のことは分からないが、それを除くと、手紙は白鷗会のもの全員に送られていたことになる。水谷川は警戒し、指示された空き家には来ずじまいであった。

刑事は、受け取った速達を提出させた。

「――君らはこの手紙を実際に書いたのが誰か考えはあるかね？　筆跡や内容から心当たりを見つ

けてみたまえ」

「あれ？　これが扇さんの書いたものじゃないってことは決まったんですか？」

「厳密に決まった訳ではないが、状況や、他のものの証言からして、その可能性は無視出来ぬと考えられておる。筆跡鑑定も行うかもしれないが、まずは意見を訊くのだ」

「心当たりも何もない。文面も筆跡も、こんなの誰でも書ける！　そういう意味では扇さんらしいとも言えます」

故人に当て擦る大月の言に刑事は眉を顰めた。

「もう少し言葉に配慮を持ちたまえ。——それではもう一つ訊くが、君たちは、扇楸瑛氏の身体的特徴を挙げることが出来るかね」

「え？　少々猫背の気味がありましたね」

「女とおねんねしてると、ことが済む寸前に口を開けて鼻の穴が膨らむそうです」

私たちの思い思いの返事に刑事は嫌悪の顔を隠さなかった。大月はまだしも、真剣な返答を一《いっ》蹴《しゅう》された私は戸惑った。

「扇さんの何が問題なんです？」

「——実はだ。被害者の解剖はまだ行われていないが、一点、既に判明していることがある。被害者の両手足の指先は、硫酸などの薬品を用いられたと思しく、爛《ただ》れたようになっていた。よって被害者の指紋を識別することは不可能だろうと警察医は言っているのだ」

「ええ！　そうでしたか」

屍体の腕時計を確かめたりはしたが、指紋のことは気づかなかった。

首が切り落とされていたのは、屍体をヨカナアンに見立てるためには当然のことであった。だから、その可能性を今まで全く気に留めていなかったのだが――

「それはつまり、あの屍体が扇さんではないかもしれないってことですか？」

「そうだ。犯人が被害者の指紋を抹消した以上、その可能性を十分に検討しなければならないのだ」

「――じゃあ、あれは誰なんだろう？　それに、扇さんはどうなったんです？」

「目下、それを調べておる。君たちは被害者の特徴をあまり知らないようだが、屍体を見て、扇瑛氏にしてはおかしいという違和感を発見しなかったかね？」

私も大月も、扇とは親しくなかったので証言は出来ない。四畳半に入った時は、誰しも屍体を扇として受け入れていたようではあった。

「僕らでなく、誰か、もっと扇さんに身近なひとに訊いた方が良いのじゃないですか？」

「無論だ。しかし、今まで聴き取ったところでは、誰も間違いなく被害者が扇氏だと証拠を挙げることは出来なかったのだ。反対に、扇氏でないという証拠も見つかっていない。

被害者の躰の特徴を知っているものに確かめることが肝心だが、果たしているのか疑わしい。彼の同居人は女中の老婆が一人だけで、扇氏の裸体に見慣れてはいなかろうと思われるな」

すると、屍体の身許がいつまで経っても判明しないこともあり得る。

「あの屍体が扇さんじゃないんなら、逆に扇さんが犯人だということになりますよね？　加害者が被害者になりすましたんだ」

「もちろんその可能性は考えねばならないな」

大月は不躾に口を挟んだ。

「扇が犯人だとしたら、大いに動機はあるだろ？　贋作を造ってたのがバレたんだから、これから延々生き恥を晒すのが嫌になったんだな。でも自殺は嫌だから、代わりの誰かに死んでもらうことにした訳だ」

「ほう？　自分が死んだものと思わせ、扇楸瑛の名をこの世から抹殺してしまうということか。誰かを殺して首を切り、自分の服を近くに脱ぎ捨てておいて、首もとに髪の毛を振り掛け腕時計を嵌めたということかい」

「そうだ。で、敢えて筆跡を変えて招待状を送ったんだな。後で、殺人犯が扇の名前で送ったと思ってもらえるようにな」

大月にしてはなかなか筋の通った説である。扇の犯罪であるとするなら、これは起こるべくして起こった事件のように見える。

「でも、それなら屍体にヨカナアンの格好なんかさせてる場合じゃないと思うけどな。ちゃんと自分の浴衣を着せといた方がそれらしく見えるだろ？　それに、あの床に残ってた足跡は？　今までの事件の犯人が全部扇さんだったってことか？」

「それもあり得るだろ？　宮盛に続けて殺すんだから、ヨカナアンの方が、白鷗会の関係者が殺されたってことを印象付けられるかもしれないぜ。それにヨカナアンなら首がなくてもおかしくない。屍体が扇に違いないと思ってもらえる」

「そうかもな。――でも、扇は結構金持ってたよな。一年くらい前に親父さんが亡くなって、遺産を相続したんだろ？

死んだように見せかけたら金は自由に使えなくなる。自分の遺産を持ち出しでもしたら、自分が存命だと公言してまわるようなものだ。生き恥を晒そうが、金がある方がいいと思うけどな」

「他にも死人になりすます動機を持ってるかもしれないぜ」

宮盛も殺しているとしたら、それは罪を逃れるためでもあったのかもしれない。

刑事は私たちが勝手に相談を始めたのを顰め面で聞いていた。やがて、知恵の輪を一通り年少の子供に弄らせてから取り上げるガキ大将の如く、尋問の主導権を自分の元に引き戻した。

「仮にあれが扇楸瑛氏の屍体ではないとして、君たちは心当たりがあるかね？　代わりに殺されたかもしれない人物を考えてみたまえ」

「僕らの知人で、あんな格好をして殺されてるかもしれないひとに心当たりがないかってことですか？　知り合いに行方不明の中年男はいないですね」

とはいえ、自分の身代わりにするのだから、なるべく似た年格好の男をどこかから見つけて来るだけのことである。警察で、失踪者の一覧を当たる方が手っ取り早いと思う。

しかし大月は、私が頭の片隅にも置いていなかったことを言った。

「柳瀬は？」

「何？　誰だね？」

刑事は柳瀬の名前を記憶していなかったようである。

亜米利加《アメリカ》で死亡した贋作造りの関係者のことを思い出させると、刑事は承服しかねる顔をした。

「それが、実は生きていたというのか？　そしてこっそり日本に戻ってきていたというのかね？何のためだ？」

「知らない！　しかしご所望の行方不明の中年男ですよ」

私は次第に、大月の説が一笑に付して良いことではないように思えてきた。彼が一度亜米利加《アメリカ》に逃げたのは、一種のアリバイ作りだったのかもしれない。宮盛の殺害に、贋作造りの協力者であった柳瀬が関わっていることはあり得る。それがしまいに、共犯の扇に身代わりに殺されたとしたら？　外国のことだから、間違いなく柳瀬が死んだという確認は取れていないのだ。

「扇氏は四十一歳だろう。柳瀬という男は五十歳を過ぎていなかったかね？」

「確か五十四か五だったが、俺は顔を見ずにどちらが年長か当てる自信はないです！」

思い起こせば、柳瀬と扇の背格好は似ていた。扇は歳以上に萎びた躰つきであったし、区別がつかなくとも不思議はない。

疑惑は、この場ではこれ以上検討のしようがなかった。刑事はふん、と鼻を鳴らして私たちの尋問を打ち止めにした。


解放されたのは零時を過ぎていた。電車は終わっている。やむなく私たちはひたすら線路沿いを歩いた。

「――参ったな。盗作犯を見つけなきゃいかんと思ってたが、そんなのお構いなしに、次から次へと大事件だ。君、絵は描いてるか？　僕は近頃さっぱり筆が進まなくなっちゃったよ」

「俺はいつも通り描いてるがな」

このふてぶてしさは、私には真似し難い大月の芸術家としての美点である。

「あの屍体が柳瀬なんてことは本当に考えられるかな？　柳瀬の躰を見知っているひとがいないなら、鑑定は難しそうだ」

「俺は柳瀬でなくても誰でもいいけどな。結局、宮盛をヘロデ王に見立てておいたのも、このためだったってことか？　ヘロデ王の次なら、扇の屍体に首がなくても、ヨカナアンだから当然だなと受け流してもらえると思ったのか」

「首がないことのカモフラージュってことか？　警察は受け流しちゃいないけどな。ちゃんと、屍体は扇ではないのじゃないかと疑ってる。

やっぱり、屍体を『サロメ』の劇に見立てるのに何の意味があるのか釈然としない。せっかくの趣向だが、犯人の独りよがりで誰も喜んじゃいないんだ。しかし――」

「何だ」

私は依然、記憶の中に混じったささくれを取り除くことが出来ずにいた。

宮盛の屍体を見た時に感じたことである。昨日、空き家で見つけた扇らしき屍体の姿に、むず痒《がゆ》さがぶり返した。

「ヨカナアンの屍体を見た時、やっぱり、以前にどこかで似たものを見た気がしたんだよ。宮盛のヘロデ王の時と一緒だ。でも、どこで見たのかは思い出せないままだ」

「絵か？　あんな絵を見たのか」

「そうだと思う」

あの、畳の上に一幅の絵画のように浮かび上がったヨカナアンの姿を、初めて見るものではないように感じたのだ。私にとってはどこまでも歯痒い事件である。

五

事件の余波は型通りに広がった。記者や、興味本位の知人たちが私の家にやって来た。彼らのうちには、事件が一つの殺人で終わらないことを予期していた、としたり顔で仄めかすものもいた。つまらない自慢をすると思ったが、ヘロデ王が現れれば、さらなる登場人物が現れることを期待するのは当然ともいえた。もしかしたら舞台に出番が控えているかもしれない私と違って、事件の観客に過ぎない彼らは明らかに喜んでいた。

彼らの行き来にあわせて捜査の進展が私の耳に入ってきた。被害者の身許が不明で、殺される前の行動が分からないために、死亡推定時刻は八月一日の深夜から二日の朝と、あまり限定されてはいない。夜間に行われたらしいのは、宮盛の時と一緒である。

首がない他に外傷は見つからず、体内から毒物も検出されなかったという。失われた首から上のどこかに攻撃を受けたものとみえる。絞殺だとしたら宮盛と同様の手口ということになる。

事件から二日目までは、分かって当然のことが一つずつ判明したに過ぎなかった。しかし、三日目、扇の事件は思わぬ展開を遂げることになった。

情報を齎したのは、宮盛の事件の時に知り合った、『黒潮』の記者の山添であった。

「井口君！　扇さんの事件がおかしなことになって来た。ちょっと上げてくれたまえ」

宮盛の一件以来、これは彼の五度目の来訪である。用がある時の彼は常に興奮気味で、話しぶりは煩わしかったが、私が興味を持っている警察の捜査の内情を律儀に教えてくれもしたので、邪険には出来なかった。

私は山添を応接室に迎えた。

「一体何があったんです？　屍体の身許が分かったんですか？」

「さあ、分かったというべきだろうか？　一から話そうか。ほら井口君、白鷗会に、長らく行方をくらましている桐田伊織という画家がいるそうだね？　その桐田君が、扇さんの事件に意外な関わりを持っていることが分かった。どうしたと思う？」

彼は、事件を自分の持ち物にしてしまったみたいな僭越《せんえつ》な口調で語る。

「さあ。まさか殺されてたのが本当は桐田だった訳でもないでしょう？」

「違うね。実はだね、今朝、桐田君が何の前触れもなしに警察署に現れたんだ。薬売りみたいな行《こう》李《り》にイーゼルを括り付けたのを担いで来たんだな。まさに流浪の画家の格好をしていた。そして、扇さんかもしれない首無し屍体を見せてくれと要求した。身許を確認するというんだね。

桐田君は、屍体を眺め廻して躰の特徴を調べた。そして、被害者は扇湫瑛に間違いないと請け合ったんだ」

「へえ？」

にわかには、成り行きを承服することが出来なかった。

「急に桐田が出頭して来たんですか？　今まで一体どこに隠れてたんだろう。しかも、身許の確認までしたっていうのが妙ですね。間違いないんですか？　警察は信用したのかな。いやまず、桐田が、扇さんの躰の特徴を知ってたのが意外だな」

「そうだろう！　君に限らず、白鷗会のひとたちは皆驚くだろうな。順を追って話すことにする。何故桐田君が扇さんの躰を識別出来たのかについて、おそらく会の誰も知らなかった事実があるんだ。

実はね、被害者と思われる扇さんと、桐田君は元々姻戚《いんせき》関係にあったんだ。桐田君の父は、二十年ほど前に、十にもならない彼を連れて、扇さんの姉と再婚していた。扇さんが叔父になった訳だ。桐田君が美術学校に行くようになる前には、同じ家に暮らしていたこともあるそうだね」

全くの初耳であった。扇と桐田とが親戚らしい様子を見せたことは一度もない。

「二人とも公言しないことにしていたようだ。桐田君は、父の再婚をあまり外聞の良くないことと思っていたのじゃないかね？」

あるいは、二人とも絵描きを生業《なりわい》にしていたから、親戚と明かして無用の比較をされるのが面白くなかったのかもしれない。

「とにかくこれは真実だ。その気になって調べれば誰でも分かることだが、君たちがこれまで知らずじまいだったとしても不思議はないね。

そんな事情によって、桐田君は扇さんの躰に見憶えがあった訳だ。同じ家に暮らしていたんだからな！　彼の証言によれば、扇さんは何年も前に火箸《ひばし》で右の脛《すね》に火傷《やけど》を負って、その痕が今でも残っている筈だという。果たして、屍体の脚には、彼の言った通りの傷が残っていたそうだ」

「いや、そうでしたか。しかし――、警察は桐田の証言をそのまま信用したんですか？」

「まさか、そんなお人好《ひとよ》しではないさ！　警察としてもそうはいかない。それに、もう一つ重大な事実がある。こういうことだ。

扇さんは、一年ばかり前に父を亡くして遺産を継いだ。その時に、後継のことが問題になったらしい。扇さんには婚姻の意志がなかったからね。そこで、話し合いの末に、縁のあった桐田君が養子に入ることになったんだそうだ。すると、扇さんが死んだとしたら遺産はどうなるのか？　どうやら、皆桐田君のものになるらしいんだな」

山添は悪びれもせずに、ニタリと下世話な笑みを見せた。事件が芸術家の気難しさを捨て、お馴染みの様相に変わりつつあるのが嬉しいようである。

思いがけない新事実には違いない。二人は親戚であったばかりか、養子縁組までしていたというのか。

「――じゃあ、遺産のために桐田が犯罪に関わっているかもしれないということですか」

「まだ、その可能性があるというだけだ。それに、関わっているといってもいろいろな関わり方が考えられる。もちろん、彼は本当のことを言っているかもしれないし、嘘を吐いているとしても、単に遺産を手にしたいだけでそれ以上裏はないのかもしれない。

しかし井口君。君は面白いことを考えていたろう？　ほら、もしも屍体が扇さんではなく、彼が誰かを身代わりにして自分が死んだと見せかけたのだとしたなら、遺産を全部見捨ててしまうことになると気にしていたじゃないか。そんなにまでして生き恥を晒すのを厭うだろうかとね。

ここに、その見事な解決があった訳だ！　扇さんと桐田君が共謀していたとしたら、いろいろなことに辻褄が合う。

扇さんが、被害者が自分だと証言するよう桐田君に話をつけていたとする。証言が認められれば、桐田君は遺産を手に出来る。それを折半でもして、こっそり扇さんに渡すという約束をしていたとしたらどうかな？

十分現実的な計画じゃないか？　桐田君は遺産を得られるし、扇さんは恥を葬り去ってしまうことが出来る！　お互いの弱みを握り合うことになるから、裏切られる心配も少なく済む」

「はあ、なるほど」

確かに、桐田が突然現れた意外さを説明するにはぴったりの筋書きのようである。私は少々感心させられた。

「しかし、それだけじゃまだ、三日前の事件以外のことには説明がつかないですね。宮盛さんが殺されたこととか――」

「それからこの家に泥棒が入ったこともだね。その通りだ。私は今、大きな事件のほんの一部に説明をつけたに過ぎないのかもしれない。もしかしたら、姿をくらましていた桐田君が最初っから事件に関わってて、宮盛さんを殺したのだとしてもおかしくはない訳だ。

大月君が、殺されたのは実は柳瀬じゃないかという提案をしたのだったね？　私が聞いているところでは、柳瀬が日本に戻ったという証拠は見つかっていない。警察が入出国の記録を当たったのだがね。

しかし、日本にいないという証拠もない。入国審査を誤魔化して亜米利加《アメリカ》から帰って来ることは簡単なことではないが、かと言って絶対不可能でもないだろう。

屍体が柳瀬だとしたら興味深いね！　まあもう少し様子を見よう。桐田君が何か知っている可能性もあるからな」

「その桐田は、今どこでどうしているんです？」

「まだ警察から解放されていないだろうな！　厳重な取り調べを受けている筈だ。数日中に進展が分かるだろうから待っていたまえ。一体彼がアリバイを持っているかどうか気になるところだな。

それじゃ井口君！　もし君の方で何か新しいことが分かったなら、警察もいいが、くれぐれも、私にも連絡をくれよ」

安楽椅子に寛《くつろ》いでいた山添はおもむろに立ち上がった。そして、記者らしい勝手さで何のお名残《なごり》もなしにさっさと帰って行ってしまった。

六

さらに二日が経った。いい加減桐田のことが何か分かってもいい頃だと思っていると、電報が届いた。

ハナシアリロクジキタクニテ、話あり六時貴宅にてという。差出人は、桐田であった。

「いやだ。何しに来るのかしら」

私も紗江子と同様の思いであった。彼のことを知りたくはありつつ、家に来るのは気味が悪い。

そう考えていると、六時を待たずに大月が来た。

こんなのが届いたぜ、と言って彼がヒラヒラさせた電報には、ハナシアリロクジイグチタク、と書かれていた。差出人はやはり桐田である。

「何だ？　桐田、勝手に僕の家を集会所にしたのか」

「本当に桐田の電報だろうな？　今度はここに桐田の屍体が届くかもしれんぜ」

約束の時間が迫ると、紗江子はピッチフォークを持ち出して来て、門番の如く床に突き、玄関ホールに立ちはだかった。

「そんなに警戒するのか？　僕らは何にも気にしていないふりをしている方がいいんじゃないか？」

「それとこれとは話が違います。もしお客さんの中に犯人が混ざっているなら、今度うちに忍び込んだらただでは済まないって分かっていただくわ」

午後六時、心配をよそに桐田は元気な顔をしてやって来た。

「井口君、ご無沙汰！　勝手に家を借りて悪かったが、皆に早く俺の潔白を分かってもらいたかった。ここが一番集まるのに便がいいだろ？」

桐田は懐かしそうな笑みを浮かべて私の肩に馴れ馴れしく手を置いた。が、背後に武器を手にした紗江子が仁王立《におうだ》ちしているのに気づいて表情を硬くした。

私は訊いた。

「誰が来る予定なんだ？」

「白鷗会の皆さん。でも、贋作をやってた方たちは遠慮しておいた。それ以外の人たちに電報を打ってある」

贋作犯でないもののうち、電報に応えてやって来たのは、遠藤、庄司の二人であった。望木が来ないのは、私の家を訪ねるのが嫌なのだろう。

客を居間に通した。席に着くと、桐田はおもむろに立ち上がった。それにしても、当人の桐田の他は、案外みな大して興味のないような、面白くない顔をしている。

「どうもみんな、お久しぶり。俺のいない間に大変なことが起こっていて吃驚した。その上、知らずに俺自身も疑惑を生じさせてしまっていたみたいだ。これは実に、うんざりする事件だね。親しいひとが殺され、贋作造りなんて恥ずべきことも明らかになってる。俺だってもうずっと、心が騒めいて仕方ない。

だからせめて、俺のことだけでもはっきりさせてもらおうと思う。無実の容疑者っていうのは、疑う方も疑われる方も損だからな」

桐田は、殆ど四ヵ月にもなる放浪の顛末を語り出した。

「俺はずっと東海道を旅行していたんだ。長閑《のどか》な旅だ。あまり新聞は気にしないようにしていたから、宮盛さんが殺されてたことは、ついこの前まで全く知らずじまいだった」

「桐田。それは本当か？」

庄司が出鼻を挫いた。桐田は色を変えた。

「本当だ。新聞は見なかった。絵を描くものなら、時に世俗のことが余計になるのは分かる筈だろう？」

「もちろん分かるが、しかし桐田、君は数日前に扇さんが殺されたのを知って帰って来たんだろう？　何を頼りに帰って来たんだ？　我々は誰も君がどこにいるか知らなかったんだ。誰も知らせていない筈だよ。新聞でも見なければどうしたというんだ？」

「扇さんのことは、確かに新聞で知った。たまたま泊まっていた宿の女中が、頼んでいなくとも新聞を毎朝持って来たんだ」

「たまたまか。折が良かったな。宮盛さんのことは全く知らず、扇さんのことは真っ先に知った訳かい」

桐田の答弁は誰の耳にもお粗末であった。タイミングが良過ぎるのだ。どう見たって、桐田は扇の死に都合を合わせて放浪を切り上げ、帰京したもののように思われる。

庄司の追及を、皆は無言で支持した。

桐田は疑惑の視線に怯んだ。

「庄司は、やはり俺を疑っているのか？」

「君が、自分で自分の疑いを晴らすと言ったんじゃないか。それなら、僕らは疑わしいと思えば糾《ただ》さざるを得ない。君が犯人だと思っている訳ではないよ。納得させてくれれば何も問題はない。それだけのことだ」

「分かった。それは大丈夫だ」

しかし、桐田は自信を失ったように見えた。

「今に説明する。が、俺と扇さんのことについて諸兄の知らないことがある。まず、それを言っておくべきだ。実は――」

桐田は元々扇が血の繋がらない叔父に当たる人物だったこと、そして彼の養子となっていたことを告白した。

庄司と遠藤は意外な様子である。既に知っていた私と大月も、念のため驚きを装った。

「養子になったことは、少々気恥ずかしくもあったし、元々の親戚関係のことも公表してはいなかったからな。こんな時にようやく白状するみたいになってしまった。でも、別に後ろめたいことはないんだ。それに、画業ではどうせ桐田の名で通すつもりだったしな」

「だから君は、屍体の身許を証言出来たという訳か。桐田、それは本当に間違いないのか？　脛の傷痕なんて、似たようなのをこさえたひとがいたっておかしくないのだからな」

「いや、あれは間違いない。鉤型《かぎがた》の特徴のある傷だ。それに、躰の毛深さの具合とか、何も違和感を覚えるところがなかった」

「しかし、証言出来るのは桐田しかいないというんだな」

「そうだ。残念ながら、俺の他に、扇さんの親類と呼べるひとはいないからな」

遺産が桐田に渡ることに庄司は触れなかった。他のものも、それを当て擦ることはしなかった。

「結局、警察は桐田の証言を信用したのか？」

「信用すると明言してくれた訳じゃないが、他に手掛かりになるものがないのだから仕方がないじゃないか？　それに、俺はきちんとアリバイが証明出来た。だから、警察は俺を容疑者から外して解放してくれたんだ」

「あの、アリバイってのは？」

私は焦《じ》れていた。段々、ろくな約束もなしに上がり込んで勝手な論議に耽《ふけ》る彼らが鬱陶しくなりつつもあった。早く、肝心の話を聞きたかった。

廊下からは、紗江子がノッシノッシと行きつ戻りつし、時折ピッチフォークの尻で床をドスンと鳴らすのが聞こえて来る。

桐田は袂から写真を取り出し、テーブルに置いた。どこかの宿屋らしい写真で、縁側に腰掛けた桐田と、和装の見知らぬ中年の男が写っていた。

「扇さんが殺されたのは、八月一日の夜から二日の朝にかけてだというんだろう？　その頃、俺は浜松《はままつ》の旅館に泊まっていたんだ。

　これは、八月一日の写真だ。一緒に写っているのは、長逗留《ながとうりゅう》していた薬屋の親爺さんだよ。

　この日は、天気が悪くて始終将棋をして過ごしていて、夜中も揃って腹を毀して便所で顔を合わせた。翌日も、一緒に釣りをしていた。つまり、東京で扇さんを殺す暇は、俺にはなかった訳だ」

「宮盛さんの時はどうなんだい。アリバイはあるのか？」

　庄司は訊いた。桐田は口籠もった。

「それは、ない。その時泊まっていた宿の女中が、俺の顔を憶えてでもいれば証言してもらえるかもしれないが――」

　そんな、ことごとに都合良くアリバイがあるものじゃないだろう。君らだって、宮盛さんの事件の容疑者なのには変わりないじゃないか」

「そうだよ。だから、扇さんの殺害の潔白だけを明らかにしたところで、いかほどの意義があるかは怪しいものだ」

　そう庄司に宣告されて、桐田は沈黙した。

　気づまりになった私たちは、互いから目を逸らした。

　結局、みなが殺人の容疑者であることを再認することになっただけで、この集いにさして得るものはなかった。

　客たちが帰ると、紗江子はようやくピッチフォークを下ろし、警戒を解いた。

　大月は居残っている。客の体温の残る椅子に座って、私たちは顔を見合わせ、釈然としない結果に終わった集会の検討を始めた。

「あいつ、警察に尋問を受けてる筈だろ？　なのに、宮盛が殺されたのは知らなかった、とか、分かりきった嘘を吐いてやがったな。間抜けが過ぎるぜ」

「僕が思うに、桐田は、何で宮盛が殺された時に帰って来なかったんだ、と警察に絞られたんじゃないかな？　あんな事件があればすぐに帰って来るべきだし、せめて便りを寄越すのが当たり前だからな。だから、僕たちに対しては、宮盛の事件のことは見過ごしていただとか、迂闊《うかつ》な言い訳をしちゃったんだろう」

桐田の狼狽《ろうばい》ぶりから察するに、そんなことだろうと私は考えていた。

「はっきりしたのは、桐田さんがあんまり道徳的なひとじゃないってことだけですか。犯罪に関わってるかもしれないし、関わってないなら、お知り合いが殺されても旅行の方が大事だっていうひとなんですね」

紗江子は不機嫌に言った。確かに、今日新たに分かったのは、桐田のスットコドッコイぶりと図々しさくらいのことである。

「あとは、桐田は、扇の殺害についてはアリバイを持っているらしいってことだな。警察もそれを信用したからあっさり解放したんだろう」

「でも、アリバイなんかどうせ大した意味はないだろ？　桐田の役割は屍体が扇のものだって嘘を吐くことだからな。柳瀬だか誰だかを殺すのは扇がやれば済む」

大月の言う通りである。これが、山添が言っていた、扇の死を偽装して遺産を山分けすることを狙った犯罪なら、むしろ桐田は意図してアリバイを用意しておくのが当然なのだ。

「可能性が可能性のまま残っただけか。それに、金目当ての犯罪が行われてたにせよ、宮盛の事件とか中野の小屋の殺人とか、盗作とかにどう繋がっているやら分からないままだ」

紗江子は、私を咎めるように切り出した。

「ねえ。これって、もしかしてみんな別々の事件なんじゃありません？」

「え？」

峯子も、前に一言だけそんなことを言っていた。

「だから、峯子が目撃したのも、宮盛さんを殺したのも、おうちに泥棒が入ったのも、今度の事件も、みんな違う理由で起こったんじゃありませんか？　犯人も違うかもしれないわ。それを、関係があるみたいに見せかけたんだとしたらどうですか」

「――つまり、いろんな動機を持った犯罪者たちが打ち合わせして、みんなで爪先の欠けた靴を共有して、屍体はサロメの劇にちなんだ格好にするように決めごとをしてあったって訳か？　何のためだ？」

「知りません」

例えば、一連の犯罪が同一犯によるものと思わせて捜査の攪乱《かくらん》を狙ったのか。

荒唐《こうとう》無稽《むけい》な話である。納得がいく訳もないが、もはやそうとでも思わなければ、全ての事件に辻褄が合うことはなさそうでもある。

「もしそうなら、こんな事件に構ってる場合じゃないな。何をおいても盗作犯を見つけないことには――」

あの甲乙式分類表の他、依然、盗作犯を絞る材料は見つからない。

何でも構わないから、手掛かりが欲しい。事件の検討に疲れると、休憩所に立ち寄るみたいに、私の思考はそんな漠然としたところに立ち返った。

8 茶壺《ちゃつぼ》

一

光枝が、話があるから麴町の家まで来て欲しいと言っている。

そんな伝言を携えて、峯子を迎えに来たのは叔母であった。玄関先で紗江子と顔を合わせた峯子は、唐突な呼び出しに面食らった。

「何のお話?」

「さあ、詳しいことは聞いてないわ。でも、朔太さんの盗作事件に関係あるらしいのよ。手掛かりになるかもしれないことがあるんですって」

「私に来て欲しいって言ってるの?」

「ええ。そう」

紗江子も、王族のわがままを取次いで来た家来のような、釈然としない顔をしている。盗作事件のことで光枝から話があるというのも意外なら、それに峯子を呼ぼうというのも何のつもりか分からない。

ともあれ峯子は身支度をした。例によって、写真機も持った。

叔母と連れ立って市電に乗った。麹町の光枝の家まではそうかからない。

着いてみると、叔父と蓮野が、応接間に、光枝と一緒に待っていた。

「よく来てくれたわね。どうぞ」

光枝は座ったまま二人に安楽椅子を勧めた。

井口、蓮野、紗江子、峯子、来客に囲まれ光枝は無邪気に喜んでいた。これは昔からの彼女の性質であった。女学生の頃、光枝が、自分の誕生日会をやりたいと言い出し、紗江子をはじめ何人かの友達を振り廻したことがあった。皆が自分のために骨を折るのを当然のようにして、いざ当日になると、まるで自分が言い出したのを忘れたみたいに大喜びをするのである。

「ねえ井口さん、絵を盗作した犯人はまだ分かりませんのね？」

「分からないです。もう時間の猶予もなくなって来ました。何か分かったんですか？」

「ええ、そのことでお話があるの。せっかくだから皆さんに来ていただいたわ。でも、もしかしたら、全然手掛かりにならないことかもしれませんのよ。ただの無駄骨折りのご迷惑かもしれませんけど、よろしいかしら？」

「いや、僕はもう何をしていいやら途方に暮れてますから、どんなことでも結構です」

なら良かったわ、と光枝は胸許で両手を合わせた。

「七月に井口さんのお知り合いが贋作造りをなさってたことが世に知れて、大変な騒動になってますでしょう？

実は、私の知っているうちに、そのことで頭を抱えてしまったひとがいるんですの。そのひと、大葉栄次郎《おおばえいじろう》っていって、昔、私の舞台にお金を出して下さった方なんですけど、井口さんもしかしてご存知ないかしら？」

「ああ――、聞いたような気がする。収集家ですか？」

「ええ。骨董品を集めてらして、新劇もお好きなひとですの。それが贋作のことにどう関係あるかっていうと、大葉さん、柳瀬さんが亜米利加《アメリカ》に行ってしまうちょっと前に、彼に野々村仁清《ののむらにんせい》の立派な茶壺を譲ってもらったんですって」

「へえ？　そんなことがありましたか」

「大葉さんは、柳瀬さんのことをずっと信頼していて、これくらいの値段でこういうものが欲しいって柳瀬さんに相談したんですの。仁清の茶壺をね。柳瀬さんは、見つけたら連絡しましょう、っておっしゃってたんですのね。そして、今年の一月に見つけたからって連絡があって、売ってもらったんですって。

　大葉さん、茶壺が手に入って喜んでいたんですけど、柳瀬さんが突然亜米利加《アメリカ》に行ってしまわれたでしょう？　おかしいと思っていたら、こんな事件が起こってしまったわ。柳瀬さんや、井口さんの会のひとたちが贋物を売っていたって分かった訳ね」

「ああ。つまり大葉さんは、茶壺が本物かどうか悩んでいらすんですね？　贋作をやってた柳瀬さんに紛い物を摑まされたのかもしれないと」

「ええ、そうなんですの。だから、信頼出来る鑑定士がいないかって、いろんなひとに相談しているんですって。収集家といっても、しろうとの呑気な収集家だから眼が利く訳じゃないのね。井口さん、誰かご存知かしら？　古い茶壺の真贋が分かるひと」

「はあ。何人か分かりそうなひとは知ってます。でも、晴海社長に紹介してもらうのが一番信用出来るかなあ。贋作造りのことは僕らの界隈《かいわい》じゃ大事件ですから、労をとってくれそうな気がする」

「本当？　それなら素敵だわ」

光枝は感情を込めずに言ったので、彼女がまだ本題に入っていないのが分かった。

紗江子は遠慮なしに訊いた。

「ねえ、盗作事件のことはどうしたの？　関係があるかもしれないんでしょう」

「ええ。でも、さっきも言ったように、何でもないかもしれないのよ。その茶壺のことは、盗作とはきっと何も関係ないと思うわ。

ですけどね、大葉さんは茶壺が手に入ったって聞いて、ご自分で柳瀬さんのお家まで受け取りに行ったんですって。それが、一月十八日のことなの。ほら、盗作犯が、絵を柳瀬さんのところに持って来た日の二日後のことだわ」

峯子はハッとした。

盗作犯が柳瀬に絵を渡した日付は、彼の家で女中をしていたたかの証言によってはっきり分かっているのである。それは一月十六日だった。大葉というひとは、盗作犯と行き違いになっていたことになる。

しかし、それだけで何かが明らかになるものでもない。たまたま、よく似た柄の着物を着たひとに行きあった程度の偶然に過ぎない。

「だから、大したことじゃないって申し上げた通りなんですのよ。ですけど、大葉さんにお話を聞いておく価値はあるんじゃないかしらね？　柳瀬さんに会った時に、二日前にどんなひとが訪ねて来たとか、たかっていう女中が知らなかったことを聞いてらっしゃることだって、絶対ないこともない筈だわ」

「はあ、確かに」

井口は頷いた。可能性は確かにないことはない。他に盗作犯を探し出す手立てが浮かばないのだから、会ってみるべきのようである。

「そうでしょう？　でも、私じゃ事件のことは分からないから、大葉さんをお訪ねするのにどなたか一緒に来ていただきたいの。それに、お話を聞くなら、ついでに茶壺の鑑定の出来るひとを紹介して差し上げたいのよ。どうかしら？　井口さん」

「ええ、それがいいと思います」

「じゃあ、是非そうすることにしましょう。でも井口さん、実はね、井口さんに一緒に来ていただくのは遠慮しておこうかと思っていますの」

「え？　何か？　——ああ、そうか。僕も白鷗会の人間ってことになってますしね。僕は行かない方がいいか」

真贋の鑑定が出来るひとを紹介しに行くのだから、贋作騒動の渦中にいる井口が訪ねるのは、大葉の疑心暗鬼を深めることになりかねないのだ。

「そう、井口さんじゃ駄目ですのね。だから、蓮野さん？　蓮野さんは、大葉さんのおうちまで、私と一緒に行って下さるかしら？」

「ええ。大丈夫ですよ」

蓮野は微笑んだまま、勝手にことを決めてゆく光枝に頷いた。彼は、最初から光枝に呼ばれた訳を察して、一人だけ話の出口で待っていたようであった。

「良かった。蓮野さんのことは、芸術品に詳しいかたって紹介してもよろしいのかしら？」

「そんな嘘は無用でしょう」

光枝は分かっていましたとばかりに、袖で口許の笑みを隠して流し目に蓮野を眺めた。

「そうね。じゃあ、私のお友達で、晴海商事の社長さまに鑑定のことを取り次いで下さる方、でいいかしら。これなら嘘じゃありませんわね？」

「ええ。そうですね」

「決まりだわね。でも、くれぐれも、三年前まで泥棒だったなんて、そんな本当のことまでお教えする必要はありませんのよ。

井口さん、晴海社長さまに鑑定のこと、お伺いを立てておいて下さる？」

「はあ。まあ、それは大葉さんを訪ねてからでもいいと思いますが――」

光枝たちはつつがなく訪問の手筈《てはず》を整えて行った。既に彼女は明後日の午後に知り合いを連れて訪ねると大葉に伝えてあるという。ことは迅速に進む。

自分が呼ばれた訳を気にして峯子はそわそわしていた。ずっと峯子を無視しているように見えた光枝は、おおよそのことが決まるとだしぬけに峯子を顧みた。

「ねえ、峯子ちゃんは一緒に来られるの？　写真機を持って来てもらおうかしら」

「ちょっと、それ、本当に危なくないんでしょうね？」

峯子の返事を待たずに、紗江子は急いで釘を刺した。

「あら、大丈夫よ。大葉さんはとても親切な方。間違っても、武器を持って泥棒を追いかけたりする羽目にはならないのよ。

大葉さんの茶壺ですけど、晴海さまにお見せする写真があったらいいかもしれないから、峯子ちゃんに撮ってもらおうかと思ったのよ。出来るかしら？」

「ええ。出来るわ」

さりげない返事をしようとして、少し意地を張った声が出た。

二

大葉邸は神田《かんだ》の淡路町《あわじちょう》で、峯子の家からほど近かった。築百年は経っていそうな、乾ききった古屋敷《ふるやしき》であった。

峯子たちを迎えた大葉栄次郎とよねの夫妻はそろって小柄の白髪姿で、老いた双子の兄妹《きょうだい》の感じがした。履物を売る商売を成功させて、骨董を集めてのんびり暮らす生活を手にしたそうである。

「おじさまおばさま、ごきげんよう。お約束通り、お友達を引き連れてお邪魔しに来ましたの」

「うん、そうですか」

大葉は眼を細めて笑った。

この老人は、光枝が舞台に立つようになったばかりの、まだ浅間珠子の娘ということも知られていない頃に彼女の後援に立っていたのである。夫婦二人とも、光枝のどんな奇矯《ききょう》な振る舞いにも慣れきっているという風であったが、蓮野の美しさには眼を見張った。一方で、峯子には駄菓子屋の主人のような好いたらしい笑みを向けた。

客間に通された。座らされて、よねを相手に待っていると、栄次郎は奥から重そうな木箱を抱えて来た。

「あ、おいお前、あれだよ――」

「ああ、ええ、はい」

よねに障子を開けさせたところで、栄次郎は忘れ物に気づいたようであった。何を察したか、よねは夫の脇をすり抜け廊下を奥に駆けていった。

戻って来たよねは、大きな板切れをぶら下げていた。板切れを畳に敷かせて、栄次郎はようやく木箱をその上に降ろした。

「ふう。これが、柳瀬さんの茶壺なんですよ。ちょっと見てやって下さい」

栄次郎は畳に膝をつくと、長方形の木箱の蓋を持ち上げ、仁清の茶壺を抱え出すと、畳にそっと安置した。それから、茶壺の下敷きになっていた鑑定書を傍に添えるように置いた。

三人の誰にも、品物の値踏みは出来ない。何やら立派で由ありげではある。ともあれ峯子は仕事をするつもりで、写真機を鞄から取り出した。

「あの、写真を撮ってもよろしいですか？　晴海商事の社長さんにお見せするんですの」

「おや？　ほう。カメラを持ってるんですか。どうぞ、どうぞ」

この子婦人写真師なんですのよ、と光枝が写真機を構える峯子の頭をつついた。

峯子は角度をいろいろ工夫し、栄次郎に頼んでひっくり返しもして、余すところなく茶壺の全貌を写し切った。

フィルムを入れ替えていると、その間に蓮野は茶壺の入っていた木箱を検分し始めた。

「大葉さん。この箱は、柳瀬さんのところから茶壺と一緒に受け取って来たものですか？」

「ええ、そうですよ。こんな箱で申し訳ないっておっしゃってました。どうやら、この箱、前に持ってた方が使っていたままなんです」

木箱は、肉厚で目の細かい上等の木材を使い、八つの角を金具で留めた頑丈な造りであった。しかし、かなり古いもののようで金具は錆びついている。誰かがバラバラにして組み直すのに失敗したか、所々から金具を留める釘の頭が飛び出している。

「これだから、うっかり畳の上に置く訳にいかないんですよ。釘が擦れて傷がつくんです。しかしね、頑丈なのに入れとかないと心配だから、これに入れたままにしてます」

栄次郎は、かわいがるような手つきで木箱の蓋をそっと閉めた。

閉じられると、蓋の上の様子がおかしかった。何か落書きがされているようである。

中央左寄りに、何かの画材で、赤茶けた線がいくつも描かれて帯をつくっている。左上から右下に斜めに走る、下に書かれていたことを反故《ほご》にした跡である。

蓮野は訊いた。

「これも、大葉さんがなさった訳ではないのですね？」

「ええ。柳瀬さんのところからいただいて来た時から、この通りになっていましたよ」

一体何の跡だろうか？　光枝も峯子もしゃがんで蓋の上に覆いかぶさるようにした。消された下に書かれていた文字は判別出来ない。

「箱書きがされていたのじゃないかしらね？　それを後から消したように見えません？　蓮野さん」

「そのようです。多分、これは元々この茶壺を入れていたものではなかったんでしょう」

別の美術品の箱書きがされていたのを、仁清の茶壺を入れるようにしてから、誤解のないよう塗りつぶしたものと見える。箱が長方形で茶壺の大きさとぴったり合っていないことが、それを裏付けていた。

蓮野は、落書きの端を指でなぞった。手帳を取り出して、指先を白紙の頁に擦った。

「ほう？　これ、どうやらコンテでやったみたいですね」

「あら、本当？」

光枝に続き、峯子も顔を寄せて、意外な発見の輪に加わった。

この箱は、画家と目される盗作犯が柳瀬の家を訪ねた二日後にそこから引き取られてきたのである。それに、コンテなどというものは誰でも持っているものではない。それこそ画家でもなければ、持ち歩くことはないだろう。

そこまで考えた時、峯子はあることに思い当たった。

「あ！　ねえ、柳瀬さんて、その時怪我をなさってたんじゃなかったかしら？」

それは、井口が女中たかから得た証言である。盗作犯が出入りした一月半ば頃は、柳瀬が手を怪我したりしてバタバタと騒がしかった、ということを彼女から聞き出していた筈である。

峯子は怪我のことを言ってから、赤らんだ顔を伏せた。ふと思い至った可能性に興奮して漏れた失言であった。盗作事件のことは大葉には説明していないのだから、柳瀬のことを峯子が知っていてはおかしいのだ。

幸い、大葉は峯子の妙な物知りを訝りはしなかった。

「おや、その通りですよ。お嬢さんよくご存知だ。柳瀬さん、右手を、何かで刺してしまったそうでした。私がこれを取りに行った時も、包帯を巻いていましたよ」

右手を何かで刺してしまった。つまり、書き物は出来なかったということになる。

何も言わないが、光枝も蓮野も分かっている。

要するに峯子が考えたのは、柳瀬は箱書きを塗りつぶすのを盗作犯に頼んだのではないか、ということであった。利き手に怪我をした柳瀬は、盗作犯がやって来た時にふと思いついて、二日後に受けわたすことになっている茶壺の無関係な箱書きを、自分の代わりに消させたのではないか。頼まれた画家の盗作犯は、たまたま持っていたコンテでそれに応じたのだ。

だとしたら、これは盗作犯が残した痕跡である。ずっと見つからなかった、貴重な手掛かりになりうる。

峯子は膝に置いていた写真機を構え直した。茶壺よりも念入りに木箱の写真を写すのを、大葉は妙に思ったかもしれない。

三

「なるほどねえ。思いがけない手掛かりがあったものだなあ」

「ええ。でも、まだ決まった訳じゃないわ」

「しかし、その可能性は高いと思うよ。コンテなんて使ってるんだからな。きっとこれ、盗作犯がやったんだ。茶壺と木箱の出処に確認が出来れば決定的だな」

叔父は、峯子が写した木箱の蓋の写真と、蓮野が手帳に写しとってきたコンテの跡を舐めるように見比べている。

蓮野は、茶壺の写真を持って晴海社長に会いに行っている。彼は今頃、鑑定の相談をしている筈である。

居間のテーブルには大月がいた。ちょっと見てみろ、と叔父は彼に箱書きの写真を手渡した。

「どうだ？　描き方の癖で、怪しい奴を思いつかないか？」

大月は一応、真面目な顔でコンテの跡を睨んだ。写真は極めてよく撮れていて、ピントは完璧だし、ムラも殆どない。

「分からない！　三歳児から黒田清輝《くろだせいき》大先生まで誰にでも描ける落書きにしか見えんな」

「そりゃそうだな」

盗作犯は白鷗会の中にいるらしいのだから、井口や大月はその筆致を見慣れている筈である。とはいえ、ただ文字を塗りつぶしただけのものだから、誰の手になるものか判別出来ないのも当然だった。

井口は怠惰に椅子に凭れ、写真を明かりにかざしながら、空いた左手でボリボリと頭を掻いていた。

やにわに彼は躰を起こした。何かを閃いた様子だった。

「そうだ！　利き手だ！　これで利き手が分かるんじゃないか？」

「あら、そうなの？」

興奮しながら叔父は説明した。

写真を見ると、箱書きを消す線は左上から右下に傾いでいる。

これは左利きの特徴なのだという。右利きならば、これは鏡に映したように、右上から左下に傾いた線になるのが普通である。

峯子は、左右の人差し指で、それぞれテーブルの上をなぞってみた。確かに、自然に腕を動かせば、叔父の言った通りの跡が出来る。

「えっと、白鷗会で左利きなのは誰だったか？　遠藤はそうだったろ？」

「あと桐田もそうだぜ？　――他にいたか？」

井口と大月は一人一人、白鷗会の画家たちを数え上げた。そして、左利きはそれら二人しかいないことを確かめた。

「間違いない！　容疑者は遠藤と桐田の二人だけだ！」

「いいことを教えてあげよう」

猥《みだ》らがましい口ぶりだったので峯子は身構えた。大月は赤らんだ自分の頬を叩いた。

「峯ちゃんは、晴海社長からカメラを下賜されたんだったな？　何のためだ？」

「いただいた訳じゃありませんの。何のためだか、晴海さんははっきりおっしゃいませんでしたわ」

「好きにしろというんだな！　大分上達したようだが、嫁入りまでの暇つぶしのつもりかね？」

「――いえ」

暇つぶしのつもりはない。しかし、何のためにやっているのかと問われたら、峯子は答えられなかった。

「遊んでいるつもりではない訳だ！　では一体、写真を練習して何物になる気だ？　婦人写真家か？」

「その――、ええ。そうかもしれませんわ」

酔漢の扱いに慣れていない峯子は、大月にどれほど真剣に応じるべきなのか分からなかった。大月は下卑《げび》た顔ではにかんだ。

「是非なるべきだ！　しかしなるからには良い作品を目指さねばならない。良い作品とは何だ？　時々、自分の作品を子供に擬える男がいるが、そういう奴には気をつけろ。そいつら子供が出来るまでにどんな思いをしたかといったら、陰部に快楽を得ただけだ！　そのくせ苦しみの果てに産み落としたような顔をしやがる。

あるいは創作など排泄《はいせつ》のようなものと思い込んでる奴もいるがそれもいかん。寝て起きて食べて、何事もなく暮らしていれば自然に生み出されるものに物珍しい解釈を与えるのを芸術と心得ているのだ。

そうではなく、芸術は吐瀉物《としゃぶつ》だ。そういうものだ！　無意味な苦しみを伴って、道理に逆らうようにして生み出されるのだ」

「あら。――でも、どちらもあんまり違わないようだわ」

「その通りだ！　排泄物も吐瀉物も、どうせ無関心な人々には敬遠される。一方、画壇では大先生方の落とし物がたいそうに敬《うやま》われている！　芸術家は便器職人でもあれば、糞尿も生産している。世のどこでも常にそうした自給自足がぐるぐると行われている！

その無益な循環を抜け出そうというのが本当の芸術だ。それには思いがけない苦しみがあるのを覚悟しておきたまえ！　ちょっと腹が痛いくらいのことではない。そんなのは誰にでもある！　そうではなくて、吐き気を催すこの世の理《ことわり》に思い知らせてやらねばならないのだ――」

大月はテーブルに突っ伏すと、そのまま寝入ってしまった。

振り返ると、紗江子が入って来た。足止めされていた峯子を心配して様子を見に来たのだ。

井口は、不思議にその気配を察して我に返った。彼は火照《ほて》った頭を危なっかしい仕草で振った。

「あ、紗江子か。もう十一時だな。判決をどうぞ」

「死刑」

紗江子が布団を居間に運んで二人を寝かせるのを、峯子は手伝った。

――別に、芸術家になってやろうと決めた訳じゃないわ。

峯子は呟いた。それでも、自分がやることを、世間知らずの娘の手慰みでなく、芸術扱いにしようとする点で峯子は大月を慕《した》っていた。

四

茶壺の箱に盗作犯の手が加わっている疑いが持ち上がったので、柳瀬の元女中、たかにもう一度話を聞きに行く必要が出来た。

前は井口と大月が訪ねているが、疑惑の白鷗会の二人に再訪させるのは止すことになった。だから、蓮野が行くよりない。

光枝は蓮野に同行を申し出た。

「今度のことは、私が蓮野さんを呼びつけたんですから、途中でいなくなるのは不躾な気がするわ」

峯子には、光枝がそこまで労を取るのが意外だった。彼女はどうも、事件以上に、蓮野に興味を覚えているようだった。

光枝は、峯子も一緒に来るよう誘った。

写真を撮る必要があるかもしれないということなのか。峯子は自分を同行させようとする光枝の意図が分からなかった。ただ、光枝が自分に故意の意地悪を働く筈がないことは信じていた。峯子の内には、幼い頃に、紗江子の友達は皆自分にも優しいのだという確信が形作られていた。

ともあれ、大葉を訪ねて二日後、同じ顔ぶれで女中たかを訪ねることになった。

千駄ヶ谷の奉公先への歩きがてらに、蓮野は光枝に言った。

「晴海さんは、真贋鑑定の手配をして下さるそうです」

「そう？　それは結構でした」

「それから、仁清の茶壺の出処は早速判明しました」

「出処って？」

「柳瀬に、茶壺を売ったというひとが見つかったんです」

「本当ですの？　こんなに早くにね。驚きだわ」

「晴海さんが、お知り合いの収集家に電話をして、心当たりに片端から問い合わせるようにお願いしたらしいですね。半日ばかりで見つかりました」

茶壺の持ち主は、東京市内に住む辻《つじ》という弁護士であった。彼が茶壺を柳瀬に譲ったのは、去年十二月の初め頃のことだという。

「辻さんとは僕が電話で話しました。彼は茶壺を柳瀬に、例の釘の飛び出た古い木箱で引き渡したとのことです」

「あら、そうでしたの。あの不恰好な箱でねえ」

「あれは、別の壺を入れていた箱を使い廻したものだそうです。元々の由緒のあるものは汚損してしまったとかで、入れ替えたんですね。だから別の箱書きがされていた訳です。ただし、辻さんは箱書きをコンテで打ち消したりはしていなかった。あれは柳瀬の手に渡ってから、大葉さんのものになるまでの間に行われたことです。

辻さんは、茶壺は断じて本物だ、と言っていましたね。鑑定人を呼んで、柳瀬に立ち会わせて鑑定を行ったんだそうです。そんなことをせずとも辻さんは自信を持っていたようですが、柳瀬は念を押したかったようですね」

「それじゃ、大葉さんの茶壺は本物かしら。わざわざ鑑定してるんですものね」

「しかし、柳瀬が茶壺を受け取ってから大葉さんに引き渡すまでに、どういう訳か一月以上空白がありますね」

「ああ、そうでした。何のつもりかしら？　不気味だわね」

もしかすると、その一月の間に、柳瀬は茶壺を贋物とすり替えたのだろうか。

街を歩く光枝は大きなパラソルを差して貌を隠した。それに峯子を引き入れたり、彼女は終始楽しそうにしていた。

女中たかは、妙な取り合わせの三人連れに何の詮索もしなかった。その代わり、蓮野にだか光枝にだか分からない声で、お美しいことだ、と呟いた。光枝が女優であることは知らないようである。

峯子は木箱の写真を取り出した。

蓮野が質問をする。

「仁清の茶壺が入っていた箱です。見憶えはおありですか？　今年の一月、柳瀬さんのお宅から大葉さんという収集家の方に譲り渡されたものです」

たかは自分の日記を持ち出して来た。

「ううん？　そうだ。一月十三日だ。これが届けられた日ですよ」

「ほう？　一月十三日ですか？　去年の十二月ではなく？」

「いや、一月です。一月の十三日って、そう書いてる。妾思い出しましたよ。この箱、底の釘が飛び出してて、それで旦那は右手に怪我をしたんだ。届けられた箱を、奥の座敷の箪笥の上に置こうとして、その時ですよ」

柳瀬の怪我の原因はこの箱だったのだ。だから、彼女にとってもこの木箱は印象深かったのだろう。

しかし、茶壺は昨年十二月の初めに辻から柳瀬に受け渡されている筈である。それが一月半ばになって家に届けられた、という。つまり、一月余りの間、茶壺はどこか別の場所にあったということになる。

それに、一月十三日といえば、盗作犯がやって来る三日前ではないか。

「この木箱は、その日に、誰かが持って来たんですね？　運送屋などではなかった？」

「運送屋じゃなかったです。柳瀬の旦那、妾が出迎えようとすると止めたんです。自分でもてなすからいいって。だから、誰かお客なんですよ」

たかを客に会わせなかったという、柳瀬の習慣通りである。

「木箱は、大葉さんに引き取られるまで箪笥の上に置いてあったのですか？」

「その筈ですよ。それから何日かして、お客さんに引き渡すから運ぶのを手伝ってくれって言われたんです。旦那が怪我してたから。妾が箪笥から降ろして、玄関に持って行ったんだ」

大葉の話では、一月十八日のことの筈である。

蓮野は、蓋の写真を見せた。

「蓋に、箱書きが打ち消されたような跡がありますが、木箱が届いた時からこの通りでしたか？」

「いや、それはどうだか、憶えが。届けられた時は妾ゃろくに見てないから。でも、こんな風じゃなかった気がしますよ」

「壺が誰から届けられたかはご存知ないのですね？」

「妾ゃ知らないです。もちろん、そんなことは聞きもしなかったんですよ」

女中は怯え始めた。宮盛の事件があったから、前の主人が贋作造りに関わっていたことは彼女の耳にも入っているだろうし、既に誰かに事情を訊かれているのかもしれない。

「本当ですよ。妾ゃ旦那が何やってたか、首突っ込んだことはなかった」

「心配すること御座いませんのよ。誰もそんな疑いは持たないわ」

光枝は、みんなお見通しと言わんばかりの、その実何も理由のない芝居掛かった微笑みで女中を安心させた。

蓮野はほんのひととき何かを考え込んだが、すぐに質問を進めた。

「たかさん。木箱を誰かが持って来てから、五日後に大葉さんが引き取っていくまでの間に起こった出来事を出来る限り思い出してもらえますか。特に、ひとや、品物の出入りです。何かが届いたとか、誰かが訪ねて来たとかですね」

たかは真っ先に、一月十六日の夜、竹編のトランクを預けに来た人物の話をした。

井口たちが既に聞いている話である。盗作犯が、井口の絵の盗作を持って来たのだ。

「それ以外はどうです？　例えば、茶壺の木箱以外に、もう一つ別の荷物です。そんなものが、どこかから届きませんでしたか」

もう一つ別の荷物？　蓮野は、具体的な想定を立てているらしい。

彼に促されるようにして、たかは何ごとかを思い出した。

「あ！　そうだ、そうだ。長持だ。竹編のトランクのひとが来た日のお昼に、どこかから小さい長持が届いたんですよ。古くて穢くて、小さいって言っても一人じゃ持てない大きさなんで、妾がお座敷まで運ぶのを手伝ったんだ。運送屋が玄関までしか運んでくれなかったんですよ。

でも、旦那は怪我してたもんだから、上手く持てなくて、玄関を入ったとこで手を滑らせちゃって、落っことしちゃったんです。そしたら旦那、真っ青になって悲鳴をあげて、うろたえぶりが大袈裟だったから、思い出したんですよ」

盗作犯がやって来た日の昼に、小さな長持が持ち込まれたという。随分荷物の出入りの多い五日間だったらしい。

質問を黙って聞いている峯子にも、次第に蓮野の追及しようとしていることが分かってきた。

そもそも、柳瀬が十二月初めに辻から買い入れた仁清の茶壺は、一月十三日までの間、一体どこに行っていたのか。考えられるのは、贋作犯の手に渡っていた、ということである。

柳瀬の計画は、本物の茶壺を入手して、その贋物を用意し、大葉に摑ませることだったのではないか。そう考えれば、一月の半ばに柳瀬の宅に沢山の荷物が出入りしたことに説明がつきそうである。一月十三日に届けられたのは、贋作犯から返却された本物だったのではないだろうか？

蓮野の質問は続く。

「その、一月十六日に届けられた長持の中身は何でしたか？　柳瀬さんは教えてくれましたか？」

「いや。多分教えてくれなかったと思いますよ。憶えてないから」

長持の中身は、贋物の茶壺だったのではないだろうか。本物と贋物が、相次いで柳瀬に届けられたのではないか。

「長持は、そのまま運んだんですね？」

「ええ。お座敷まで持って行きました。長持を、簞笥と障子の間に、邪魔にならんようくっつけて置いたら、もういいからって追い出されました」

たかは、長持の長辺を壁に沿わせて置く仕草をしてみせた。

「その長持はいつまで座敷に置いてありましたか？　もしかして、柳瀬さんが家を引き払う前に、どこかに送ったのではないですか？」

「あ、そうですよ。何で分かりなさる？　いつだったかな――」

彼女は自分の日記を何度も執拗《しつよう》に読み直す。

「書いてないなあ。すぐどっかに送っちゃった筈だ。多分、木箱を取りに来たより先だったんじゃないかなあ」

「なるほど。では、この期間に、今お話に上がった以外の訪問者はありましたか？」

「ううん、なかった筈ですよ。日記にゃ何にも書いてないし、そんな覚えはない」

たかへの質問はそれで済んだ。


「おそらく、大葉さんが受け取った茶壺は本物なのじゃないかと思いますね」

たかのところを去るなり、蓮野は思わず零れ出たようにポツリと呟いた。

「あら、そうなの？　本物だか疑わしくなるような、怪しいお話が沢山ありましたのに。大葉さん、いよいよがっかりすると思ったわ」

峯子も、光枝と同じことを考えていた。

明確な証拠がある訳ではないが、柳瀬は茶壺の贋物を造っていたと見えるのだ。

「確かに、柳瀬の計画は、辻さんから茶壺を買い取り、それを元にして誰かに贋物を造らせ大葉さんに売りつける、というものだったようです。

亜米利加《アメリカ》に行く予定だったから、こんな面倒な計画を思いついたとみえますね。贋物の茶壺をあまり目利きでない大葉さんに掴ませて一儲《ひともう》けし、本物は亜米利加《アメリカ》に持って行けばもっと高く捌《さば》けるだろうと考えたか、それともそのまま自分の収集に加えてしまうつもりだったのかもしれない。

しかし、たかさんから聞いた出来事を順番に数え直してみると、計画が順調に進行したとは思われない。

一月十三日、何者かが柳瀬の家まで木箱を持って来ました。いくつかの理由で、この箱の中身は本物であった可能性が高いですね。まず、運送屋を頼んでいないことです。貴重なものですから、それを見本に贋物を造るよう命じられた贋作犯が、自分で返しに持って来たと考えられる。

一方、三日後に届けられた長持は運送屋が持って来たそうでした。その中には、贋物が入っていたと考えるのが良さそうです」

「なるほどね。そうするのが当たり前ですわね」

贋物なら運送屋に任せることもあるかもしれない。贋物を造るための用が済んだから、本物を真っ先に返すことにしたのだとすれば、先に届いた方が本物だとも考えられるのだ。

「しかし、柳瀬は長持を運び込む時に迂闊なことをやった。右手に怪我をしていて、うっかり玄関で長持を落としてしまったと言っていました。たかさんは中身を知らなかったみたいですが、もしかしたら、この時、中の贋物が毀れてしまったのじゃないかと思うのですよ」

峯子はハッとする。その可能性は見落としていた。

光枝も、ポンと手を叩いた。

「ああ！　確かに、そうかもしれないわ。贋物を毀してしまったから、大葉さんが受け取ったのは本物だっておっしゃるのね」

「そういうことです。長持を落としたせいで、柳瀬は本物を渡すより仕方がなくなってしまったのですね。

もう一つ傍証があげられないこともない。木箱の蓋の箱書きを消すのにコンテを使ったことです。たかさんの不確かな記憶では、柳瀬の家に運ばれて来た時、蓋にそんな痕跡はなかったということでした。だから、柳瀬は長持が届いた日の夜にやって来た盗作犯にその作業を頼んだらしいということになりますね。

褐色のコンテを使ったのはこのことを裏付けていますね。箱書きを消すなら、せめて墨汁で塗りつぶすくらいすればいいものを、おざなりなやり方をしていますから、たまたま手許に持っていたもので行ったように思える」

つまり、こういうことである。

贋物が届いた日にそれを毀してしまった柳瀬は、大葉に本物を渡すことを決めたのだ。亜米利加《アメリカ》へ行くまで間がなかったから、贋物を造り直させることは出来なかった。品物を引き渡して、大葉から金を受け取ることの方が重要だったのだろう。

それに際し、柳瀬は、大葉の手に渡る予定はなかったために気に掛けていなかった、無関係の箱書きを消しておこうと思い立った。

「毀れた贋物にも箱を用意していそうなものですから、そっちと入れ替えても良かったでしょうが、怪我をした手で破片の始末をするのが面倒だったか、それとも、長持を落とした時、贋物用の箱も一緒に毀れてしまったのかもしれませんね。造りが悪ければ、そういうこともあるでしょう」

「よく分かりましたわ。大葉さんの受け取ったのが本物らしいのは不幸中の幸いでした」

「そうですね。しかし、こんなのはただの推論で、当たっていようがいまいが問題にはなりません。茶壺の真贋は、鑑定人に任せておけばいいでしょう。

それに、井口君の盗作事件のことを考えるなら、大葉さんの茶壺が本物か否かに大した意味はないですね。

どういう意味があるかというなら、一つには、あの蓋の痕跡が盗作犯によって書かれたのに間違いなさそうだということ。もう一つは茶壺の贋物を造っているひとがいるらしいということです」

その通りだ。考えてみれば、これは新しい贋作犯が見つかったということでもあるのだ。今まで判明した贋作犯の中に陶工はいない。誰か、他に柳瀬を手伝った人物がいる。

峯子は訊いた。

「茶壺の贋物を造っているのって、叔父さんの知り合いかしら？　白鷗会に陶芸家のひとがいるんでしたっけ？」

「井口君に訊かないと確かじゃないが、いるね。遠藤というのがそうらしい」

遠藤といえば、贋作が公になって以来、加担したものたちをあからさまに蔑《さげす》むようになった男である。もしかすると、自分が同類だと露見することを恐れていたのだろうか？　隠れた贋作犯に当てはめるのにはぴったりの人物である。

「調べられるのかしら？」

「遠藤というひとは落ち着きがなくなっているようだから、どこかに証拠を残しているのかもしれないな」

蓮野は気ぜわしそうに言った。

峯子には妙に思っていたことがあった。蓮野のことである。そもそも彼は、井口のために事件の検討を始めて、自身は事件の傍観者に過ぎないことを忘れぬようにしていたのだ。

しかし、ことが進行するにつれいつのまにか彼の顔付きは変わっていた。今、蓮野が悩んでいるのは彼自身の事件であった。どこかで、蓮野が局外にとどまることを許さない何事かが起こったらしいのである。今日だって、たかから話を聞くのに、今までになかった熱心さを見せていた。

「――蓮野さん。これって、そんなに重大な事件ですの？」

峯子は躊躇った挙句訊いた。訊いてから、こんなのは子供にしか許されない物言いだと思い直して恥ずかしくなった。

「それはひとによるよ。誰にとっても重大な事件は存在しない。何か、峯子さんにとってこれが重大な事件になる心配があるのかい」

「あら、峯子ちゃんにだってもうとっくに重大事件よね？　一度なんて、泥棒と鉢合わせしそうになってるんですものね」

光枝はそう混ぜっ返した。しかし、峯子が気にしているのはそんなことではなかった。この事件を、蓮野にとって重大にしているものは何なのか？

光枝は、これをきっかけに思い出したように言った。

「そういえば、蓮野さん。あやさんにお便りを差し上げて？」

「先月に一度」

「そう。また、なるべく早く書いてあげて下さるといいわ。近頃のあやさん、お仕事が何にも手に付かないみたいなのよ。事件のこと、とても心配してるのね。私は訳を知りませんけど、あやさんにとって、重大なことなんでしょう？」

光枝は蓮野に目配せをして、ついでのように峯子の頭に手を置いた。

蓮野と光枝に挟まれるうち、峯子の心の内には惨めさと寂しさが広がりつつあった。

それは、物心のついた頃から心の中に砂中の小石のように埋まっていて、しかし、時折手を差し入れて掻き廻す時の他は、そこにあることすら忘れているようなものであった。この二人のそばにいる時、峯子は心から詰め物を取り除かれ剝《む》き出《だ》しにされた。

一つには二人の美しさのせいだった。二人が峯子を爪弾《つまはじ》きにする筈がなくても、惨めさは心の縁をせり上がってきた。

もう一つ峯子を苦しめたのは、決して二人にその心模様を露わにする訳にはいかないことであった。峯子は、あやの話を聞いて自分の心が騒めいていることを悟られまいと努めていたが、既に悟られていると諦めてもいた。

重大なこと、という。峯子にとって、自分の心以上に重大なことは何もなかった。それは自分が幼いせいなのだと彼女は思った。

五

八月十三日。あやは、再び蓮野の手紙を受け取った。

扇の殺害に始まる、事件の続報であった。やはり、差出人の息遣いのない愛想の悪い手紙で、前に届いたものと書きぶりは何も変わっていない。あやは、すなわち蓮野は自分と再び会うことを拒んでいないのだと考えた。

彼女は先月と全く同一の手筈をとった。電報を打ち、翌日の夕方、日比谷公園へ向かった。果たして、蓮野はこの間と寸分違《たが》わぬ出《い》で立《た》ちで、門前の同じ場所に待っていた。

あやは手紙のそっけなさに前回と同じ文句を言ったが、もはや怒りは籠もらなかった。それが蓮野の生来の気質を使って書かれていることが分かったので、内心では信頼を増していた。

「井口さんのところに泥棒が入って、頭のない屍体が見つかって、新しい贋作造りのひとが出てきて——、いろいろなことがめまぐるしく起こったのね」

「ええ」

「昨日と今日は何かがあったのかしら？　お手紙を書いてから、新しいことが分かったのじゃなくて？」

「特にはありませんね。井口君に、茶壺の贋物を造ったひとの心当たりを訊いたくらいです。彼は、なんとなく遠藤は贋作をやってそうな気がする、と言っていました。それ以上のことはまだ分かりません」

「もうあまり時間が残ってないのじゃないの？　和蘭陀《オランダ》のお金持ちが帰ってしまう前に盗作犯を見つけないといけないんでしょう？」

「井口君の立場においてはそうですね。ただ、僕は盗作犯はそう遠からず見つかるような気がしています。ロデウィックさんの出国に間に合うかは分かりませんが」

「あら、そうなの」

　意外そうな声を上げはしたが、蓮野の答えはあやが期待していたものであった。彼がこの事件を解決することは、あやの悲願になりつつあった。

「尤も、盗作犯が見つかったとして、それだけでは何も解決しないのです。そいつがやったことを客観的に明らかにして、ことによったら反省させなければならない」

「反省させる？　あるいは後悔させるってことかしら？　私の絵を盗作した犯人を？」

「ええ。そうする必要があるかもしれない、ということです」

　あやは蓮野の顔をマジマジと見つめた。

「へえ？　あなたがそんなことを大真面目におっしゃるとは思わなかったわ。一体、どうなさるおつもり？　盗作犯にお説教でもするの？　犯人を改心させようっていうのかしら。そんなことが上手くいくとお考えなの？」

「改心させるのは難しいかもしれませんね」

「そうよ。出来心でやったなんていうのじゃないでしょう？　反省なんてしやしないわ。そんな奴は、蓮野さんならどうするのかしら」

「さあ。どうしましょうか」

「拷問でもする他なくてよ」

あやは蓮野の耳元に吹きかけるように言った。

「ほう。拷問ですか」

彼は涼しい顔で応じる。あやがいかに突飛な話を持ち出そうとも、蓮野が動じることはなさそうだった。

「ええ。盗作犯を懲《こ》らしめるのなら、そうでもするしかなくてよ。その方法でも考えてらっしゃるの？」

「まさか。拷問をするには、極めて緊密に他人と付き合う必要があるでしょう。僕が一番苦手とすることです。それに、独創性も必要です」

「そう？　私は、あなたは誰よりも拷問が得意な方だと思うわ。あなたはひとが何に苦しむかということを、本当によく分かってらっしゃるわ。

独創性が必要なんておっしゃるけど、どうせ、何もないところから新しいものは生まれないのよ。私、いくつか教えてあげてよ。お芝居をしていると、そんなことに興味が湧くの。いろいろ読んだことがあるわ」

あやは、過去に東西で実際に行われていたという様々な拷問の趣向を語った。一千年も前に蘇格土蘭《スコットランド》で行われていた、動物の皮を靴の形にして履かせ、水を満たして火で炙《あぶ》るのや、古代羅馬《ローマ》の、腹を割って腸を引き出し絶命するまで巻き取るのや、大陸の、躰をわずかずつ斬《き》って死に至るまでの時間を出来る限り引き延ばすもの、あやは蓮野の脳裏に精確な光景が浮かぶよう、事細かに話した。

「ご退屈だったかしら?」

「いえ。いろいろ新しいことを教えてもらいました」

「さあ、蓮野さんはどうなさるの? もちろん、盗作犯が見つかっただけでは解決にならないわ。そのあとのことを、あなたが考えてらっしゃらない筈がありません。聞かせていただきたいわ」

「みんな盗作犯が見つかってからのことです。しかし、井口君も、岡島さんも、この事件に中途《ちゅうと》半端《はんぱ》な結末は望んでいないでしょう。それはよく理解しています」

昏《くら》くなりつつある日比谷公園である。二人は籠中《ろうちゅう》の羽虫のように、園内のあちらこちらへと気まぐれな足を向けた。

静かである。どこまでも歩いても無人であれば良いとあやは思った。

蓮野と並んで歩くことに慣れる時が来るだろうか? 彼の隣にいると、あやは心のありとあらゆるところをゾワゾワと撫で付けられた。

胸中に、蓮野への激情的な言葉が渦巻くのを、あやは沸いた鉄鍋《てつなべ》の蓋のように押さえつけていた。彼に自らの感情を露わにすることが恐ろしくなっていた。

あやが決めたのは、彼には決して嘘を吐かず、しかしうっかり本心を言葉にしないように気をつけることである。元より、あやは言葉を信用していなかった。だからこそ、いつもはそれを機関銃の弾丸の如く濫用して憚らないのだ。

「それにしても、一体、つじつまの合わないことが多過ぎるのじゃないかしら。盗作のことだけならまだしも、あちこちにいろんな事件が散らかっているわ。

ねえ、この事件の犯人は、蓮野さんのことを知らないとお思い？　井口さんの後ろに隠れているあなたのことは、犯人に気づかれずに済んでいるのかしら」

「何、犯人の企みがどうあれ、どうせ僕はせいぜい端役《はやく》に過ぎません。僕の存在が事件の大勢を揺るがすことはありません」

「随分はっきりおっしゃるのね。間違いありませんの？　これだけ入り組んだ事件よ。動機だって、目移りしてしまうくらいいろいろ考えられそうだわ」

「表沙汰になったことを一つ一つ眺めれば無限に動機が考えられます。しかし、実際、この事件に紛れ込んだ夾雑物《きょうざつぶつ》はそれほど多くない。一つの明快な意志に基づいて行われる、明快な事件です」

「――今までそんなことはおっしゃらなかったわね。じゃあ、一体どれほどのことがお分かりなの？」

「七割ほどでしょう。しかし事件は済んでいない。いくつかの肝心なことがまだ分かっていません」

「それじゃ、あなたはこれからどうなさるの？　なんとか、事件を止める気はおあり？」

「あやさん。それは、僕があなたに訊くことです」

唐突に、ドキリとする厳しさを含んだ声で蓮野は言った。彼は足を止めた。

あやは周囲を見回す。人影は見当たらない。二人きりである。

蓮野が口にしようとしているのは、あやだけに向けられた、あやにしか理解出来ない言葉だった。

「前にあやさんは、僕に事件を解決して欲しいとおっしゃいました。どんな解決がお望みです？」

「やって下さるというの？　私のために？」

「何でも、あやさんの望み通りにします。例えば、今すぐ殺人犯を見つけ出すことが肝心ならそうしましょう。あるいは、事件の背後にある事情を余すことなく明らかにするのがいいですか。それとも、もっと別の解決をお望みですか？」

あやは、蓮野に初めて会った時のことを思い出した。あの時のように、真実を人質に脅されているように感じた。

「あなたは分かってらっしゃるの？　私がどうしてこの事件を解決して欲しいのかを？」

蓮野は答えない。無論彼は分かっているのだ。

噴水の近くである。蓮野は静物のように立ち尽くしてあやを見つめている。

「あなたは本当に、ひとを追い詰めるのがお上手だわ。ええ、あなたのことだから、私に決めさせようとするでしょう。あなた自身の意志を、私に見せて下さる気はないのね。それが私にとってどんなことだか分かっていて――」

あやの、本心を見せまいという決意は崩れ始めていた。悔しさがこみ上げ、蓮野を罵《ののし》りかかった。

しかし彼はあやより先に口を開いた。

「僕は決してあなたを試しません。どんな解決が必要か決められない時、決める必要はありません」

「私が決めなかったら、蓮野さんはどうなさるの？」

「それをお話ししては、あなたに逃げようのない選択を迫ることになってしまうでしょう」

「では、あなたに一切を託せとおっしゃるのね」

彼は無言で頷いた。

もはや蓮野を問い詰めることは出来なかった。やはり言葉など信用ならないのだとあやは思った。彼女はそっと両手を差し伸べて、闇中にうっすら浮かび上がる蓮野の顔に触れた。彼は拒まなかった。その手触りは、あやには生きたものを触っているようには思われなかった。

「私は、あなたの美しさの他、あなたのことが何も分からないわ。あなたは、どんなことでもよく分かっているくせに、あなた自身の美しさが分かっていないのよ」

あやは、ヨカナアンの首を愛《め》でるサロメのように、蓮野の躰の輪郭を撫でた。

彼に抱擁《ほうよう》を求めることは出来なかった。代わりにその右手を取った。

傷一つない、滑らかな手だった。あやは、その甲に思い切り親指の爪を突き立てた。

蓮野は表情を変えなかった。

あやは、彼の許に跪くと、爪痕《つめあと》に口づけをした。

六

八月十六日の午後。峯子は、家族や、紗江子にも内緒で、一人帝国劇場に芝居を観に来た。あやの芝居である。『サロメ』はとっくに終わっていて、演目は最近売り出し始めた若手の作家による現代喜劇であった。

光枝は、近頃あやはまるで仕事が手につかない有様だと言っていたが、舞台上の彼女にそんな様子はまるで窺えなかった。むしろ、峯子は舞台にいるのが本当にあやなのかしらと疑わしく思った。芸者上がりの男爵夫人を演じる彼女は、それ以外の何ものとも思われぬ演技をしていた。

尤も、峯子はろくに芝居の筋を追うことが出来なかった。あやの動きを眼で追うばかりで、あとは別の物思いに心を向けていた。

峯子は事件に関する叔父たちの考えを何でも聞かされていたが、一つだけ、彼らが語っていないことがあった。あやこそが一連の事件の犯人ではないか、という可能性である。

叔父たちは峯子に聞かせないようにしているのか、それともこれは口に出すにも値しないつまらないことなのか。まさか、叔父たちはこの可能性に思い至っていないのか？

どうであれ、あやが犯人かもしれないという考えは、次第に峯子に取り憑《つ》いて離れなくなった。

峯子にも、これがさして論理的なアイデアでないことは分かっていた。しかし、この犯罪が美しさに貪欲《どんよく》な誰かによって引き起こされたのではないかというのは、捨て難い思いつきであった。峯子だけが目撃した、中野町の小屋で見た無惨な女の姿がそんな印象を強固にしていた。

叔父は爪先の欠けた靴の人物を、男、と呼び習わしている。しかし犯人が女なら、男の靴を履いて正体を眩まそうとするのが当然である。

そして、動機――、あやには動機がある。蓮野に事件の成り行きを知らせるよう求めた彼女が、蓮野に会うために事件を起こしているとしたら？　彼に行動を起こさせるために、あやにはこんな派手で不可思議な事件が必要だったのじゃないかしら？

そのためだけにこんな犯罪を行うのは馬鹿げている。しかし、あやならそれをやりかねないのではないかしら？　一度も顔を合わせたことはないが、漏れ聞いた話によって峯子の想像に描き出されたあやは、そんな女性であった。

わざわざ芝居を観に来たのは、自分の考えるあやと、本物との答え合わせをしたかったのである。あやの姿を見れば、何となく殺人犯の面影を見出すことが出来るのではないかと期待していた。

しかし、舞台を見て分かったのは、あやが優れた女優であることだけであった。殺人犯はおろか、あや自身の姿すらそこにはなかった。

劇が済むと峯子は席を立ったが、すぐには劇場から離れ難かった。あの芝居で、あやを見たとは言えなかった。未練が残って、周辺の街路を巡った。

峯子は今日も電話交換手の格好である。鞄を肩から下げて、その陰に写真機をもつ手を隠していた。もう、人前で写真機を扱うのに気後れはしなくなっていたが、しかし犯罪の関係者に見咎められるのは不安だった。その姿は、辺りの雑沓に上手く馴染んで人目をひくことはなかった。

小一時間も、峯子は劇場の周囲を彷徨《さまよ》った。

次第に日が傾き始めた。暗くなる前には帰りたい。

辺りの建物の影が伸びて来たことに気を取られてから、前方に視線を戻した時であった。峯子は頭をスッポリとショールで覆った女がこちらに歩いて来るのを見た。

叔父に話を聞いていたから、峯子は一目でそれがあやだと分かった。

峯子は心を静め、向かってくるあやをやり過ごした。彼女が行き過ぎてから、その背中をこっそりと追った。

一体、何を目的にあやについて行くのか、確たる考えはなかった。どこへ行くのか分からないが、家にでも帰るような足どりである。峯子は、根拠もなしに、逃してはならないような気がしていた。

あやは通りを折れ、人通りの少ない裏道に入った。

それにしても、電車にも乗らなければ、自動車も使わないのはどういう訳かしら？　こんなところに住んでいるとは聞いていない。

五間先であやは路地を折れた。峯子は見失うまいと足を早めた。

そして、続いて角を曲がったその瞬間であった。

すぐ間近に、あやが立っていた。彼女はショールから眼だけを出して、峯子を待ち構えていた。

峯子は驚きに躰をすくめたが、身を翻《ひるがえ》す間もなく腕を掴まれた。着物の上からだったが、峯子の左腕にはあやの爪が食い込んだ。

「あなたどこの子よ？　ずっとついて来るじゃないの。何のつもり？」

後を尾けていたことはとっくに気づかれていた。あやは峯子を問い糺すために、こんな人気のないところへ歩いて来たのだ。

「私は――」

何か適当な名を名乗って誤魔化そうかと、峯子は口籠もった。あやは峯子の腕をひねり上げるようにした。ショールははだけ、厚化粧の顔が露わになった。

「ええ、きっとあなた峯子ね。そうじゃないの？　はっきりおっしゃい」

「いえ、私――」

どうして分かるのか？　追っているのを悟られていたことといい、峯子はあやの勘の鋭さにたじろいだ。

「何よ？　違うの？」

「いいえ、そうです。私、矢苗峯子です」

「そうでしょう。誤魔化そうなんてするもんじゃないわ。私あなたのこと聞いていてよ。光枝の友達だったわね？　話に聞いていただけでじゅうぶん分かったわよ。あなたが私を追い廻したりしそうな子なのは。

ねえ、ちゃんと顔を見せなさい。俯いているんじゃあないわよ」

あやは、その視線を避けていた峯子の前髪を摑んで、グイと引っ張り上を向かせた。

「ほら、ひとを尾けまわしたくせに、いざ見つかったからって、そんな惨めったらしい顔をしないのよ。あなたが自分でやったんじゃないの。

さあ、私に何の用があるの？　何かこそこそした用事があるんでしょう？　言ってみなさい」

「それは、ちょっとお姿を見たから——、どちらにいらすのか、興味が起きてしまいましたの。ごめんなさい」

「無邪気なものだわね！　困ったものだわ。ねえ、それで納得しろっていうんじゃないでしょうね？　だってあなた、憧れの誰かに逢いたくて劇場の周りをうろついてたって訳じゃないんですものね。

何か事件のことであなたなりの考えがあったのよね？　だから私が気になるのよね。迷惑なことだわ」

「私、そんなに無礼なことだって、分かってませんでしたの。ねえ、放して下さい」

「あら、駄目よ」

峯子を押さえつけるあやの両手に力が加わった。毛髪が数本毟《むし》り取《と》られた。

「私だってあなたに興味があるわ。あなたが何様のつもりでいるのか是非知りたいわね。

だって、峯子？　あなたは、自分で、私のことを嗅ぎまわる資格があると思っているんじゃないの。そんな、洟《はな》でも垂らしそうな顔をして！　ねえ、うるさいから泣き出すんじゃないわよ。

そんなに怖がっちまってあなたは、私のことを探ろうとして、反対に自分のことが探られるってことは考えなかったの？　それが当然じゃないの！

さあ、何であなたは、檻《おり》の中のひとを外から棒で突っつくみたいな、自分はしっかり肌を隠して、私だけ丸裸にして晒し者にするみたいな、そんなことをしてくれようと思ったのかしら？」

「そんなこと、思いません」

「嘘を吐くんじゃないわ」

あやはますます迫《せま》って、白粉《おしろい》の匂いが峯子の鼻を突いた。間近に見たあやの美しい貌に人工の歪みが加わっていることと、厚化粧の下に傷痕を残していることがはっきり分かった。あやは今、それを峯子に思い知らせようとしていた。

「分かりきったことなの。あなたみたいな子は、誰より私を馬鹿にしてくれるのよ。何にも不足のないまま育って、大して綺麗でもないくせに、揶揄われることには慣れてないのよね。美しさなんて知らないわって取り澄まして、本当は何よりも関心があって、それだから当然のように私を見下しているのよ！

小憎らしい顔だわね。さあ、一体あなたに何の取り柄があって、私を馬鹿にしてくれるのかしら？　世間知らずだってことの他に何の取り柄があるの？」

峯子はずっと返す言葉を探していた。探していたのは誰が言ってもあやを黙らすことが出来るような、普遍的な言葉であった。そうでなければ意味がないのだ。

しかし、峯子の頭に浮かぶのは、手術を受けてまで美しくなろうとした虚栄心を嘲笑する言葉や、それが不完全で人工の不自然さを残していることを揶揄する言葉ばかりであった。それだけは絶対に口にするまいと思って、峯子は必死で唇を噛み締めていた。

峯子を捻りあげるあやの力がさらに強まった時であった。肩から下げていた鞄がずり落ちた。握りしめていた写真機が露わになった。

それを見た時、凄愴《せいそう》な美しさを放っていたあやの形相は一変し、醜悪な怒りを表した。

「何よ！　こんなものまで持って！」

写真機をあやは引っ手繰った。

「あっ」

峯子の小さな悲鳴はどこにも引っ掛からずにかき消えた。写真機は地面に叩きつけられた。裏蓋《うらぶた》が跳ね開き、内臓のように蛇腹が飛び出した。それをあやは、塀に向けて蹴っ飛ばした。

レンズの砕《くだ》ける音がして、ファインダーが弾《はじ》け飛《と》んだ。

峯子はしゃがんだ。呆然と毀れた写真機が転がるのを見た。我に返った時、既にあやはいなくなっていた。

9 『首斬《くび》《き》り役人』

一

夕方。毀れた写真機を持った峯子が私の家にやって来た。そろそろと、満杯の水差しでも運んでいるような足取りで、必死で涙を溢すまいとしているらしかった。何事かと思ったが、峯子は私に話すのを拒んだ。仕方なく、事情を聞くのは妻に任せ、居間を二人に明け渡した。

玄関ホールの階段に座ってぼんやり話が済むのを待っていたが、すると今度は蓮野が訪ねて来た。その気配に気づいた二人は、慌てて居間から奥に引っ込んでしまった。

私は空いた居間に蓮野を案内した。

「どうしたんだ？　何か分かったか？」

「まあね。ちょっとしたことだが」

彼はわずかに奥の気配を気にする素振りを見せた。

「医師の笹川さんから僕に知らせがあった。何でも、近頃変な男が病院を訪ねて来るらしい。岡島さんのことを何か知らないかと看護婦にいろいろ質問をしていくそうだ」

「変な男？　どんな男だ？」

「手紙だから詳しくは分からない。二、三十歳くらいだそうだ」

「あやのことを、笹川医院に聞きに来る訳だから――、つまりはあやの顔のことだよな？　知りたがっているのは」

「そうだね」

「つまりそいつは、あやが女優になるため顔の手術を受けた証拠を見つけようとしてるってことか？　それをバラしてやろうとしている奴がいると？」

「そういうことだ」

水谷川かもしれない。彼は、あやに、お前の秘密を暴いてやると宣言していたようだし、今の彼なら本当にやりかねない。

「岡島さんは時々笹川さんのところに通っていたと言っていたから、そこから嗅ぎつけたんだろうな。何としても岡島さんに恥をかかせてやりたいらしい」

「放っておいていいのか？」

「それが水谷川だとして、簡単には暴きたてたり出来ないさ。笹川さんが、岡島さんの昔の写真だとか、手術の証拠を漏らすことはないだろうしな。それに、岡島さんにとっても、そんな醜聞は大した問題ではなくなってしまった。どうでもいいようなものだ。少し様子を見よう」

釈然としなかったが、蓮野にはそれ以上説明する気はなかった。

「それから、問題の茶壺の贋作の話だ」

「ああ！　そう、あれについては僕の方でも分かったことがあるんだ」

柳瀬が大葉に譲る茶壺の贋物を誰かに造らせていたことが分かったが、その役を任されたのは誰なのか？

私は遠藤を疑っていた。そして、それは水谷川によって裏付けられたのである。

暴露のきっかけになったのは、柳瀬に茶壺を譲った辻という弁護士であった。

彼は、茶壺に纏わる一連の疑惑を公にし、自分が所持していたものは間違いなく本物であると主張した。晴海社長に頼んだ真贋鑑定の結果はまだ出ていないから、やや勇み足ではあるが、ともかく彼は自身が贋作造りと無関係であることを示そうとしたのである。

これに反応したのが水谷川だった。彼が遠藤を売った。水谷川は、去年の十二月から今年の一月にかけて、遠藤が大葉に譲られたのとそっくりな茶壺を造っていたことを警察に知らせた。そればかりでなく、水谷川は遠藤について知っていることをみんな警察に話した。遠藤が二年ほど前から贋作造りに加担していたこと、中野町の蔵に出入りしていたことも彼は明かした。

「宮盛の金庫から写真が出なかったから、遠藤はこれまで容疑を掛けられていなかった。でも、実は水谷川、遠藤が贋作犯だってことはずっと前から知ってたんだよ。

一応義理立てしたのか、最初水谷川は自分が警察に追及されてもそのことは黙ってた。しかし、遠藤が、贋作犯を軽蔑してみせるようになったろう？　だから憎くなったんだ。あいつも贋作犯だってバラしてやる気になったんだろうな」

「君は最近水谷川に会ったか？」

「いや。でも、噂じゃ贋作犯だとバレてからはヤケクソの堕落生活をしているらしい。それだから、あやが顔を整えたことをバラしてやろうと必死でもおかしくないな」

彼はもう、自分の落ちた穴に他人を引《ひ》き摺《ず》り込《こ》む他にすることがないのである。

「そういう哀れな水谷川の証言だから、どこまで信用出来るのか分からないがな」

「いや、遠藤については水谷川を信用していいね」

「そうなのか？　君も何か調べたのか」

蓮野は、遠藤の家の近所で話を聞いたそうである。

「一月中旬に二回、長持を持った運送屋が出入りしていたそうだ。一回だけじゃ何事でもないが、持って行って、また持って帰って来た。往復したのはちょっと妙だからな。憶えている人がいた。日付まではは［っ］きりしなかったが」

「へえ？　そうだったか」

仁清の茶壺の贋物は、長持に入れてやりとりされたらしいのである。時期も、柳瀬が長持を受け取ったのと一致している。偶然とは思いにくい。

「じゃあもう一人、新しい贋作犯が分かったと考えていいのか」

「まず間違いないね。茶壺の贋物を造ったのは遠藤だろう」

調査の進展ではある。

しかし、遠藤が贋作をやっていたことが何だというのか？　盗作犯を見つけねばならない私が、それをどう役立てていいのやら分からない。

「それにしても、君はそんな調査をしてくれてたのか。君は、この事件の探偵は僕であって自分じゃないとか言ってただろ？」

「それはそうだよ。僕も事件を調べてはいるが、別に、真相が必要だから調べている訳じゃない。そんなことは二の次だよ」

また、謎めいたことを蓮野は言った。

「――君に、真相は要らないのか？」

「出来れば、真相無しに解決だけ手に入るのが望ましい。が、どうせそうはいかないだろうな。多分嫌でも真相は知ることになる」

「僕はどっちも要るんだがな。それも出来る限り早く」

「分かってるよ。さあ、どうしたものかな――」

蓮野はテーブルの上に目を向けた。

そこには無残に毀れた写真機が放り出されていた。彼はそれを取り上げ、しげしげと眺めた。残骸《ざんがい》には白粉が付着していた。彼は起こったことをおよそ察したようであった。

「そうだ。井口君に言っておこうと思っていたことがある」

「何だ？」

蓮野は珍しく私の気を引くことに注意を払って、勿体ぶった言い方をした。

「君は、宮盛と扇の屍体の姿に見憶えがあると言っていたろう。心当たりは分かったか？」

「いや、それは――、まだだな」

「是非思い出してくれ。もし何も糸口が見つからないというのなら、深江という画家だ。深江さんに関係したところで、そんなものを見たのじゃないか？」

深江？　私はぼんやりと彼のことを考えた。

言われてみれば、確かにあの屍体の情景は、深江の記憶と繋がっている気がする。

二

翌日の夕方、私は峯子を連れて、麻布の屋敷へ晴海社長に会いに行った。

写真機を毀してしまったことを謝罪するだけなら峯子一人でもいいのだが、ちょうど、晴海氏に依頼した亜米利加《アメリカ》の柳瀬に関する調査の返事が来たというので、私も一緒に行くことにしたのである。

私たちは屋敷の一番奥の、晴海氏の亡妻の十二畳の部屋に案内された。

峯子は鞄から恐る恐る写真機の残骸を取り出した。そして、あやと遭遇したことをゆっくりと話し始めた。

「奥さまの形見でしたのに。ごめんなさい」

峯子は啜《すす》り泣《な》いた。晴海氏は写真機を摘み上げ、ふむ、と呟いた。

「誰も、絶対毀す筈がないと思ってお前に写真機を貸したりはせんのだ。思っていたよりも派手な毀しぶりだがな。泣くのをやめろ」

「はい」

峯子は下を向いたまま涙を拭《ぬぐ》った。

「それで、峯子。もう懲りたかね？　写真は止すかね？　お前の話をいくら聞いても、何故その女優が怒り狂ったのかさっぱり訳が分からんが、世の中にはさっぱり訳の分からん奴がうじゃうじゃいるぞ。そんな奴に遭遇するのは一度じゃ済まんな」

晴海氏は葉巻を咥えた。

「写真機を持っていようがいまいが、どうせそういう奴には遭遇するがな」

「はい。でも、やっぱり私、世の中のことが分かってないって思い知らされたような気がしますの。それなのに、不相応に写真機をお借りしてはしゃいでたんだわ」

「どうせまだ何も解決していないのだろう。そう簡単に反省をするようではいかんな。井口なぞ世間を知らないことにかけてはお前と大差ないが、儂と会ってからずっと絵筆を持って大はしゃぎのし通しだ」

晴海氏に名指しされた私は、その通りだと峯子に頷いてみせた。

峯子はようやく顔を上げた。

「はい。——私、懲りた訳じゃありませんの」

「ならいいがな」

いくらか不機嫌にも聞こえる声で氏はそう言うと、立ち上がって背後の押し入れの襖を開いた。小ぶりな箱が詰め込まれた中から、そうだな、と呟きながら五分余りもかけて一つを選んで持って来た。

峯子が蓋を開けると、入っていたのは、新聞社の写真師が使うような、グラフレックスの大きな写真機であった。やはり、晴海氏の奥方の遺品である。

「次はこれにしてみるか。全く勝手が違うぞ。扱いはややこしいがずっと精巧に撮れる筈だ」

「はい。それじゃまた、お借りします。大事にしますわ」

「もしまたその女優に逢ったなら、何台でもあるから毀しても無駄だと言っておけ」

峯子の話はそれで済んだ。

「それから、大葉という履物屋だな？　茶壺の鑑定結果が出たぞ」

「ああ、どうでした？」

「本物だろうという話だ。本物で良かったのだろう？」

蓮野の推理では茶壺は本物の筈だったのだから、それが裏付けられたことになる。贋物はやはり遠藤のところに送り返されたのだ。

「それから、お前の盗作のことだ」

晴海氏は袂から国際便で届いた手紙を取り出した。

「亜米利加《アメリカ》では大したことは分からなかったようだ。だからのんびり手紙で返事を寄越したのだな。向こうの駐在員に遺品の整理の顚末を調べるように伝えたのだがな、盗作の絵の行方は不明だ。多分売りに出て誰かが買って行ったのだな。記録が残っておらんから、向こうで新聞広告でも出さん限り調べようがないが、そんなことをする時間はないのだろう？」

「はあ。でも、絵の所在が分かっても、どうせ現物を見に行く訳にはいかないし、現物を見たって誰が描いたか分かるとは限らないですからね」

盗作の絵から犯人を辿るのは、現実的なことではない。

「一緒に入っとった卑猥《ひわい》な写真も、駐在員が行く少し前に誰だかが持って行ってしまったらしい。どんな写真だったか訊くのは遠慮したというから分からん」

「まあ、無理ないですねえ。大月みたいな恥知らずじゃなきゃ、そんなことは訊けないな」

「竹編のトランクもどうなったのかは分からなかった。そんなことだから盗作犯の手掛かりは何もなかったと思え。

それから、死んだとされる柳瀬のことだ。ちょっと前に首無し屍体が出たのだったな？　もしかして、柳瀬が生きていて、日本に帰って来たのじゃないかと疑っているそうだな」

「はあ、大月がそんなことを言ってます」

「柳瀬が住んでいたとされる家で日本人が死んだことは間違いない。しかし、死んだのが間違いなく柳瀬だったことは確かめられておらんな。儂の支社の人間は柳瀬の顔を知らんのだからな」

「ああ、それはそうでしょうねえ」

大月の説は元よりただの思いつきでしかない。亜米利加《アメリカ》で死んだのが柳瀬でも柳瀬でなくても、あの空き家の首無し屍体が扇だったことが証明される訳ではないのだ。他の適当な誰かを身代わりに使ったのかもしれない。

晴海氏に聞けることは、これで全部だった。


「私も、解決が待ち遠しいわ」

晴海氏の屋敷からの帰り道、抱えた写真機の箱を撫でながら峯子は呟いた。

「そうだね」

ため息混じりに私は答えた。いよいよ、ロデウィック氏が日本を去るまで日がない。今から、私たちの直面する事件の全てに解決がつくことなどあるだろうか？

遠慮がちに峯子は訊いた。

「叔父さん。この事件の犯人は、あやさんではないの？　叔父さんは、一言もうたがわなかったわ。犯人があやさんじゃないってことは、もう分かっているの？」

「いや、そうじゃないよ。ただ、彼女のことは蓮野に任せてるっていう話だ。もしもあやが犯人なら、どうせ僕は何にも出来ない」

「そういうことだったの」

峯子は足許に視線を落とした。

「蓮野さんは、なんておっしゃってるの？　この事件を、どうしたらいいの？」

「分からないよ。僕は、僕の事件に集中しろということらしいがな。でも、屍体が何の見立てだか是非思い出せ、とも言ってたな」

「何か思い出したの？」

「いや――、どうかな」

蓮野は深江から考えを始めるよう言っていた。

記憶が蘇《よみがえ》ったということではない。しかし、彼に言われて、思いついたことがあった。

「あの屍体の格好が深江さんと関係あるとしたなら――、あれは、深江さんの描いた絵を見立てたものなんじゃないかと思う。これは、思い出したというのかな。ただ蓮野にそう言われてそんな気がしてきたんだよ」

「それって、叔父さんが深江さんのところを訪ねた時に、その屍体みたいな絵を見たってことかしら？」

「うん。本当に深江さんの絵なんだとしたら、あのバラックを訪ねた時に見たとしか考えられない」

これは蓮野の示唆《しさ》によって脳内に急ごしらえされた幻か、それとも本当に目撃した映像を思い出しつつあるのかは分からなかった。しかし、疑いは次第に強まっていた。

「そうだとしたら、どうするの？」

「――蓮野に相談してみるよ」

三

「深江さんの絵が、屍体の見立ての原典らしいというんだね」

上野の自宅の居間である。蓮野はテーブルの向かいに座っていた。

「そうだ。確信がある訳じゃないんだが——、でも、どこかで見たのなら、それしか考えられないような気がしてきた」

「まあ、そうだろうな」

蓮野はそっけない調子で頷く。私に、深江の周辺から見立ての心当たりを探すよう勧めたことからして、これは彼が想定していた通りなのだろう。

「で、本当にそれが深江の絵だとしたら、今でもあのバラックに残っている可能性は高いと思うんだ。絵を譲り渡すことは滅多になかったし、前に中の様子を覗いたら、深江さんが自殺した時のままという風だったろう？」

「その通りだね」

「あそこは忘れ去られたみたいになってるから、絵のことを調べようと思ったらこっそり無断でやらせてもらうしかないと思う。だから君に頼むんだ」

「頼むというのはつまり、深江さんのバラックに、その絵を確かめに行こうということか」

「まあ——、そういうことだ。無断で入り込むことにはなるんだが。でも、この際止むを得ないんじゃないか？」

「そうだな」

あっさり蓮野は私の不穏な提案を肯定した。

過去にも、幾度か泥棒まがいの仕事を彼に頼んだことがある。前職で泥棒をやっていた蓮野だが、それは最終の手段にとっておくのが通例だった。私の軽率な考えに、一通り他の手段を提示してみせるのである。

しかし今回、蓮野は泥棒を行うことを最初から決意していたらしかった。彼の目指す解決のために、それは避けられないようである。

「でも、泥棒といったって、何かを持ち出して来る予定はないだろ？　忍び込むだけだ。もう誰も住んでいないところだし、僕も前に縁があった訳だから、万が一誰かに見つかっても、ちょっと叱られるくらいで済むんじゃないかな？」

「まあね。用心するに越したことはないがね」

「蓮野と、僕で行けばいいか？　二人で大丈夫かな」

「二人じゃ退屈だというなら大月君でも呼べばいいさ。彼の分の責任は持てないが。大勢の方が安全かもしれないしな。まあそれはどうだっていいよ。問題があるとしたら、別のもう一人だ」

「別の？　誰だ？」

蓮野は躊躇いを見せたのち、言った。

「峯子さんに一緒に来てもらうべきかもしれない」

「何故だ？　何か、峯ちゃんじゃなきゃ分からないことがあるのか？」

「もしかしたらね。バラックのものは持ち出すべきじゃないからな。しかしね――よその家の一人娘をそんなところに連れ出して来るのは考えものには違いない。

しかし、峯子だって切実に解決を必要としているには違いないのだ。

「本人に来る気があるか訊いてみよう。峯ちゃんは自分で決められるさ」

「分かったよ。それがいいだろうな」

そうは言ったが、依然蓮野は浮かない顔をしている。

「やっぱり、危ないことがあるかもしれないのかね？」

「少しね」

蓮野が帰ると、私はすぐに神田の矢苗家に向かった。用を伝えると、峯子は行くと即答した。

決行は翌日午後ということになった。

四

中野町のバラックは相変わらずひっそり閑《かん》としていた。昼過ぎだが辺りに人気はなく、泥棒にはうってつけの日であった。

警察も、記者も、バラックは放ったらかしのようである。深江という芸術家がこの事件に重要な役割を負っている可能性には気づいていない。

無理からぬことで、過去に宮盛に蔵を貸していた以外に、深江が事件に関わった証拠は見つかっていないのだ。もしかしたら、捜査にあたるものたちは、深江が芸術家であったことや、ここに深江の棲家があったことも把握していないのかもしれない。警察が解決したいのは何より殺人で、事件発生より数ヵ月も前に亡くなった深江にさしたる興味はないのだろう。

しかし、私は、このバラックが全ての事件の震源である疑いを持っている。

前回のように周囲をひと廻りし、蓮野は正攻法で玄関を開錠して中に這入ると決めた。

扉が開くのを待つ間に、バラックを見上げて大月は言った。

「あんまり侵入しがいのある建物じゃないな。蓮野君など連れ出さずとも、誰でも入れそうだぜ？窓を破ったたっていいだろ？」

「いや、そんな派手に侵入する訳にはいかないんだよ。こういうことは本職に限る」

私たちの会話を意に介さず、蓮野は五分余りでさっさと鍵を開けてしまった。

玄関を開くと、締め切られていた屋内には熱気が充満していた。それは有機性の匂いを含んでいて、すぐに自殺した深江の腐臭を連想した。私は不思議と不快感を覚えなかった。

深江は天才的芸術家で、非常識家でもあった。私は彼と些細な交わりを持っただけだが、この行いは深江に許されている気がしていた。深江に、自分はわずかでも認められていたのだと信じている。

「じゃあ行こう。なるべく余計な痕跡を残さないように注意してくれ」

蓮野が先頭に立った。すぐ後ろに峯子が続いた。私と大月がしんがりである。

屋内には、打ち付けられた窓の隙間や、壁の所々に空いた穴から光が漏れ込んでいる。天井の梁は剝き出しで、上がり框はない。床には波立った粗い板材が敷かれている。

「井口君の記憶の中の絵を探す前に、屋内を一通り見て廻ることにする。君は間取りが分かっているのかね？」

「いや、全然知らないな」

過去に訪ねた時は、一階の右手中ほどにある彫刻室に案内されたが、それ以外の部屋には立ち入ったことがない。便所すら借りなかった。

まさかとは思えど、誰かが隠れていないものでもない。まずは心配を晴らしておくべきであった。

四人で一つずつ懐中電燈を掲げた。

玄関から一番手近の扉を開けてみると、掃除用具が詰め込まれていた。そこはむしろ玄関や廊下よりも汚れていて、深江はこれらを何年も使わずに過ごしていたらしかった。

彫刻室に入る前に私は峯子に囁いた。

「深江さんが頸を縊《くく》っていたのは、ここだったんだ。梁から縄を垂らしたんだそうだよ」

怖がらせて面白がるつもりはないが、警告しておくべきな気がした。峯子は神妙な面持ちになった。

開けると、壁際に、彫刻やキャンバスが堆《うずたか》く積み上げられていた。

部屋の真ん中は空けられている。部屋中を埋めていた作品を四方の壁に掃き寄せ、中央に場所を用意した有様である。

天井を見上げると、開けた床の真上に梁があった。結ばれていた筈の縄は綺麗に取り去られていた。

峯子は懐中電燈で、キャンバスに凭れて転びかかった天女の石膏像を照らした。乱暴に扱われたそれは指が欠けている。

「これ、きっと深江さんが自分でなさったんでしょうね。邪魔な作品を壁に向かって放り投げて、無理やり場所をこしらえたみたいだわ。その――、自死なさるために」

「うん。そうみたいだ」

彫刻室に死者の姿は跡形もないが、深江が命を絶った時の光景は確かに残っていた。詰め込んだ自身の作品を掻き分け投げ捨て、それを観客にして首を吊った絶望の痕跡は手付かずのままであった。

深江が一体どんな苦しみを厭って死んだのかは分かっていない。この彫刻室は彼が最期に遺した抽象絵画で、私は何も理解出来ず心だけが痛んだ。

「井口、お前の記憶通りならこの山の中に例の絵が混ざっているかもしれない訳だろ？　時間が掛かるぜ」

大月は山と積まれたキャンバスに懐中電燈を差し向けている。

ここには後で戻って来ることにした。

彫刻室を出る間際に大月が何かに蹴つまずいた。

「うお？　何だ？　死骸《しがい》か？」

彼はしゃがんで床を照らした。死んだ燕《つばめ》のようなものが転がっている。

恐る恐る触ってみると、それは本物の死骸ではなかった。精巧に造られた蠟細工《ろうざいく》である。

「凄いな！　これは。欧羅巴《ヨーロッパ》でもこんなに精巧なのは見たことないぜ？　確かに深江というのは常人じゃないな」

珍しく、大月は素直な感嘆を漏らした。

いかにも、深江は具象的なものを別の具象に仕立てる、そういう芸術においては一通りでない才能を持っていた。だからこそ、彼はそれに飽きたらずに、誰かの――、血の繫がらない妹の精神を創造しようとしたのではないかと私は考えたのだ。

彫刻室の、見捨てられた具象の残骸は彼の精神を反映しているようであった。


一階の、台所と便所を巡った。台所には食器が一人分、それから湯呑《ゆの》みが放り出されていた。便所は家主の屎尿《しにょう》が汲み取られないままにされて、悪臭が充満していたので即座に扉を閉めた。

台所の脇に、階上に通じる狭い階段があった。

二階の窓には板が張られていなかったので、懐中電燈は不要になった。蓮野は手近の部屋の扉をそっと開いた。

そこは極めて質素な寝室であった。板張りの床に乱れたままの布団が直《じか》に敷かれている。それと、小さな箪笥が置いてあるのが調度の全てであった。

「深江さんらしい寝室だと思うな。寝起きにはこんなくらいしか構わなかったんだ」

しかし、その隣の部屋は全く違う趣であった。

「あら！」

開けた途端、峯子が驚嘆の声を上げた。

そこは寝物語の、お伽話《とぎばなし》の部屋であった。床には万華鏡のような対称の模様の描かれた波斯絨《ペルシア》毯が隙間なく敷かれている。寝台はマホガニー製の、縁取りに薔薇《ばら》の花を彫った見事なものである。

枕元《まくらもと》にはステンドグラスの笠のついたベッドサイドランプがある。それらを覆って、白い絹の天蓋《てんがい》カーテンが下がっていた。そして、寝台の向かいには小さな足踏みオルガンが置いてあった。

またしても珍しく、大月は呆れていた。

「深江というのは金がなかったんじゃないのか？」

「うん。なかった筈だ。もしかしたらこれ、深江さんが造ったのかもしれない。オルガンはともかく、他のものは深江さんが自分で造ったとしてもおかしくないな」

一体、これは誰のための部屋だろうか？　深江の幻想に捧げられたものなのか？

「ねえ、その、血の繫がらない妹さん？　本当にはいないひとのために、こんな部屋を用意するかしら。芸術家ってそういうものなんですの？」

そういうものだと私は思っていた。しかし、峯子の疑いは当然だとも思った。これは確かに、芸術家より狂人の仕事であるかもしれない。寝室は、私すらそう感じるほどの偏執的な細やかさで満ちていた。

二階の全てを巡って緊張が少し解けた。

「蓮野、これで全部見たよな。さすがに誰かが隠れているなんてことはなかったな」

「そうだね」

いよいよ一階の彫刻室の絵を確かめなければならない。

私は先に立って階下に降りようとしたが、蓮野に制止された。

「井口君、ちょっと待ってくれ。先に見ておきたいものがある」

蓮野は再び深江の寝室に入った。そして、箪笥の抽斗《ひきだし》に手を掛けた。

「他に探し物があるのか？」

「当てにしてはいないけどもね」

やがて彼が抽斗から見つけ出したのは、三十五ミリフィルムの丸い罐《かん》であった。彼は罐を開けると、伸ばして窓の明かりに透かした。

「峯子さん。ちょっとこれを見てもらえるかい」

峯子はフィルムを受け取ると、片眼《かため》を瞑《つぶ》り、じっくりと見た。

私と大月も、峯子の後ろから蓮野が広げるフィルムを覗いた。

洋服姿の女の姿を写したフィルムであった。どこか、海岸を歩いている。軽やかな足取りのようである。

繰ってゆくと、やがて、女の顔が大写しになった。

それを見て、振り向いた峯子は蒼白《そうはく》な顔をしていた。

「蓮野さん、これ、六月に私が林の小屋で見かけたひとだわ。あの――、サロメの格好で、無惨なすがたで殺されていたひと。信じられないくらい、この世にいるなんて思えないくらい美しいひと」

「蓮野！　どういうことだ？　血の繋がらない妹は実在してたってことか？」

四人連なって階下に降りるところである。大月が横から答えた。

「そりゃそうだろ？　活動写真だぜ？　実在してなきゃ写せる筈がないだろ」

「それが殺されたんなら、一体誰にだ？　峯ちゃんが屍体を見たのは深江さんが亡くなった四ヵ月も後だ！　あの寝室もそうだが、奇妙なことが多過ぎる」

「井口君。本来の用事を済ませてしまおう。君の言う奇妙なことがこれだけで済むとは限らないよ。

　このバラックは、丸ごと深江さんの脳髄《のうずい》のようなものだ。そこを訪ねている訳だよ。どんな不思議なものがあったっておかしくないし、興味本位に騒ぎ立てるのは迷惑だ。早く僕たちに必要なことを終わらせて、礼を失せぬうちに帰ろう」

先頭を行く蓮野はそう言った。

彫刻室に戻って来た。懐中電燈を床に置くと、私たちは作品の山を崩しにかかった。

「慎重にやってくれ。作品を傷つけたり、君たちが怪我をしたりするのはまずい」

キャンバスを一枚ずつゆっくり運んだ。私たちが目撃した屍体の姿を描いた絵を探すのだ。

一枚目が見つかるまで、そう時間はかからなかった。裏を向いていた、二十号のキャンバスをこちらに向けた時、皆は小さく息を呑んだ。

「これ、峯ちゃんが撮った写真と同じ格好じゃないかな？」

「ええ、そうだわ」

絵は、サロメの立ち姿であった。峯子が林の小屋で撮った写真に写っていたのと、同じ衣装を着ているのだ。

ただし、絵のサロメはヨカナアンの首を掲げている。

「――でも、私は、この首は見なかったわ」

「峯ちゃんの時は、犯人が仕事をしている最中だったんだもんな。本当なら、あそこに首を添えて、この絵とそっくりにするまでがそいつの計画だったのかもしれないよ。峯ちゃんがそれを邪魔しちゃったんだな。とにかく、同じ衣装なのは間違いない。

僕の記憶は正しかったのか。この事件は、深江さんの絵に見立てたものだったんだ」

「井口君、それ一枚で終わりとは限らない」

蓮野に言われて私はゾッとした。それは自明のことだった。事件は一つだけではないのだ。屍体はいくつも見つかっている――

「多分同じ大きさのキャンバスだ。二十号のものを確かめていこう」

すぐに二枚目が見つかった。ヘロデ王であった。玉座に掛けて、王冠を被り、長衣を着ている。

「大月、これ、宮盛の格好で間違いないだろ？」

「そうだな。こんな風だった」

描かれているのは『若田』の物置小屋で見た宮盛の装いだった。こちらは、構図まで屍体とぴったり一致している。

これを見て、私の曖昧な記憶はようやく明瞭《めいりょう》になった。

それは初めて深江に会って、このバラックに案内された日のことだった。

「——思い出してきた。もう間違いない。過去に僕はここでこの絵を見たんだ。深江さんに連れられてこの彫刻室に入った時、『サロメ』を題材にした絵をずらりと壁に立てかけてあったんだよ。これは、その中にあった絵だ。深江さんは僕に見せたくなかったのか知らないが、すぐにそれを裏返してしまったんだ」

光枝は、サロメの格好は外国の雑誌で見たものに似ているようだと言っていた。深江がどこから着想を得たのかは分からないが、雑多な資料を元に、我流で一連の作品を仕立てたのだろう。

「へえ。——おい井口、ちょっと見てみろ」

大月は叫んだ。

彼はサロメの絵とヘロデ王の絵を隣り合わせに立てかけようとしていた。その合わせ目のところを、彼は指差した。

「この二つ、繋がっているみたいだぜ？」

「あ！　そうだな。本当だ」

サロメの絵と、ヘロデ王の絵とは背景が連続していた。二つは別々のキャンバスに描かれているが、並べると一つの絵になるのである。

「古い聖書の写本に、こんな伝で描かれてるサロメの絵があるだろ？　それをなぞったのかもな。なんだったか忘れたが」

「大月君が言うのは『シノペ福音書』のマタイによる福音書の挿絵か？　それなら僕でも知ってい

る。繋がっているというなら――」

私たちは蓮野に場所を譲った。彼はようやくじっくり絵を検めた。

「うん。この、サロメの絵が一番左端だろうな」

「ああ、そうか。そうだな」

サロメの絵の背景は画面の左側に行くにつれ暗くなり、左端に至って真っ黒に塗りつぶされていた。絵がこれ以上先に続かないことを示している。

一方、ヘロデ王の絵の右端には玉座に敷かれた絨毯が見切れていて、まだ絵が終わっていないのが分かる。

「ここに嵌る絵を探せばいいのか」

皆で二十号のキャンバスを探し出す作業に戻った。

絵を探しながら、私たちは『サロメ』の配役を思い浮かべている。

次に見つけたのは、ヘロデ王の妻ヘロデヤを描いたものであった。しかしこの一枚は、ヘロデ王の絵には繋がらなかった。絵は脇に除けた。

探し物は、ヘロデヤの絵のすぐ下に見つかった。重なっていたキャンバスを裏返すと、それには、斬首された獄中のヨカナアンが描かれていた。

一見するなり、尾久村の空き家で見た光景が脳裏に蘇った。

「あの首無し屍体と一緒だぜ？　これを見るとあの屍体の飾り付けはなかなか丁寧だったんだな――」

「ああ、確かにそうだ」

大月の言う通り、空き家にあった屍体は、背景の色遣いまでがこのヨカナアンの絵と揃えられていたり、サロメやヘロデ王以上の趣向を凝らしてあった。

きっと、あの空き家では、誰かに見つかる心配をしなくて良かったためである。犯人は満足いくまで屍体を装飾することが出来たのだ。

私たちは、ヨカナアンをヘロデ王の右に立てかけた。果たして、タペストリーを広げたように、背景は見事に繋がった。

この連続は事件の不気味さを一層際立たせた。

「最初がサロメで、次がヘロデ王で、ヨカナアンだろう？　あの屍体は、ただの見立てじゃなかった！　深江さんの絵の順番通りに一人ずつ殺されているじゃないか」

この几帳面さは何を意味するのか？　殺人という無秩序な行いにこんな拘りを持ち込むのは、一体芸術家の仕業なのか。

私たちは驚き疲れて、瓦礫から絵を掘り起こす手を止めた。何故だかみな、息を切らせている。

「やっぱり、気の狂った誰かでないと、こんなことはしないのじゃないかしら？　ただでさえ、絵と同じ姿になるように人殺しをするのが、普通のひとの仕業じゃないのに――」

「さもなきゃ儀式だな。芸術でなく呪術だ」

峯子と大月は口々に勝手なことを言った。

「君たちの説を合わせると、こういうことか？　精神に異常を来《きた》した犯人、もしかしたら深江さんに心酔するあまり気の狂った誰かかな。それが、亡くなった深江さんに捧げる供物を用意したという訳だ。

最初の女性のことは分からないが、それ以外の二人はどちらも贋作造りに関わっていた。芸術に対する罪を犯したものたちを生贄《いけにえ》にすることにしたんだな。

呪術では手順が尊ばれる。だから、深江さんの作品をなぞるように事件が進んでいく。犯人の儀式にはそれは欠く訳にはいかない。――うん」

気に入らない解釈である。深江の作品は、呪術のような土着的なものの入り込む余地のない、洗練されたものだと私は思っていた。

しかし、そうとでも考えねば、この事件に筋が通ることはありそうにもないが――

「でもな井口、結局問題なのは、この絵のことを知っていたのは誰か、だろ？　犯人は絶対この絵を見たことがある奴なんだからな。しかも、この一連の絵を真似て人殺しをするんだぜ？　そいつは、深江と十分に付き合いがなきゃいかんだろう。この絵を見たかも曖昧だったお前よりも深い付き合いだろうな」

「それは、そうだな。でなきゃこんなことはしない」

「誰かそれらしい奴を思いつくか？　深江とこっそり付き合っててもおかしくない奴を」

「名指し出来るほどの心当たりはないよ。しかしだ、ほら、前に言ったろう？　深江さんは宮盛に蔵を貸してたから、そこで贋作犯たちと鉢合わせた可能性がある」

贋作犯たちと深江とは、蔵を共用していたのである。そこで彼らに関わりが出来たのではないか？

「理由は分からないが、贋作犯の誰かがこのバラックに連れて来られて、『サロメ』の連作を見たということは考えられるな」

「犯人が贋作犯だってことになるぜ？　生贄にされる側の筈じゃねえか」

最初の女性の事件を別にすれば、実際に殺されているのは二人とも贋作犯である。

贋作犯が犯人なら、まじないみたいな見立て殺人をするとも思えない。屍体の格好と順番には、もっと即物的な意味を見つけなければならないのか？

絵の探索を続けた。

連作のうち、『ヌビア人』と『奴隷』の二枚が見つかったが、この二枚は繋がらず、もっと右に嵌るべきものらしい。

続いて見つかったのは、腰布を巻いて、右手に剣を持った『首斬り役人』であった。ヨカナアンの隣に来るのがふさわしそうだと思って並べてみると、絵は綺麗に繋がった。

「次は首斬り役人か」

大月は不吉な呟きを漏らした。

「蓮野、この絵、全部揃えてみるべきなのか？」

「揃えてみて悪いことはないが、ここを去る時には散らかしたものを元通りにする必要があるね」

私たちは既に散々彫刻室を掻き廻してしまっている。蓮野は配置を憶えているようだが、全てを元に戻すのは時間が要る。

「そんなら早いところやってしまおうぜ」

大月はそう言って、手近なキャンバスを動かそうと、作品の山に腕を差し入れた。

彼の、左手が物陰の何かに触れた。

その瞬間、作品の山が小さく雪崩《なだれ》を起こした。

「痛《いた》！」

「あ！　おい！　大丈夫か？」

大月の腕は瓦礫の中に引っかかって抜けなくなっていた。見ると、未完成の石膏像から飛び出した針金が、何本も彼の左腕を貫《つらぬ》いている。

「うわ、君酷く出血してやがるな！　作品が汚れる」

「峯子さん、大月君の腕を縛ってくれるか」

峯子は即座にハンカチを取り出し大月の左腕にきつく巻きつけた。

大月を救い出すのには細心の注意が必要だった。石膏像を力任せに起こすと新たな雪崩を引き起こしかねなかった。十分以上の時間をかけて、大月に幾度か悲鳴を上げさせながら、私たちは彼の左腕を引き抜いた。

「うおっ、これ骨にも傷がついてるんじゃないか？　指が上手く動かんぜ？　いやもう、腕に力が入らない」

「血が巡らないせいだわ。でも、止血しないと死んじゃうわ」

峯子は私たちが貸したハンカチを使い、依然血の滴り続けている大月の左腕をとって、いくつもある傷口を塞ごうと試行錯誤している。

「痛い痛い痛い」

峯子が手首に力を入れると、大月は呻《うめ》いた。

「やっぱり骨が折れてるんじゃないか？　しかもなんか、気が遠くなってきた！　おい井口、俺は死ぬかもしれん。死んだら俺の作品の始末はお前に任す！　くれぐれもこんな風に朽ちさせるのはやめてくれ。エロ写真も全部お前に授ける。お前が俺の遺志を継ぐのだ――」

彼は気の早い遺言を喚き散らす。

「これくらいの血じゃまだ死なないんじゃないかしら？　私そう思うわ。自信はありませんけど」

大月の処置を、失血することに一家言ある峯子に任せ、私と蓮野は彫刻室の片付けを急いだ。もう、絵の続きを探すどころではなかった。

五

バラックを出て、手負いの大月を連れて私たちが向かったのは、大久保町の笹川外科医院であった。

「あそこなら余計な嘘を吐かずに済むからね」

蓮野がそう決めた。

笹川医師なら、私たちが盗作犯を探していることを知っているから、話が早い。こっそり侵入した負い目がある上は他の病院に行くより良いように思った。

大月を担ぎ込むと、笹川医師は即座に診察室に通してくれた。止血を済ませると、医師は看護婦を遠ざけた。私たちに面倒な事情があることを察してのことであった。

「先生！　俺はもう、鼻クソを穿《ほじく》りながらヘソのゴマを掻き出すことが出来ないんですか？」

「出来ます。大丈夫です。治りますよ」

彼の左腕を仔細に診察する笹川医師は請け合った。

「しかし手の感覚は精妙なものです。大月君は右利きでしたね？　芸術家だそうですから、利き腕でなかったのは幸いだったかもしれませんね」

医師の口調には同情が籠もっていた。石膏像の重みがのし掛かって、やはり大月の左手首の骨には罅が入っていたのである。

「相変わらず大変な騒ぎですね。井口君の絵が盗作されたばっかりに、こっそり空き家に忍び込むまでしなければなりませんか」

「ええ、まあ、僕も焦っているものですから――」

蓮野が、大月が怪我をした事情を包み隠さず話してしまったので、私は言い訳がましくならざるを得なかった。

「あの、このことはくれぐれも内密にお願いしたいんです」

「もちろんです。それは褒められやしない行いでしょうが、ことが悪意の泥棒とは違いますからね。患者の秘密としてお守りしますよ」

病《やまい》が大事ないことを告げる時の微笑みで笹川医師は言った。

「しかし井口君。私は黙っておきますが、警察にこのことは隠しておくのですか？」

「はあ。どうするべきか――」

私は逡巡していた。屍体が深江の絵に見立てられていることは、殺人事件の重大な手掛かりに違いないが、こっそり忍び込んだ引け目があるから警察には知らせにくい。大月の血の痕を完璧に拭ってはいないから、私たちのやったことが露見する恐れもある。

「蓮野、警察に言うべきか？」

難問に早々に音をあげた生徒のように私は答えを求めた。

「いや。やめておいた方がいい。事件が紛糾して長引く恐れもある」

「そうか」

理由を訊かずに、それだけで私は安心してしまった。決断は億劫であった。

これは私の事件の調査である。しかし、私は蓮野に自分でする勇気のない選択の責を負わせていた。笹川も、蓮野が決めたことにあっさり納得してしまったようであった。

私は、一つ、気がかりになっていたことを思い出した。

「あの、そういえば、この病院に、あやさんのことを嗅ぎ廻りに来る奴がいるそうですけど、正体は分かったんですか？」

「ああ、そのことなら、私の方も君たちに話があったのです。

正体は分かりましたよ。直接私に話をしに来ましたからね。水谷川という、君たちのお仲間で間違いありません。いや、お仲間のつもりはないかな？」

「あいつと俺らは排泄物と吐瀉物くらい違います！　どれくらい違うのかはお任せする」

大月が余計な口を挟んだ。

笹川は納得したようだった。

「それなら君たちとは別物扱いさせてもらいます。遠慮なく言いましょう。水谷川はデスペレートになっていて、あやの過去を暴くのに正体を隠したままでいる気はないようだ。看護婦に、あやらしきひとの出入りを聞き廻っていたかと思ったら、つい三日前です。診察時間が終わってから、私に話があると言って水谷川が訪ねて来ました。

君たちが最後に水谷川に会ったのはいつですか？　彼はすっかり脅迫者の顔をしていましたよ」

私は大月と、果たせるかなとばかりの目配せを交わした。あやと逢った時に蓮野が目撃したのを最後に、私たちは誰も水谷川の変貌を知らない。

しかし、その顔は容易に想像がついた。

「水谷川は、訪ねて来るなり、私のことを人体実験の医者と呼びました。すぐには意味が分かりませんでしたね。私は時々危険な手術をしましたが、患者の命を実験道具のように考えたことはありません。

　彼が私に求めたのは、あやの整形手術の証拠を渡すことです。そうすれば、手術に私が関わったことは秘密のままにしておくというのです」

「それは、無茶苦茶ですね。一体、本当に交換条件のつもりなのかな？」

「支離滅裂ですよ。しかし水谷川は筋の通っているつもりでしたね。贋作を造っていたことが露見して、彼の芸術家としての将来には何も望めなくなってしまったのでしたね？」

「まあ、そうでしょうねえ」

「水谷川は、自分の贋作造りが糾弾されているのに、同じく贋物の顔を使って女優をやっているあやが責められないのは世の不合理だと考えているのですよ。そして、女の虚栄心は無慈悲に嘲笑されるのが当然だとね。贋作で金を儲けようとする狡さとそれを一緒くたにしようとしている。彼にとっては、美しくなかった頃の彼女の顔を衆目に晒すのが極めて重要なことなのです」

　笹川医師は学者的な分析の調子で言ったが、これは彼が憤りを抑える時に使う口調らしい。

「笹川さんはどうなさったんですか？　水谷川の要求を」

「何、知らぬ存ぜぬです。大体、私はあやの整形前の写真だとかの証拠を何一つ持っていないのですよ。私の許には残っていない。ない袖は振れません。

　水谷川は覚悟しておけと捨て台詞《ぜりふ》を残して出て行きました。君たち、彼が一体何をする気か心当たりはありますか？　私は、三文雑誌の記者とでも組んで、証拠もないままに中傷記事を出すくらいのことしか思いつかないのですが。あやは、決して恐喝に応じる気のないことを彼に思い知らせてしまったようですのでね」

「水谷川に思いつくのはそんなところだろ」

「まあ、そうだな。僕も大月と同じ意見です」

あやの手術をしたと知れるのは、笹川医師の名誉に関わるかもしれない。事件が盗作をきっかけに起こったとしたら、私が立てた波紋が医師のところまで届いてしまったことになる。

「笹川さんは、そのことでお困りなんですか？　記事に書き立てられることが」

「私は何も気にはしません。記事が出てしまうとなれば私には止めようがありませんが、あの子の手術をした時に覚悟していましたのでね。しかし、あやは一体どうか分かりません。

蓮野君。近頃あやはどんな様子です？　あの激しやすい子が、水谷川のことを知って平気でいられるでしょうか？」

「おや。笹川さんは岡島さんとお会いになっていないのですか？」

笹川は、既に亡い家族のことを問われたような寂しげな笑みを浮かべた。

「しばらく会いません。私はあの子に嫌われてしまったようです。あやが蓮野君と出逢ってしばらくした時、こんなことなら手術などして欲しくなかったと詰られました。

あの子に頼まれてやったのですがね。今となっては私の手の加わった顔で蓮野君と会うことがつらいようです。これなら、元のままの方がずっと良かったと。これは本当に恐ろしい後悔です。

蓮野君。あの子は大丈夫でしょうか？　私はそれが気がかりです」

笹川の心配の純粋さは私の胸を打った。この時の彼に、医師らしさは微塵もなかった。彼は連続する異様な殺人には気もそぞろに、あやのことばかりを考えていたようであった。

「何も請け合う訳にはいきません。岡島さんの苦しみを軽視する気はありませんよ」

返事はおそらく笹川が期待したよりは素《そ》っ気《け》なかったが、彼は蓮野を信用するよりないと諦めたようであった。

「ええ、そうでしょう。ひとの心ばかりはどうにも出来ない。仕方のないことです。――しかし、せめて早く真相が解明されると良いですね」

また一人、事件の解決を切望するひとが増えたようであった。


用が済んで、診察室を去ろうという時、唐突に蓮野は言った。

「そうだ大月君。君はしばらく前に欧羅巴《ヨーロッパ》に渡ったことがあったな？　いつだね？」

「あ？　ええと、大正三年の五月から五年の秋までだ。大体のうちは仏蘭西《フランス》にいたな」

「途中日本には帰って来てないんだろう？」

「帰らないよ」

「そうか。ならいい」

何かと思えば、蓮野はそれきり質問を手許に巻き取ってしまった。彼の意図は誰にも分からなかった。笹川医師は怪訝《けげん》な顔で、画家ならばやはり仏蘭西《フランス》にいらっしゃるんですね、とお愛想を言った。

午後四時前で、診察時間はまだ残っていたが、笹川医師は用事があるそうで、一緒に門前までやってきた。彼に見送られて私たちは医院を去った。


上野の自宅へ帰る私に、他の皆も付いて来ることになった。蓮野には今後の方策を相談したかったし、大月も峯子もアトリエで目撃したことが心に引っかかっていて、すぐには帰宅する気にならない様子だった。

「蓮野、いろいろ新しいことが判明したよな？　深江さんの妹が実在していたらしいこと、それが連続殺人の最初の被害者らしいこと、連続殺人は深江さんの絵の順序で、絵の姿通りに行われていることが分かった。これを使って、僕はどうすればいい？」

「ああ、そう、君の問題があるな。盗作犯を明らかにしなきゃいけない」

あの屍体が何に見立てられたものだったのかははっきりした。しかし、それが何だというのか？

私が見つけなければならないのは盗作犯である。

「前に、贋作事件や殺人事件を解決するのは、盗作犯を見つけることとそう遠くない筈だ、と言っていただろう？」

「そうだね。この事件が盗作と関係しているのは明らかだ」

「しかし、もういよいよ時間がない。ロデウィック氏が日本を去るまであと十日だ。その間に、全ての事件を解決して、盗作犯を明らかにし、僕の作品がオリジナルであることを証明するなんてことが本当に可能なのか？」

蓮野はため息を漏らした。

「困ったね。これは時間さえあれば解決する事件なんだが、君にも都合があるからな。あと十日か。――しかし、まだ肝心なことが分かっていない」

彼にとっての肝心なこと、というのは、私には分からない。

ともかく、残り十日で盗作犯を見つける確かな手段はないらしい。

「蓮野、他に方法がないなら、僕は、もう最後の手に出るしかないかと思っているんだ」

「ほう。どんな手だ？」

気のない調子で蓮野は訊く。最後の手というのが、碌《ろく》でもないものであることを察している。

「白鷗会の面々を集めようと思う。そうして、容疑者たちに直接問い糺す。絵の盗作について、知っていることはないかと」

「それは、尋問して自白を得るってことかね」

「そうだ。盗作犯が自分で名乗り出てくれれば全て解決する」

警戒させることになるから、これまで、容疑者に事情聴取をするのは避けてきた。しかし、事態がここに至っては、もはやなりふりに構っている訳にはいかない。

「僕が盗作犯を探しているのは、どうせもうばれているかもしれない。それなら正面から、こういう事情だから正直に言ってくれ、という方がいいんじゃないかと思うんだ」

「でも、叔父さん、盗作犯が殺人に関わっているんなら、絶対に白状する筈ないわ。叔父さんが危なくなるだけだわ」

「絵を盗作せしことを白状し、絵を売らせせよ、我を儲けさせたまえ、って頼むのか？　犯人に何の得もないな」

峯子と大月は口々に言った。

二人の言うことは正しい。

「でも、犯人が既に事件に疲れ切ってて、せめてもの罪滅ぼしに僕の名誉を回復してやろうと思わないとも限らないじゃないか。それに、考えてみれば、この事件の解決にはどうしたって犯人の自白が必要なんじゃないか？」

贋作事件や殺人事件なら、確たる証拠が見つかるかもしれない。

しかし、盗作はどうか。問題の絵は亜米利加《アメリカ》に渡ってしまっているのだし、決定的な物的証拠が見つかるとは期待できない。いくら精緻《せいち》な論理を積み上げて犯人を指摘したとしても、そのままロデウィック氏に信用してもらえるかは分からない。となれば、やはりそれには犯人の自白を添えておきたい。

「――どうだ？　蓮野」

蓮野は倦《う》み疲れた顔で私たちの話を聞いていた。

この案が、彼にとって良いものでないことは明らかだった。私が盗作犯に泣きついて自白を求めるのは、彼には迷惑らしかった。

「間違いなく上手いやり方じゃない。しかし、君のためにそれ以上の提案も出来ないね」

「無駄か？　やめといた方がいいのかな」

「上手くいく可能性は皆無ではないね。峯子さんの言う通り、君の身辺がちょっと危なくなることもあり得る。やるかどうか君が決めたらいいさ。君の事件だよ」

彼に託そうとした決断は、そのまま私につき返された。

六

前略
不可解なる事件の連續《れんぞく》について白鷗會《かい》の考への足竝《あしな》みを揃へみなに安息を齎すための懇親の席を持ちたいと思ひます　よつて左記の通りにお集まりいただきたく存じます　尚《なお》憚りながら御都合の惡《わる》き方はご一報下さるやうお願ひ致します

八月二十四日午後六時　拙宅まで

私は七枚の葉書にこの文面を記し、大月の他の白鷗会のものに宛てた。容疑が丙種のものも、全員集める。盗作犯でなくとも、何か情報を持っていることもあり得る。日付は四日後である。解決の期日に急き立てられてはいるが、なるべく欠席者を少なくしたかったので、集まりの日には猶予を持った。

「場所は、このお家じゃなきゃいけませんか」

紗江子は疲れて乾いた声で不満を漏らした。食堂の椅子に座る彼女はピッチフォークを小脇に抱えている。近頃は、家にいるうちはいつでも武器を手放さない。

「うん。急だから、料理屋の席なんか取ったらやり過ぎだよ。ただでさえ、みなに招集をかけるのが僕のやることとしちゃ出しゃばりなんだ。いつもはそんなことしないから、不審がられるかもしれないんだよ」

そんなことは承知だとばかりに、紗江子は諦めの嘆息をした。書き終えた葉書は、郵便ポストに持って行ってくれた。

余計なことは書かなかったが、この葉書が盗作犯を警戒させるのは覚悟しなければならない。

七

葉書を出して二日経ったが、未だ誰からも不参の連絡はなかった。

この分なら全員が集まるだろうか？　それとも、後ろぐらいものは律儀な知らせはせず、当日無断の欠席をするだろうか。

集まりの日まで、思い悩む他に何もする気にならない私は、居間で手慰みのデッサンをするばかりで一日を潰して、紗江子に疎まれた。

しかし、夜になって予期せぬ訪問者が、意外な知らせを持って来た。

やって来たのは刑事だった。玄関先に私を呼ぶと、妙なことを訊いた。

「君は井口だね。今日、遠藤四郎と会ったかね」

遠藤が、どうしたというのか？

「いや、会いません。しばらく何の約束もないですから。どうしたんです？」

「昨夜から彼の行方が分からなくなっておる」

失踪！　この事件において、行方知れずになることは極めて不吉な予兆である。

しかし、刑事の顔色を窺ってみると遠藤の命を心配している様子ではなかった。

「行方不明になったのは、何故です？　何の手掛かりもないんですか？」

「いや、家のものに宛てて、置き手紙を残しておる」

自分の意志で何処《どこ》かへ消えたのか。すぐに私は、自分が出した葉書のことを考えた。

もしかしたら、遠藤は盗作事件に関わっていたのか。私の呼び出しが、彼に逃走を促してしまったのか？

「置き手紙はどんな内容なんです？」

「世間ニ顔向ケナラヌ故暫シ失敬シマス、というものだ」

文面に、違和感が過ぎった。遠藤の置き手紙にしては神妙過ぎる。

「その置き手紙、遠藤が書いたものに間違いないんですか？」

「まだ十分に確認はしていないが、疑わしいことがあるのかね？　何故そう思う？」

「いや、行方をくらますなら黙って何処かに行ってしまう方が遠藤らしい気がしたんです。ひとに頭を下げるのが苦手な奴ですので」

「何だ、そんなことかね。しかし、遠藤が贋作を造っていた疑惑が持ち上がっているのは君も知っているだろう？」

水谷川が告発したのである。

「だから逃げても不思議はないのだ。無論、殺人事件に関わっている疑いもある。それに、置き手紙は家族に宛てたものだ。なら、悪人でもそれくらい書いておかしくあるまい」

刑事に、遠藤がいなくなった状況を詳しく訊いてみると、こういうことであった。

遠藤は、老母と弟と住込み女中の三人と同居していた。彼は、同居人たちに、八月二十一日の夜、一晩家を空けてくれるよう頼んでいたという。

「失踪の前日に、遠藤はどこからか手紙を受け取っている。面会の約束を求める手紙だったらしいのだ。だから、人払いをしたのだな。

家族は言われた通りにした。昨日の夕方に出かけた三人が、親類の家に泊まり、今日の朝に帰って来ると家はもぬけの殻になっていた。そして、置き手紙を発見したのだ」

「すると、誰かが遠藤に会いに来て、その後いなくなったということですか」

「そう考えられておる」

それならば、置き手紙を額面通りに受け取る訳にはいかないのではないか？

やはりこれは不吉な失踪である。遠藤がいなくなったのは、底巧《そこだく》みを持って訪ねた客に唆されたか、あるいは、殺されたのかもしれない。そして犯人は、遠藤がいなくなったのを不審がられないよう、筆跡を真似て贋《にせ》の置き手紙を残して行ったのではないか。

「訪問者は誰だったんです？　例えば――、扇とか？」

私が思いついたのはそれであった。殺されたと見せかけた扇が、遠藤も贋作犯だったと知って、何かを働きかけにやって来たということはあり得ないだろうか。

「訪問者が誰かは分からないままだ。遠藤が受け取った手紙は残っていなかった。無論、我々はあらゆる可能性を考えておる」

「他に何か、なくなってたものはなかったんですか？」

「家族によると、彼が使っていた小型の長持がなくなっておるそうだ」

「へえ？　長持ですか」

それは、贋作の壺を柳瀬に送るのに使った長持ではないか？　遠藤か、あるいは訪問者に、一緒に持って行かねばならない理由があったのか。

刑事が帰ってから、彼の訪問に居間でそわそわしていた紗江子に私は声を掛けた。

「遠藤がいなくなったらしいよ」

「ああもういやだ」

ピッチフォークを持った紗江子は、次に起こることを察したみたいに呟いた。

八

「別に、お前の葉書は関係ない訳だな？　遠藤がいなくなったのと」

「関係ないと思うよ。あいつがいなくなった時、僕の葉書はもう届いていてただろうが、それを見て逃げることを決めたとは考えにくいな。それよりも訪問者が誰で、何が目的だったかが問題だ」

八月二十四日である。大月は、私が白鷗会のものたちに葉書で知らせた時刻よりも一足先にやって来た。

「今日、来ないと知らせてきた奴はいないのか？」

「いないね。遠藤が失踪したからかもな。皆事情が気になってる筈だ」

集まりが良いのは結構である。しかし私の用件は切り出しにくくなった。遠藤のことに気を取られて、盗作のことなど真剣に考えてくれそうではない。

「でも、よく考えれば、おかげで遠藤と水谷川を会わせずに済んだのかもな。その方が良かったのかな」

「俺は会わせてみたかったけどな。どんな話をする気だ？」

もしも、水谷川と遠藤がどちらも欠けずに今日の席に揃ったのなら何が起こっていたのか？　盗作事件に夢中だった私は深く考えずにいたが、いざ遠藤が失踪してみると、恐ろしいことになっていたような気がした。この家で殺人が起こるような――

そう、今日水谷川が来るとしたら、きっと彼は普通の状態ではない。本当に無事に終われるだろうか？　六時が近づくにつれ私は気重になった。皆の前で盗作犯の告発をしなければならないのだ。

私の独創を侵した人物を糾弾する、というのがこの告発の大義である。それに嘘偽りはない。しかし一方、必死で盗作犯を見つけようとしているのは、ロデウィック氏に絵を買ってもらいたいためにも違いないのだ。

盗作のことを打ち明ける時、皆は私が絵を売りたがっていることを悟る。そのことにかけて、私と贋作造りには何の相違もない。金が欲しくて私は絵を描いている！

私はそれを恥じたし、恥じていることをさらに恥じた。もうとっくに悩み終わっていて良い純朴で幼稚な悩みを、私は今頃悩んでいる。

六時。遠藤を除き、葉書を出したもの全員が揃った。

「井口。君がこんな集まりを主催するのは珍しい。探偵みたいじゃないか。もしかして、犯人を見つけたか？」

秋永がこんなことを言いながら顔を出したのは、むしろ意外であった。

彼の凋落《ちょうらく》は凄《すさ》まじかった。事件によって、誰よりも高いところから突き落とされたのが秋永である。画名が失墜したのは言うまでもなく、彼は姦通をしていた人妻の夫の小説家に訴えを起こされていた。

小説家は付き合いのある雑誌に頼んで誌面をもらい、千言万語を尽くして秋永の不実を詰り、更には脅しに屈して贋作造りに加担したことを詰り、果てにはそれらを根拠にして、彼が今までに生み出した作品を詰った。

それが名文だったので小説家は株を上げ、上がった分だけ余計に秋永の評判は落ちた。作品の価値は作者とは独立のものだという、多くの芸術家が信じる原則は通用せず、秋永のスケベ顔がちらつくからと、所有する彼の作品を皆焼き捨てたと公言する成金《なりきん》もいた。離縁された小説家の妻は、秋永に一言もなく実家に帰ったという。

妙なことに、失うだけのものを失った秋永は、彼の特徴であった洒脱《しゃだつ》な趣をいくらか取り戻していた。誰に敵意や猜疑を向けることもせず、これでついに誰にも侵されない傍観者の地位を得たとばかりに成り行きを面白がっていた。

居間のテーブルを囲んで座らせた彼らを前に、私は慣れない演説口調で言った。

「犯人が分かった訳じゃないんです。あまりに事件が長引いていますから、一度全員で話し合って疑心暗鬼を解くべきじゃないかと思ったんです。実は――」

「おい井口。考えなしだな。急にこんなことをやりやがって、疑心暗鬼を解く気なら全く以《も》って良いやり方じゃないぞ。そうだろ？」

望木が野次った。

彼の言葉は否定出来なかった。贋作犯の五味、水谷川、秋永はひとかたまりになり、望木、庄司、桐田の三人と向かい合わせになっていた。自然に出来たこの配置は、白鷗会の蟠りを精製して見やすくしたようであった。

「皆に安息を齎すとか書いていたから、何か分かったのかと思ったら、話し合いか！　呑気なことを言うな。もう、仲良く話すことなどはない。うっかりすると殺し合いにでもなりかねないんだ。僕は帰ろう」

「待てよ望木。俺からちょっとした発表があるから聞いていけよ。せっかく井口が皆を集めてくれたんだ」

水谷川はそう言って望木を引き止めた。

「発表？　何だ？」

「岡島あやっていう女優を知ってるだろ？」

笹川の言っていた通り、水谷川は脅迫者に変貌していた。眦《まなじり》は下がり、口許は常に薄ら笑いを浮かべ、頬は垂れていた。どんな軽蔑を向けても手応えがない、腐敗して柔らかくなった顔であった。

「岡島あや、厚化粧で有名だが、実はあれ、素顔が不細工だからってんじゃないんだな。いや、ある意味じゃ素顔は見られたもんじゃねえんだろうけどな。あの女、自惚れが行き過ぎたんだ。それで、顔を綺麗にする手術を受けた。

俺はあやが顔を弄る前の写真を見たんだ。そこらへんの娘と変わらなかった！　どこにでもいる顔だ。それが今や、押しも押されもせぬ有名女優になりすましている！

面白《おもしれ》えだろ？　だから雑誌社に売り込んでやった。ちょっと待ってろ。記事が出るぜ？　どこで手術をしたかも書かれてる――」

五味が遮《さえぎ》った。

「水谷川、お前は何の恨みがあるんだ？　何で岡島あやにそんなことをしてやらなきゃならない？」

「おや、五味君はあやが好きだったか？　君には扱いきれない女だぜ？　まあ君は、女は眺めるだけだから関係ねえか。

別に恨みなんかない。何にもない！　ただ、世の中は平等でなきゃならないってことだ。人の上に人を造らず、人の下に――、て話だ。俺が贋物を造ったことが万人の知るところになるなら、別の贋物のことも知らしめてやらなきゃいけないだろ。大体、贋物を造ってることを世に知らしめようとしてたのはお前じゃねえか。一旦はお前も手伝っておいて、半端なことをしやがる。筋を通したつもりか？　お前は怖くなって、これ以上はやめとこうと一番初めに引き返した奴だってだけだろ。それで、俺に小言を言う権限が出来たものと思ってくれちゃ困るぜ」

「誰が言うかは関係ない！　俺の言うことを聞かないんなら、誰かこいつに言ってやるべきだ。そんなことをしてはいけない。お前たち――」

五味は誰かが彼に続いてくれると考えていたようだが、居間を占めたのは尻切れ蜻蛉の沈黙であった。誰も、水谷川に説教を垂れてやりたいなどと思わなかった。

宮盛を告発して以来、五味は道徳に神経質になっていた。次第に彼は不義の行いを見るたびに知覚過敏のように飛び上がって、それを責めることを自分の使命のように考え始めたらしい。

自分の芸術を顧みず告発をした彼に、縋れるものは道徳しかないのだ。彼に残ったのは、神社が金と引き換えに授与するご神札のような、誰でも持っている、ありきたりの道徳だけだった。五味の純朴な芸術を好んでいた私には、彼の姿が痛々しかった。

五味は、私が同調することを信じていた。しかし私は盗作の話を切り出すことを考えるのに精一杯だった。

秋永は人ごとのように笑っているし、桐田は自分が疑われることを気にしているのか、大袈裟な顰め面をして黙っている。望木は元より水谷川を批難する気がなさそうで、庄司は口を開きかけてやめた。隣に座る大月は欠伸をしていた。

私は間違いなくこの集会が失敗だったことを悟った。今明らかになりつつあるのは、私たちの卑《ひ》怯《きょう》さだけである。しばらく会わない間に、皆が持っていた卑怯さの胞子を各々芽吹かせて集まってきたようなもので、私が求めているのは、自白という、卑怯さと対極のものだった。

やがて水谷川の話を一言も聞かなかったような声で、庄司が言った。

「今、何よりも問題なのは遠藤がいなくなったことだろう。みんな、警察はどんなことを言ってた？　この場で話し合うべきことはそれだ」

「俺のことは随分疑っていた。迷惑な話だ！　扇さんのことはともかく、俺が遠藤をどうにかしなきゃいけない理由があるか？」

黙っていたかと思うと、桐田は踏みつけられた蛇みたいに突然に噛み付いた。警察は、首無し屍体の事件以来、彼への疑いを残していたようであった。

尤も、他の贋作犯たちも容疑を向けられたことは同様で、彼らは私よりよほど苛烈に追及されたらしい。

「しかし、遠藤が自分の意志で姿を眩ました可能性だってまだあるだろう？　警察はそっちの方が濃厚と思っている口ぶりだったぜ。誰か、こっそり連絡を受けたって奴はいないのか？　水谷川、君が警察に遠藤のことを教えたんだろう？　君には、彼から何かあったんじゃないのか？」

「あってたまるか！　あいつ、贋作のことが明るみに出てから陰険になりやがった。あいつもやってたんじゃねえか。おい五味、これは正義の告発だろ？　お前だってそう思うだろ？　そういうことだろうが。馬鹿馬鹿しい」

誰も遠藤について新しい事実を持ってはいなかった。私は議論を彼らの勝手に任せ、未練がましく、盗作のことに上手く話を持って行けないものかと考えを巡らせた。

しかし、私の計画は、急を告げに来た紗江子によってとどめを刺された。

最初に、裏庭から悲鳴を聞いた。立ち上がって、様子を見に行こうとすると、大変な勢いで廊下を駆けて来る足音に立ち止まらされた。

来客への遠慮はなしに、居間の扉は激しく開いた。紗江子はピッチフォークに取り縋って、息絶え絶えに叫んだ。

「あなた、屍体！　知らぬ間に！　裏庭です！」

九

満月を控えた月が裏庭を照らしていた。私たちは灯りを持つのを忘れて飛び出したが、屍体の顔を見紛《みまが》うことはなかった。裏庭にあったのは、遠藤の屍体であった。

彼の格好の意味には、即座に思い当たった。裸にされた上に腰布を巻かれ、右手には模造品の西洋刀を持たされている。

間違えようもない。深江の彫刻室で見つけた連作に描かれていた、首斬り役人の姿である。塀のすぐ側、芝の上に、仁王立ちをするかのような寝姿で横たえられていた。

死後硬直は解け、遠藤は既に腐り始めていた。臭気がほんのりと宵のそよ風の中に巻き上がった。

背後に紗江子の持つ懐中電燈の灯りが差した。屍体を取り囲む私たちの輪には割り込まず、袖で口許を覆いながら、右腕を長く伸ばして私に灯りを寄越した。

大月が膝と右手をついて、私が照らした死顔を、洞穴のように恐々《こわごわ》覗いた。

「縊られてる。宮盛の時と一緒だぜ。――臭え」

「うん。いなくなって三日くらい経つからな」

着衣も刀も、上等のものではなさそうである。服は安物の綿布で拵《こしら》えたものだし、模造刀はブリキ製と見える。

しかしそれらは、屍体を深江の絵に見立てるためには十分な役割を果たしていた。月明かりの下、転倒してなお立ち姿をとる屍体は絵画を地面に転がしてあるようで、首斬り役人の格好は、旧知の人物の屍体に直面する現実を抑え込んでいる。

代わりにあるのは、非現実のものが実在する迫力である。

普通はよほど上等の芸術にしか成し得ないことが、死をもってすれば、安手の材料で簡単に成し遂げられるのだ。死が忌《い》み嫌《きら》われる分だけ、その芸術的な真価は高まる。

懐中電燈を打ち振ると、屍体の脇に、もはや見慣れた爪先の欠けた足跡が残っていた。

私は灯りに眩んだ眼を夜空に馴染ませてから、容疑者たちの表情を窺った。

彼らは黙っていた。無理もないことであった。先月から同じ趣向の作品を三つも見ているから、感想も尽きて来るのが当然である。

私は皆がこのまま口を利かずにいてくれれば良いと思った。誰の顔も殺人者に見えた。うっかりした一言がこの場に殺戮《さつりく》を引き起こすような気がした。

しかし庄司が無遠慮に沈黙を破った。

「ねえ、奥さん！　どうしてこの遠藤の屍体を見つけることになったんです？」

「――出涸《でが》らしのお茶の葉を、植木の肥料にやろうと思って裏庭に出たんですの」

これは紗江子の習慣である。

「じゃあ、いつ頃からここにあったのか分かりますか？」

「朝に見た時はありませんでした。それからは、お庭には出ませんでしたの。ねえ？」

「うん。僕も知らない」

紗江子に私は同調した。

「嘘くせえ！　間抜けだな。自分の家の庭に屍体があるのに気づかず一日過ごしてたのか？」

水谷川が言った。紗江子は彼を睨みピッチフォークで地面をドスンと突いて威嚇した。口論を熱くするより、多分それが一番良いやり方だと私は内心紗江子を褒めた。

庄司は、とりあえず私と紗江子を潔白として話を進めた。

「犯人はきっと、塀を乗り越えて屍体を運び込んだんだな。この向こうは寺だろう？　井口」

「ああ、うん。そうです」

家の裏は寺の敷地《しきち》で、松の林になっている。昼間のうちでも人目を避けて屍体を運んでくることの出来るところである。

塀の高さは五尺もない。寺の側から屋内の様子を窺い、隙を探って屍体をこちらに運ぶ。勝手口を閉めていたから、投げ入れたのだとしても私たちは音に気づかなかっただろう。そうして、自分もこちらにやって来て屍体の装束を整えたのだ。

桐田が言った。

「犯人は今日の会のことを承知なんだな？　それでなくて、遠藤の屍体をわざわざここに運んでくる筈がないもんな。――井口が犯人でない限りな」

「俺らが集まると、そこに屍体が付いて来やがるんだ」

応じたのは望木である。二人は連携して私に胡乱《うろん》な視線を投げた。

「おい井口、ちょっと灯りを貸せ。ここだ」

大月が、何かに気がついて屍体の左腕を指差した。

見れば、遠藤は左手に何かを握りしめていた。腰布の下敷きになっていたので、今まで誰も気がつかなかったのである。

「紙切れだな。手帳から千切ったみたいだぜ？　何か書いてあるな」

大月は、遠藤の掌からはみ出した紙の端を摘み、引っ張り出した。

書かれていたのはこんなことであった。

配役

ヘロデ王　宮盛　耕三
ヨカナアン　扇　楸瑛
護衛軍隊長　庄司　治男
ティゲリヌス　桐田　伊織
カッパドキア人　望木　隆
ヌビア人　大月　彬《あきら》
第一の兵士　水谷川　峡
第二の兵士　五味　貫太
ヘロデヤの近習《きんじゅ》　秋永　驍
ユダヤ人、ナザレ人、その他　未定
奴隷　井口　朔太
首斬り役人　遠藤　四郎
ヘロデヤ　未定
サロメ　深江　時子
サロメの奴隷たち　未定

筆致は、今月の初め、扇の名前で私たちのもとに届いた速達に似ていた。

これは紛れもなくワイルドの戯曲『サロメ』の配役表そのものである。白鷗会のものたち皆に役柄が振られている。既に亡いものたちは線で消してあった。いくつかは、未定としてある。サロメの役には、深江時子と書いてある。他の死者と同様に消されていた。

この恐ろしく禍々しい一枚の紙は、ようやく皆の口を噤ませた。警察が到着するまで、私たちは宵闇の中に卒塔婆《そとば》の一群のように立ち尽くしていた。

十

取り調べは私の家で行われた。捜査は紛糾した。結局、犯人が特定されることはなかった。遠藤の屍体が見つかって、丸一日経った夕方である。容疑者と警察は引き上げたが、例によって、大月だけはまだ帰っていない。

「もううんざりです。疲れました」

紗江子はテーブルに突っ伏した格好で、私に向かってというより、床に独語した。

「うん。僕もだ」

「あなた、中野のバラックで見たこと、本当に警察に話さなくて良かったんですか？　あんな物騒な配役表が見つかったのに」

紗江子は私を責めた。あそこで見つけた深江の絵のことは、警察には秘密のままである。

再び私に迷いが生じた。

遠藤が持っていたあの配役表は何を意味するのだろうか？　あの一覧は、殺人がまだ終結していないことを示しているのではないか？　殺されたものたちの名前には線が引かれていた。犯人は一体どこまで続ける気だろうか。配役表の全員を殺し終えるまでか？

「まあ、だとしても俺と井口の番はまだだけどな。俺がヌビア人で、お前が奴隷だろ？　どっちも、あの首斬り役人の絵には繋がってなかったからな」

「順番がまだ先だってことか？　犯人がそれを守ることを期待するのか。まあ、異常に几帳面な犯人なのは確かだな。狂気がかっている。

　紗江子の言う通り、警察に伝えるべきだったかな？　蓮野は、教えたら却ってことがややこしくなると言ってたが——」

　この新たな事件を知っても、彼は同じことを言うだろうか？

「それと、あの深江時子っていうのは、やっぱり——」

「サロメ役のだろ？　そりゃ、もちろん深江ってひとの妹だろ。そうとしか思えないぜ？」

　彼の、血の繋がらない妹だという。彼女が、林の小屋で、サロメの姿で殺されたということか。

「あんな会を開くべきじゃなかったよ。僕に探偵みたいな真似は無理だ」

「全くだ。普通は探偵が容疑者を集めたら、さあこの中から犯人を指摘してみせましょう、とやるんだぜ？　それをお前は、いよいよ容疑者がみんな揃いました。この中に、恐るべき事件の犯人がいます、そいつは一体誰なのか？　さあ、教えて下さい！　とやった訳だ。史上稀《まれ》に見る大胆な探偵だぜ？　未遂に終わったけどな。その前に、遠藤が屍体になって乱入してきたからな」

「そうだな」

　まさか、遠藤が殺されたのは私のせいではないと思う。しかし、容疑者たちを集めたりしなければ、屍体が私の家の庭に捨てられることはなかった筈である。

この事件の手順は、宮盛の場合とよく似ていた。白鷗会の皆が集まるところに、飾り立てた屍体を投げ込んで、発見されるのを待つ。

事情聴取では、アリバイを持つものは見つからなかったという。玄関を叩く前に庭に屍体を投げ入れてくればいい訳だから、ここを訪ねて来た客たちには誰でも犯行が可能だったことになる。集まりの席を狙ったのは、そんな計算もあったのかもしれない。

「――それで、何のために遠藤さんは殺されなきゃならなかったんです?」

紗江子のそれは、納得のいかない芝居の筋書きにけちをつけるみたいな、無気力な問いかけであった。

私の返事もおざなりである。

「さあ、多分口止めじゃないか? 急に発覚した贋作犯だからな。口を塞がなきゃいけない理由があったんだろ」

「それか、その動機はカモフラージュだな。実は、犯人の目的は屍体を深江の絵に見立てることだ。それをしたいがために連続殺人を犯しているんだが、警察には捕まりたくない。だから、白鷗会のものが疑われるような被害者を選んで殺している訳だ」

「じゃあ、犯人は僕らの全然知らない誰かってことか? 今まで考えてきたことは全部外れで、犯人の思うつぼだったと?」

「そうかもな」

今の私には、大月の説は一番現実的に思えた。

いよいよ、盗作犯を探す手立ては尽きたようである。あの屍体は、私の心を挫くために出現したかのようだった。犯人は私を嘲笑《あざわら》っているのか、それとも警告しているのか、もう一週間も残っていない期日までに私が必要とする解決を見つけられるとは到底思えなかった。

「蓮野さんには相談したんですか」

「まだだ。あいつも事件が起こったことくらいは知ってるだろうからな。これから電報を打って来る」

蓮野は集まりを催すことに難色を示していた。まさか、この事態を想定していたのだろうか？


翌日、昼にならないうちに、近所の呉服屋が私を呼びにきた。

「井口さん、お電話ですよ。蓮野さんというひとから」

呉服屋は電話を引いていて、緊急の際にだけ使わせてもらうことにしてあった。

一旦切られていた店の入り口に据えた卓上電話が、再び鳴るのを待った。

——もしもし。

「蓮野か？　僕だ。電報を受け取ったか？」

——受け取った。急いで君のところの事件のことを知らないといけなくなった。手短に教えてくれ。

一昨日の夜に私の家で起きたことの要点を話した。

——よく分かった。十分だ。

「おい、これで解決がつくのか？　僕はどうすればいい？」

――君たちに危険が及ぶことはまずないと思うが、用心はしてくれ。

「君はどうするんだ？　盗作犯のことは？　僕はもうどうしていいか分からない」

――しばらく時間をくれ。何日か留守にするかもしれない。ロデウィックさんの出国に間に合うかは約束出来ない。

自働電話の五銭硬貨が尽きかかっているらしい。それ以上問い糺すことは出来なかった。しかし、切れる間際に蓮野は奇妙なことを言った。

――遠藤が首斬り役人の格好をしていたんなら、盗作犯は右利きなのかもな。

十一

三日が経った。私は落ち着かぬまま、ひたすら蓮野から連絡が来るのを待った。他に頼るものは何もなかった。

一度は、世田谷《せたがや》の彼の家まで行ってみた。電話で告げられた通り、蓮野は留守にしていた。この事件に、何日も家を空けて調べなければならないことがあるのだろうか？　遠方に調査に行かねばならなくなったのか。彼が自分でそこまでする気になったのは何故なのかも分からぬままである。

待つ間に、ロデウィック氏から手紙が来た。辞書を引いて読むと、事件の解決がついたのか、そして日本を去る前にもう一度会う機会はあるのかを問い合わせてきたものであった。どう返事をすれば良いものか、私には分からない。
することもなく、私は手帳にこんな書き付けをした。

・盗作犯は一体誰か。
・盗作犯は、何故私が描いた岡島あやの絵に関心を持ち、それを剽窃したのか。
・盗作犯は、何故柳瀬に絵と猥褻写真を預けたのか。
・深江龍紅は、盗作犯及び贋作犯といかなる関係下にあったのか。あるいは、無関係なのか。
・深江龍紅は、何故自殺したのか。
・爪先の欠けた靴の人物は何者なのか。盗作犯か、贋作犯か、それ以外か。
・爪先の欠けた靴の人物の目的は何か。それは盗作とどのように関係しているのか。
・中野町の小屋で殺されていたのは深江時子に間違いないのか。もしそうなら、彼女は何故殺害されたのか。何故、深江の描いたサロメの姿をしていたのか。犯人は、何故日中に犯行を行ったのか。
・宮盛は何故殺害されたのか。何故彼は深江の描いたヘロデ王の姿をさせられていたのか。
・尾久村の空き家で見つかった屍体は本当に扇か、あるいは別人なのか。扇だとしたら、何故彼は殺害されたのか。別人だとしたら、扇の目的は何か。彼は今どこで何をしているのか。
・何故犯人は屍体の首を切り落としたのか。何故屍体は深江の描いたヨカナアンの姿をしていたのか。
・遠藤は何故殺害されたのか。彼が贋作犯であることが発覚したことと関係があるのか。彼は何故、深江の描いた首斬り役人の格好をしていたのか。

・遠藤の屍体が握っていた配役表にはいかなる意味があるのか。

この事件の主な謎を挙げるなら、こんなところである。

一覧を作ってみたところで、何が分かるでもなかった。この期に及んでも、これらの出来事が一つに纏まる気配はない。

自分の無力と能無しが証拠立てられていくような一日を悶々と過ごし、紗江子と二人の夕食を済ませたのちであった。玄関の車寄せに、自動車のエンジン音が響いた。

紗江子は即座にピッチフォークを取り上げた。

玄関を開けると、黒光りする、幌《ほろ》のかかったシボレーがヘッドライトの明かりを不躾に私の家にぶつけている。

「何だ、君か！」

降りて来たのは、乗馬服姿の蓮野であった。

「どうした？　何ごとだ？」

「一刻を争う事態だね」

「盗作犯が分かったのか？」

「まあ、そういうことだ」

蓮野は、ピッチフォークを担いだ紗江子を見遣《みや》った。

「紗江子さん。武器はもう降ろしてもらって大丈夫です。お疲れ様でした」

「あら、そうですの」

「はい。今から井口君を少々危険なところに借りていっても構いませんか」

蓮野は紗江子の諒解が要るとみたらしい。妻は蓮野の、急きながらも沈鬱《ちんうつ》な表情を見て迷った。

「貸さなかったら、蓮野さんがお一人でその危険なところにいらっしゃるんですかしら？」

「そういうことになります」

「事件は、解決するんですの？」

「今晩で終結するのは間違いありません。それが解決と呼べるものになるかは井口君次第ですね」

仏頂面をしていた紗江子は、その顔を、遣《や》る瀬《せ》無《な》さでさらに翳《かげ》らせた。

「どうぞ。よろしくお頼みしますわ」

「くれぐれも無事に済ませるようにします。井口君、いいか？　乗ってくれ」

紗江子に背中を押され、私はシボレーに乗った。


「この車はどうしたんだ？」

「晴海さんの会社から借りた。必要だったからね」

蓮野はハンドルを切って門を抜け、夜の街路へ自動車を走らせた。

「犯人のところへ行くのか」

「そう」

「よく犯人が分かったものだな。さっぱり訳が分からない事件だったのにな」

「殺人犯を見つけるだけなら、さほど難しいことはないね」

「そうなのか？　――しかし、君はいつの間に、こんなに真剣に犯人を探すことになったんだ？」

「岡島さんに頼まれたからだ。他の理由はないよ」

それが私には不可解だった。あやが蓮野に事件を解けと頼むのも妙なら、知り合って間もない女性の理由の曖昧な願いに応じてこれほど必死の働きをするのも彼らしくなかった。

夜道をどこに向かっているのか、滅多に自動車に乗らない私は皆目分からずにいる。

運転に神経を尖《とが》らせる蓮野に、お伺いを立てるように訊いた。

「君は盗作犯が分かったと言ったな？　この一連の事件は、僕の絵の盗作がきっかけだったのか？　そのせいでこんな事件が起こったのか」

「その通りだね。別に君が責任を感じることはないが」

「じゃあやっぱり、盗作犯が、自分のやったことを隠すために、あんな大仰な連続殺人をしたり、僕の家に泥棒に這入ったりしたってことか？」

「いや。それは全く違う」

筋道が見えかけたかと思った私は困惑に押し戻された。

「じゃあ、贋作造りか？　盗作犯と贋作犯が繋がってて、盗作が露見したことが重大な事象に発展したのか。秘密にしなければならないことが芋づる式に暴露されてしまうとかか？　それとも、贋作犯同士の内紛だったのか？」

「それも違うね。実はね、この事件の動機に贋作造りは一切関係がないんだ」

ますます私は分からなくなった。この事件は盗作を発端にして起きたというが、しかし盗作を隠すための犯罪ではないという。かと言って、繋がりのありそうな贋作事件も無関係だと蓮野は断言した。

他に何か可能性が残っていただろうか？

「それなら、もしかして犯人はあやか？　盗作をきっかけに偶然君と知り合ったあやが、何か思うところがあって——」

「そうでもないよ」

「じゃあ、あの見立てに意味があるのか？　屍体を深江さんの絵に見立てることが目的だったのか。見立てはカモフラージュではなく、そちらこそが本当の動機だった。深江に心酔した誰かが、自分が疑われにくい被害者を選んで、彼の作品を一つ一つ再現していくことに芸術的喜びを見出していた」

「違うよ」

私はもはや、数合わせの説も持ち合わせていなかった。

「分からない！　本当に盗作がきっかけか？　僕が言ったことが違うんなら、これはいろんな事件の詰め合わせじゃないのか？　じゃなきゃ、あのいくつも続いた殺人だの、僕の家に入った泥棒だの、全部に説明がつくなんてことはありそうにない」

「分からない筈はないんだがな」

蓮野は私の無理解を軽蔑するでもなく、素直に嘆いた。

「君は分かっているよ。この事件で、君以上に犯人の動機を理解出来るひとはいないだろう。雑多な事件は全部ちゃんと関連している。犯人がみんな違うなんてこともない。あの、爪先の欠けた靴を履いていた人物は一人だけだよ。

あの靴の主が何をしようとしてたのかというと——、君と全く変わらない。君は犯人の最大の理解者だ。井口君、君は何のためにこの事件を解決しようとしていたんだ？」

「え？　それは、もちろん、盗作犯を見つけるためだ」

「そうだろう？　それが君の探偵の動機だ。では、犯人の動機は何か。

それは、君の絵を盗作した人物を見つけることだったんだよ。盗作犯を見つけるために、あんな派手な連続殺人を犯したんだ。

この事件の、犯人の動機と探偵の動機は一緒だったんだよ」

呆然とする私を振り廻すように、蓮野はシボレーを急停止させた。

降りると、ヘッドライトに照らされているのは笹川外科医院の門であった。

10　断頭台

一

患者用の出入り口は閉ざされていた。玄関扉に嵌った磨り硝子越しに、熾火《おきび》のような明かりがちらついている。

医院にひとの気配はしない。夜番もいないようである。しかし静まり返っている訳でもない。玄関に耳を当てると、不穏な空気の振動が谷底の風音のように響いて来る。

蓮野は裏手に廻り扉を叩いた。彼は隅々まで響き渡る大声を上げた。

「笹川さん。蓮野です」

呼ばわるのを彼は一度きりにした。屋内に医師がいることを確信して、蓮野は焦れったい時間を身じろぎもせず待った。

医師が扉を開けた時、廊下の明かりは灯されないままであった。薄闇の中で私たちを迎えた笹川は、手術を終えてきたばかりのように湿っぽい両手を袖で拭いながら、これ以上落ち着くことは考えにくいほどに落ち着き払っていた。

「こんばんは。来るかもしれないとは思っていました」

彼は私たちを、前に通された書斎に案内した。

笹川は電燈の紐を手探りした。裸電球が灯ると、六畳の書斎に、雪洞《ぼんぼり》のように光が籠もった。

「今日は、近所に留守にすると言ってありますのでね。明かりが外に漏れると妙に思われるかもしれないのです」

澄み切った声で彼は明かりを落としてある訳を説明した。

「さあ、ご用は？」

「ご承知の通りです。井口君が、何者かに作品を盗作されて困っている。笹川さん、僕たちをこの奥に入れていただけますか？　おそらく手術室でしょう？」

私は蓮野が笹川に要求することの意味が分からなかった。しかし、手術室という言葉に、得体の知れない悪寒が走った。

「なりませんね。いや、入れないということではありません。しかし、それは蓮野君、あなたが事件の全貌を理解していることをはっきりさせてからです。

でなければ、君に縋ったあやが報われない。あの子が、蓮野君に事件を解決するよう頼んだ意味がない。蓮野君は、あやのために事件を解き明かしたのでなくてはならないのです」

「ええ、その通りでしょうね」

二人の会話は予行を終えてあったかのように淀《よど》みがない。

「蓮野！　どういうことだ？　君は、この事件の犯人は盗作犯を見つけるために殺人をしていたのだと言ったな？　笹川さんが犯人だったってことか？　何のために、笹川さんが盗作犯を見つけなければならない？」

笹川は初めて予想外のことに直面した顔を見せた。

「おや？　井口君にはまだ説明していなかったのですか」

「ええ。急いでいましたのでね」

「なら、尚更今ここで蓮野君に話していただくべきだ。少々時間がかかってもね」

四十過ぎの笹川の穏やかな笑みには、普通なら人生の終わりに差し掛かってようやく身につく、世間の善意悪意を渡り歩いた人懐《ひとなつ》こさがあった。私はまだ、彼が連続殺人の犯人であることを信じられずにいた。

ましてこの事件は、盗作犯を見つけるために起こされたのだという。犯人を見つけるために殺人をする、そんな馬鹿げたことがあるだろうか？

「おっしゃるようにしましょう。井口君、よく聞いてくれ」

蓮野は医院の奥にある何かに急き立てられていた。私の物分かりが悪いと、それは重大な結果を齎すらしかった。


「これが盗作犯を見つけることを目的とした事件だと気づいたのは、計画が半ばまで進行してからだ。それで全ての出来事に説明をつけられることに思い当たった。そうだとしたら、犯人が笹川さんしかいないことも分かった。

しかし、この事件を説明するには、そのもう一つ奥の動機から始めないといけない。だから、何故それが分かったか、説明は一旦後に廻す。笹川さんが盗作犯を見つけようとしていたという真相を前借りして事件の最初に戻り、そこから始める。いいか？」

「ああ、分かった」

「何故、笹川さんが君の絵を盗作した犯人を見つけなければならないのか。君の絵が盗作されたからって、笹川さんに迷惑がかかるとも思えないのにだ。

これには、深江さんが関係している」

「深江さん？」

「そうだ。君が数回顔を合わせたという、芸術家の深江龍紅だ。紛れもない天才だったと井口君は考えているのだね？」

「――うん。そうだ」

笹川は意を得たりと頷いた。

「井口君の見立て通りです。彼は天才でした。技術においても、感性においても。どんなものでも創り出すことが出来るようでした」

私はただ混乱した。今まで、笹川と深江に接点など見つかっていない。しかし、彼は旧知の人の思い出を語る調子である。

蓮野は構わず続ける。

「生前の深江さんは、血の繋がらない妹と一緒に暮らしていると言っていたそうだね。しかし井口君は、その妹に会ったことがない。本当に存在するのかすら怪しいと思っていた」

「そうだ。しかし、バラックに活動のフィルムがあっただろう？　あれに写っていた以上は、実在していたんだろう。峯ちゃんがバラックの近くの小屋で、胸にナイフを刺されているのを見たという――、深江時子というひとだろう？　恐ろしく美しいひとだったというじゃないか」

遠藤の屍体が握る、配役表に書かれていたのである。

「そう。峯子さんが恐ろしく美しいと表現した通りの姿で実在して、生きていた。深江さんと一緒に、ひっそりと暮らしていたんだ。しかし彼は自殺してしまって、妹がどうなったのかは分からないままだ」

「ちょっと待て。時子というひとは、六月に殺された訳じゃないのか？　峯ちゃんが見た屍体は一体何だったんだ？　あれは本物じゃないのか？」

「確かに、あの屍体が問題だ。サロメの格好で殺されていた屍体の真贋や、その意味が分かれば、この事件の全容は一気にはっきりする。

それを考えるのに重要なのが、盗作犯がキャンバスの裏に忍ばせていたという猥褻な写真だ」

「え？」

まさか結びつくなどと思っていなかった、元より重大な意味があるとすら思っていなかったことである。亜米利加《アメリカ》で見つかった盗作の絵のキャンバスには、猥褻な写真が忍ばせてあった——、ロデウィック氏からそう聞いただけで、それがどんな写真かすら分かっていないのだ。

「エロ写真がどうしたんだ？」

「その猥褻な写真を盗作犯が持っていたということと、この事件が盗作犯を見つけるために起こされたという事実。この二つを考え合わせてみるといい。どうして、猥褻な写真を持っている人物を見つけなければならないか、ということだ」

「写真を持っている人物を見つけなければならない理由？　——つまり、写真は、普通の写真じゃないんだな？」

「そう。それを見つけなければならないということ、そして、美しかった、どこに行ってしまったか分からない深江さんの妹。これらを繋ぎ合わせればいい」

それでもまだ分からずにいる私に蓮野は言った。

「つまり、こういうことが起こったかもしれないんだ。中野町のバラックで暮らしていた深江さんの妹、時子さんは四年前、深江さんが眼を離した間に林の小屋に連れ去られ、強姦され、その姿を写真に撮られた。

時子さんは苦しんだ。到底想像のつかないほどにだ。――そして、決心を決めて笹川さんを頼ったんだ。別人になりたいと。舞台にでも立つような顔が欲しいと」

「舞台にでも立つような顔？　あ、ああ！」

ようやく私は理解した。

「そういうことか！　何ということを――」

別人になりたい。舞台にでも立つような顔が欲しい。今蓮野が言ったのは、六月にここを訪ねた時、笹川の口から聞いた言葉であった。あやがそう言っていた、彼はそう話したのだ。

何ということを――、私がこらえかねた嘆きは笹川を激昂させてもおかしくなかった。

しかし笹川は無私のひとに成り果てていた。私の批難がましい物言いに、彼は胸を押さえた。

「その通りです。あやは、平凡な顔を、舞台に立ちたいがために造り替えた訳ではありません。あの子は本当に美しかった。誰よりも美しかった！

あの子はそれを捨てることを願いました。自分が受けた屈辱を忘れ、恐喝の恐怖から逃れるためにです。然《さ》もなくば命を絶つよりないと。あの時、私は他にあの子を救う方法がないことを信じました」

「そういうことだったんですか。あやさんの顔の秘密は！　それで、笹川さんは手術をなさったんですか。時子さんをあやという別人にするために、その美しさを毀損《きそん》してしまったんですか――」

「はい。もしも、他に方法があったというのなら教えてもらいたいものです。一体どんな言葉があの子の苦しみに届き得たものか。

私は決して時子の苦しみを理解しようとはしませんでした。それはあの子の苦しみを冒瀆することに他なりません。慰めとは、贋作売りのすることとです。似たような経験、似たような心情、そんなものを使って、苦しみの唯一無二であることを侵そうとするのです。

他に同じような経験をしたひとがいようが関係はありません。あの子の苦しみはあの子だけのものです。同じものは絶対に、他のどこにもありません。

私が悔《く》やむべきなのは私自身のことです。自惚れていた。これは私にしか出来ないことだとね。手術を終えて愕然としました。もっと上手く出来るつもりでいた。今のあやだって、世のひとたちは美しいというでしょうが、あれは傷だらけの時子の残骸に過ぎない。認めたくはありませんが」

笹川が真実を語っているのは間違いなかった。最初に会った時から、彼が嘘を吐いていると感じたことは一度もない。

それでも私はまだ信じられない。いくつかの重要なことがはっきりしないままであった。深江の妹があやだったという事実、彼女が本当は比類のない美しさを持っていたという事実、これらは忘れかけの残夢のような曖昧さで私の脳裏に漂うばかりである。

「もう少し時子の話をしなければなりませんね。蓮野君にも知りようのないことですから、これはお教えしておきましょう」

笹川は深江兄妹のことを語り始めた。

「深江さんと時子は北陸の田舎の出です。血の繋がらない兄妹というのは、時子の方は、再婚した母の連れ子だったのですね。

二人があんなバラックに暮らしていた理由は、兄の龍紅の方は芸術家の性分と言っていいでしょう。時子は違います。父に望まぬ結婚を勧められて逃げてきたのですよ。龍紅が匿っていたのです」

「ああ、だからあんな奇妙な暮らしをしていたんですか――」

「はい。龍紅は、家出した時子が自分のところにいることを父母に隠していました。何しろ時子の美しさは目立ちましたから、隠れているよりなかった。彼自身があのバラックに住んでいることも秘密にしていたそうですね。

一度、時子が指の骨を折る怪我をしたことがあって、困った龍紅が人目を忍んで私のところに連れて来たのです。その時私はあの子と知り合いました。以来、病気の相談は全て私が受けてきた」

六月に、笹川から聞いたあやの昔話を私は思い出していた。あの時聞いたことは、確かに今語られる時子の話と一致している。やはり彼は嘘を吐かなかったのだ。

「兄妹の暮らしが愉快なものだったのかは分かりません。断言して良いのは二人が互いに敬意を持っていたことです。龍紅は時子の美しさを、時子は龍紅の才能を敬っていました。

井口君もご存知の通り、深江さんは芸術家として非凡なひとでした。彼は時子の美しさを愛し、崇拝するようにしながら、決して自分のものにしようとはしなかった。深江さんはその必要がないひとでした。野の花の美しさに心を打たれても、それを手折って持ち帰る必要のないひとでした。

彼は自分の才能だけを足がかりにして生きていましたから、作品を生み出している限り、何も所有する必要がなかったのです。井口君はきっとお分かりでしょう？」

「ええ、そうだったろうと思います」

そうだったのですよ、と笹川は惜しんだ。

「時子もまた不思議な子だった。あの子は、自分が美しいことがあまりよく分かっていないようでした。あるいは美しいことの価値が分かっていなかった。あやは、失ってからそれを思い知ることになりました。

さあ、二人に何が起こったのかは先ほど蓮野君がおっしゃった通りです。ですが、これも詳しくお話ししましょう。でなければ、井口君が納得するのに時間がかかりそうです。

深江さんは、時子を題材に多くの作品を創りました。そのうちの一つが、例の『サロメ』を題材にした連作です。彼はモデルを用いずにおよそを仕上げましたが、最後の一枚のサロメは、時子に衣装を着せて描くことにしたのです。

そう、二人の生活が愉快だったかは分からないと言いましたが、深江さんが時子の退屈を気遣っていたことも間違いありません。井口君たちは中野町の中をご覧になったんでしょう？」

確かに見た。あの、二階のお伽話の寝室である。

「あの寝室は、やはり――」

「そうです。あれは深江さんが時子のために創りあげた部屋です」

あの常軌を逸《いっ》した細やかさは、決して狂気の為さしめる業《わざ》ではなかったのだ。

「尤も時子の趣味にはあまり合わなかったようですが。深江さんは妹のそんな心の綾《あや》は分かっていなかった。

ともあれ、しばらくこの二人は誰にも干渉せず、干渉されずに暮らしていました。

しかし、四年前のことです。どこからか時子のことを嗅ぎつけたものたちがいた。深江さんの存在は、芸術家の間では伝説化していたようですから、その正体を探るものもいたのですね。それが、彼女を襲うことを考えた。そして実行しました。

これは、時子がサロメの姿でモデルを務めていた時のことでした。深江さんに電報が届きました。警察を騙ってすぐさま出頭しろと要求する荒唐無稽な電報でしたが、世慣れない深江さんは引っかかった。まんまと時子を残してバラックを留守にしてしまった。

犯人は、ほんの時々しか外出しない時子をたまたま見かけて計画を練っていたようなのですね。こうして男たちは龍紅を追い払うと、サロメの衣装の時子に襲い掛かった。彼が帰って来るかもしれなかったので、近くの小屋に連れて行き、そこで陵辱の限りを尽くした。皆、顔を隠していました。

男たちが写真を撮ったのは、記念のつもりでも、ことを一回限りにしないつもりでもあったようです。写真があれば、二回目からは従順になるだろうとね。

私は時子の顔の手術をし、それだけでなく、コレラで死んだ身寄りのない少女の戸籍を与えました。紛れもない別人になりおおせた訳です」

「それが、あやさんですか」

「そういうことです。井口君、実は、深江さんが別人になる妹に与えたお守りがあります。ご覧になりましたか？　深江さんの作品ですよ」

「お守り？　それは？」

あやが持っていた、深江の作品？

「蓮野君はどうです。あやはあなたに見せましたか」

「いえ。浅間さんから話は伺いましたが。ほら井口君、岡島さんは、どういう訳か、自分が手術を受けた証拠を持ち歩いていたというだろう？」

「それは、――ああ！　もしかして、写真か？　光枝さんが、あやさんの手帳の後ろに挟まっているのを見たっていう、手術を受ける前の写真のことか！　そうか、あれは深江さんが造ったものだったんだな？」

よく出来た蠟人形なら、写真に撮ったら本物と区別がつかないだろう。峯子がそう言っていたことを私は思い出した。

「そうです井口君。深江さんは、あやが手術を受ける前の、架空の顔を蠟細工で創作しました。写真に撮れば、誰もが本物の人間を写したと思い込むものです。

あやの顔には傷が残っていますからね。手術を受けたことはいつか気づかれてしまうでしょう。その時、万が一にも昔の彼女が比類なく美しかったことを悟られないようにするため、贋物の過去を与えたのです。

深江さんは時子がいなくなることを酷く悲しみました。しかし彼は、時子が自分のものでないことを承知していましたからね。

あの子がバラックを去ってからも、深江さんは時子がいた時と変わらない生活を続けました。井口君、君は深江さんの変貌に気がつきましたか。初めて彼に会ったのは五年前でしたね？　井口君は、時子があやになる前と後にそれぞれ深江さんに会っていることになります」

私は深江の精神の変調にまるで気がつかなかった。

「気がつかなかったでしょう。日頃から無愛想だったのが幸いしたのでもあります。

彼は、時子の消失を世間から隠し続けました。元々隠してあったのですがね。そして、あの子があやであることに十分馴染んだとみて、彼は警察に時子の捜索願を出しに行きました。今年の二月のことですね。つい最近いなくなったかのようにです。時子とあやが別人であることをはっきりさせておきたかった。

それは相手にされなかった。何年も人知れず二人で暮らしていたということが信じ難かったのでしょう。

ともあれ、それを以って深江さんの中の時子は死にました。彼は自分の役割をやりおおせた。だから自分も死ぬことにしたようです」

私の脳裏に、二月に山積する自分の作品を掻き分け首を吊った深江の姿が鮮麗に想像された。

「さあ、そして、あやです。私はあの子がいつ女優になる決心を固めたのか定かに知りません。それが幼少の頃からの淡い憧れだったのか、それとも、陵辱を受けて、別人になろうとする時、女優が何よりふさわしいと思ったのか、あるいは美しさを失って、女優になることでそれを補えると信じたのか。

どれもあり得るように思います。全て正しいかもしれない。私は、衆目の下に顔を晒すことは危険だと考えていましたが、あの子は聞かなかった。

それにある意味では、女優というのは彼女の身許を隠すのに何よりふさわしかった。誰しも、平凡な女が顔に手術を施して女優になろうとしたことを疑いません。昔のあやが、今とは比較にならないほどに美しかったことなど想像だにしません。

そう、女優にでもならなければあやは報われません。傷を負った顔を気にしてコソコソと暮らしていたって、誰かに秘密を感づかれ、揶揄われ、噂を立てられ、あやを襲った犯人の耳に届いてしまうかもしれません。そんなことに怯えて暮らすのはあの子にふさわしくない。

私も最後にはあの子が女優になるのに反対しませんでした。どんな空虚な名声でも、慰めになるのならそれには価値があるでしょう。それにしても、これほどの成功をするとは思いがけなかった。

　これが深江兄妹に起こったことの全容です。蓮野君の想像をそれほど外していることはないでしょうね。

　井口君、どうです。納得してくれましたか」

「ええ。とても、よく分かりました。でも――」

　多くのことが説明されないままである。深江の妹があやだったのなら、峯子が見た、林の小屋の屍体は何だったというのか？

「また、蓮野君に説明を任せましょう。井口君に教えてあげて下さい。どうして私が犯人だと分かったかもです」

　笹川はまだ蓮野が真相に到達したことを認めていない。

二

「峯子さんが見た小屋の屍体は、僕が、この犯罪が盗作犯を見つけるために行われていることを疑う最初のきっかけになった。確信を持ったのはもっと後のことで、あの時にはまだ可能性の一つに数えていただけだったがね。まずは、いま笹川さんから聞いた岡島さんの話を前提にして君の盗作事件を思い返していくことにする。

　五月に来朝したロデウィック氏の話で、君の絵が盗作されたことが発覚した。絵を盗み見ることが可能だったひとを考えると、白鷗会の中に犯人がいる可能性が極めて高かった。

　しかし、他にも盗作犯の可能性は残っていた。モデルを頼んだ岡島さんだね。そして、岡島さんに紹介されて、僕たちは笹川さんに会いに来ることになった。そうだね？」

「うん。そうだ」

「そして君は、岡島さんが盗作犯と繫がっていることは考えにくいと結論を出した。いかにも正しい結論だ。素直に考えれば、画家の中に犯人がいるに決まっている。

しかし、僕たちがこのことを話した時、笹川さんには別の重大な疑惑が生まれていた。――盗作犯は何故岡島さんの絵に眼をつけたのか？　笹川さんにとってはこれが問題だった」

「僕だって疑問に思っていた。どうして、狙い澄ましたみたいにあやさんの絵が盗作されたのか――」

盗作された絵の精確さからして、犯人は私のアトリエに忍び込む時、写真機を持ち込んだ筈なのである。ということは、最初から明確な狙いがあったと考えるべきなのだ。

「もちろん疑問には思っていたろうが、君にとっては是非解き明かさねばならないことではなかっただろう？　しかし、笹川さんにとってはそうだった。

君が描いた岡島さんは、幾何学模様の柄のオレンジの洋服姿だったね？　岡島さんが自分で選んだ服で、他で着ているところを見たことがないものだった」

「そうだ。モデルが誰かを明かさないことが条件だったから、あやさんを描いたと分からないように、普段着ないものを選んだんだろう？」

「理由はそれだけじゃないな。あのオレンジの洋服はただの見慣れない服ではないんだろう。そうでしょう？　笹川さん」

「ええ。あの子は何の考えもなしに服を選んだ訳ではありません。それは、あの子が時子だった頃に気に入っていた服なのですよ。もちろんあやになってからは、それを着て出歩く訳にはいきませんでした。

井口君、君はあやがどうして君のモデルをすることに応じたのか分かっていないのではないかな。あの子は、一度は断った筈です。

しかし、井口君の作品を見て気を変えたのですね。兄のモデルをやっていた時が懐かしくなったのです。わざわざ言いはしなかったでしょうが、あやは、君の作品をとても気に入っていたのですよ。だからあの洋服を選んだ。正体を隠す上では油断だったかもしれないが、ともかく井口君が約束を守りさえすれば何も問題はないのですからね」

「そうだったんですか。知らなかった——」

「それでだ、井口君。君が幾度か岡島さんに会って絵のおおよそを仕上げてからのことだ。君は、モデルの正体は約束通り秘密にしていたようだが、大月君を通して、君がオレンジ色の服の女性の絵を描いているという噂が白鷗会の皆に広まっていたんだろう？」

「ああ、そうだよ」

「そして、そのオレンジの服は、岡島さんが時子さんだった時に好んで着ていたものだ。すると、どういうことになる？」

「ちょっと待て。じゃあ、盗作犯は、僕の絵のモデルが時子じゃないかと思ってアトリエに忍び込むことにしたということか？　そして、盗作犯がすなわちあやさんを襲った犯人だと？」

「そうかもしれない、と笹川さんは考えたんだよ。違いますか？」

「はい。その通りです」

笹川は、蓮野が答えを出していくことを喜んでいる。

「時子さんを襲った犯人たちは、彼女がどこに消えたのか気にしていた筈だからね。脅迫のために写真を持っていたのだしね。そんなところに、君が幾何学模様の柄のオレンジの洋服の女性の絵を描いているらしいと情報が入れば、もしかして時子さんかと思って、絵を見たいと思ってもおかしくない。時子さんに目をつけた経緯からしても、犯人が芸術関係者である可能性は低くないからな。

井口君に、誰の絵を描いているのか、と探りを入れることはしなかっただろう。そのことが時子さんに伝われば、自分が犯人であると感づかれるかもしれない。

そこで、君のアトリエに忍び込み、絵を写真に撮って、複製を造ってみる気になった。そんなことがあったとしてもおかしくない。絵の複製を造ったのは、時子さんの行方を捜したり、脅迫の材料にするのに使えると思ったからか、それとも、本当に君の絵に感銘を受けて真似したくなったのかもな」

「いや、待てよ。そりゃもちろんそんなことがあってもおかしくないが、根拠としては話にならないくらい薄弱だ。それだけで、絵を盗作した犯人が、あやを襲った犯人だってことにはならないだろう」

「根拠はもう一つあるよ。ロデウィックさんが、盗作の絵の裏に猥褻な写真の封筒が隠してあったと言っていたじゃないか。もしもそれが時子さんを襲った時に撮った写真なら、時子さんを描いたらしい絵の裏に入れておくのも自然といえば自然だ。

僕と井口君の話を聞いて、笹川さんは、ずっと分からないままだった、時子さんを襲った犯人の手掛かりを得たと思ったんだ」

私は承服出来ない。

「だとしても、盗作犯があやさんを襲ったと決めるには全く不十分だよ。キャンバスの裏に隠されていたのは全然無関係な写真かもしれないじゃないか。その写真を確かめて、写っているのが彼女だと判明しない限り、盗作犯が強姦犯だと決める訳にはいかないよ」

「そう。だから確かめたんだよ」

冷ややかに蓮野は言った。

「え？」

「それが、六月の、サロメの格好をした屍体の謎の答えだ。

井口君、峯子さんが中野町の林の小屋で目撃したものについてはいろいろ疑問があったね。まあ、結局あれは屍体じゃなかった訳だが、本物の屍体のように思われていた。六月に、君と紗江子さんでいろいろ考えたんだろう？　何が謎だった？」

「――ええと、あの時考えたのは、どうして犯行が昼間だったのか、何で屍体にサロメの格好をさせたのか。もしも本物の屍体でないのならどうしてそれほど周囲を警戒していたのか。峯ちゃんに見られたらすぐに逃げ出して、それきり屍体の行方が分からなかったのは何故なのか、だ。

あとの事件では、屍体は見せびらかそうとするみたいに飾り付けられて出現しているのに、あの屍体はそれきり消えてしまった。一体何がしたかったのか分からなかった」

「そうだね。飾っておいて、しかし人目にはつきたくないというのがおかしい。

僕は、犯人が何をしたかったのか、一つ答えを思いついた。それが、笹川さんを疑うきっかけになったことだよ。あれは、写真を撮るためだったんだ」

「写真を撮るため？　サロメの姿の写真をか？」

「そう。六月にここで笹川さんが言っていたことを憶えてるか？　盗作の絵について、亜米利加《アメリカ》に問い合わせてみようかと提案してくれただろう。医業の伝手を使って知人に頼めば、柳瀬の遺品のことを調べられるとね。

君は断って、晴海社長に頼むことにした。しかし笹川さんは笹川さんで、それが時子さんかもしれないと疑っていたから、猥褻写真の内容を問い合わせることにしたんだよ。

しかし問い合わせるにはいろいろと気遣いがいる。内容が内容だから、おいそれと、どんなものか知りたいから写真をこっちに送ってくれと頼む訳にはいかない。一番いいのは、日本から見本を送り、それと比べてもらうことだ。写っているのがこれと同じひとかとね。そうすれば間違いが起こる可能性も低い。

ところで井口君、峯子さんが林の小屋で時子さんの屍体らしきものを見たのは、僕たちが笹川さんを訪ねた、ほんの三日後のことじゃなかったか？」

私にも、ことの意味が分かった。

「そうか、あの小屋は過去に時子さんが襲われたところだったんだな。笹川さんは、その時の状況を再現していたのか！」

「そう。時子さんが撮られた写真がどんなものかは分からないからな。顔がはっきり写っている保証はないから、当時の現場を出来る限り再現することにしたんだ。時子さんの姿を模した蠟人形を使ってね。あれは深江さんが遺したものでしょう？」

「ええ。生前彼が造ったものです。時子がいなくなってしまう前にせめてと思ってね」

「でも、あれは、胸にナイフが刺さっていただろう？」

「笹川さんが刺したんだよ。殺人事件のことを問い合わせる体にするためだ。ただの猥褻な写真と思われているものについて、どんなのだか調べてくれとは頼みにくい。しかし、強姦殺人の証拠を調査するということにすれば、力を入れてくれるだろう。それに写真の扱いに気をつけるよう促すことも出来る。うっかり写真が世に出廻ってしまうことも防ぎやすくなる。

あの時、峯子さんは写真を撮りに出かけて小屋に辿り着いたんだったな。ここでも、犯人と峯子さんの動機は一致していた。

笹川さんは、亜米利加に送る写真を撮るために、あの現場を作りだしたんだ。わざわざ昼間にやったのも当然のことだ。写真撮影は明るい方がいい。

井口君、晴海社長に頼んで、向こうの晴海商事のひとに調べてもらったところじゃ、猥褻な写真は所在が分からなかったというんだろう？　多分、笹川さんの調査と入れ違いになったんだな。笹川さんの方が早かったんだろう」

「なるほど。そうだったか」

笹川は膝を打った。

「はい。全部蓮野君のおっしゃる通りです。見事なものだ」

「それで――、問い合わせた結果は？　盗作犯が、あやさんを襲った犯人であることは、はっきりしたんですか？」

「無論ですよ。そうでなくてこんな面倒な連続殺人を行うものですか。問い合わせた時には、写真は既に処分されてしまっていましたが、しかしそれを確認した人から、私が送ったものと同じ姿の女性を写した写真だったと証言が得られました」

盗作犯、それはあやを陵辱した犯人だった！

私は謎が明かされるにつれ、自分が耳聡《みみざと》くなってゆくのを感じた。玄関で聞いた異様な響きは今も、おそらくは手術室から、確かにこの書斎まで届いて来る。

三

「次はいよいよ本物の殺人だ。ここからの事件は全て、盗作犯を見つけるために引き起こされた。まず、七月八日の宮盛の事件だね。この日付になったのは、白鷗会の会合に合わせる必要があったからだな。何故合わせる必要があったか、訳を説明するのは後に廻す。

ただ、笹川さんが盗作のことを知ってから事件に手をつけるのに一月あまりも待たなければならない理由は他にもあったね。亜米利加《アメリカ》に問い合わせるんだからな。写真を同封した手紙が向こうに届くのに三週間くらいはかかる。調査をして電報で返事をもらうのにはあまり余裕がない」

「ええ。間に合って幸いでしたね」

「しかし、返事が来るまで笹川さんは手を拱《こまね》いていた訳ではない。既に盗作犯を探るべく行動を起こしている。宮盛の殺害の意味を検討するのには、そこから始める必要があるな。

何をしたかというと、井口君、六月に大月君の下宿の前で、爪先の欠けた靴の男が君と大月君の話を盗み聞きしたんだろう?」

「ああ、そうだ! ――あれも笹川さんか」

「井口君の動向を笹川さんはずっと気にしていた。盗作犯が分かるなら是非知りたいし、君が下手を打って、調査をしていることを盗作犯に気づかれてしまうのも不安だった。そうすると、笹川さんがあやを襲った犯人を見つけるのもやりにくくなる」

「はい。君たちの話を聞いてから、亜米利加《アメリカ》に調査を依頼する準備を進めると同時に、白鷗会のことを調べました。会報を出しているからそれを見るのが早い。皆の住所も会報を見て知りましたよ。

君たちがここを訪ねて来た翌日のことです。井口君と大月君が会の人たちを訪ね廻った顚末を下宿で話していたでしょう？　その話を聞かせてもらいました。危うく気づかれかかって私は慌てて逃げ出したのですが」

「しかし笹川さんはその時、盗作犯を絞り込む重大な手掛かりを得た。そうですね？」

「はい」

手掛かり？　私と大月の話の中に重大な手掛かりがあったという。

「井口君。僕らは、盗作犯が君のアトリエに忍び込んだ夜のことを思い出して、スリッパに関する論理を使い、消去法によって盗作犯を絞り込んだね。容疑者を甲乙丙種に分類した。

笹川さんがやったのは、それと同じことだ。ただし、笹川さんは全く別の情報を使い、全く別の消去法の論理を組み立てた。そして、宮盛を殺害することによって、その消去法に必要な情報を得たんだ。

その最初の取っ掛かりは、君と大月君の話の中にあった」

あの時話したのは何だったろうか？　私は記憶を辿る。

「贋作犯のことか？　宮盛と柳瀬がやっていた贋作造りと関係があるのか」

「そうだね。考えるべきなのはこんなことだ。

この事件において、柳瀬と宮盛を始めとする贋作犯と、時子さんを襲った盗作犯とは、どちらも深江さんの存在を知っていた訳だ。

すると、彼らはそれぞれどんな経路によって深江さんに辿り着いたのかが問題になる。例えば、宮盛が先に深江さんを探し当てていて、盗作犯はそれを通じてあのバラックに辿り着いたのか。あるいはその逆か、それとも、伝説化した芸術家を探した果てに、彼らは別々に深江さんを見つけたのか」

贋作犯と盗作犯の関係は分からないままだったのである。一時は、絵の盗作はもしや宮盛の指示で行われたのかと疑いもしたのだが――

「どうなんだ？　やっぱり、盗作犯は贋作造りと繋がりがあったのか？　それを手繰《たぐ》れば犯人が分かるということかね」

「違う。それは反対だ。贋作犯と盗作犯に連絡があったと考えると、辻褄の合わないことがあるんだよ。この論理を組み立てるのに必要な事実は、一つは、深江さんが宮盛と柳瀬に蔵を貸していたということ。もう一つは、盗作の絵が亜米利加《アメリカ》に渡ることになった経緯だ」

「経緯？　あれは、犯人が柳瀬に預けたんだったな――」

柳瀬が亜米利加《アメリカ》に渡る一月ほど前に、盗作犯が彼の家を訪ねて、絵と写真の入ったトランクを預けていったのである。彼はトランクをそのまま亜米利加《アメリカ》に持って行った。

「盗作犯が岡島さんを襲った犯人であることを踏まえてこの行動を振り返ってみたまえ。

盗作の岡島さんの絵と、彼女を陵辱した時の写真。これらを纏めて柳瀬に預けたのは、犯人に何らかの事情が生じて、自分の手許に置いておくことが危険になったために、柳瀬にいっとき保管してもらおうとした。こう考えるべきだね」

「それは、そうだろうな。他に理由は考えにくい。柳瀬がそれを欲しがったとも思えないしな。親切で、信頼出来そうな柳瀬なら預けても大丈夫と思ったんだろう」

「うん。ところで、柳瀬は、贋作のことが発覚しそうで亜米利加《アメリカ》に逃げることにしたんだったな？

そんなひとに、盗作犯はうっかり自分の犯罪の証拠を預けている」

次第に、蓮野の語る論理のかたちが見え始めた。

盗作犯は、柳瀬が亜米利加《アメリカ》に逃げることを知らなかった人物ということか？

「――しかし、うっかりと言ったって、柳瀬は誰にも自分が亜米利加《アメリカ》に逃げることを知らせていなかったんだから無理もないよ。宮盛だって知らなかったようだしな」

「そうだね。本当に誰にも教えていなかったんだろう。柳瀬というのは、一見いかにも面倒見のいいひとだったそうだね。

しかし、贋作犯にとってはそうじゃなかった。ひとの良さそうな顔で金を貸して、贋作造りに加担させたんだ。そんな相手に自分の犯罪の証拠を預けるか？」

「でも、それは分からない。特殊な信頼関係が生じていた可能性はあるよ」

「可能性はあるね。だが、それだけじゃない。決定的なのは、宮盛と柳瀬が使っていた倉庫だ。贋作を保管するのに使っていた蔵だよ。あれは、深江さんと共用していたというじゃないか。

深江さんは非常識なひとだったから、自分のでもない蔵の中のものを勝手に漁ることもあったという。つまり、柳瀬に絵と写真を預けるのは、深江さんの目につくかもしれないところに、時子さんを襲った証拠を放り出しておくことになるんだ」

確かに、その通りである。

「――じゃあ、柳瀬に絵を預けるのは、盗作犯にとって極めて危険なことだったんだな？　証拠を深江さんに見つけられてしまう可能性もあったのか！」

「そう。絵と写真のことを深江さんが知ったら、柳瀬の周辺に時子さんを襲った犯人がいることがバレてしまう。それに、柳瀬はそれが犯罪の証拠だなどと知らないから、深江さんに聞かれれば、誰に預けられたトランクか喋ってしまうかもしれない。彼にあっさり自分が強姦犯だと知られてしまう恐れもある」

そういえば、五味はその頃盗作の絵が入っていたトランクが倉庫に置かれていたのを目撃しているのである。柳瀬が亜米利加《アメリカ》に行ってしまう前に、一時そこに置いたのだ。

そして五味は、贋作犯は深江となるべく関わらないよう宮盛に注意されていたとも言っていた。贋作犯たちは、あの蔵が深江のものだと知っていたのだ。

「もし盗作犯が、深江さんの倉庫を柳瀬が使っていることを知っていたなら、柳瀬に絵を預けた筈はない。彼はただ、柳瀬がそれを無難に保管してくれると信じていた。つまり、盗作犯は贋作犯ではないんだ。

ということは、贋作犯を明らかにすることが出来れば、盗作犯を絞るのに大いに役立つことになるね。贋作犯は、盗作の容疑者から外すことが出来るんだ」

私は、盗作犯が贋作犯であることがはっきりすれば、犯人の特定に役立つのではないかと考えていた。その考えはまるきり反対だったのだ。贋作に関わっていたものを容疑者から外す——、これなら確かに消去法の論理が成立する。

「分かった。それが、笹川さんが宮盛を殺した理由なんだな?」

「そう。宮盛は、贋作犯を見つけ出すために殺された」

笹川は大きく頷いた。

「宮盛が他殺体で見つかれば、警察が捜査をする過程で贋作造りのことが明るみに出て、贋作犯たちの名前が分かるでしょう。それを使えば盗作犯を絞ることが出来る、というのが私の計画でした。

ちょうど、五味君という白鷗会の画家が宮盛の告発を考えていましたね。これは、私にとってはどちらかというと迷惑でした。宮盛は、贋作犯の写真を撮って共犯者たちを縛り付けていたようですが、五味君が下手に捨て身の告発をして失敗すれば、宮盛は写真を処分してしまうでしょう。それを避けたかった。

写真がなければ、誰が贋作犯だったのかがうやむやになってしまう危険が大きい。せっかく犯人を絞れそうだというのにです。私はこのことに気を揉みました。五味君が雑誌社のひとに相談して、告発を進めようとするのにね。

宮盛を殺すのは白鷗会の例会の前でないといけないと思っていたのは、それも一因です。なんとか、五味君が迂闊な真似をする前に間に合いました。

そして、彼の死後すぐ、五味君の頼んだ山添という記者が宮盛の家に乗り込んで贋作犯をはっきりさせてくれたのは、結果的に幸運でした。そうでなければ、家捜しをした警察に訊くつもりでしたがね」

いつだったか、蓮野は探偵という存在の迷惑さの話をしていた。事件の調査であちこちを訪ね回る私は、蓮野には実に迷惑な探偵と評された。しかし、笹川――、私の知らなかったもう一人の探偵は、私とは比較にならない、聞いたこともないほど迷惑な探偵だったのだ。彼は、ひとを殺すことで犯人を見つけようとした！

蓮野は、実際的な質問で私の物思いを断ち切った。

「井口君。笹川さんの計画通り、宮盛が死んだことによって贋作犯たちが明らかにされた。この時点で、盗作の容疑者がどれだけ絞れたことになる？　君自身と大月君は除外していい。後で話すが、笹川さんは君たちを容疑者から外すことが出来た筈だからね」

「え？　――ええと、九人のうち、五味、扇、水谷川、秋永は盗作犯じゃないことになるのか。それから宮盛自身もだな。

残るは、庄司、桐田、遠藤、望木か。しかし蓮野、宮盛はただ殺されただけじゃないぞ？　あの、ヘロデ王の格好は？　何のためなんだ？」

「後廻しだ。見立ての意味は最後に纏めて説明する。――笹川さん、第一の殺人についてはこれで十分ですか？」

「結構です。さすがですね」

笹川は感服していた。蓮野を試していた笹川は、そろそろ全てを彼に委ねて良いことに安心し始めている。

四

「第二の殺人の話をする前に、一つの幕間劇《まくあいげき》について触れておく必要がありますね。井口君の家に入った泥棒のことです」

「ああ！　そうだ。あれも笹川さんが――」

笹川は初めて恥じ入った様子を見せた。はにかんだ彼は論文の誤りを指摘された学生のようで、急に若返って見えた。

「ご迷惑でしたね」

「僕や井口君に、事件の犯人が盗作犯だと印象付けたかったのでしょう？　だから盗作の元になった絵を盗もうとしたのですね」

「はい。最初の事件のあと、蓮野君は、あやに約束通り事件の進捗《しんちょく》を全て伝えましたね。蓮野君にはそんな様子を見せなかったでしょうが、あの子は大変に驚きました。

一番驚いたのは、六月に、井口君の姪御《めいご》さんが目撃したことです。昔の自分が殺されているのですからね。

蓮野君に逢った後、あの子は病院にやって来て私を問い糺しました。それによって私は小屋でやったことが蓮野君たちに露見してしまったことを知ったのです。あの時小屋の外にいたのが、まさか井口君の姪御さんとはね。その子が写真機まで扱うとは思いもよらなかった。

私は不安でした。私が犯人を見つけるより先に、蓮野君に私の犯行に気づかれてしまうのではないかとね。蓮野君があの屍体の意味に気づくことはあり得る。事実、私の危惧《きぐ》は当たっていました。

蓮野君には、盗作犯の犯行と思ってもらいたかった。そして井口君には盗作犯を見つけることを諦めてもらいたかった。ロデウィック氏に売る絵がなくなってしまえば、面倒な犯人探しをやめてくれるかと思ったのです。

これも、夜更かしをしていた井口君の姪御さんに気づかれて見事に阻止された。姪御さんや君の奥さんに散々な目に遭わされ、私は敗走した訳です。

奥さんは本気で私を殺そうとしているとしか見えなかったが、大丈夫ですか？」

「いや――、大丈夫です。確かに紗江子は時々そんな風に見えます」

「なら結構でした。結局あの泥棒は何の意味もなかった！　そんなことに関わりなく、蓮野君は私が犯人だと見抜いてしまいました。さあ、どうぞ話を続けて下さい」

「続いて起こったのが第二の殺人です。首無し屍体が尾久村の空き家で見つかった。屍体は扇のものらしかった。しかし客観的な証拠はなかった。桐田君が証言をしただけで、他の誰も被害者の身許を確認出来なかった。これについては様々な説が出た」

何のために被害者の首を切り落としたのか、いかにも議論が百出した。特に重視された可能性は、桐田と扇が結託して、扇の死を偽装したというものであった。扇は汚名を死とともに葬り、桐田は遺産が手に入る、両者に得な計画である。大月は、屍体が実は柳瀬ではないかとも疑っていた。

「いろいろと可能性が検討されたが、前後の事件と上手く整合する説はなかったね。しかし、この犯罪が盗作犯を見つけるためのものであるのが分かれば、扇を殺した動機と、首を切り落とした動機は極めて単純明快になる。

井口君、第二の殺人が起こった時点で、笹川さんが絞りきれていない盗作容疑者は庄司、桐田、望木、遠藤の四人だね。ここから犯人を見つけようとすると一つ問題があった。憶えてるだろ？」

「うん。憶えている。今、僕も分かったよ。――あの時は、桐田がいなかったんだ」

放浪癖のある桐田は、数ヵ月に亘《わた》り姿を消していたのである。帰って来た彼の話では、ずっと東海道を旅行していたという。

「あいつがなかなか帰って来なかったのは、新聞で宮盛の事件を見たからだと思う。東京に帰ると疑われて面倒だと考えたんだよ。そういう奴だ」

「君がそう言うならそうなんだろう。これは、笹川さんにとっては困った問題だった。井口君にとってもだね。犯人を見つけようという時に、容疑者が揃わないんですからね」

「はい。困りましたよ」

「そこで、笹川さんは桐田を東京に呼び戻すのに思い切った方法を採りました。近親者である扇を殺害することにした訳です。

　それもただ殺害するだけではいけない。桐田が井口君の言う通りの不義理な人物なら、扇が殺されただけで帰って来るとは限らない。何も知らない振りをして、温泉宿にゆっくりし、騒ぎが静まってから帰って来ても遺産を受け取るのに支障はない。

　だから、扇を殺すのにはちょっとした工夫が必要だった。扇の死を不確定なものにすることです。

　桐田を確実に帰って来させるには、これが唯一の方法だったんですね。

　扇が死んだらしい。しかし屍体は扇ではないかもしれない。こういう状況であれば、桐田は急いで帰って来ざるを得ません。遺産相続のことをはっきりさせたいでしょうし、自身の他に屍体を確認出来るものがいないですからね。

　だから、笹川さんは扇の屍体の首を切ることにしたのですね」

「その通りです。白鷗会の面々の身辺を調査しましたから、扇と桐田が養子縁組を行なっていることは分かっていました。いくら待っても桐田が帰ってこないものですから、こんな計画を実行することになったのです」

　首無し屍体は、身許を隠すためのものではなかった。身許を確認させるためのものだったのだ。行方不明だった彼は、探偵の笹川によって、容疑者として召喚されたのである。

　桐田を東京に呼び戻すために、扇は殺害された。

「扇の首はちゃんととってありますよ。ホルマリンに浸《つ》けて手術室に隠してあります。後でご覧にいれましょう。私の探偵が済んだら、きちんと世に出さねばならないと思っていましたからね」

笹川の口ぶりのこと無さは屍体の扱いに慣れきった医師のそれであって、他のものは感じられなかった。この異様な殺人を犯した彼から、私は狂気を嗅ぎとることが出来ない。

「笹川さんにとっては、扇が贋作犯であることが早々に判明していたのは幸運だった訳ですね。つまり、彼が盗作犯でないと判明していたということですから。

盗作の容疑者を、容疑が明確でないまま殺してしまうことは避けたかった。それでは遺恨を残しかねません。盗作犯を殺す前には、時子さんの事件について、知っていることを全て明らかにする必要がありますしね」

「はい。確かに、扇を殺して問題のないことが早々にはっきりしたのは幸いでした」

「首を切るのは大変だったでしょう？」

「何、外科医ですから。それにどうせ、第二の事件に首無し屍体が必要なことは最初から決まっていましたからね」

「ええ、そうでした」

この会話の意味は、私には分からなかった。

蓮野は、やはり扇がヨカナアンに模された理由を語るのを後廻しにし、第三の殺人に話を進めた。

五

「扇の殺害によって桐田が帰京し、笹川さんは無事、盗作の容疑者四名を揃えることが出来た。

そして、この事件の少し後、第三の殺人の前に、贋作犯、盗作犯双方の調査に進展があったね。

遠藤が殺されたのには、それが大きく関係している。

女優の浅間さんから齎された情報だ。大葉さんというひとが、柳瀬から仁清の茶壺を譲ってもらったけども、その真贋が怪しくなった、という話だった。

調べた結果、茶壺は本物だろうという鑑定だったが、しかし実は贋物の茶壺を造って大葉さんに摑ませてやる計画が存在していたことが明らかになった。そして、遠藤が未知の贋作犯であったこと、大葉さんが受け取った木箱の箱書きを消した跡は、盗作犯の手によるものであることが判明した。そうだね？」

「そうだ。随分ややこしい話だったな。あれは――」

「確かにややこしいね。まあ思い出してみてくれ」

蓮野や峯子たちが、大葉の家や、柳瀬の家の女中を務めていたたかを訪ねて明らかにしたのは、このようなことである。

かねてから大葉に仁清の茶壺が欲しいと頼まれていた柳瀬は、去年の十二月にそれを辻という弁護士から買い取る。

柳瀬が大葉に連絡をして茶壺を引き渡したのが一月の中旬のことで、この間に、柳瀬は遠藤に贋物を造らせたとみえるのである。

一月十三日、何者かが、茶壺の入った粗雑な木箱を柳瀬のところに届けに来る。この時柳瀬は木箱の底から飛び出していた釘で右手に怪我をする。その三日後、贋物が入っていたと思しい小さな長持を運送屋が運んで来るが、怪我がもとで長持を取り落としてしまう。

その日の晩、盗作犯が絵を柳瀬に預けに来る。贋物を毀してしまった柳瀬は本物を大葉に渡すことを決め、やって来た盗作犯に粗雑な木箱の箱書きを塗りつぶすよう頼む。

長持は送り返され、木箱の本物は大葉に引き渡された。——こんな顚末であったと目されているのだ。

「蓮野、遠藤が殺されたのにはこのことが関係あるんだな？」

「そうだね」

この事件が盗作犯を見つけるために行われたということを聞くと、遠藤が殺されたのには必然性があるように感じられる。しかし、その必然性は私には明瞭ではなかった。

「贋作が関係しているのか？　彼が贋作を造っていたことが分かったから、殺す必要が生じたのか」

「分かったからというのは少し違う。遠藤が贋作犯であったことは、笹川さんにとってはそれほど重大な意味はない。——いや、重大でないことはないね。贋作犯は盗作犯ではないのだから、四人残っていた盗作の容疑者は三人に減った。

これは、笹川さんが遠藤を殺しても大丈夫だと判断するのに必要なことでもあった。扇の場合と同じく、うっかり盗作犯を殺してしまうことは避けたかったからね。

しかし、遠藤が贋作犯であったことが明らかになったのは、何より遠藤自身にとって重大だった。遠藤が他人を警戒していたから、笹川さんには彼を殺す以外の選択肢がなかったんだな」

「よく分からないが——、遠藤が殺されたのは、盗作犯を見つけるためなのには違いないんだな？」

「そうだ」

「遠藤を殺すことによって盗作犯を特定することが出来たのか？」

「精確には、特定出来る可能性があった。だから殺した。しかし井口君、君は遠藤を殺す必然性については半ばまで分かっている筈だがな。君だって、盗作犯を特定する方法を色々探していたじゃないか。

ほら、大葉さんの茶壺の木箱に残っていた、盗作犯が箱書きを塗《ぬ》り潰《つぶ》した跡だよ。あれについて、君は面白いことを考えていた。あの筆跡から、盗作犯の利き手を特定出来るのではないかとね」

「ああ！　確かに考えたよ。しかしあの跡は、塗りつぶした時の箱の向き次第で、右利きでも左利きでもあり得る。だから諦めたんだ」

「しかし、それなら盗作犯が塗りつぶした時の箱の向きが分かればいいんだろう」

「そうだが、分かったのか？　どうやって？」

「分かったんだよ。茶壺を受け取った時の、柳瀬の行動を考えてみればいい」

彼が遠藤から茶壺を受け取ったのは、一月十三日のことである。

何か、柳瀬に普通でない行動があったろうか？

「分からない。教えてくれ」

「ほら、柳瀬は、遠藤に届けられた本物の茶壺の木箱を奥の座敷の簞笥の上に置いたそうだろう。井口君、これは妙じゃないか？」

「ええと――、そうだな。普通は、そんな高価で重いものを簞笥の上には置かない。地震でもあれば転げ落ちるかもしれないからな」

「でも、あの時の柳瀬には、そうする理由があった訳だ。君も分かっているだろう？　茶壺の木箱の底からは、釘の頭が飛び出していたんだからな」

そうだった。柳瀬の家は家具付きの借家で、あの時、自分の持ち物はあらかた運び出してあったのだ。家具は上等なもので、傷をつけずに返さなければならない。

そんな家に、仁清の茶壺の入った、底に釘の飛び出した木箱が届けられた。床や文机にでも置けば、傷がついてしまう。

「これは、君がたかさんから聞いてきたことだ。綺麗な家具が揃った中で、奥座敷の簞笥は古くて穢かったと言っていたろう?」

そうだ。柳瀬が屋敷を引き払った時、簞笥は彼女にくれたそうだが、古道具屋に持って行かせても五円にしかならなかったと言っていた。

「そんな簞笥の上にわざわざ茶壺の木箱を置いたのは、つまり、そこしか置く場所がなかったんだ。畳や家具に傷をつけないようにするにはね」

「なるほど。そういうことになるな」

柳瀬にはそうするよりなかったのだ。

「そして、その時彼はうっかり右手を怪我してしまった。さらには、その怪我が元で、届いた長持を取り落として、贋物を毀してしまった。

だから柳瀬は、盗作犯が訪ねて来た時に木箱の箱書きを塗りつぶすことを頼んだんだが、すると一つ疑問がある」

「疑問?」

「木箱は簞笥の上に置いてあった。他のものに傷をつけないようにだ。しかし、簞笥の上に置いたままでは、木箱の蓋の箱書きを塗りつぶすことは出来ないだろう。手が届かない。

なら、盗作犯にそれを頼んだ時、柳瀬は木箱を一体どこにやったんだ? 他の場所に置けないから、わざわざ簞笥の上に載せたものだ。畳やら座卓やらに置いた筈はない。あるいは、盗作犯の持って来たトランクか？　竹編のトランクだから茶壺の入った木箱を載せる訳にはいかない。しかし、この盗作犯が訪ねて来た日に、木箱を置くのにちょうど良いものが届いていたんだ。たかさんは、それを奥座敷の、箪笥と壁の間に邪魔にならないように置いたと言っていた」

ようやく私は理解した。

「そうか、長持か！　遠藤の長持だな。確かに、箱書きを塗りつぶすために置くのにはちょうどいい高さだな」

「古くて穢い長持と言っていたから、木箱を置くのに躊躇することもなかっただろう。不要になった贋物はその後遠藤のところに送り返された。

　これだけ分かれば、箱書きを塗りつぶした時の木箱の向きを知る方法が分かるだろう。釘の飛び出した木箱が長持の上に置かれたんだ」

「つまり、長持の蓋には木箱の釘の跡が残っている訳だな。長方形の木箱だから、それを確かめれば向きが決定出来る。向きが分かれば、盗作犯の利き手が分かるという訳か――」

　そして、長持を持っていたのは、殺された遠藤だったのだ。

「井口君、笹川さんの盗作容疑者のリストに残っているひとたちの利き手の内訳はどうなってる？」

「ええと、遠藤は除外するんだな。望木、庄司、桐田のうち、右利きは望木と庄司だ。桐田は左利きだ。そうか、これが、特定出来る可能性があったということか」

　もしも長持の蓋を見て、盗作犯が左利きであることが判明すれば、すなわち盗作犯が桐田であることが決定するのである。

「笹川さんは、この、長持や茶壺に関する事実をどこから知ったのですか？　僕は岡島さんに話しましたが、おそらく、彼女は笹川さんには話さなかったのではないかと思います」

「ええ、その通りです。あやは、もはや教えてくれませんでした。私から無理に聞き出そうという気もなかった。あの子は巻き込まないつもりでしたのでね」

「ご自分でお調べになったんですか？」

「はい。大葉さんと女中さんに話を聞きました。気の優しい方たちですから、話を聞き出すのに苦労はなかった」

「そして、僕が今話した通りの結論に達したのですね」

「はい。みんな合ってますよ」

笹川は気軽に認める。

「だ、そうだ。井口君、これが遠藤が殺された理由だ。彼は、盗作の手掛かりである長持を所持していたが、それは簡単に確認出来るものではない。彼自身の贋作造りが発覚しかかっていたんだから、長持を見せてくれと頼んでも、自分が疑われていると思って応じてくれる筈がない。笹川さんには見せてもらう口実もないしね。

それに、遠藤は同居人がいた。僕も、泥棒に這入ることは不可能なのかと思って遠藤の家を見物に行ってみたんだが、まあ難しいね。常に誰かが家にいる。よほど時間をかけて家人の行動を観察しないと無理だな。

笹川さんはそこで一計を案じた。遠藤自身に同居者を追い払わせることにした」

刑事に聞いた話である。失踪する前日、遠藤はどこかから手紙を受け取ったという。それを見て彼は、八月二十一日の夜、家を空けるよう同居者たちに頼んだのである。

「笹川さんは、おそらく、扇の名前を騙って手紙を出したのではないですか？　遠藤を助けられるとでも書いて」

「はい、そうです。他の方法は思いつきませんでした。同居者を追い払わせるのですから、それだけの必然性のある人物でなければならない。世間には生死不明になっている扇から手紙が届けば、無視は出来ないでしょう。

それに、遠藤は自分の贋作造りが発覚して思いつめていましたから、扇が、自分を救う提案をしてくれるかもしれないとなれば縋るよりない。扇自身、汚名を捨てるため自分の死を偽装したものと思われていましたからね。こちらの要求に従わせるには一番いい手段でした。

手紙には訪ねる時間をはっきり書きませんでした。当日の夜、私は家の様子を窺って遠藤が指示通り人払いをしたかどうか探ってから訪ねました。十時を過ぎていましたね。

彼は、訪問者が扇でないのを訝りましたが、私は扇の使いと名乗った。こう言えばひとまず中に通さざるを得ない。

家の奥まで来て、声が外に漏れる心配がなくなってから、私はすかさず手拭いを使って遠藤の首を絞めました」

笹川の告白はとても犯罪者とは思えない。蓮野と変わらぬ落ち着きようである。

彼は犯人である以上に探偵だったのだ。私は笹川の非道さに慄《おのの》きながら、彼に激昂することが出来ない。もしも私が彼を大声で糾弾すれば、私の方が正気を失って見えるだろう。

引き立て役の間抜けな探偵に過ぎなかった私は、そっと笹川を責めた。

「そんなことまでしなければならなかったんですか？　あまりにも遠回りで、不確かな話じゃないですか。長持の蓋を見るために彼を殺さねばならなかったんですか？　本当に跡が残っているかなんて分かったものじゃない。遠藤を生かしたまま、長持を調べる方法はなかったんですか？」

「彼を縛り上げでもして家捜しをしろと？　どうせ顔も見られていますす」

笹川に続き、蓮野までが私に反駁《はんばく》をした。

「井口君が言うのは尤もだよ。しかし、笹川さんにとって、この場合はちょっと事情が違った。無論顔を見られた以上殺すのが安心だが、何より、長持の蓋の論理が不確かであることが問題だったんだよ。

長持の蓋を確かめたところで盗作犯が判明するとは限らない。いや、判明しなかったんだな。そうでしょう？」

「はい。跡は確認出来ましたが、それによると盗作犯は右利きでした」

遠藤の屍体が出現してから、蓮野も電話でそんなことを言っていた。

しかし、蓮野は長持の蓋を見ていない筈である。どうして彼にそれが分かったのか？

「井口君、盗作犯が判明しない時、笹川さんはもう一つ白鷗会の人間の屍体が必要だったんだよ」

「――必要だった？　屍体が？」

笹川は探偵の顔で頷いている。

六

「これで三つの殺人が済んだ。しかし、笹川さんはまだ盗作犯を見つけるに至っていない。左利きの桐田を容疑者から外せたが、庄司と望木の二人が残っている。

一方で、後廻しにしていた謎があるね。屍体が全て深江さんの絵に見立てられていたことだ。この二つの事実は密接に関係している」

「つまり、あの見立ても、犯人を見つけるためだったということか？　あやさんを襲った犯人を――」

「そうだね。あれは、笹川さんの犯人探しにおける極めて重要な工程だった」

あの、不条理としか考えられなかった、犯人の狂気を証明しているように思えた屍体の装いには、理智《りち》に基づいた必然性があったのである。

しかし、私にはまだ分からない。何故、屍体を深江の絵に見立てることによって、犯人を見つけることが出来るのか？

「これも、井口君が誰よりもよく分かっている筈のことだがな。あれが深江さんの絵の見立てであるのには君が気づいたんだ」

「気がついたというか、君に唆されて思い出したような気になっただけだよ」

「しかし、結局君の記憶は正しかった。それが重要だ。

さあ、あの見立てにどんな意図があったか。屍体は、宮盛がヘロデ王、扇がヨカナアン、遠藤が首斬り役人、どれもただ役柄を表すばかりではなく、出来る限り精確に深江さんの絵を再現しようとしていた。

さらには順番だ。時子さんのサロメから数えれば、ヘロデ王、ヨカナアン、首斬り役人、この並びは、深江さんの連作を正しくなぞっている。このことに大きな意味がある。

井口君、三つの屍体が発見された時の状況を思い出してみると良い。どの場合にも共通点がある」

共通点？　屍体発見の状況に？

「場所はまちまちだよな」

「場所じゃないよ。そこに誰がいたかだ」

「——分かった。屍体が見つかった時はいつも、白鷗会のものたちが揃っていたんだ。容疑者たちが」

「そうだね。一度目は白鷗会の例会を催す料理屋だった。屍体を掃除用具を仕舞った小屋に配置して、会が散会する前に発見されるよう図ってあった。

二度目は扇を騙った速達が白鷗会のものたちに届いて、尾久村の空き家に集められた。この時は来なかったものもいたが、やはり殆ど皆が揃った。

三度目は井口君の家だ。君が、盗作のことを問い糺すために皆を集めたんだ。そこを狙ったようにして屍体が現れた。

これらは一つの明確な目的のもと行われている。すなわち容疑者たちに、屍体の姿をしっかりと目撃させることだ」

「そうか。そういうことか——」

犯行は、屍体を白鷗会のものたちに披露する機会を選んで、あるいは機会をわざわざ作って行われていた。

「例会がいつ開かれるかは料理屋に訊けば分かる。空き家にはこちらから呼ぶから良いとして、最後の君の家の時は、君の出した葉書が遠藤のところに残っていた。彼を殺して、家捜しをしている時に笹川さんはそれを見つけたんだろう。

遠藤の屍体——、首斬り役人を披露するには実に好都合だ。君は葉書で屍体を自分の家に呼び込んでしまったんだな」

「奥さんは怒っていたでしょう？　面倒をおかけしました」

泥棒の話の時と同じく、笹川は神妙に私に頭を下げた。

「――しかし、屍体を僕たちに見せつける意味とは？」

「それこそまさに、井口君が誰よりもよく分かっていることだ。

あの見立てによって、僕たちがどんな行動を起こすことになったかが問題だ。それがそのまま見立ての意味を説明してくれる。

僕たちは、屍体の格好の原案を明らかにするために、深江さんのバラックに忍び込むことにした。そうだな？」

「もちろんだ。手掛かりがあるんじゃないかと思っていたからな」

「そう。そして、バラックに忍び込むことを思いついたのは、君が過去にあそこを訪ねたことがあったからだ。

ところで、深江さんは特殊な生活をしていたひとで、付き合いは限られていたし、殊に時子さんを匿っていたこともあって、どこに住んでいるのかは頑として隠していた。

君はたまたま近しい付き合いをして彼の棲家を知ったが、でも、深江さんにはバラックに住んでいることをひとに教えないように頼まれたんだろう？」

その通りである。五年前、初めて深江に会った時私はそれを念押しされた。

「そして例の、君が見たような見ないような気がしていた深江さんの連作だ。深江さんは作品を世に出すことが稀だった。当然あの絵も殆ど誰も見たことがないもので、警察も未だにこの事件が深江さんの絵に見立てた殺人とは気づいていない。

じゃあ、あの絵を見たことのあるひとは、君の他に誰がいたんだろうか？　いたとしたら、恐らくは深江さんのバラックを訪ねたことがあるひとだろう」

「そうだろうが、誰が訪ねたかは分からないよ」

「誰かは分からないが、確実に訪ねているひとがいる。そして、『サロメ』の連作を見ていてもおかしくないひとたちがね。それは、時子さんを襲った犯人だ」

「ああ！　そういうことか！」

さっき笹川が言っていたのである。あやは、サロメの格好をして深江のモデルをつとめていた時に襲われたのだと。つまり、犯人は深江の棲家のバラックと、見立てに使われた絵のことを知っている人物なのだ。

「そうです。生前の深江さんに聞いていました。あの絵は誰にも見せたことがないとね。井口君と、時子と、彼女を襲った犯人たちの他には。時子が拉致された時、彫刻室にはあの連作がずらと並べられていました。サロメの絵は最後の一枚でした」

「ということは、あの見立てを見て、バラックにやって来るひとがいたとしたら、それは井口君か、時子さんを襲った犯人に他ならない訳ですね。

犯人は、屍体を見て深江さんの絵を思い出すかもしれない。そして、自分の記憶を確かめに、また事件の手掛かりを求めにバラックにやって来るかもしれない。

昔時子さんを襲った引け目があれば、深江さんの絵に見立てた事件が身の廻りで進行していることとは大いに不安な筈だ」

「つまり、あの見立ては、犯人を誘き寄せるためだったのか！」

それなら、白鷗会のものたちが集まっているところに屍体を配置したことに説明がつく。

陵辱犯に、深江の絵のことを思い出させなければならないのだ。屍体が『サロメ』の連作の格好をしていることに気づけば、心配になってバラックにやって来ることはあり得る。そこを押さえれば、時子さんを陵辱した犯人を捕まえることが出来ることになる。

「そう。笹川さんは、贋作犯の消去法や、利き手の判別のようなか細くて頼りない論理に全てを託すつもりはなかった。それに綻びが生じた時のために、犯人を見つけるもう一つの計画を同時に進行していた訳だ」

警察は、深江はただ宮盛に蔵を貸していただけの人物と見做していたようである。バラックも放置されていた。しかし、深江の連作を見ていたものには、そこは捨て置く訳にはいかない場所になる。

「――いや、待てよ。理屈は分かった。でも、これもやっぱりあまりに不確かだ。駄目でも良しと思ってやったのか？　こんなに大変な計画を？

犯人たちがバラックにやって来るというのは、あり得ないことではなくとも、確率は低いよ。絵のことなど忘れて素知らぬ顔をしている方が安全だと考えるかもしれないし、今更バラックに行ったところで、何が分かるというんだ？

それに、犯人を押さえるというが、どうやって？　四六時中バラックを見張っている訳にはいかないだろう。夜中にでも、いつの間にか入られて出て行かれでもしたら分からないじゃないか」

「二つ目の疑問から説明する。井口君、僕たちがバラックに侵入して、見立ての連作を確かめようとした時、何が起こった？　うっかり絵を触った大月君の腕に、石膏像の針金が突き刺さった。まるで罠か何かのように」

私は背筋の凍る思いがした。

あの、大月の不注意としか思っていなかった事故が精妙な計算のもとに仕組まれたものであったのは極めて恐ろしかった。笹川は、何気ない物陰に殺意をひそませていたのだ。

「絵を動かした時に怪我をするよう、鼠取りの罠《わな》みたいに、彫刻室の品々を配置しておく。そして、定期的にバラックを訪ねて異変がないかを確認する。

もしも品物を動かした形跡があったら、白鷗会に腕を怪我したものがいないか確かめればいい。針金の刺さった痕のあるのが犯人だ。僕たちは、笹川さんが犯人を見つけるために用意した罠に飛び込んでしまったんだよ。そして、大月君がそれに引っかかったんだ」

思いがけず、犯人がするべき行動をしていた訳である。私はどこまでも間抜けな探偵であった。


「そういえば蓮野、君はバラックで怪我をした大月を迷わず笹川さんに診せることにしたな。あの時はもう、このことが分かっていたのか？」

「まあ、そうだ。見立ては、この事件が誰かを見つけるために起こされているという考えを強めた理由の一つだ。白鷗会のものたちに屍体を見せつけるようにしていることからして、見立ての意味を知る誰かにアピールをしていると考えられたからね。だから、もしかするとバラックに誘き寄せることが目的かもしれないとは疑っていた」

笹川には、それを聞いて思い出したことがあったらしい。

「そうだ、蓮野君、深江さんのバラックに行った後ここを訪ねて来たのは、私に念を押しに来たのでしょう？　大月君が犯人でないということを」

「ええ。そうです」

「バラックに行って怪我をした大月君を、私があやを襲った犯人と誤認することを危惧したのですね。だから、わざわざ大月君が仏蘭西《フランス》に行っていた話を持ち出したりしたんでしょう」

そういえば、あの時、蓮野は唐突に、大月に留学のことを訊いた。

「つまり、時子の事件のあった時に大月君が日本にいなかったこと――、彼にアリバイのあることを私に聞かせておきたかったのでしょう。

教えていただくまでもない。心配は無用でした。ちゃんと私の方で調べてありましたよ。最初から、大月君は容疑者から外していました」

「何、それなら結構です」

蓮野はつまらなそうに答えた。

笹川はついでのように言った。

「そうだ、井口君。君も、犯人でないことは最初から分かっていました。あやが、二人きりで君の絵のモデルをやることに同意したのですから、あの子には井口君が犯人でない確信があった筈ですのでね。

もちろん、井口君の作品を見たことも関係しているでしょうが、何より身長でしょうね。君は背丈が平均より低めだから、襲った男たちとは別人だとあの子は安心したんでしょう」

私の短軀《たんく》が、思いがけず役に立っていたようであった。

蓮野は、診察室でのことに話を戻した。

「笹川さん。あの時探りを入れていたのは僕ばかりではない。笹川さんも、井口君の動向を気にしていたのでしょう？　だから笹川さんは、バラックの絵のことを警察に言う気かと訊いたのでしょう」

「ああ、そうだった！　なるほど、あれはただの世間話じゃないな――」

当事者のくせに、私は誰より気づくのが遅い。

「バラックに仕掛けた罠は犯人を捕らえるためのもので、井口君に入ってきてもらいたくはなかったのでしょう。まあ井口君も犯人を見つけるのに必死だったから仕方がない。

笹川さんにとって一番の問題は、あの見立てが深江さんの絵に沿って行われていることを、井口君が警察に話してしまうことでした。

そうなれば全て台無しです。見立ての原案が、誰もが知るものになってしまえば、犯人を誘き出す計画が使えなくなる。だから探りを入れた。警察に話す気なのかと」

「はい。深江さんの死後、あのバラックを管理していたのは私です。生前の彼に託されましたのでね。せっかく犯人捕獲の罠に仕立てることが出来たのですから、警察に話すのは絶対にやめてもらいたかった」

そして、私の代わりに蓮野が答えた。話すべきではないと考えていると――

確かに、警察に話すべきことではなかったのだ。盗作犯を見つけたい私のためにもならない。

しかし、笹川に犯人を見つける機会を与えたことは正しかったのか？　蓮野はそれが生む結末を想像しているのだろうか。

一体、手術室では今、何が起こっている？　蓮野はまだ、それに触れない。

「井口君が言った、この計画の不確かさは全くその通りだ。犯人に深江さんの絵のことを思い出してもらわないといけないし、その上バラックに確かめに来ようという気を起こしてもらわなければならない。関係のない獲物が引っかかってしまったりもした。

だから、三つ目の、首斬り役人の遠藤の屍体をお披露目する時に、笹川さんは用意していたもう一つの餌《えさ》を撒くことにした」

「もう一つの餌？」

「遠藤の屍体が持っていた配役表だよ」

「あの不気味な紙切れか？」

白鷗会の全員、そして深江時子が、それぞれサロメの登場人物の役柄を振られた一覧である。遠藤の屍体に握らされていた。

「不気味であることに大いに意味がある。井口君、この見立ては、ただ深江さんの絵に似せているばかりではない。もう一つ法則があった」

「法則？　屍体が連作の順番通りだってことか？」

「そう。それには重要な意味がある。

僕たちはバラックに忍び込んで、連作を途中まで繋げてみた。だから、サロメから首斬り役人まで、見立てが深江さんの絵の順番通りであることを知っている。しかし、首斬り役人の次に来る絵が何なのかは、大月君が怪我をしたせいで確かめられなかった。

さあ、屍体が順番に現れることにどんな意味があるか？

井口君、君は多分あの配役表を見た時に考えた筈だよ。次は一体誰の番なのかと」

「――そうか」

遠藤の屍体が見つかってから、ぼんやりとそのことを考えていた。

あの配役表の中で、次に犠牲者となるのは誰なのか？　私は首斬り役人に続く絵を確かめられなかったことを惜しみ、本当に絵のことを警察に言わずとも良いのか迷ったのだ。

「それぞれに役を振ったあの表を見れば、誰しも次は自分だろうかと不安になる。まして、岡島さんを襲った犯人にしてみれば、これ以上不気味なことはない。

配役表には、自分が過去に襲った深江時子という名前がある。その上、殺人が彼女がモデルを務めた絵の順番通りに起こっていることに気づいたなら、もうじっとしてはいられないだろう。彫刻室にあった、自分が振られた役柄の絵を思い出そうとする。もしかして次が自分の順番かと恐怖に駆られる。

過去に行った犯罪のことがあるから警察に知らせるのは憚られる。自分で確かめるべきだ。――こうなれば、犯人をバラックに誘き寄せる計画の成功率はかなり高まる。あのバラックは打ち捨てられたみたいになっているし、深江さんはもう亡くなっているんだから、忍び込むことに心理的な抵抗は少ないね」

「分かったよ。だから、あの配役表は餌だったというんだな。次は自分が殺されるのか、それを気にさせることが出来れば、確かに陵辱犯はバラックまで来るかもしれない」

笹川は、あらゆる手筈を整えた、実に周到な探偵であった。

「笹川さんは、あの配役表を第三の殺人の時に公開することは最初から決めていたのでしょうね？」

「はい。順番を意識してもらいたいから、屍体は少なくとも三つは見せておきたかった。そして、あんな凝った殺人は面倒ですから、それ以上回数を増やすのも嫌でした。三人目を殺して盗作犯が判明しなかったら、あれをやることは決めていました」

「実はあの時、盗作犯は判明していたのですよ。笹川さんがご存知ないだけでした。

五月の段階で、僕たちも盗作犯を絞る方法を考えていました。井口君と大月君、紗江子さんの記憶を頼りにです。井口君は容疑者を甲乙式に分類していたんですが――」

蓮野はスリッパに纏わる推理を笹川に聞かせた。

そう、私も気づいていた。容疑者が二人に絞れた時、あの甲乙式分類表を照らし合わせれば、盗作犯は決定出来たのである。

笹川は意外そうであった。

「そんな推理をなさっていたのですか。知りませんでした。大月君と井口君の話を盗み聞きさせてもらった時、その話は出ませんでしたからね」

「僕はこのことを岡島さんに教えています。彼女は笹川さんには話さなかったのですね」

「聞きませんね。あの子は、蓮野君とのことはなるべく秘密にしたがりました。

確かに、それを知っていたなら遠藤の屍体を首斬り役人に見立てることはしなかったかもしれません。盗作犯が特定出来ていたならね。

しかし、せっかくでしたが私はその推理を聞いていなくて良かった。その方法だと、盗作犯一人が判明するだけですからね。そこからまた面倒なことをして残りの犯人を探り出さなければならない。

結局、バラックの罠が上手くいきましたから、一番私の手間は少なく済みました」

罠が上手くいった？

まだ明確にされていないことがある。さっきから、蓮野と笹川は、犯人が一人でないらしい口ぶりなのだ。

「蓮野、教えてくれ。犯人たちとか、残りの犯人というのはどういうことだ？　盗作犯が一人ではないってことか？」

「君の絵を盗作したのは単独犯だ。盗作犯は、わざわざ事件と無関係の柳瀬に絵を預けているからね。複数犯だったらこれは考えにくいことだ。仲間内で済ませるべきだからな。一人の考えでやったことなんだろう。

しかし、過去に時子さんを襲った犯人はどうやら一人ではない」

「――何人だ？」

「僕もまだ知らない。笹川さん、どうなのです？」

「三人です。三人がかりで、時子を陵辱したのです。

私は、遠藤の屍体を白鷗会の皆さんに披露してから、犯人がやって来るか、時間の許す限りバラックを見張ることにしたのですよ。腕に怪我を負わせる罠を使う、迂遠《うえん》なやり方ではなくね。今日のことです。甲斐《かい》あって、時子を陵辱した三人が纏めてやって来たのを一網打尽にすることが出来ました。

幸運でしたね。当初の計画は、まず一人を捕まえて、それに拷問を加えて残りを特定するという迂遠なものでしたから、あの罠を使ったのは正解でした。

バラックを捜索しながら、あの子を襲った思い出話をしていたのを聞きましたから間違いありません。犯人は三人とも井口君のお知り合いですよ」

七

「井口君の知り合いということは、もしかして、三人とも白鷗会のものですか？」

「そうです」

白鷗会の中に、三人の陵辱犯がいた。今日、笹川はそれを捕まえたという。

状況が想像を遥かに超えて切迫していたことに二の句が継げない私の代わりに、蓮野は問うた。

「名前を教えていただけますか？　井口君は知りたいでしょう」

「もちろんお教えします。しかし、先に三人を捕まえた時のことをお話ししておきましょう。先ほど言った通り、第三の殺人の以後、私は出来る限りの時間をバラックの見張りに費やしました。バラックの二階に潜んでね。

今日の夕方前のことです。ついに犯人たちがやって来た。君たちがやったと同じように彫刻室の絵を漁り始めた。

三人が部屋に入り込んだ隙に私は廊下から扉を封鎖して閉じ込めました。窓の隙間越しに拳銃を使って脅迫し、互いを縛り上げさせた。

蓮野君。君がこんなに早くここにやって来たところを見ると、君は私と同様にバラックを見張っていたのじゃないかな？」

「ええ、そうです」

三日前にしばらく留守にすると電話で言っていたのはこのためだったのだ。蓮野は、笹川よりも先に犯人を見極めるつもりでいた。

「――井口君。僕は失敗した。本当は、こんな、結末を変えようがなくなったところに君を連れて来るつもりではなかった。

バラックに接近した人物に見つからないよう気を払っていたせいで、犯人がやって来たことに気づくのが遅れてしまった。それに、彼らを捕らえる笹川さんの手際は僕が思っていたよりずっと優れていた。

今や笹川さんの事件は見事に解決しようとしているが、君の事件の解決は絶望的だな。盗作犯こそ分かったがね」

「いや、もうそれどころじゃない！　僕の事件なんぞはいい！　蓮野、変えようがないのか？　結末は決まっているのか」

「笹川さんにとっては、どうやら決まっている」

私は向かい合わせの笹川を見遣った。

彼は患者の話を聞く医者であった。私たちが何を喚こうが、笹川の行うべき治療は変わらないのだ。医者が患者を安心させるように、彼は迷いを見せなかった。

私はまだ手術室で起こっていることを訊く勇気がない。代わりに、もう一つの知りたいことを訊いた。

「あやさんは、このことを知っているんですか？　笹川さんがやった犯罪を。そして、あやさんを襲った犯人を、笹川さんが見つけたことを」

「あやには教えていません。何もかも私だけで行うつもりでした。あの子は絶対に巻き込みたくなかった。

しかし、思うようにはいきませんでしたね。あの子は、この事件のせいで二つの余計な苦しみを背負い込まなければならなくなった。――いや、余計とは限りませんね。

蓮野君を通じて、あやはこの事件の経過を全て知ってしまいました。

あの子は昔から目敏《めざと》く、鋭敏な直感を持っていて、本当に頭のいい子でした。この事件が私の仕業であることにすぐ感づいて、ここに話をしに来た。宮盛の事件があって、蓮野君と会ったあとのことですよ。

適当なことを言ってはぐらかしましたが、あやを誤魔化し切るのは容易ではない。この事件が、あの子を襲った犯人を見つけるための事件であることを見抜いてしまいました。

このことがどんな葛藤《かっとう》を生んだか、いろいろな想像が出来ます。あの子が私を警察に突き出すなら仕方がないと思っていましたが、そうはしませんでしたね。

だから、あやは蓮野君に縋った。

蓮野君に出逢ってしまったことはあの子を何より苦しめました。浅間光枝さんの、悪意のない悪戯だったそうですね。

蓮野君と並んで歩く時の、時子の姿をなくしたことの後悔は、到底黙って忍べるものではありませんでした。厚化粧について、誰にどんな当てこすりを言われても耐えてきたあの子でもね。

だから、蓮野君に事件を解決してくれるよう頼んだのでしょう。

私はあの子の苦しみを理解することを遠慮しました。しかしあの子は、蓮野君にだけはそれを理解してもらいたかった。どんな経験をしてどんな苦しみを負って来たのか、そしてあの子がどれほど美しかったのか、君にだけは知ってもらいたかったのです。

自分からは打ち明けられないことです。君なら言わずとも分かってくれると思っていた。だから、あやは、蓮野君に何も嘘を吐かなかった筈です」

「ええ。岡島さんは僕に本当のことしか話しませんでした」

保証を与えるように蓮野は答えた。

「過去のことばかりではありませんね。私があやのために殺人を犯しているということを、あの子はどうして良いか分からなかったのでしょう。

あやが自分を襲った犯人を知りたかったのかどうか、私は知らない。この事件は、私が私のために起こしたものです。あの子のためとは言いません。きっと、もはや、蓮野君の方があの子のことをよく分かっているのでしょう。

蓮野君、君はあの子の葛藤を肩代わりしたんでしょうね。君はあの子に代わって真相を見極め、結末を見届けにやって来たのでしょう。それで良かった。私の失策で抱えることになった不当な葛藤ですから、私はあやが答えを出すことを望みません。あの子にこれ以上の苦しみは無用です。

ともあれあの子の望み通り君は真相に到達しました。私には迷惑でしたが、あやのためにはこれで良かった。

私はあの子を救うために手術をするよりないと信じた。私には、それより手段がなかったのは間違いありません。

しかし、もし蓮野君が時子に出逢っていたなら、私は必要なかった。きっと君はあの子を救うことが出来たでしょう。私はそう思う」

これが笹川の独白の終着駅であった。彼はくたびれたように前かがみになると、袂に右腕を差し入れた。

「あやのことはこれくらいでよろしいでしょう。

そろそろ手術室のことを話さなければならない。私はのんびりしていたって構わないが、井口君にとっては火急の問題でしょうからね」

そう言うと、笹川は袂から拳銃を取り出し、何気ない手仕事の仕草で、迷いなく私に狙いを定めた。

八

薄暗いために、それが拳銃だとすぐには気づかなかった。腕を小さく突き出す笹川の格好を見て、初めて彼が私の命を脅かしていることを察した。

「何のつもりです?」

その瞬間、私が恐怖を感じなかったのは、拳銃を取り出した笹川にも、それを見ていた蓮野にも緊張が走らなかったからである。彼らはやはり、取り決め通りの儀式を進行しているみたいであった。

「井口君。話を聞こう」

蓮野は私の肩に手を置いた。

笹川は言った。

「これは、手術室のことを話すにはどうしても必要なことです。何故なら、今日これから起こることについて、私は誰の心の中にも後悔を残す気がないからです。

つまり、今手術室にいる三人は、井口君が何をなさろうとしても絶対に助かりません。最初から決まっていることです。この拳銃はそれを明確にして、間違いのないようにするためのものです。

井口君は、私を出し抜いて三人を救い出すことを考えるでしょう。どれほど真剣に考えるかは分かりませんが、全く考えないということはない。そして、ことが済んでから本当に三人を救う方法はなかったかと自問することになるでしょう。自問は生涯続きかねない。

ですから、この拳銃が、三人が絶対助からないことを保証します。君が出し抜けな行動をすれば私は躊躇なく撃つ。井口君は、何があっても三人を助けることは出来ません。行動に限りません。私に翻意を促すことも許さない。説得を試みてはいけません。一言たりとも、私がすることの無益さを説いたりしないように注意して下さい。言葉というものは、一言でも許すと切りがなくなってしまいますからね。

尤も、私を責めたり詰ることは一向に構わない。私が怒りに駆られて井口君を撃つことも絶対にありません。

あやの後悔を目の当たりにしていますから、同じ轍《てつ》は踏みません。よろしいですか？」

拳銃を掲げる腕は微動だにしない。気負いのなさが彼の言葉を裏付けているように思われた。脅しに過ぎないとは考えられなかった。

「ということは、三人は――、望木たちは、まだ生きているんですか？」

私はようやく盗作犯の名を口にする決心がついた。気後れしている場合ではなかった。

「はい。そうです」

「いつ、死ぬんですか？」

「それはまだ分かりません」

「蓮野――」

私はこみ上げる絶望を堪えて隣の友人を見上げた。蓮野は私を落ち着かせる。

「とにかく手術室で何が進行しているのか教えてもらおう。井口君、僕も、手術室の三人を救う方法は思いつかない。それは安心していい」

「最初に名前をお教えするべきですね。望木以外の二人の犯人の」

「それは、誰です?」

「一人は水谷川です」

水谷川! あやの秘密を暴露してやったと喜んでいた水谷川が、過去に彼女を襲っていたのか。

「思いがけないことでした。何しろ彼は、あやを脅迫しようとする時、それが過去に陵辱した相手だとは気づいていなかったのです。蓮野君と一緒だったこともあって、あやは彼に浴びせてやるべき言葉を浴びせてやることが出来た。この事件で唯一の痛快事だったかもしれない」

「——もう一人は?」

「桐田です」

桐田か。笹川にとっては、やはり扇の屍体を使って彼を呼び戻したことは正しかったのだ。

「どうです。五味君や庄司君でなくて安心しましたか?」

笹川の不愉快な詮索を私は無視した。果たして、死にゆく犯人が、好意を持たない望木や水谷川や桐田であることに私は安心したか? このことに、腐った糠床《ぬかどこ》のように蓋をして、心の隅に置き、眼を背けながら生きていくことになるのを私は直感した。

「三人は、今、どうなっているんです?」

「部屋の様子から説明しましょう。その方が分かりやすいでしょうね。

手術室は手術台を片付け広くしてあります。そこに、私は三つ断頭台を据えました。三角に、三《み》つ鼎《がなえ》の形になるようにです」

「だ、断頭台?」

「断頭台です。ギロチンですよ。私が釘を打って造りました。刃だけは、手術用具だと言って職人に造ってもらいましたが。木組みは檜で、高さは八尺です。あの、ルイ十六世の処刑に用いられたものを小さくした姿を想像してもらっておよそ間違いはありません。

異なるのは、あれは罪人を寝そべらせて使いますが、私が造ったのは、処刑するものを正座させ、前かがみにさせたところに、ちょうど頭を差し入れる穴があります。室内に設置出来るように、工夫が必要でしてね。

つまり、望木、水谷川、桐田の三人は頭を入れた時にお互いの顔が眺められるようになっているのですね」

「なるほど」

蓮野は真面目な相槌を打つ。

「三人は丸裸にし、後ろ手にして、正座の格好で両手首と両足首とを一緒くたに結わえつけてあります。そして、彼らの尿道と肛門《こうもん》とに薔薇の花を生けてある。尿道には赤薔薇、肛門には白薔薇です」

「――薔薇？」

その光景は鮮やか過ぎるほどに、私の想像を襲った。

「何故、そんなことを？ 復讐《ふくしゅう》にしても悪趣味の度が過ぎる！」

「全くです。悪趣味極まる。私のアイデアではありません。彼らがあの子にやったことの一つです」

今度は、三人が時子を襲う光景が脳裏に取り憑いた。

「ただし三人がやろうとしたのは未遂でした。棘《とげ》がありますから、失敗したようですね。私は氷屋に頼んで、薔薇を水に浸して凍らせたものを用意しました。それを程良く、細長く削って上手くいった。少々力を込める必要はありました。

彼らには排泄欲を刺戟するためそれぞれ一升くらい水を飲ませてあります。局所麻酔をかけてありますが、それでも陰部に薔薇が飾ってあることを忘れることはないでしょう。

その状態で、先ほどの断頭台に三人を据えた。手術室の扉から一番近いところに望木、左隣に水谷川、上座が桐田です。そして、お互いが、お互いのギロチンの刃を吊り下げる、半寸ほどの太さの縄を咥えている。

刃は数十瓩《キログラム》ありますから、咬合力《こうごうりょく》だけで支えるのは不可能ですので、ギロチンの上部に刃を支える保持体を付け、彼らにかかる負荷は調節してあります。ともあれ、望木が持ちこたえられない時は水谷川の首が落ちる。水谷川が力尽きれば桐田が、桐田が辛抱しなければ望木が死ぬ。

もちろん、一人か二人が死んで残りが生き残ることはありません。誰か一人が失敗した時には、連動して全員の首が飛ぶ。彼らは今互いの縄を咥え合って、刃を支え、自分以外の誰かが失敗《しくじ》らないよう見張りをしていますうが。その他に何もやることはないでしょうね。

私は三人に、その状態のまま、明日の日の出まで耐えた時には全員を助けることを何度も繰り返して固く約束しました。信じて良いと言い切りました。

しかし私はこの約束を守りません。三人が死ぬまで手術室に朝は訪れない。あそこに窓はないし、時計はギロチンに繋がれた三人に見えないところに掛かっている。

君たちがやって来た時、私はちょうど三人の配置を終えたところでした。今のところ、ギロチンの刃が落ちる音は聞かれていませんから、彼らはこれまで二時間ばかり耐えていることになりますね」

笹川は、九時十五分を指した書斎の掛時計を見上げた。

彼が語る景色は、例えば庭の築山から火砕流が溢れて家を呑み込むような、あるいは青空が裂けてへどろが降って来るような、あり得べからざるものに思えた。煙突の詰まった暖炉《だんろ》が吐く黒煙のように、笹川の口は悪夢の光景を吐き出し私を酩酊させた。

「――笹川さんは、僕を立ち会わせてくれる気ですか？　三人の最期に」

「いいえ。それは駄目です。君がギロチンの縄に飛びつきでもしたら、確実に食い止める自信はありません。念のため、彼らが生きているうちは、君たちを手術室に入れないでおく。しかし、手術室の扉の前まで行くのは良いでしょう。何か話があるのなら、扉越しに語りかけても良い。どんな話をしても構いません。何も言っていけないことはありませんよ。彼らに返事は出来ないでしょうが。

そして、三度ギロチンの刃の落ちる音が聞こえたら、あとはもう、出入りは自由です。好きなようにしてくれれば良い。

どうしますか。一体いつまで掛かるか分かりません。もう明かすべきことは残っていない。帰っても良いのですよ。心配せずとも、私自身のことは私がきちんとします」

「それについては安心していますよ。井口君、どうする？」

蓮野は私が問うより先に訊いた。

今の蓮野は傍観者であった。あやに代わって事件の結末を見届けに来たに過ぎない。彼に何度も言われた通り、探偵は私なのだ。私が決断をしなければならない。

「――手術室の前まで行きます」

「はい。ではそうしましょう」

笹川は微笑を浮かべ、ぴたりと拳銃の照準を逸らさず立ち上がり、私たちを案内した。

九

背後から拳銃を向けられ、教えられるままに廊下を歩き、手術室の前までやって来た。閉ざされた扉の隙間から暗い廊下に電燈の明かりが漏れだしていた。

笹川は扉の手前で私たちを立ち止まらせると、横をすり抜けて正面に立った。

私は何も言わず、出来れば足音も手術室の中には響かぬようにと願いながら、扉の向こうに耳を澄ました。

途切れ途切れの呻き声が、いくつものレコードを同時に掛けているみたいに、不調和で耳障《みみざわ》りなリズムで聞こえて来る。確かに、三人分あるようであった。

この時、私は中の三人に声を掛けることの恐ろしさに思い当たって戦慄《せんりつ》した。

無言で互いの苦悶《くもん》を観察し合う望木、水谷川、桐田。私の声を手術室の外に聞いた瞬間、三人は救いの訪れたことを確信するだろう。

しかしその後、私が扉を開き、三人の口から縄を取り、拘束を解かなかったら？　扉の前まで来ていながら、私が彼らを助けないことが分かった時の絶望は？

そして、三人を励ます言葉のよそよそしさに彼らは悟る筈である。内心私が彼らの誰にも好意を持っていないこと、事件の解決のため無関係のものが既に三人まで死んでいる上は、犯人である彼らが死なないのは理不尽である——、こんな思いが私の中に確かに存在すること、どんなに言葉を吟味して彼らをいたわっても、三人は察せずには済まない。それが、最期に彼らが思い知ることになるのだ。

何故なら、どんな慰めを言おうが、私は彼らを助けないのだ！　助けようともしない。それが無益であることを笹川に保証されているのだ。

そうでなくとも、彼らに一言でも話しかけるのは、木の葉から落ちかけた虫けらに息吹を浴びせるようなことになりかねない。最初の一声に、刃の落ちる音が三つ続くかもしれないのだ。

笹川は、拳銃を向ける気配を殺している。口を開く様子はない。

つまり、私の選択を待っているのだ。語りかけるか、黙って三人の死を待つか、好きにしろというのである。


縄を喰いしばった喉《のど》の奥から漏れる嗚咽《おえつ》は途切れがちに続いた。それが高まり、いよいよ刃が落ちるかと身構えることが数度あった。

二歩離れた笹川と、背後に立って、膝を震わせる私を支えている蓮野、皆が静かなまま、数分でも、数十分でもあり得るような時間が過ぎた。

そして私は――――、次第に、自分がこの緊張に慣れ始めていることに気づいた。

寒さの中で凍傷を起こすように、恐怖の麻痺《まひ》が始まっていた。私は、段々、今にもギロチンが作動するかと怯えるよりも、この沈黙がいつまで続くか分からないことに怯えつつあった。もしかして、一日、あるいは二日でも、彼らは持ちこたえるだろうか？

手術室から聞こえる声は本当に彼らのものだろうか？　扉の向こうにあるのは、笹川が語った、現実とは思われない凄惨《せいさん》な光景ではなく、無人の部屋に蓄音機がカラカラ廻っている光景ではないか？

彼らが本当に存在するならば、どんな言葉であれ、この沈黙よりはましなのではないか？　このまま黙って、私がいることを隠し、彼らの臨終を待つよりも残酷なことは存在しないのではないか。今、口から縄を離しかかっている誰かが、私の一声で活力を取り戻す可能性は？

ついに、私は立ち込めた静寂を破りたいという、手術室から何か手応えが欲しいという欲求に耐えられなかった。


「皆聞こえるか？　僕だ。井口だ」


直ちに私は耳を塞ぎたい思いに駆られた。今にも、三度の鋭い音が響いて来るのではないかと思った。

しかし三人は堪えた。代わりに、私の声に応えて嗚咽の高まるのが分かった。

「落ち着いて聞いてくれ。口から縄を絶対離すなよ。そこにいるのは、望木、水谷川、桐田の三人だな？　望木、聞こえているか？」

一つの呻き声が、それに返事をしたように思われた。

それはなかなか止まず、悲痛に強まり、弱まった。

「分かった！　分かったよ。答えなくていい！　体力を残しておかないと駄目だ」

それでも嗚咽は止まない。他の二人も泣き叫ぶように、そこにいることを知らせる。皆、私が今にも扉を開けて彼らを救い出すと思っているのだ。

私は叫んだ。

「耐えてくれ！　僕も今、拳銃を向けられている。部屋に入っていく訳にはいかないんだ。だから――」

もはや、私の方が彼らに哀願《あいがん》していた。

「なんとか、朝まで堪えてくれ。そうすれば、――そうすれば、助かるんだ」

嗚咽は少しずつ小さくなった。

私は、無我夢中で叫んだ嘘の残酷さに目眩がした。

死に体の彼らはきっと、私の言葉で活力を取り戻した。そして、それに縋って、朝までの地獄の時を耐え忍ぼうとしているのだ。

しかし朝は来ない！　彼らは、私が嘘を吐いたことに気づくかもしれない。扉のすぐ外にいる私が、彼らを騙したことを――

自らの苦しみを長引くだけ長引かせた末、私に裏切られたことを悟って彼らは死ぬ！

沈黙を破ったことによって私は笹川の拷問に加担してしまった。

笹川は、彼らに何を言っても構わないと保証した。掛け値無しに、私が三人に何を言おうが、彼らの計画には何の支障もないのだ。笹川に三人の命を助ける気がないことを、私が彼らに教えても構わない。何故なら、私も彼らを助けない！　それを思い知って、彼らは諦め力尽きる。

私がここにいると知らせることは、絶対に三人を余計に苦しめずにはおかなかったのだ。沈黙を通すべきだった！　立ちっぱなしでくたびれた膝を廊下に突いて、私は悔やんだ。


「そういえば、蓮野君」

笹川が口を開いた。私が三人に声を掛けたことは、会話の解禁を意味するのである。

「宮盛の事件のあと、君たちは贋作犯が使っていた蔵を確かめに行ったでしょう。そこで、望木と出逢ったそうですね」

「ええ」

峯子を連れて中野町に行った時である。望木がやって来て、私は慌てて蔵の背後に隠れたのだ。

「あの時君は望木を脅かしたそうじゃないですか。真相とは只ではない、得るために代償を払うこともあるとね。彼は君が何を知っているのかと怖気付《おじけづ》いて帰ってしまった。あの時、望木は、蔵を見た後、バラックに、深江さんの絵を検めに行こうとしていたそうです。宮盛の屍体の姿に見憶えがあることに既に気づいていたんですよ。しかし君に遭遇して、行くのをやめてしまった。

遠藤の事件があってようやく、やっぱり確かめようという気になったのだそうです。水谷川と桐田に声を掛けてね」

「ああ、そうでしたか。僕のあの言葉のせいで余計な犠牲が出てしまった」

蓮野は気のない返事をした。

三人は今、彼が言ったように、真相を知ろうとした代償を払っている。

「それから井口君」

彼は、拳銃を向けた相手にするとは思えない気安さで私に話しかけた。

「これも望木のことです。彼がどうして、盗作のあやの絵と、時子の写真を柳瀬に預けることにしたのか知らないでしょう?

何のことはない。君の友達の大月君のせいなんですよ。

大月君はなかなか型破りな人物で、常識に外れた非礼も平気で出来るひとですね。何でも芸術の猥褻さということについて望木と喧嘩をしていたという。一度、大月君が望木の家に行って、散々な議論をしたそうですね。

それだから望木は、大月君に家捜しをされるんじゃないかと不安だったんですよ。何か、自分の画業にケチをつける材料を家から大月君が見つけ出すんじゃないかとね。大月君は、こっそり忍び込んで望木の家を荒らすようなこともやりかねないように見えたんです。

だから、大事をとるつもりで柳瀬に預けたんですよ。水谷川に桐田、一緒にあやを陵辱した仲間には預けなかった。二人は盗作には無関係で、望木が勝手にやっていたことだから無理もない。キャンバスを隠すのは面倒ですしね。

しかし、これが裏目も裏目だった訳です。柳瀬は絵を持ち逃げした。大月君のおかげで犯人が分かったともいえる」

「なるほど」

相槌は蓮野である。私には、笹川とまともに言葉を交わすことは出来そうにない。


笹川はこんな話もした。

「井口君の姪御さんが、あやと遭遇したそうですね。あの子は姪御さんが持っていた写真機をはたき落としてしまったみたいですが、実は、三人があの子を襲った時に使っていた写真機が姪御さんのとよく似ていたらしいのですよ。沢山売れている写真機だから、同じものかもしれない。コダックでしょう?

それをこっそり自分に向けられていたと思った時、あの子はカッとなってしまったのですね」

彼はなかなか語り止まなかった。それから彼が話したのは、事件と全く無関係の医業の思い出話であった。欧州にいた時、交通事故で右腕をなくした少年を救った話や、頼まれて骨折したヤギの治療をしたが死なせてしまった話をする時、彼は決して独りよがりの語り口にはならず、客である私たちをもてなすことを忘れていなかった。

これが最後なのは手術室の三人ばかりではない。ギロチンの刃が落ちる音が、笹川の安息の終わりを告げる。それきり、彼には穏やかに世間話をする機会は訪れない。

蓮野を話し相手に、笹川はこの限られた時間を楽しんだ。


笹川が話に区切りをつけた時、私は手術室に向けて言った。

「僕も何か話をしたらいいかな。君たちの退屈しのぎだ。――朝まであるんだからな」

呻き声は少し高まった。

朝まで、と言う時私は声を震わさないことに必死だった。三人に吐いた嘘には、嘘を重ねて行くよりなかった。ようやく午前零時を廻ったことを彼らに教えるかどうか迷っていた私は、到底それを平静に告げることは出来ないと悟った。

「一体、何の話をしたらいいのかな？　話など聞きたくないか？　そりゃ、僕と君たちは別に仲良しだった訳じゃないからな。やめておこうか？　気が散るかな。どうしていいか分からないよ」

私が黙ると、次第に嗚咽が強くなった。

三人はまだ信じている。日の出の刻に私が扉を開き彼らを解放するのを必死で待っている。

彼らが最も恐れているのは沈黙であった。廊下から何も聞こえなくなることが何より三人を絶望させた。

私はゆっくりと話し始めた。私には、死にゆく彼らに急ぎ伝えることなど何もない。

「望木と会ったのは五年くらい前か？　初対面の時はどちらかというと気が合うように思ったよ。

『神曲』のベアトリーチェの話で意気を合わせたことがあったろう？

しかし、僕は大月とずっと昔から付き合いがあったし、君と大月は犬猿の仲だったからな。親しかったのはあの時きりだ。巡り合わせが良くなかったよな。

水谷川には、一度、イーゼルを借りたことがあったな。いくらか金を払ったような憶えがあるけども。でもあれは助かった。文展に出そうとしていた作品を急いでいたんだ。まあ、文展はさっぱり駄目だったけどな。

桐田は、うん、そうだな――」

言葉尻を引き延ばしながら、桐田の心を挫きかねない挿話ばかりが思い浮かんだ。彼との間に、語るに足る思い出話はない。

仕方なしに、あまりつっかえずに語ることの出来そうな彼の作品の話を私はした。

「――桐田は、気まぐれにあちこち出かけても、ちゃんとそれぞれの土地の風土を作品にして持ち帰って来るから見事だ。何を描いても、『鰺《あじ》ヶ沢《さわ》の漁師』だとか、大概作品の題に地名が入っている。それを、なるほどと思わせることが出来るんだな。

風土を手掛かりにして作品の種を見つける感性は僕にはないからな。僕は、気まぐれな作風とよく言われるが、単に思いついたことを思いついた順に描いているばかりで、何も脈絡がない。晴海社長に旅行を勧められることもあるんだが、多分そんなことでは、僕の作品は変わらないだろうな。

僕の絵が、古城にでも幽閉された人物が慰みに描いているような感じがするとか評されるのはそんな感性が欠けているせいなんだろう。羨ましいといえば、君が羨ましいのかもしれないな。

羨ましいというなら、望木、大月は君の色彩的な能力だけは買っていたよ。君の絵は、八百屋の軒先を見てる気がするとか貶してたが、よくよく聞けば、要するに人工的なものに自然の色彩を組み合わせることには長けていると、あいつはそう考えているみたいだ。

水谷川は――、君は戯画的なものが上手かった。だから、贋作を造っていたことがバレたからって、やけを起こすことはなかったんだよ。挿絵家にでもなれば、仕事はあったじゃないか。あやさんを脅そうとしたり、そんなことはしなくとも良かったじゃないか――」

段々と、三人が私の話を理解しているとは信じられなくなった。彼らはただ、私が話をやめると、夜虫が鳴き出す如く呻き声を上げた。私は、言葉の分からぬ赤ん坊をあやすように、自分でも何だか分からないことを語り続けた。

「君たちに万が一のことがあったとして、遺された作品は一体どうなるだろう？　作者がどんな人物で、どんな人生を辿ったにせよ、それと別個のものと思って評価してもらえるんだろうか？　君たちの存在した証《あかし》となり得るだろうか？

そう、よく、作品とは作者と無関係に評価されるべきものだと大真面目に主張するものがいる。僕はこれが、地球から戦争を一掃せよ世界平和を実現せよ、と、こんなスローガンと同種のもののように感じる。

そんなことはあり得ないんだよ。空虚な理想論に過ぎない。どこかの一部でほんの一瞬その萌芽《ほうが》が見られても、すぐに潰れてしまう儚《はかな》いものだ。

同類に、作品を鑑賞する時、他人の意見によらず自分で評価を下すべきだとか言う奴がいる。とんでもない自惚れ屋だ。自分だけの力で作品を鑑賞する能力があると勘違いしているんだよ。

そんなのは極《ご》く一部の天才だけに許されたことだ。大概のひとは、天才の模倣をしながら自分の独創と思い込んでいる。自分の感慨を、自分の力で造り出したものだとね！　凡人には、自分だけの独創性をもって作品を鑑賞することなど出来はしない。

こんな勘違いはそこかしこで罷《まか》り通《とお》っている。君たちだってそうだ。

君たちはきっと、あやさんを陵辱したことを、崇高な、自分たちだけに許されたことだと勘違いしていたんじゃないかな？　まるで芸術家の特権のようにだ。だから、普通でない方法であやさんをあれこれ弄んだんじゃないのか？

君たちは、数十年か数百年か時が経って、作者の骨も腐ってしまってから自分の作品が誰かに見出されるなどと期待してはいけないよ。

そんなことより何より、君たちの一番の業績はあやというひとの掛け替えのない美しさを損なったことだ。損なったのは容姿のことだけを言ってるんじゃない。

君たちは本当につまらないよ。作品を遺したからって、生きた証が残るように思うなよ。そんなのは何ほどのものでもない。君らの命と同じくらい下らないものだ」

私はもう、言葉で彼らを労《いた》わることは諦めていた。彼らは一言たりとも理解してはいない。私自身も、次第に自分が何に憤っているのか、曖昧になりつつあった。狂気じみたこの時に耐えられず、ただ、心に浮かぶ雑多なことを、取り留めもなく喋り続けた。黙ると、彼らは嘆いて続きをせがんだ。

私が話すことを、笹川は心から興味深そうに聞いている。それが私は腹立たしかった。笹川が腹立たしいと思ったのは、これが初めてであった。

「君たちがここで死んだとして、僕が君たちの追福に何かしてやれるとは思わないでくれ。凡人なんだから、そんなことは自分で始末をつけてくれよ――」

私は沈黙を破ったことを悔やみ続けていた。

後悔は、一つの考えに行きつこうとしていた。

何としても、三人を救い出さねばならない。あの哀れな凡人三人に、こんな非凡な死は分不相応だ！

私だって、この拷問に加担することは絶対に許されていなかったのだ。決して、私はそんな崇高な権利を持った人物ではなかった。

笹川は集中を切らすことがない。

しかし、彼がこのまま夜通し隙を見せず、引き金を引くことを忘れる瞬間がないとは思えない。その時に、扉の把手に飛びつき素早く開いてその陰に身を隠し、彼の追撃を防いで扉を閉じることが出来たら？　そして、扉に突っかいをして、三人の拘束を解くことが出来たら？

仮に出来たとして、そこから先に打つ手がない。

蓮野が協力してくれたなら――、しかし彼と相談する手立てはない。それに、今の彼は傍観者なのだ。私のしようとすることを止めずとも、手を貸してくれるとは思えない。

しかし、彼らを救うには、それしかない。私が加担してしまった拷問から手を引くには、これ以外の方法はない。


私が三人に語り、笹川が私たちに語り、またしばしの時間が過ぎた。笹川が拳銃から気を逸らすのを待ち続けた。

手術室の扉を開けたいと願うのは、三人を救おうとする心からばかりではなかった。私は早く真相を知りたかった。

手術室に拘束されているのは、本当に、望木、水谷川、桐田の三人に間違いないのだろうか？　ギロチンなど本当にあるのか。三人の陰茎と肛門に薔薇を挿したと言うが、本当にそんなことをやるものだろうか？

一切が笹川の壮大な悪戯である可能性を信じたい気がした。実は彼こそ、私が扉を開くことを待ちわびているのではないか？


そして、その時が来た。私が笹川から視線を逸らし、俯きがちになった時。ふと、彼は銃口を下げ、背後に気を取られた。

私は瞬時に扉を向いて、把手を引っ摑んだ。蓮野は私のすることを予期していたみたいに、一歩引き下がって場所を譲った。

扉を開け放ったその時、眼の前で細い糸が弾け切れた。

何事かを理解せずにいると、蓮野が私の側を抜けて手術室に飛び込んだ。そして、飛び上がるようにして扉のすぐ脇にあった棚の柱を押さえつけた。

「井口君、手伝え！　これが外れたら終わりだ！」

彼が指先で辛《かろ》うじて押さえているのは、柱に巻き付いた太い縄であった。

巻き付いた縄はグルグルと解《ほつ》れようとしている。私が扉を開いた時、扉に繋がれて、縄の端を留めていた糸が切れたのだ。縄は、天井を伝っている。

訳の分からぬまま私は総毛立った。何か、決定的なことが起ころうとしていた。

放り出してあった椅子を取り上げそれに立ち、縄を摑んだ。何とか、それが滑っていくことを阻止した。

椅子に立った私はやっと部屋の様子を顧みた。

そこに広がっていたのは、全て、笹川が詳述した通りの光景であった。

断頭台が三つ、部屋の真ん中に、巨大な位牌《いはい》のように聳《そび》えていた。その下には、丸裸にされて、陰部から紅白の薔薇を生《は》やした男が三人、それぞれ手足を縛られ繋がれている。

壁際にはサロメが立っていた。

深江が造った、時子の姿の蠟人形である。胸にはナイフが刺さっている。深江の縫い上げた衣装を着て、悲しげな面持ちで、三人の苦悶を見つめていた。

手術室には糞尿の臭気が立ち込めていた。三人の顔は、私のところからは死角になって分からなかった。しかし、三つのギロチンの刃に繋がる縄は、彼ら三人の口許に繋がり張り詰めている。

そして、私と蓮野があわや取り押さえ損ねた縄――、それは、一番手前のギロチンの上部に向かっていた。

それに、もう一つの小さな刃が繋がっていた。もしもこの縄を摑んでいなかったら、ばね仕掛けが弾け、裸で繋がれた三人の努力に拘らず、下部のギロチンの縄を切り落としていた。つまりは、不注意に手術室の扉を開けた時、三人が死ぬよう仕掛けがされていたのである。

扉に、笹川が現れた。どういう訳か、彼は拳銃を下ろして私を狙おうとしない。

心に不確かな安堵が広がりかかった。私は三人に呼びかけようとした。

その瞬間である。

一番手前の男が咥える、張り詰めた縄がフッと緩んだ。

左隣のギロチンの刃が見る間に滑り落ちた。

全てを私ははっきりと目撃した。最初の首が飛ぶと、時計廻りに、笹川が目論んだ通りの連動が起こった。

二つ目の首は、歯が縄に食い込んでいたせいで引っ張られて宙を飛び、やがて落ちた。三つ目もやはり、水面《みなも》を跳ねるイルカのように弧を描いた。

刃が首を飛ばす音は、三度響き渡った。

飛んだ首はギロチンがつくる魔法円の中央に転がった。万年筆の蓋でも落としたみたいな、無造作な転がり方だった。私が立つ椅子の上から三人の顔が見えた。

「――ああ」

私は力なく呟いた。

目を丸く見開いた、望木、水谷川、桐田の三人の首。笹川の話は本当であった。

「おや、ちょうど力尽きましたね。良かった」

笹川はツカツカと断頭台に近寄り、それに手を添え、産み落とされた鶏卵みたいに転がる三つの首を眺めた。

もはや縄を押さえるのは無意味であった。私と蓮野は手を離し、惨劇の現場に一歩ずつ歩を進めた。

「あなたは、僕を撃たなかった」

呆然と私は言った。

「もちろん撃ちません。あやが気に入った画家でらっしゃいます。あの子が喜びません」

「それで、こんな仕掛けを用意していたのですか。僕が扉を開けても、確実に三人の命を奪えるよう」

「はい。しかし蓮野君は、こんなのがあることを想像していたようですね。食い止められてしまった。幸いに、先に望木の限界が訪れたが」

笹川は、三人の屍体の周りをゆっくりと一周した。

断頭台に蹲っているそれは、頭の外れた狛犬《こまいぬ》のようである。三人とも尿を漏らし、水谷川である筈の屍体は、液状の大便で白い薔薇を汚していた。

サロメの時子は、何も変わらぬ悲しげな顔で惨劇を見つめていた。私はその美しさに見とれた。他のことは、何も考えたくない。

笹川は私たちの前に戻ってくると、屍体など見なかったような顔をした。

「蓮野君。君は、私が井口君を撃つ意思のないことには気づいていたみたいだが、自分で手術室の扉を開けるつもりはなかったのですね」

「何が仕掛けられているか分かりませんでしたからね」

「そして、君はあやに代わる目撃者でした。君の役割は見届けることだった。しかし、井口君が扉を開けるかもしれないことは予期していた」

「ええ」

「彼を止める気はなかったのですね」

「それは井口君が決めることです」

「しかし、もし仕掛けがあるなら、その時には何としてもそれを止めねばならないと、そう考えていたということですか。井口君に、三人を殺す引き金を引かせる訳にはいかないとね。全部想像して、ことが起こるのをじっと待っていたのですか。

ご苦労なことです。そんな気遣いばかりしていたら人間嫌いになりますよ」

蓮野は答えなかった。

「さあ、まだ何か用があったかな？　ああそうだ、これが扇の首です」

彼は、扉の脇の棚からひょいと大きな硝子瓶を取り上げた。

さっきまで無我夢中だった私の眼には入らなかったものであった。ホルマリンに満たされた中には、落ち武者のような、生前よりはるかに老《ふ》けて見える、扇の首が浸かっていた。

「――別に見ても面白いことはありませんね。きちんと私から警察に届けますから、蓮野君たちは、気にしてもらわずとも大丈夫です」

笹川は棚に扇の首を戻した。

私は訊いた。

「あなたは、一体これからどうするんです？」

「今からここを片付けます。朝までには済ませたい。済んだら警察を呼びに行きます」

「自首をなさると？　本当に？」

「はい。他に何をすると？　死んでみたところで仕方ありません。生きている限りはあやの役に立つこともあるでしょう」

笹川は、勝手口まで見送りに来た。

「では蓮野君。それに井口君もです。あやのことを、あの子のことをどうぞよろしく」

彼は、敬礼するような厳かさで、私たちの前に扉を閉ざした。

終章

晩夏の、熟れて腐りかかった陽射しの降る日比谷公園である。

ベンチに座るあやは、パラソルでそれを遮り貌を伏せていた。

あやの厚化粧の秘密を暴露する記事が昨日、雑誌に載った。三日前に凄惨な解決を見た連続殺人事件が、印刷機の廻転を止めさせることはなかった。水谷川がけしかけて書かせたのは根拠薄弱の中傷記事だったが、彼の死が世人の関心を高めていた。事件が、普段はそんな記事を低俗と言って遠ざけるひとたちにも雑誌を手に取る口実を与えた。

誰しも、この事件の株主のような顔をしている。あやはそう思った。過去にあやの芝居の切符を買ったものや、あやの絵葉書をもらったものは、義理で持っていた株券が急騰したみたいに得意げである。そうでないものたちは、彼らよりも客観的で分析的な口ぶりを強調して、やはり自分にも口を出す資格があるように考えている。

もちろん彼らは事件の全容を知らない。彼らにとってこの事件は、あやの整形手術の秘密を暴こうとしたものたちを、狂気の医師が次々と殺害した、そういう事件である。

昔のあやがどれほど美しかったか？　そんなことを、まさか誰も知らない。

彼らが、廻りくどい言葉で事件を論じながら一心に期待を寄せているのは、あやが自殺をすることであった。

それこそが、この事件の結末にふさわしい。自らをきっかけにして六人もの命が奪われたその後に、あやはどんな振る舞いで生きていこうというのか？　そんな人間がこの世に、自分と一緒に生きているのは、彼らには、尻に出来た疣《いぼ》みたいに歯がゆいことなのだ。なくなればどれほど気分の空《す》くことか。そして、しばらく経てば疣のあったことすら忘れてしまう！

みな、物語の終局を待っている。自死を遂げたあやの人格は蒸発し、後には干からびた悲劇だけが残る。あとは、安心して筋書きを楽しめばいい。彼らにとって、それは舞台の上のことと変わらない。その時、もう、あやはどこにもいない。

あやはそう信じ、当然だと思っていた。あやにとっても、義兄がしたように、今すぐ公園の林に踏み入り、手頃な木を選んで解いたショールを枝に括り首を縊ろうとしないことは極めて不合理だった。

そして、不合理であることなど今のあやにはどうでも良かった。

あやがただ一つ気にしていたのは蓮野のことであった。

電報では午後一時と伝えた。既にそれを二十分過ぎた。彼は現れない。

笹川が逮捕されてから、あやは蓮野を捜し続けていた。一方的な約束の電報を送っては、彼が来るのを待った。世田谷の蓮野の家にも行ったが、留守のままであった。

あやには事態が全く理解出来なかった。彼が事件の真相に辿り着くことだけを願っていた彼女は、その先に起こることなど何も考えていなかった。それきり蓮野がいなくなってしまうとは想像だにしていなかった。

笹川が捕まったことも、自分を陵辱した犯人が判明し、この上ない苦痛を与えられて惨死したことも、あやを動揺させはしない。全て想像のついたことである。あやを焦燥させるのは蓮野だけであった。

パラソルで視界を覆ったあやは行き交う人々の脚ばかりを眺めていた。ステッキをついた紳士の脚、乳母に手を引かれる子供の脚、連れ立って歩く女学生の脚、焦ることに疲れ始めたあやはそれら全てに等しく怨嗟《えんさ》の念を送った。彼ら全てに不幸が訪れるべきだ。疫病《えきびょう》の流行などではない。一人一人に別個の、唯一無二の不幸が訪れればいい。どうせ、彼らの不幸など大量生産の安物で、それぞれに勝手な愛着を寄せているに過ぎない。

もしも彼らがあやの事件の真相を知っても、きっと彼らはそれを唯一無二の不幸とは認めない。似たようなもの、しかし同一ではないものをいくらでも見つけ出して来る。彼らは到底、あやの不幸の鑑賞者には値しない。

隠し続けなければならないのだ。義兄が自作を死蔵し続けたように。それを披露するに値するのは一人しかいない。

蓮野は来ない。

突然、背後から女の声が掛かった。

「あやさん？」

振り返ると、声の主は、パラソルを差した光枝であった。彼女は、あやが憎くてならない無邪気な笑みで、あやを見つけたことを喜んでいた。

その隣に縮こまっているのは、峯子である。彼女は半ば光枝の陰に隠れて、大きな風呂敷包みを抱えていた。

「まだ待ってらしたのね。良かったわ」

「どうして、あなたが来るの？」

立ち上がろうとしたあやを光枝はそっと押し戻し、パラソルを閉じるとあやの隣に腰掛けた。

蓮野と約束のあったことを光枝は知っている。蓮野が二人を自分に差し向けたのか？

絶望があやの胸に迫り上がった。

「蓮野さんは？　どうして来ないのよ？　私はあのひとに会いたいの」

「あやさん、よく聞いてね。大丈夫だから」

光枝は、子供にするようにあやの膝をさすった。彼女の手を払いのけることが、あやは出来なかった。

「実はね、蓮野さん、大怪我をなさったの」

「怪我？　――蓮野さんが？」

光枝の調子で、怪我が事件と無関係でないことはすぐに分かった。

「どうして？」

「あなたの事件が解決した晩のことなの。蓮野さん、笹川さんのところを出てから、泥棒をなさったのよ」

「泥棒？」

あのギロチンの刃が落ちた後、すぐに蓮野が泥棒に行ったというのだ。

教えられる前に、あやはその訳を悟った。

「分かった。写真だわ。それしか考えられない。犯人の家から、私の写真をとりかえすために泥棒をしたんだわ――」

あやには確信があった。蓮野は、絶対にそれをやった筈であった。彼にしか出来ないことだからである。

あやを陵辱した三人は、それぞれに写真を分け合っていたのだ。望木の写真は亜米利加《アメリカ》に持って行かれてしまったが、残り二人のはどこかに残っている。笹川も、これには打つ手がなかっただろう。

光枝は頷いた。

「そうなの。二人のうち、一人だけは、たまたま写真を持ち歩いていたんですって。あの――」

「桐田だわ」

おずおずと峯子が名前を教えた。

「そう、桐田。いっつもあちこち旅行していたから、家に写真を置かずに、肌身離さないようにしてたのね。だから、そのひとの写真は笹川さんが捕まえた時に燃やしちゃったのよ。

でも、もう一人の写真は家に残ったままになってたの。峯子ちゃん、誰だったかしら？」

「水谷川」

「そうだったわね。水谷川の家に写真が残ったままだったわ。水谷川が死んだことが世に知れたら、もう盗み出す機会なんてないでしょうね。だから、その夜のうちに蓮野さんは泥棒に這入ることを決心なさったの」

無謀な仕事である。いくら蓮野だって、その時までまさか水谷川の家に泥棒に這入ることになると想定していた筈はないから、何の下準備もなしに決行したことになる。

「でも、蓮野さんは上手くやったわ。あなたの写真を見つけ出して処分してしまった。だけど蓮野さん、もうすっかりお疲れだったから、逃げる時に鉄柵《てっさく》から足を滑らせて脇腹を突き刺しちゃったの。二箇所も」

光枝は自分の着物の帯に手を当てて、この辺りよ、と臍《へそ》の近くを示した。

「——酷い怪我なの？」

「ええ。蓮野さんご自分で柵の血を拭いたり、全部始末をして逃げてきたわ。そうしたら路上で昏倒しちゃって、それからずっと病院に寝てらっしゃるの。一時は危なかったけど、でも、もう大事はないってお医者さんおっしゃってたわ」

「そう。——良かった」

蓮野の無音が彼の意思でなかったことより、蓮野の無事に安心したあやは、そんな風に心が動くことを全く予期していなかったので、まるで失《う》せ物《もの》を意外なところから見つけたように驚かされた。

同時に、一つの直感があやを襲った。それは、自分はきっと、これきり二度と蓮野に会うことはないのだという直感であった。

この直感の正体は何だろう？

やがて、自分が蓮野の泥棒の理由を言い当てたことがそれを呼び起こしたのだとあやは気づいた。

それは、蓮野があやを理解したことの答え合わせであった。自分のために、蓮野が当然そうするとあやは分かっていた。

そして蓮野は瀕死《ひんし》の怪我を負った。これ以上彼に求められるものは何も残っていない。彼は、あやの苦悩を持てるだけ持って行ってしまった。あやの望みは叶えられた。

「本当に、良かったわ」

もう一度、あやは呟いた。

それは、心を奪われた美術品に触れようとして、傷をつけてしまったひとの哀《かな》しみであった。あやは蓮野の美しさが欲しかった。しかし、自分のために蓮野が怪我をした事実が、それが手に入らないことを彼女に思い知らせた。これ以上何かを望めば、きっといつか、彼に怪我では済まないことが起こる。

それでもなお彼を所有することを望むのは、まるで、蓮野の生首を欲しがるようなことなのだ。あやが夢見たのは、蓮野に、美しかった自分の手を取られて、義兄の水車の絵に描かれた景色を一緒に歩く光景であって、動かなくなった彼の姿ではない。あやは、サロメになどなりたくはなかった。

蓮野はいなくなってしまった。あと何か、するべきことがあっただろうか？　これ以上生きるのは不合理である。もはや、日記帳の、使わない頁を破り捨ててしまうべきではないのか？　世のものたちが望んでいるように。

「もう、私には何にも残っていないわ。欲しかったものは手に入った。もう一つの欲しかったものは、絶対手に入らないってことがはっきりした。愛するものはみんななくなってしまったし、憎いものは憎めるだけ憎んだわ。もう十分。私は最後に幸せを得た。ここから先には何にもないわ」

「ええ、そうかもしれないわね」

光枝はあやの膝をさすり続けている。あやは、ようやくそれを払いのけた。

「あなたたちは一体何をしに来て下さったの？　私がどれだけ同情に値するのか確かめにいらしたのかしら？　世の中のひとたちが知りたがっているのと同じように！　それとも、生きていると何が楽しいのか、あなたたちの知っていることを教えて下さる気かしら。もしも私が死んでしまったら、後ろめたい気がするからかしら？

それなら心配はいらないわ。世間はどうだっていいけれど、あなたたちは、今生のよしみでめちゃくちゃに傷つけてやるわ。私が死んだって、ざまあみろとしか思わないようにしていってあげるわよ」

「ええ。きっとあなたはそれが出来るひとだわ。でも、今はあなたが好き。だからあなたを嫌いになるのは怖いわ」

「そう？　なら、もう何もお話ししないのが良くてよ。蓮野さんのことを教えて下さってありがとう。これでお別れだわ」

あやが激しても、光枝の言葉は乱れなかった。

「でも、やっぱりまだあなたを嫌いになることは想像出来ないわ。

あなたにも散々迷惑をかけたけど、私は何ごとも独りよがりで自分勝手なの。自分が好きになりたいようにひとを好きになっちゃうのよ。だから、今でも時々、おはじきなんかをして遊んでた頃みたいなつもりで峯子ちゃんを可愛がって、嫌がられたりするのよね。

私は、生きてる限りいくらでも心なんて変わるものだから、死なないでもひとまず命は取っておけばいいと思うけど、あなたみたいに、もうこれ以上はいらないんだって自分で決められるんだとしたら、本当にすごいことだわ。何だか水滸伝《すいこでん》の英雄の話でも聞いてるみたいな気がしちゃうのよ。

茶化《ちゃか》してるんじゃないわ。本当よ。そんなひとには嫌われたくないの。

もしかしたら私にとっては、あなたが生きていても死んでいても同じことかもしれないの。でも、どちらでも、私はあなたにお友達でいて欲しいのよ。それに、生きているうちは会ってお話をしたいわ。だから会いに来たの。本当は井口さんが来る筈だったんですけどね」

あやは、光枝が本心を喋っていることを認めざるを得なかった。次第に光枝を追い払う気力は薄れた。彼女は、あやとは全く異なる現実を生きている。

光枝は、あやから恥ずかしそうに顔を逸らした。

「実は私、悠英軒で深江さんの絵を拝見したわ。あなたを描いたもの。前にあなたは、私があなたを軽蔑しているっていうことを思い知らせてくれるって言ったわね？　白状するわ。私は見惚れてしまった。ひとのことをこんなに羨ましいなんて思ったのは初めてだったわ。羨ましいことが恥ずかしかった。

だから、私があなたを軽蔑してたっていうのも、きっと本当のことなんだわ。私が気づいていなかっただけ。

あなたは誰より美しかったんだわ。確かに、あなたにふさわしいひとなんて蓮野さんくらいしか思いつかない。もっと早くあなたに会っていたなら、蓮野さんも泥棒になんてならなかったんじゃないかしら？　蓮野さんも、あなたのことが好きだったのよ」

「今更、そんなことを言うのね――」

光枝の言葉は、子供部屋の玩具を勝手に片付ける母親のように、あやが心に繋ぎとめようとしていた精妙な何かを吹き払ってしまった。しかし、空虚にされた心に、あやは微かな清々《すがすが》しさを覚えた。

「そう、井口さんからお預かりしたものがあるの。峯子ちゃん？」

「ええ」

ずっと黙ってそばに控えていた峯子が、抱えていた風呂敷包みをあやの眼前に持って来た。

それにしても、どうしてこの子はずっと泣きそうな顔をしているのかしら？　あやは峯子を見て訝った。

あやの凝視にあって、いつかと同じように峯子は怯えた。

「これはね、二年前に井口さんが描いたあなたの絵。結局ロデウィックさんには井口さんが剽窃家じゃないってことは証明出来なかったんだけど、それでも絵は買うって言って下さったんですって。殺人事件が解決したから、とにかく井口さんは犯人じゃなかったんだろうってお考えなのね。だから何枚かお売りしたんですけど、井口さん、この絵だけはやっぱりお断りしたの。一番気に入って下さってたんですけどね。事件のあとで、やっぱりあなたが持っているのがふさわしいって思ったのね。だから、あやさんに差し上げますって」

この話はあやを怒らせた。何という月並みな同情！　ありきたりの、凡庸な、あやの真実を知ったら誰でも言い出しそうなことである。そんなことでひとの機嫌をとって、自分の満足を得ようとしている。

あやは、風呂敷に覆われたキャンバスを蹴破りたい衝動に駆られた。

しかし、峯子が恐る恐る覆いを解いて絵を見せた時、あやの力が抜けた。オレンジの洋服を着た自分の後ろ姿。時子ではなく、あやの姿である。

「井口さんは確かに唯一無二の才能をお持ちなのでしょうね。これがあなた。本当に、お美しいわ。ロデウィックさんには証明出来ませんでしたけど、もちろん、あなたはこれが掛け替えのない本物だってことをご存知ですものね」

あやは、刺すような陽射しに晒すのが惜しくなって、元通り絵を風呂敷に包むと、胸に抱いた。自分の役割を終えて手持ち無沙汰になった峯子はなお、今にも涙を零しそうな様子に見えた。光枝は、峯子の腕をとって近くに引き寄せた。

「この子ね、あなたに何があったかを知ってからずっと泣いてるの。酷過ぎるって。そんなことあっちゃいけないって」

あやは、彼女の眼差《まなざ》しを恐れて俯く、まだ何ものでもないこの少女に、言わなければならないことがあるのを思い出した。

「——あなたの写真機、毀してごめんね」

峯子の涙は着物の袖を掠《かす》めて、あやの足許にぽたりと落ちた。

参考文献

『サロメ』ワイルド　福田恆存訳（岩波文庫）
『サロメ』ワイルド（現代社　近代脚本叢書　若月紫蘭訳）
『サロメ――永遠の妖女――』山川鴻三（新潮選書）
『東京に暮す』キャサリン・サンソム著　大久保美春訳（岩波文庫）
『人間にとって芸術とは何か』木村重信（新潮選書）
『物語近代日本女優史』戸板康二（中央公論社）
『女優X　伊沢蘭奢の生涯』夏樹静子（文藝春秋）
『日本洋画の人脈』田中　穣（新潮社）
『明治大正の画壇』河北倫明（ＮＨＫブックス）

その他多くの書籍、論文、ウェブサイトなどを参考にいたしました。

本書は書き下ろしです。

この物語はフィクションであり、実在するいかなる場所、団体、個人等とも一切関係ありません。

二〇二四年三月一二日　第一刷発行

著者　夕《ゆう》木《き》春《はる》央《お》
発行者　森田浩章
発行所　株式会社　講談社
〒一一二-八〇〇一　東京都文京区音羽二-一二-二一
電話　出版　〇三-五三九五-三五〇六
　　　販売　〇三-五三九五-五八一七
　　　業務　〇三-五三九五-三六一五

KODANSHA

本文データ制作　講談社デジタル製作
印刷所　株式会社ＫＰＳプロダクツ
製本所　株式会社国宝社

サロメの断《だん》頭《とう》台《だい》

夕木春央　ゆうき・はるお

二〇一九年、「絞首商会の後継人」で第60回メフィスト賞を受賞。同年、改題した『絞首商會』でデビュー。『方舟』で「週刊文春ミステリーベスト10　国内部門」「ＭＲＣ大賞２０２２」第一位。近著に『サーカスから来た執達吏』『時計泥棒と悪人たち』『十戒』がある。

ISBN 978-4-06-534895-6 N.D.C.913 479p 19cm